La rivière de la passion

Kathleen E. Woodiwiss

La rivière de la passion

Traduit de l'américain
par Catherine Plasait

ÉDITIONS FRANCE LOISIRS

Titre original : PETALS ON THE RIVER
Avon books, a division of the Hearst Corporation, New York

Édition du Club France Loisirs,
avec l'autorisation des Éditions J'ai lu.

Éditions France Loisirs,
123, boulevard de Grenelle, Paris.
www.franceloisirs.com

Le Code de la propriété intellectuelle n'autorisant, aux termes des paragraphes 2 et 3 de l'article L. 122-5, d'une part, que les « copies ou reproductions strictement réservées à l'usage privé du copiste et non destinées à une utilisation collective », et, d'autre part, sous réserve du nom de l'auteur et de la source, que les « analyses et les courtes citations justifiées par le caractère critique, polémique, pédagogique, scientifique ou d'information », toute représentation ou reproduction intégrale ou partielle, faite sans le consentement de l'auteur ou de ses ayants droit ou ayants cause, est illicite (article L. 122-4). Cette représentation ou reproduction, par quelque procédé que ce soit, constituerait donc une contrefaçon sanctionnée par les articles L. 335-2 et suivants du Code de la propriété intellectuelle.

© 1997 by Kathleen E. Woodiwiss.
© Éditions J'ai lu, 2003, pour la traduction française.

ISBN : 2-7441-8503-5

Pour mon petit-fils, Seth Alexander Woodiwiss, qui m'a inspiré le personnage du petit garçon de ce roman. Seth est tellement adorable et charmant que je n'ai pas résisté à l'envie d'attribuer ces mêmes qualités à Andrew. J'espère y être parvenue.

1

Newport News, Virginie, 25 avril 1747

Le *London Pride* se balançait doucement sur ses amarres, fouetté par le vent du nord. Des nuages noirs s'amoncelaient dans le ciel, annonciateurs de tempête. Des mouettes parcouraient les gréements, mêlant leurs cris aigus au grincement des chaînes, tandis qu'une double rangée de condamnés, maigres, vêtus de haillons, émergeait sur le pont. Les hommes, entravés aux pieds et reliés les uns aux autres par une courte chaîne, se mirent en ligne afin de subir l'inspection du bosco. Les femmes portaient des fers individuels et pouvaient se diriger seules vers l'écoutille, où on leur avait ordonné de se placer.

Un marin s'arrêta dans sa tâche pour observer ce dernier groupe. Après un coup d'œil prudent au gaillard d'arrière, constatant l'absence du capitaine Fitch et de son dragon d'épouse, il s'enhardit, posa son seau et son lave-pont avant de s'avancer. Se rengorgeant comme un coq prétentieux autour des femmes dépenaillées, le sourire suffisant et l'attitude grossière, il se heurta à un mur de regards venimeux. Seule exception : une prostituée aux cheveux de jais et aux yeux sombres, qui avait été accusée de voler ses clients et d'en avoir molesté plusieurs, offrit au marin un sourire aguicheur.

— J'ai pas vu cette garce d'Irlandaise depuis presque une semaine, monsieur Potts, fit-elle remarquer de sa voix vulgaire. Vous pensez qu'elle est morte dans la cale ? Ça serait bien fait pour elle ! Ça lui apprendrait à me boxer le nez !

Un petit bout de femme aux cheveux bruns sortit du groupe pour lancer sèchement :

— Tu peux raconter ce que tu veux, Morrisa Hatcher, mais on sait toutes que tu as eu ce que tu méritais ! C'est toi qui aurais dû finir à fond de cale, avec le coup que tu lui as donné dans les côtes. Si ton sale chien de garde, là, ajouta-t-elle avec un regard méprisant pour Potts, n'avait pas cassé les oreilles de Mme Fitch avec cette histoire, milady aurait pu dire ce qu'elle avait à dire.

Potts, les poings sur les hanches, toisa la prisonnière rebelle.

— Et toi, Annie Carver, t'aurais pu faire avancer le bateau plus vite, si t'avais mis autant d'énergie à souffler dans les voiles qu'à parler tout le temps. On aurait devancé la tempête.

Un bruit de chaînes qui montait de la cale attira l'attention du marin. Ses petits yeux prirent une expression sadique.

— Le diable m'emporte, je crois bien que voilà milady !

Gloussant d'une joie mauvaise, il s'accroupit pour scruter la pénombre.

— Eh, l'Irlandaise, c'est bien ta glorieuse personne qui remonte des profondeurs ?

Shemaine leva son regard émeraude vers l'énorme silhouette qui se penchait sur l'ouverture. Pour la punir de s'être défendue contre la catin de ce balourd, on l'avait jetée à fond de cale pendant quatre jours. Elle avait dû disputer aux rats et aux blattes les quelques croûtes de pain qu'on lui jetait. Si elle ne s'était pas sentie si faible, elle aurait remonté l'escalier à quatre pattes et lacéré le visage de ce rustre de ses ongles sales. Mais le sarcasme était la seule arme qui lui restait.

— Et quelle autre misérable créature ce crapaud nauséabond serait-il venu chercher ? demanda-t-elle en désignant le petit homme trapu qui claudiquait à côté d'elle.

Potts poussa un soupir théâtral.

— Voilà que ça recommence, Shemaine. Tu insultes encore mes amis.

Le geôlier de la jeune fille lui pinça méchamment le bras, pour la deuxième fois depuis qu'il l'avait sortie de la cale. Freddy était aussi lâche que Potts, et il n'hésitait pas à se défouler sur les gens qui ne pouvaient pas se défendre.

— Surveille tes manières, espèce de prétentieuse !

— Je les surveillerai, Freddy, répondit-elle en se dégageant d'une secousse, le jour où vous serez tous devenus civilisés.

— Tu ferais mieux de monter, et en vitesse, Shemaine, tonna Potts, avant que je te donne une autre leçon.

La jeune fille lui lança un regard noir.

— Le capitaine Fitch a peut-être son mot à dire sur la façon dont vous me maltraitez, s'il a l'intention de me vendre.

— C'est vrai, reconnut Potts en la regardant monter l'escalier, alourdie par ses chaînes. Mais tout le monde sait que c'est sa dame qui commande, pendant ce voyage.

Depuis qu'on l'avait hissée sur ce trois-mâts, Shemaine se disait que rien ne pouvait ressembler davantage à l'enfer qu'un bateau prison britannique voguant vers les colonies. Et la présence de Gertrude Turnbull Fitch, épouse du capitaine, avait renforcé cette impression. C'était la fille unique de J. Horace Turnbull, le propriétaire du *London Pride* et d'une petite flotte de navires marchands.

Cette pensée l'incitant à la prudence, Shemaine s'arrêta pour rajuster son fichu de fortune sur ses cheveux. Lors de ses sorties sur le pont, sa crinière d'un roux éclatant avait grandement irrité la mégère, qui traitait les Irlandais de race inférieure et débile. Beaucoup d'Anglais haïssaient les Irlandais.

— T'avise pas de lambiner, maintenant, la menaça Potts.

Ses petits yeux brillaient d'une lueur méchante. Il semblait guetter la première incartade pour laisser libre cours à sa cruauté.

— J'arrive ! J'arrive ! marmonna Shemaine en émergeant à l'air libre.

Elle aurait aimé faire payer à ce porc les injustices qu'elle avait subies durant les trois mois de traversée. Mais l'expérience lui avait enseigné de la façon la plus brutale, depuis son arrestation à Londres, que la soumission était le seul espoir de survie pour un prisonnier.

Répugnant à montrer sa faiblesse, elle parvint à garder un semblant de dignité tandis qu'une rafale de vent manquait de lui faire perdre l'équilibre. Elle planta ses pieds nus au sol et carra résolument les épaules. Elle avait été cruellement privée d'air pur, ces derniers temps, et elle leva la tête pour savourer le parfum iodé de la mer.

Potts plissa les yeux. Cette fille était bien trop intrépide, bien trop fière !

— Tu prends encore tes grands airs, hein ? Comme une catin de la Cour !

Il eut un geste vers les vêtements de Shemaine et poussa un hennissement moqueur :

— De la cour des Miracles, à mon avis !

Shemaine n'avait aucun mal à imaginer le lamentable spectacle qu'elle devait offrir, en haillons, entravée par les fers. Sa tenue d'équitation de velours vert lui avait valu naguère bien des regards envieux de la part des filles de riches aristocrates – celles-là mêmes qui s'étaient lamentées lorsqu'elle s'était fiancée au plus beau parti de Londres. Ces dames, à la voir à présent, auraient émis un rire hautain et méprisant.

Le soupir de Shemaine venait du fond du cœur. Elle qui avait mené une vie aisée et sans souci avant son arrestation avait été jetée à tort dans une immonde prison.

— Il est en effet déplaisant pour une dame bien née de devoir se rendre à l'étranger sans ses domestiques et sa couturière, ironisa-t-elle. Les gens qui se sont occupés de moi dernièrement n'entendent rien aux tâches les plus élémentaires d'un serviteur.

Incapable de discerner où se trouvait l'insolence dans la réponse, Potts grimaça. Cette façon raffinée de s'exprimer l'impressionnait malgré lui.

Son poing massif se referma sur la chaîne qui reliait les poignets de Shemaine, et il la tira en avant.

— Espèce de garce d'Irlandaise piaillarde ! grinça-t-il en la secouant rudement. Tu te crois meilleure que moi, hein, avec tes airs de princesse ! Eh ben, tu te trompes : tu es du fumier irlandais. Même pas bonne à lécher la boue de mes bottes.

Shemaine eut la nausée en recevant en pleine figure l'haleine du marin, et elle ne put s'empêcher de grimacer de douleur quand les menottes lui mordirent cruellement les poignets.

Elle avait éprouvé une vive aversion pour Jacob Potts dès le premier regard. Par ordre du capitaine, le quartier des femmes était réservé aux plus fiables des membres de l'équipage, mais Potts n'en avait jamais tenu compte et, avec la pompeuse arrogance d'un sultan visitant son harem, il ne cessait de venir traîner devant leur cellule. Il proposait aux plus jolies de la nourriture volée, de l'eau de pluie et autres douceurs jusqu'à ce que certaines, poussées par le désespoir, cèdent à ses instincts pervers. Leur honte et leur humiliation avaient été partagées par leurs compagnes, car personne ne pouvait ignorer ce à quoi ce gredin forçait ses victimes.

Hormis Morrisa Hatcher qui déployait tous ses charmes pour lui, les femmes n'avaient pas tardé à le fuir. La prostituée l'avait envoûté, pris au piège, au point que c'était Potts qui lui obéissait, désormais, et lui passait tous ses caprices.

Jetant toute précaution au vent, Shemaine décida d'asticoter son ennemi.

— Il suffirait que Mme Fitch apprenne ce que vous avez obtenu en récompense de vos mensonges à mon sujet...

Potts explosa.

— Tu diras rien, ma fille ! Sinon, tu goûteras encore de ça !

Il prit son élan pour la frapper à l'épaule de son poing énorme, tellement vite qu'elle ne put l'éviter et recula maladroitement. Mais il n'en avait pas terminé avec elle. Il voulait la voir se traîner à ses genoux. Il glissa un pied sous la chaîne qui entravait ses chevilles et tira de toutes ses forces. Avec un cri indigné, elle se retrouva au sol, sur le dos.

Même si le navire ne se balançait que légèrement le long du quai, Shemaine, étourdie et affaiblie, eut l'impression que le grincement des gréements augmentait avec les rafales de vent, que les vagues soulevaient la coque. Le pont semblait vivant. Les mâts et les espars se brouillèrent devant ses yeux, se mêlèrent au ciel menaçant, et elle fut saisie d'une violente nausée. Craignant de rendre le peu de nourriture qu'elle avait avalé, elle roula sur elle-même et posa son front au creux de son bras, en attendant que le malaise passe.

Le bosco avait terminé son examen des hommes prisonniers à temps pour assister à l'incident. Il s'empara de sa badine avant de se précipiter vers Potts.

— Suffit, Potts ! Laisse cette fille tranquille ! cria-t-il.

— Mais, m'sieur, j'essayais juste de me protéger de cette vipère !

— C'est ça, ricana James Harper. Et le soleil se couche à l'est !

— J'ai des témoins, se défendit Potts.

Du regard, il cherchait le soutien de Morrisa.

— Je ne veux plus écouter tes mensonges, ni ceux de ta petite lèche-bottes ! gronda Harper qui ponctua ses paroles d'un mouvement de canne dissuasif.

Cette badine, symbole de son autorité, avait souvent fait des merveilles pour stimuler les paresseux.

— Alors, reprit-il, écoute-moi bien, espèce de bon à rien. J'en ai assez de tes simagrées. Si le capitaine ne peut pas vendre cette fille le prix qu'il en attend, tu tâteras de ma canne. Maintenant, aide-la à se relever, et gentiment, sinon tu te retrouveras avec une belle bosse sur la cabochel !

De grandes mains se glissèrent sous Shemaine, et celle-ci revint brutalement à la réalité en s'apercevant qu'elles agrippaient ses seins. Avec un juron très peu convenable pour une dame, elle roula sur elle-même et lança violemment le pied. Le coup, donné au hasard, atteignit les parties génitales de Potts qui se plia en deux en hurlant de douleur.

Shemaine se releva et recula prudemment. Quelques femmes lui faisaient signe de les rejoindre près de l'écoutille, et elle se glissa parmi elles. Les jambes repliées, la tête sur les genoux, elle se fit aussi invisible que possible.

Potts regarda autour de lui, brûlant de haine et de désir de vengeance. Comme un taureau blessé, il tournait sa grosse tête aux cheveux filasse de tous côtés en essayant de l'apercevoir. Au milieu des robes aux couleurs éteintes des prisonnières, il repéra enfin une tresse rousse qui flottait comme une lumineuse bannière dans la brise. Il plongea dans cette direction avec un grognement de bête.

— Potts! cria sèchement James Harper en s'avançant. Si tu touches un cheveu de cette fille, je te fais fouetter au sang!

Le capitaine sortait à cet instant du gaillard d'arrière, précédé de son épouse. Everette Fitch s'arrêta pour observer Potts. Il cherchait des yeux la cible du marin, et aperçut la jeune beauté qui lui avait un jour reproché ce qu'elle et d'autres condamnées considéraient comme une impardonnable injustice vis-à-vis d'une de leurs compagnes. Elle était parvenue à l'intéresser à l'affaire, ce jour-là, mais en même temps, involontairement, elle avait allumé son désir. À partir de ce moment, le capitaine Fitch n'avait plus eu qu'une envie: profiter des délices que Shemaine O'Hearn avait à offrir à un homme. Sans l'estomac d'autruche de Gertrude et sa résistance au laudanum qu'il mettait subrepticement dans son vin, la fille serait passée par son lit. La frustration l'avait rendu plus passionné encore, et il s'était promis que, dès l'arrivée au port, il la cacherait dans un abri auquel n'aurait pas accès sa terrible épouse. Afin de masquer son engouement, cependant, il avait trouvé prudent de seulement atténuer les punitions que sa femme infligeait à Shemaine.

— Mettez les fers à cet homme, s'il n'obéit pas! tonna-t-il. Et s'il a fait du mal à la fille, donnez-lui douze coups de fouet pour chacun de ses bleus.

La menace pénétra enfin l'esprit obtus de Potts. Avec un regard meurtrier à Shemaine, il grommela un juron puis déclara:

— Écoute-moi bien, bouseuse. Que ce soit dans deux semaines ou dans un an, je te ferai payer ça. Crois-moi!

Shemaine garda le silence.

— Potts! hurla de nouveau James Harper.

Potts se tourna vers lui sans la moindre marque de respect.

— Ouais, m'sieur, qu'est-ce que vous voulez encore?

L'humeur rebelle du marin exaspéra Harper, qui répliqua:

— Te voir pendu à la vergue pour insubordination, si j'en avais le pouvoir!

Il gesticulait furieusement avec sa canne.

— Maintenant, sac à vin, descends dans la cale, ajouta-t-il. Tu viens de gagner trois jours de nettoyage de chaînes et d'anneaux!

— Allons, m'sieur Harper, se radoucit Potts en dodelinant de la tête. On est arrivés au port, on a droit à une permission. Et moi, j'ai bien envie de me trouver une femme ou deux pour astiquer mon pont!

— Tu ne sortiras pas de la cale pendant cinq jours! décréta Harper. C'est compris?

Potts n'avait pas le choix. Soit il acquiesçait, soit il écoperait de quelques jours supplémentaires.

— Oui, m'sieur Harper.

— Parfait. Alors, à la cale, immédiatement!

Le regard sombre, James Harper suivit le marin des yeux. Ensuite, il se tourna vers son assistant.

— Nous avons compté les prisonniers, annonça le jeune homme en lui tendant une liste, avant de préciser à voix basse : Moins les trente et un qui sont morts en route.

— Une perte tout à fait excessive, monsieur Blake, marmonna Harper.

— Oui, monsieur. Et je me souviens que vous avez supplié le capitaine de ne pas laisser sa dame limiter les rations des condamnés. Vous aviez raison de vous inquiéter. Encore une semaine, et il ne serait plus resté assez de ces pauvres diables pour payer l'équipage.

Harper serra les dents en repensant aux nombreux corps qu'ils avaient jetés par-dessus bord. Tout cela parce que le propriétaire, J. Horace Turnbull, avait discuté les comptes des précédents voyages du *London Pride*, et avait insisté pour que sa fille accompagne le capitaine sur cette traversée. Le vieil armateur avait donné à Gertrude toute autorité pour examiner les registres du navire et lui avait ordonné de réduire les dépenses au maximum, ce qui avait eu de dramatiques conséquences.

— Quand M. Turnbull a fait confiance au jugement de sa fille, il ne pouvait imaginer qu'il perdrait plus au cours de ce voyage que pendant les cinq ans où nous avons conduit des prisonniers aux colonies. Dans son désir de faire gagner quelques shillings à son père, Mme Fitch s'est débrouillée pour tuer un bon quart des condamnés ! Cela devrait diminuer le bénéfice de plusieurs centaines de livres, au moins !

— Si M. Turnbull pensait qu'il y avait des vols avant cette traversée, cette fois, il ne pourra plus en douter, grommela Roger Blake.

— Et il enverra sûrement sa fille chérie pour une autre expédition, afin de vérifier de nouveau.

Harper fronçait les sourcils à cette terrible éventualité.

— M. Turnbull avait-il raison, monsieur ? Il y a un voleur parmi nous ?

James Harper poussa un lourd soupir.

— Je préfère garder mes soupçons pour moi, monsieur Blake.

Il haussa les épaules avant d'ajouter :

— Cependant, si je découvrais l'identité du coupable, j'hésiterais à le dénoncer à Mme Fitch. De toute évidence, elle nous soupçonne tous d'escroquer son père.

— Sûrement, monsieur ! acquiesça Blake.

Mme Fitch s'arrangeait pour que n'importe quel homme honnête se sente indigne de confiance. Le capitaine lui-même n'échappait pas à ses critiques. Toutefois, elle avait semblé prêter une oreille indulgente aux ragots colportés par Jacob Potts, bien que ce dernier fût méprisé par les officiers et par bon nombre de ses camarades.

Roger Blake jeta un coup d'œil vers le pont. Le capitaine et sa femme se chamaillaient, comme d'habitude, et il savait d'expérience que Mme Fitch ne lâcherait pas le morceau avant d'avoir eu gain de cause. Heureux de ne pas être affublé d'une baleine de ce genre comme épouse, Roger retourna à ses occupations.

Shemaine connut un instant de soulagement après la punition infligée à Potts, mais il ne fallut pas longtemps pour que les conversations de ses compagnes pénètrent sa conscience. Leurs commentaires sur les brutalités qu'elles subiraient certainement de la part de leurs nouveaux maîtres ravivèrent son angoisse. Malgré les horreurs qu'elle avait vécues depuis son départ d'Angleterre, elle avait essayé de s'accrocher à un filet d'espoir : par miracle, ses parents ou son fiancé auraient appris où on l'avait emmenée, et ils arriveraient à temps pour lui épargner d'être vendue comme servante. Mais, jusqu'à présent, elle n'avait repéré aucun visage aimé, et il ne restait que quelques minutes avant l'humiliante séance qui se préparait.

Elle glissa les doigts sous le cercle de fer qui lui enserrait douloureusement les poignets. Très vite, elle avait cessé de penser qu'elle était le seul prisonnier innocent à bord du *London Pride*. D'autres avaient écopé de sentences radicales pour des crimes aussi bénins que voler une miche de pain ou exprimer une opinion politique – ce qu'affectionnaient particulièrement les jeunes Irlandais au sang chaud. Ils avaient été jugés par de pompeux magistrats en perruques, qui offraient néanmoins le pardon royal à ceux qui acceptaient de partir pour les colonies. S'ils refusaient, c'était la pendaison pure et simple pour les crimes les plus graves, ou, pour les délits mineurs, la perspective de viol, de meurtre ou de mutilation dans les cachots de la prison de Newgate, un endroit maudit où il n'était pas question de séparer les prisonniers en fonction de leur sexe, de leur âge ou de la gravité de leur faute.

Shemaine ne pouvait oublier le drame qu'elle avait vécu quand elle avait été arrachée aux écuries de son père et traînée devant la cour par un individu méprisable, un certain Ned, soi-disant chasseur de criminels. Un bref passage à Newgate lui avait enseigné la futilité des larmes, des lamentations et des promesses de récompense à celui qui se rendrait aux entrepôts de son père, en Écosse, pour l'informer de son arrestation.

Plus tard, lorsqu'elle était montée à bord du *London Pride,* elle avait perdu tout espoir de trouver une âme généreuse qui accepterait de l'aider. Elle avait vu des enfants au sein arrachés à leurs mères malgré leurs suppliques, comme celui d'Annie Carver. De tout-petits aux grands yeux angoissés étaient restés sur le quai, tandis que leur seul parent franchissait la passerelle. Deux jeunes gens, accusés de crimes incroyablement bénins, avaient été enchaînés à des débauchés et à des voleurs. Ils n'avaient pas survécu.

De tels spectacles avaient horrifié Shemaine, qui avait reçu une éducation protégée et raffinée. Ils étaient traités comme de la vermine, une race détestable qu'il fallait expédier loin des rivages britanniques afin de laisser le pays propre et net pour les gens bien… des gens comme ces aristocrates qui avaient loué les services du chasseur de criminels et inventé un forfait qui la condamnerait à sept ans de travaux forcés, pour l'empêcher de souiller le nom de son fiancé avec son sang d'Irlandaise…

Ces derniers temps, les souvenirs de son bonheur passé se brouillaient, devenaient étrangement lointains, comme si elle avait rêvé la demande en mariage de Maurice du Mercer. Après tout, Maurice était un gentilhomme : il aurait pu choisir n'importe quelle jeune fille d'un rang égal au sien, au lieu de Shemaine, qui était l'enfant unique d'un marchand irlandais et d'une lady anglaise.

— L'impudente petite paysanne ! murmuraient les comtesses, quand Maurice l'emmenait en promenade.

Cependant, la richesse de son père aurait sans doute fini par calmer ces arrogants aristocrates, qui se vantaient sans cesse de leurs titres mais se trouvaient fort désargentés. Maurice, pour sa part, était non seulement l'héritier d'une vaste fortune ainsi que du titre de son défunt père, le marquis de Merlonridge, mais il était en outre le petit-fils d'Edith du Mercer, une grande dame garante d'un lignage inattaquable.

Toutefois, Edith lui avait proposé une somme colossale pour qu'elle disparaisse de la vie de son petit-fils. Elle avait farouchement refusé. Si elle avait accepté, elle ne serait vraisemblablement pas dans cette atroce situation, à présent...

Des larmes brûlantes montèrent aux yeux de Shemaine. Elle se retrouvait sur un continent étranger, et elle allait être vendue pour sept années. Si elle ne mourait pas de détresse, elle succomberait, sans aucun doute, à l'une des maladies fréquentes aux colonies. Ou bien, si Potts la retrouvait...

Un bras mince se posa sur son épaule, la faisant sursauter. Annie Carver la regardait gentiment.

— Une juste punition pour Potts, hein, milady ? déclara la jeune femme qui essayait de comprendre la raison des larmes de son amie. Il ne pourra plus mettre à exécution les mauvaises idées de Morrisa.

Shemaine soupira.

— Je serais infiniment plus soulagée si M. Harper gardait cette brute enfermée dans la cale, jusqu'à ce que le *London Pride* reprenne la mer en direction de l'Angleterre, dit-elle, sombre. Morrisa sait ce qu'il faut faire pour monter son bouledogue contre moi, et elle n'aura de cesse de me voir punie pour l'avoir défiée durant la traversée.

Annie acquiesça. Avant même de se trouver face à Shemaine à bord du navire, Morrisa était déjà parvenue à obliger ses compagnes à lui donner la plus grande part de la modeste nourriture qui leur était attribuée. Elle s'attendait que Shemaine obtempère également. Cependant, celle-ci avait résisté à tous les efforts de Morrisa pour la mater. Elle avait même poussé les autres femmes à se révolter.

— Oui, vous l'avez mise en porte à faux dès le début. Depuis, elle bouillonne de rage.

— Morrisa aimerait me taillader avec son canif. Ou, mieux encore, laisser agir Potts. Elle préfère que les autres récoltent les blâmes et les conséquences.

Le regard d'Annie passa derrière Shemaine, et elle frissonna.

— Quand on parle du loup... Regardez qui arrive.

Shemaine vit Morrisa approcher en balançant les hanches.

— Le diable en personne, murmura-t-elle.

La prostituée, avec un sourire affecté et suffisant, s'arrêta près d'elle.

— T'as pas aimé ton séjour dans la cale, on dirait? Ben, je dois dire que je te comprends, mais je trouve que personne le méritait autant que toi!

— Moi, j'en connais une autre, intervint Annie.

Morrisa ricana, méprisante.

— Mais voilà notre petite pouilleuse qui tourne encore autour de Sa Seigneurie, comme si elle espérait en tirer un peu de belle allure. Eh bien, chérie, tu perds ton temps, car cette traînée de Shemaine n'en a pas à revendre.

— Je connais mes amis, déclara fermement Annie. Et tu n'en fais pas partie. Je préférerais nager jusqu'en Angleterre plutôt que de frayer avec une poule comme toi.

Les yeux sombres de Morrisa lancèrent des éclairs, et elle leva le bras pour frapper l'insolente, mais y renonça. Lors des bagarres, elle avait remarqué qu'Annie Carver pouvait abattre une adversaire deux fois plus forte. Elle se contenta de hausser les épaules, faisant tressauter sa poitrine à peine couverte. Vu les courbes voluptueuses qu'elle affichait, il était clair qu'elle n'avait pas eu à souffrir de privations au cours de la traversée.

— Dommage que ce vieux Potts ait été puni par le bosco. Il n'aurait pas apprécié que tu m'insultes.

Shemaine secoua la tête.

— Pauvre Potts, quel aveugle ! S'il savait à quel point tu le détestes, il t'écraserait comme un vulgaire moustique !

Morrisa grimaça un sourire.

— Je sais comment mener le vieux Potts par le bout du nez. Et ça me sera peut-être utile, dans ces colonies. Il a même parlé de quitter le bateau pour rester avec moi, au lieu de rentrer en Angleterre.

Shemaine frémit à cette idée.

— Peut-être devrais-je avertir celui qui t'achètera qu'il a de fortes chances de se retrouver la gorge tranchée, rétorqua-t-elle. Je suis sûre que ton maître t'enchaînera pour que tu te tiennes tranquille, au moins un certain temps. D'ailleurs, quand Potts ne te sera plus utile, tu trouveras une autre marionnette pour faire tes quatre volontés. Je doute que tu sois capable de rester fidèle à un homme, une fois qu'il t'a payée.

Le sourire hautain de Morrisa se transforma en rictus furibond.

— Tu sais pas t'arrêter, hein, Shemaine ? N'importe qui d'autre aurait compris, mais pas toi ! Je vais te faire rentrer tes mots dans la gorge !

Elle se jeta sur Shemaine, toutes griffes dehors, mais le bosco intervint pour la deuxième fois.

— Battez-vous, mesdames, cria-t-il, et je vous envoie à la cale jusqu'à ce que vous soyez calmées !

Morrisa écumait de rage, mais la menace porta. Ses mains se détendirent et, rejetant en arrière sa crinière brune, elle s'éloigna dans le grincement de ses chaînes.

Le cri perçant d'un pygargue incita Shemaine à lever les yeux vers les nuages. Sous les haubans, des mouettes effarouchées tournaient en rond, plongeaient vers la mer pour échapper à leur ennemi, mais le pygargue, feignant l'indifférence, planait, les ailes déployées. Fascinée par sa liberté, elle s'imagina en train de prendre son essor afin de fuir l'épreuve qui l'attendait. Malheureusement, elle ne pouvait que contempler l'aigle, qui ne tarda pas à disparaître.

Annie soupira tristement à côté d'elle.

— Je serai heureuse de quitter ce navire, milady, mais j'aimerais être achetée par un brave homme qui aurait un ou deux enfants à me confier.

— Ce sera peut-être le cas, Annie.

Shemaine grimpa sur le toit de l'écoutille, de façon à voir au-delà du bastingage. Les colons, réunis sur le quai, attendaient que la vente commence. Elle ne fut guère réconfortée par le spectacle. Annie n'avait aucune chance d'être achetée par une famille jeune, si elle en croyait ses yeux. Les acquéreurs potentiels étaient des hommes aux cheveux gris et au teint blafard affublés de petites femmes dodues, des fermiers chauves, et de vieilles filles aux visages en lame de couteau.

Un seul homme sortait du lot, non seulement parce qu'il se tenait à l'écart, mais aussi par son allure. Il était assez jeune pour satisfaire aux aspirations d'Annie, cependant il était terriblement impressionnant avec son air sombre. Les autres colons lui jetaient de furtifs coups d'œil, comme s'ils craignaient de croiser son regard, et Shemaine s'interrogea sur la personnalité de cet homme. Bien que les autres fassent semblant de l'ignorer, il paraissait être le sujet principal de leurs conversations.

James Harper s'approcha du groupe de prisonnières avec un trousseau de clés. Gertrude Fitch n'avait pas autorisé les condamnées à prendre un bain afin de se préparer à la vente. Elle s'était contentée de leur faire porter un pain de savon et deux seaux d'eau, qui avaient été renversés aussitôt, dans leur hâte à se laver. Après trois mois passés en mer, elles n'avaient pas meilleure allure que les mendiantes de Londres, se disait Harper. Les chances d'en tirer un bon prix étaient minces, et ce serait la faute de Gertrude Fitch, qui leur avait refusé des rations décentes de nourriture et s'était opposée, pour protéger les bonnes mœurs, à ce que les marins voient une poitrine ou une croupe.

— Allez, mesdames, un peu d'entrain! s'écria-t-il d'un ton jovial. Approchez, on va vous libérer. Nous ne pouvons laisser les colons vous voir avec les fers, n'est-ce pas? Ce n'est pas la fin du monde, je vous le garantis, mais le début d'une nouvelle vie pour vous.

— Qu'est-ce qu'il nous chante là? grinça une femme.

Morrisa s'avança en ricanant.

— Vous croyez vraiment, mon garçon, que nos fers les gêneraient? J'ai entendu dire que beaucoup de ces types sont arrivés ici avec des chaînes, tout comme nous.

James Harper ne prit pas la peine de lui répondre, et il tendit une clé à Roger Blake.

— Occupe-toi des fers aux chevilles, je m'occupe des bracelets.

À l'arrière, le capitaine Fitch épongeait son front luisant de sueur. Il interpella le bosco.

— Auriez-vous l'amabilité d'approcher, monsieur Harper?

Sa frustration avait un goût de bile. En effet, il se demandait comment il pourrait arriver à ses fins concernant Shemaine, si sa femme surveillait la vente avec son opiniâtreté habituelle.

— Mme Fitch tient à ce que tout le monde sache qu'elle est habilitée à superviser les transactions qui vont se traiter aujourd'hui.

— Bien, capitaine, répondit Harper, se demandant quand Mme Fitch se résoudrait enfin à laisser son mari diriger le navire.

Il se tourna vers les prisonnières.

— Mettez-vous en rang, mesdames, et laissez M. Blake vous libérer de vos chaînes.

Harper tendit les clés à son assistant et rejoignit le couple. Il gratifia son supérieur d'un salut raide, puis croisa le regard de Gertrude Fitch.

— Bonjour, madame.

— Monsieur Harper…

Elle avait la voix forte, voire tonitruante, lorsqu'elle avait décidé de prendre la situation en main, ce qui était apparemment le cas.

— Comme vous le savez, poursuivit-elle, j'ai des intérêts directs concernant tout ce qui se passe à bord de ce navire, et je tiens à être au courant de chaque offre avant qu'une vente ne soit finalisée. Cela me permettra de remettre un rapport précis à mon père. C'est bien compris ?

C'était la fille du propriétaire : personne ne se serait risqué à outrepasser ses ordres. Et certainement pas le capitaine Fitch !

— Comme vous voudrez, madame.

— Il y a un autre problème qui me préoccupe, monsieur Harper, déclara-t-elle d'un ton sec. Je n'apprécie pas du tout que vous ayez enfermé M. Potts dans la cale. Cet homme s'est montré fort utile, en me tenant au courant des activités des prisonniers et de leurs écarts de conduite. Vous allez le remettre en liberté sur-le-champ.

Harper serra les dents, et il lui fallut rassembler tout son sang-froid pour exposer calmement ses arguments.

— Je vous demande pardon, madame, mais il a montré une insubordination délibérée et, si je suis obligé de lever la punition, je n'aurai plus aucune autorité sur le reste de l'équipage. Ce serait une folie, madame...

Le capitaine Fitch luttait contre sa propre colère. Le fait que son épouse eût accordé foi aux ragots d'un simple marin était une raison supplémentaire pour regretter sa présence à bord du *London Pride*.

— Il a raison, Gertrude...

— Quoi qu'il en soit, monsieur Harper, reprit-elle en ignorant l'intervention de son mari, vous allez le libérer, sinon je veillerai à ce que le capitaine Fitch vous renvoie de ce navire.

— Gertrude ! protesta celui-ci. Vous ne pouvez vous attendre que je renvoie un homme sous prétexte qu'il accomplit son devoir !

— J'aimerais que vous vous rappeliez à qui ce bateau appartient ! aboya-t-elle.

— Comment pourrais-je l'oublier, alors que vous ne cessez de me le répéter ?

— Vous allez trop loin, Everette, gronda Gertrude. J'espère que je ne serai pas contrainte de faire part de cette altercation à mon père...

James Harper détestait l'usage que cette harpie faisait de son pouvoir, mais il n'était guère en position de se plaindre. Se jurant de ne plus jamais naviguer sur le même navire qu'elle, il se redressa avec toute la dignité d'un officier et s'efforça de choisir ses mots avec soin.

— J'ai toujours reçu mes ordres directement du capitaine, madame. S'il m'ordonne de libérer Potts, j'obéirai.

Il savait qu'il chargeait son supérieur de toute la responsabilité, mais c'était son unique alternative.

— Allez vaquer à vos occupations, monsieur Harper, dit le capitaine. Nous reparlerons de ce problème plus tard.

— Everette Fitch !

Le corsage de Gertrude fut mis à rude épreuve, quand elle eut un haut-le-corps digne d'un pingouin outragé.

— Vous allez laisser M. Harper s'en aller en ignorant mes souhaits ? Si vous ne l'obligez pas à m'obéir, papa saura vous rappeler où doit aller votre loyauté. Il arrivera à New York sur le *Black Pride* avant que nous quittions le port, et il viendra sûrement nous rejoindre ici. Je suis certaine qu'il aura des commentaires à émettre sur la façon dont vous vous comportez.

Le capitaine parvint à cacher sa contrariété sous une attitude polie. Il savait d'expérience qu'irriter Gertrude signifiait s'attirer les foudres du père, qui n'avait jamais montré d'indulgence envers personne. Turnbull tenait les cordons de la bourse. Sa fortune lui demeurait inaccessible, et il enrageait, car celle-ci était immense.

— Excusez-moi, Gertrude. J'ai pensé qu'il était prudent d'attendre, pour régler cette affaire, que la plupart des marins aient quitté le bateau. Ainsi, ils n'entendront pas parler de la libération de Potts.

Tel un gros matou, Gertrude rentra la tête dans les plis de son cou et elle eut un sourire serein, assurée d'avoir gagné la partie.

Jacob Potts l'avait tenue au courant des incartades d'une certaine chipie d'Irlandaise, qui leur avait fait des remontrances, à elle et à son mari, comme s'ils étaient des enfants mal élevés. Ses critiques avaient été provoquées par la flagellation d'Annie Carver, peu de temps après leur départ d'Angleterre. C'était pourtant ce que méritait cette petite souris grise, qui avait essayé de se tuer sous prétexte qu'on lui avait pris son bébé ! Mais Shemaine en méritait bien davantage, elle qui avait osé leur reprocher de maltraiter cette gamine des rues devant tout l'équipage et les autres prisonniers.

Depuis, Gertrude avait essayé de se venger. Mais aucune discussion n'avait pu influencer Everette, qui s'en était tenu à quatre jours d'isolement et des rations de misère pour l'Irlandaise. Bien qu'il eût été lui aussi la cible des récriminations de Shemaine, il avait minimisé l'incident.

La main crispée sur la balustrade, Gertrude contemplait celle qu'elle avait condamnée à un séjour dans la cale. Elle portait un vague foulard sur ses cheveux flamboyants, mais même ce vilain couvre-chef ne pouvait dissimuler la beauté fascinante de son visage ovale, illuminé par de grands yeux verts sous l'arc délicat des sourcils. Il y avait quelque chose d'un elfe, ou même d'une fée, dans la fragile beauté de Shemaine, dans sa silhouette élancée.

— Regardez donc qui a été sorti des fonds obscurs ! cria Gertrude, attirant le regard de la jeune femme. Ma foi, tu y es restée si longtemps que tu dois avoir des toiles d'araignée entre les pieds ! Tu as un peu amélioré ton apparence, mais tu sais quoi, Shemaine ? Une sorcière rousse ne se dissimule jamais.

Si quelqu'un était une sorcière, se dit Shemaine, c'était bien cette grosse poule d'eau ! Jetant toute prudence au vent, elle ôta son fichu et laissa sa somptueuse chevelure crouler sur ses épaules, en guise de défi. Le visage de Gertrude fut instantanément défiguré par la haine.

— Tu es mauvaise et perverse, Shemaine O'Hearn, grinça-t-elle, les dents serrées. Je plains l'imbécile qui t'achètera.

Shemaine croisa le regard méchant de Gertrude. Elle comprit qu'elle devait se féliciter, car elle avait prouvé qu'elle était capable de survivre dans les conditions les plus atroces, dont la plupart avaient été créées par cette femme. Malgré les mauvais traitements, les punitions, elle était vivante. Et elle pouvait en être fière !

— Bonne journée à vous, madame Fitch ! lança-t-elle d'un ton joyeux. Ne vous avais-je pas dit que je sortirais indemne du cachot ? Eh bien, me voilà !

Gertrude esquissa un sourire méprisant.

— C'est dommage ! Bien dommage, Shemaine... Mais tu n'auras peut-être pas autant de chance au cours des sept prochaines années.

2

Un coup de sifflet retentit, signal pour les colons qu'ils pouvaient monter à bord. Même si la plupart des fermiers cherchaient des ouvriers agricoles, ils traînaient à loisir devant les femmes, comme s'ils envisageaient sérieusement d'en acquérir une. Morrisa arborait une pose provocante, près du mât de misaine. Bouche bée, ils la contemplaient, fascinés par les charmes avantageux qu'elle étalait si volontiers. Leurs épouses, ainsi que d'autres femmes, passaient le nez en l'air, dédaigneuses, et s'occupaient de sujets plus pratiques.

Un petit homme chauve se planta devant la prostituée, éberlué par ses généreuses proportions, mais quand il voulut la questionner, Morrisa le repoussa d'un geste.

— Tire-toi, vilain crapaud. Je cherche un homme, un vrai.

L'homme, cramoisi, lui jeta un regard noir. Morrisa siffla comme un serpent qui veut éloigner un prédateur. Horriblement vexé, il recula de quelques pas maladroits, puis rajusta son manteau d'un mouvement rageur.

— Je te signale qu'on brûle les sorcières, par ici, dit-il, menaçant.

Il eut un reniflement de mépris et alla rejoindre une poignée d'hommes, qui contemplaient Shemaine ainsi que quelques autres jeunes femmes.

Shemaine supportait mal d'être examinée comme une marchandise. Il lui fallait se soumettre à une inspection méticuleuse de ses dents, de ses bras, de ses mains. Ses réponses polies lui attiraient l'approbation des femmes, mais ce qu'elle lisait dans le regard des hommes était nettement lubrique.

L'idée qu'elle pût être achetée uniquement pour satisfaire des appétits charnels la terrifiait, et elle priait pour être vendue à une gentille maîtresse qui lui expliquerait patiemment en quoi consistaient les tâches d'une servante.

— Eh, les femmes! cria James Harper. Venez vous présenter à ce monsieur, ajouta-t-il en désignant le grand colon aux cheveux bruns qui se tenait à son côté. Il s'appelle Gage Thornton, et il cherche une nurse pour son fils de deux ans.

Les autres regardaient l'homme comme s'il lui avait poussé une seconde tête. Bien que Shemaine eût reconnu l'individu qui se tenait à l'écart sur le quai, le seul qui semblât assez jeune pour satisfaire les vœux d'Annie, elle s'étonnait de l'attention que tout le monde lui portait.

Elle poussa son amie du coude.

— Vite, Annie! C'est peut-être la chance de votre vie!

Annie ne perdit pas une minute, et elle fut parmi les premières à s'avancer. Mais bien des prisonnières désiraient le poste qu'offrait M. Thornton. Elles se battaient bec et ongles pour arriver près de lui, car il valait mille fois mieux s'occuper d'un enfant que de travailler aux champs.

— Rappelez-vous que vous êtes des dames, dit Harper, qui craignait une bagarre.

Shemaine ne se joignit pas à la mêlée. Pourtant, elle sentait la curiosité monter en elle tandis qu'elle observait l'homme. Il avait les manches de chemise remontées, comme s'il avait abandonné une occupation pour venir. Son froncement de sourcils et sa mâchoire crispée montraient son dégoût de cette situation, d'autant qu'il risquait bien de se retrouver au milieu d'une rixe!

Des doigts avides s'accrochaient à sa chemise, à son pantalon de peau, alors que des créatures plus hardies caressaient avec des oh! et des ah! la bosse sous sa ceinture.

— Bas les pattes, mesdames! les réprimanda vertement Harper.

— Ah, marin, s'écria une femme aux dents de lapin, c'est le plus beau type qu'on ait vu depuis longtemps, je vous jure! Quelques câlins lui feront pas de mal. Par la Sainte Vierge, on en a plus besoin que lui!

Trois mois passés avec ces femmes n'avaient pas atténué le sens des convenances profondément ancré en Shemaine. Affreusement embarrassée par l'attitude de ses compagnes, elle sentit que le colon partageait la même contrariété.

Dans un visage hâlé par le soleil, ses yeux bruns brillaient, parsemés de paillettes d'ambre, frangés de cils épais et surmontés de sourcils bien dessinés. Il avait un nez fin, aristocratique, des pommettes hautes, la mâchoire énergique.

Il mesurait une tête de plus que le trapu M. Harper. Il avait de larges épaules, un torse musclé, la taille et les hanches minces.

Son regard se voila légèrement pendant qu'il scrutait la foule des femmes qui l'entouraient. Quand Morrisa se fraya un chemin vers lui, sans hésiter à bousculer rudement quelques-unes de ses camarades, il fronça les sourcils, nullement troublé par la générosité de ses formes, mais seulement agacé par son impertinence.

— Quel beau spécimen de mâle, roucoula-t-elle.

Elle passa un doigt sur son bras, avec un sourire aguicheur.

— Je m'appelle Morrisa Hatcher, et je serai drôlement contente de m'occuper de vot'gamin.

Gage Thornton était de plus en plus convaincu d'avoir commis une erreur. Il s'était décidé à passer outre l'inévitable effronterie des prisonnières, dans l'espoir de trouver une personne qui répondrait à ses exigences, mais il était en train de perdre patience. Comment avait-il pu imaginer un instant qu'il découvrirait la perle rare parmi ces femmes ? Il devait vraiment être désespéré !

— J'aspire à d'autres qualités que celles dont vous faites si largement preuve, miss Hatcher. Je crains que vous ne soyez pas celle qu'il me faut.

Morrisa eut un ricanement complice.

— La trouille de votre femme, hein ?

Gage se crispa. Cette femme ne pouvait évidemment savoir le calvaire qu'il avait vécu depuis la mort de Victoria, et ce n'était pas une réponse coléreuse qui arrangerait les choses.

— Ma femme a été tuée accidentellement il y a un an. Si elle était encore en vie, je vous jure que je ne me serais pas lancé dans cette absurde quête !

Annie s'avança timidement, pour toucher sa manche.

— Je m'appelle Annie Carver, monsieur. On a vendu mon bébé quand j'embarquais sur ce navire, alors j'aimerais beaucoup m'occuper d'un marmot. Je vous promets que je l'aimerai comme le mien, monsieur.

Elle rougit soudain, se tortilla les doigts en ajoutant :

— Enfin... si vous êtes prêt à dépenser de l'argent pour m'acheter.

Le regard de Gage s'adoucit devant la petite femme au visage banal. Mais sa façon de s'exprimer marquait un net manque d'éducation.

— J'espérais trouver une personne qui pourrait enseigner à mon fils la lecture, l'écriture, pendant les années à venir. En seriez-vous capable ?

— Mon Dieu, non !

Annie était désorientée par cette demande, et infiniment déçue. Elle s'apprêtait à tourner les talons, lorsqu'une idée lui passa par la tête. Avec un sourire empli d'espoir, elle reprit :

— Je sais qui pourrait, monsieur ! C'est une vraie dame, pour sûr.

— Une dame ? répéta Gage, sceptique. Une dame sur ce navire de condamnés ?

— Ouais, monsieur ! affirma Annie avec enthousiasme. Milady sait lire, écrire, et même compter dans sa tête. Je l'ai vue faire, monsieur.

— Elle doit avoir quatre-vingt-dix ans ! ironisa Gage.

Il ne pouvait dépenser son argent pour une femme qui avait des chances de mourir cinq minutes après avoir quitté le bateau ! De nouveau, il se traita d'imbécile. Il était impossible qu'une jeune femme de bonne éducation ait commis un crime assez grave pour se retrouver expédiée aux colonies – à moins, évidemment, qu'elle n'ait été jetée en prison pour dettes.

Annie eut un sourire joyeux.

— Non, monsieur ! Une jeune dame. Et belle, avec ça !

— Où se cache donc cette merveille ? s'enquit Gage avec une pointe d'ironie.

Il craignait qu'Annie ne comprenne pas tout à fait le terme de « dame », car il n'avait rien vu qui y ressemblât, depuis qu'il était monté à bord du *London Pride*.

Annie fit signe à ses compagnes de s'écarter, tandis qu'elle cherchait son amie des yeux. Un chemin s'ouvrit devant elle, et elle pointa le doigt en direction d'une petite silhouette solitaire près de l'écoutille.

— C'est elle, m'sieur. Shemaine O'Hearn, qu'elle s'appelle.

Shemaine fut aussitôt consciente de l'attention qui se portait sur elle, et de l'étonnement qui se lisait dans le beau regard de l'homme. De toute évidence, elle ne lui était pas indifférente.

Gage était époustouflé. Cette jeune personne était exceptionnellement séduisante.

Il se pencha vers Annie.

— Une dame, vous avez dit ?

Comme elle acquiesçait, il ajouta :

— Mais pourquoi est-elle ici ? Quel crime a-t-elle commis pour justifier d'être chassée de son pays ?

— Un chasseur de criminels l'a enlevée pendant que ses parents n'étaient pas là, chuchota Annie. Et il n'a pas voulu la relâcher, ni appeler des gens qu'elle connaissait. Alors vous comprenez, monsieur, y avait personne pour dire non quand le type a juré que c'était elle qui avait volé les bijoux d'une aut'dame.

Gage n'était absolument pas convaincu par cette histoire à dormir debout. Pourtant, son intérêt était éveillé. Même avec ses joues souillées et sa chevelure indisciplinée qui cascadait sur ses épaules et son dos, Shemaine était magnifique. Elle était certainement irlandaise, avec ses cheveux roux, ses pétillants yeux verts et sa peau si blanche. Malgré les haillons, son attitude trahissait le raffinement : elle se tenait droite, impériale, le menton légèrement levé, et elle le regardait dans les yeux, signifiant qu'elle se sentait son égale.

Gage s'étonna du tumulte inhabituel qui faisait rage en lui, et il se demanda ce qui le bouleversait ainsi. Était-ce d'avoir trouvé enfin la gouvernante de ses rêves – ou bien l'autre but, inavoué, qu'il n'avait jamais espéré pouvoir satisfaire ? S'il l'achetait, ses intentions surprendraient sans doute ses amis comme ses ennemis. Mais ce ne serait pas la première fois qu'il braverait les conventions pour donner à son existence la direction qu'il souhaitait.

Feignant un calme qu'il était loin d'éprouver, il désigna au bosco la fille près de l'écoutille.

— J'aimerais avoir quelques renseignements sur cette personne, monsieur Harper.

James Harper tendit le cou pour voir de qui il s'agissait, juste au moment où une vieille femme se postait devant Shemaine. Étonné, il l'appela, mais Gage eut un geste impatient de la main. Il fit quelques pas afin de pouvoir s'adresser directement à Shemaine et lui demanda d'approcher.

Intensément consciente du regard ambre posé sur elle, la jeune fille se leva et se fraya un chemin entre les femmes, dont les grimaces indiquaient assez leur jalousie et leur fureur de ne pas avoir été sélectionnées. Néanmoins, elle progressa sans encombre, jusqu'à ce que Morrisa lui barre le passage.

— Si j'étais toi, ma chérie, je n'irais pas avec ce Thornton. J'ai jamais vu un si beau type de toute ma chienne de vie, et je le veux pour moi. Si tu m'empêches de l'avoir, ça me fera pas plaisir du tout. J'aurai envie de te trucider pour de bon.

Shemaine était surprise de constater que Morrisa n'avait pas encore renoncé à l'intimider. Elle avait prouvé que les menaces ne l'impressionnaient pas.

— Moi, si j'étais toi, Morrisa, dit-elle avec un mince sourire, je me méfierais de la punition que pourrait t'infliger cet homme, au cas où tu blesserais l'une de ses servantes. Surtout une personne pour laquelle il aura payé une belle somme d'argent.

— Je te retrouverai, Shemaine, tu peux en être sûre, et je te ferai regretter de pas m'avoir prise au sérieux. Ce type ne voudra plus de toi, quand je t'aurai arrangée à ma manière.

Les yeux de Shemaine lançaient des éclairs, démentant la douceur de ses paroles lorsqu'elle rétorqua :

— J'espère que tu ne seras pas surprise, Morrisa, si je préviens M. Thornton que tu m'as menacée ?

Morrisa eut un grognement exaspéré tandis que Shemaine passait devant elle. L'échec de ses tentatives pour voir l'Irlandaise tuée, ou au moins gravement mutilée, devenait plus cuisant encore, à présent qu'elle avait retenu l'attention du plus séduisant des colons. Si elle avait eu quelques cicatrices sur le visage, il n'aurait certainement pas voulu de cette garce !

James Harper n'avait pas regardé Shemaine approcher, tant il était impatient d'en finir avec la vente afin de pouvoir jouir de sa liberté à terre. Il rêvait d'une grande chope de bière. Les yeux baissés sur sa liste, il demanda sèchement :

— Votre nom ?

— Shemaine O'Hearn.

Il releva brusquement la tête, sidéré. S'il y avait une prisonnière qu'il n'avait pas envie de vendre, c'était bien cette fille, qui avait excité les espoirs et l'imagination de plus d'un marin sur le *London*

Pride. Le capitaine Fitch lui-même s'était entiché d'elle, et quelques membres de l'équipage savaient que sa femme aurait bientôt de bonnes raisons d'être jalouse.

Il s'adressa au colon à voix basse :

— Je crains qu'elle ne vous donne pas satisfaction, monsieur, dit-il, son capitaine lui ayant ordonné de décourager les acquéreurs. Elle a le sang chaud et la repartie meurtrière. Demandez au capitaine et à sa femme, si vous en doutez. Elle a provoqué un esclandre.

Shemaine avait entendu, et elle ouvrit de grands yeux. Comment pouvait-il déformer ainsi la vérité ? Il évoquait le jour où les prisonnières avaient été rassemblées sur le pont pour assister à la flagellation d'Annie Carver. Elles avaient été obligées de regarder et, à chaque coup, on leur rappelait qu'elles subiraient le même sort au moindre écart de conduite. Leurs murmures étaient rapidement devenus des protestations indignées, car elles savaient pourquoi Annie avait voulu attenter à ses jours. Elles avaient regardé vers le gaillard d'arrière, où se tenait le capitaine. Shemaine se rappelait le mépris qui l'avait envahie, amer comme la bile, lorsqu'elle l'avait vu, stoïque, près de son horrible femme. Avec une passion que son père n'aurait pas désavouée, elle avait bondi sur le panneau d'écoutille et avait vertement reproché au couple sa façon barbare de traiter Annie…

Elle se tourna vers le bosco.

— Me permettrez-vous de m'expliquer, monsieur Harper ?

— Je n'ai pas dit la vérité ?

— Vous avez raison de dire que j'ai la langue bien pendue, reconnut-elle en croisant hardiment son regard. Mais l'incident était plus grave que vous ne le laissez entendre. Faire fouetter une mère éplorée était cruel. Mme Fitch ne voulait pas qu'Annie s'ôte la vie pour des raisons purement mercantiles, mais vous, monsieur... ne pouviez-vous comprendre l'abîme de désespoir dans lequel Annie était plongée ? Ou êtes-vous si dénué de compassion que vous ne puissiez imaginer le chagrin d'une mère à qui l'on a volé son enfant ? Considériez-vous utile de la punir davantage en la faisant fouetter ?

— Je ne pouvais pas désobéir à mes supérieurs, se défendit Harper. Et mon rôle n'était pas d'en discuter avec eux.

— Donc, poursuivit Shemaine, par votre silence, vous avez consenti à la flagellation. Quel acte chevaleresque !

Harper rougit en se rendant compte qu'elle avait raison.

— Ce n'était pas à vous d'accuser le capitaine et sa femme, ni d'encourager les autres prisonnières à se rebeller.

— Se rebeller ? répéta Shemaine en riant. Elles ont à peine murmuré leurs objections. Croyez-moi, monsieur, elles n'étaient pas en état de se révolter, à moitié mortes de faim et alourdies par les chaînes !

— Le bosco a raison ! intervint Morrisa en s'avançant. Cette garce d'Irlandaise a un sale caractère. Elle m'a souvent cassé la figure, sans que je sache ce qui l'avait mise en colère.

— Menteuse ! cria Annie.

Elle saisit Morrisa par le bras et la repoussa violemment.

Plusieurs fois au cours du voyage, le tempérament d'Annie avait surpris Shemaine, et ce fut encore le cas. Cette femme avait eu l'air d'une petite souris au début du voyage, mais depuis sa flagellation elle était devenue hardie, comme si elle avait fait le vœu de se venger de ses bourreaux, et de remercier Shemaine en prenant sa défense.

Elle agita un doigt sale sous le nez de Gage et ajouta :

— Fouettée sur ordre de la dame du capitaine, que j'ai été ! Mais milady l'a traitée de mégère sans cœur, de méchante femme...

— Ouais, intervint la vieille édentée, et on était toutes d'accord avec elle. Même enchaînées, on était prêtes à se battre, à attaquer l'équipage, jusqu'à ce que le capitaine accepte d'arrêter les coups de fouet.

Annie continua :

— Et on voulait protester quand ils ont mis milady à la cale, mais Shemaine nous a dit de sauver notre peau. Elle a dit qu'elle montrerait à Mme Fitch qu'elle était plus forte, qu'elle sortirait de la cale pas plus malade qu'avant.

Shemaine gémit intérieurement. Son amie en faisait trop sur cet instant de folie. Elle avait perdu son sang-froid, rien de plus.

— C'est le capitaine qui l'a sauvée en transformant sa punition en quatre jours au lieu de quatre semaines, conclut Annie.

À vrai dire, ce discours influença assez peu Gage Thornton. Il avait pris sa décision pendant la discussion entre Harper et la fille. En défendant sa position, elle avait manifesté son intelligence et sa bonne éducation. Gage était enchanté qu'elle réponde si bien à ses vœux.

Toutefois, il ne devait pas paraître trop enthousiaste, quand une coquette somme d'argent était en jeu. Il avait besoin de chaque sou, le temps de terminer le navire dont il avait dessiné les plans et de lui trouver un acquéreur. S'il avait l'intention de faire fortune un jour, pour l'instant, il en était loin.

Déshérité par son père, il était arrivé aux colonies sans ressources. À force de courage et de volonté, il s'en sortait à peu près correctement.

Les meubles qu'il fabriquait dans son atelier avec quatre ouvriers lui procureraient un revenu tout à fait confortable, mais c'était là le nœud de l'histoire. Comment abandonner l'ambition de toute une vie : devenir armateur ?

— Cela ne vous ennuie pas si j'examine cette jeune fille de plus près, monsieur Harper ?

Le bosco se renfrogna.

— Cela ne vous servira à rien.

— Pourquoi ? rétorqua Gage. Si je suis prêt à prendre le risque sur son caractère, qu'est-ce qui pourrait m'empêcher de l'acheter ?

Ignorant l'air contrarié du marin, Gage s'approcha de Shemaine. Elle n'était pas d'une propreté irréprochable, elle sentait même un peu mauvais, mais un feu brûlait dans ses prunelles vertes.

— Elle semble à demi morte de faim, dit-il avec un regard furieux à Harper.

Il avait entendu parler des privations que l'on infligeait aux prisonniers sur ce genre de navire. L'état déplorable des condamnés semblait confirmer ces rumeurs.

Harper grinça des dents, exaspéré. Lui-même avait souvent protesté contre les maigres rations attribuées aux prisonniers. Pourtant, le fait que ce colon y fît allusion augmentait son irritation. Cet intrus cherchait querelle.

— L'état de cette fille ne vous concerne pas, monsieur Thornton. Je vous le répète, je ne peux pas vous la vendre.

— Elle tardera pas à grossir, monsieur, intervint Annie. Si vous lui donnez à manger, y en aura pas pour longtemps.

Les yeux verts lançaient des éclairs.
— Chut, Annie! Je ne suis pas une truie à la foire!
— Savez-vous cuisiner? s'enquit Gage.
Annie répondit à la place de son amie.
— Sûr qu'elle est capable, monsieur!
— Vous ne pouvez pas vous taire? murmura furieusement Shemaine. Vous allez m'attirer des ennuis!
Gage se tourna vers elle.
— Qu'avez-vous dit?
Annie eut un petit geste de la main.
— Oh, rien du tout, monsieur. Milady se raclait la gorge, voilà tout! À cause du pollen dans l'air, vous savez...
— Annie!
Gage contempla la jeune fille sous tous les angles. La vie serait un enfer, s'ils ne s'entendaient pas. Dernièrement, il s'était rendu compte de la difficulté qu'il y avait à s'entendre avec une femme. En particulier une certaine Roxane Corbin, qui l'accablait de ses petits soins et de sa présence. S'il n'avait eu désespérément besoin d'une nurse pour s'occuper de son fils quand il travaillait, jamais il n'aurait accepté l'aide de Roxane. Et maintenant, elle en espérait plus qu'il n'était prêt à lui donner. Dans le cas de Shemaine, en revanche, il serait peut-être heureux de l'avoir auprès de lui...
Il passa les doigts sur son mince poignet. Le contact intime choqua Shemaine. S'il l'avait brûlée, elle n'aurait pas été plus troublée.
— Non, s'il vous plaît, supplia-t-elle, le souffle court.
— Je ne voulais pas vous ennuyer, Shemaine, s'excusa-t-il. J'avais seulement envie de voir vos mains... Puis-je?

Malgré sa honte, Shemaine leva les mains vers lui. Encore heureux qu'il n'ait pas demandé à voir ses dents !

Il examina les longs doigts racés, en caressa doucement les phalanges, avant de regarder ses paumes. Elles étaient particulièrement douces.

— Vous ne me semblez pas faite pour travailler, Shemaine...

Elle rougit sous son regard acéré.

— Le travail ne me fait pas peur, monsieur, dit-elle prudemment, consciente que ses paroles risquaient d'engager son avenir. Je n'en ai pas l'habitude, c'est tout.

— Je vois.

Sidéré, Gage se disait qu'Annie avait peut-être raison : Shemaine O'Hearn avait été effectivement élevée comme une dame. Seuls les gens riches pouvaient offrir des domestiques à leurs enfants, ce qui était la seule explication à ces mains si douces. Des mains de lady.

— J'espère que vous apprendrez toute seule, Shemaine, reprit-il, car je n'ai pas les moyens de vous offrir un professeur, ni le temps de vous instruire moi-même.

— J'apprends rapidement, monsieur, assura-t-elle avec vivacité. S'il existe un ouvrage sur les tâches précises d'une gouvernante, je me débrouillerai seule.

— J'en chercherai un.

— Cela m'aiderait, répondit-elle doucement.

— Savez-vous au moins cuisiner ?

Gage n'avait pu s'empêcher de reposer la question. Il espérait qu'ils n'allaient pas mourir de faim, en attendant qu'elle apprenne à faire à manger !

— Je couds, monsieur, biaisa Shemaine.

Sa mère avait jugé bon de lui enseigner les talents indispensables à une épouse, et leur cuisinière s'était chargée de cette tâche. Mais Shemaine n'avait pas été la plus attentive des élèves, et elle n'aurait su dire précisément ce que sa mémoire avait retenu des leçons.

— Vous paraissez bien jeune, reprit-il.

— Pas si jeune, monsieur. J'ai eu dix-huit ans le mois dernier.

Et elle avait l'impression d'être centenaire...

— Ce n'est pas très vieux ! commenta Gage en riant. Ou alors, vous devez considérer trente-trois ans comme un âge canonique !

Shemaine était un peu désorientée.

— Quel rapport, monsieur ?

— C'est mon âge, expliqua-t-il.

La bouche de Shemaine s'arrondit sur un « oh » muet. Embarrassée par sa gaffe, elle évita de croiser le regard de l'homme, de crainte de trahir son étonnement. Elle ne l'avait pas cru si vieux !

Il y eut un bref silence gêné, puis la jeune fille leva les yeux. Elle s'attendait à l'entendre dire qu'il chercherait une servante ailleurs, mais il se contentait de la sonder du regard, comme s'il voulait percer ses secrets les plus intimes.

— Bon, dit-il enfin. Maintenant, il me reste à convaincre M. Harper de vous confier à moi.

Le cœur de Shemaine s'affola de soulagement. Elle avait souhaité être achetée par une femme, pourtant quelque chose chez cet homme lui inspirait une totale confiance. Peut-être à cause de son air furieux quand il avait évoqué les mauvais traitements infligés aux prisonniers, le manque de nourriture.

Gage rejoignit le bosco, auquel il fit sa proposition avec une feinte désinvolture :

— Quinze livres pour cette fille.

James Harper tressaillit.

— Le capitaine m'a donné des instructions, monsieur. Elle n'est pas à vendre.

— Disons vingt livres, alors, rétorqua Gage avec humeur.

Il sortit une bourse d'un sac qu'il portait à l'épaule, compta les pièces et les tendit au bosco.

— Cela devrait satisfaire votre capitaine.

— Je vous dis qu'elle n'est pas à vendre! insista Harper.

— Bon sang! aboya Gage. Et moi, je vous dis que je la veux!

Il se rendait compte qu'il achèterait Shemaine à n'importe quel prix. Il continua d'un air incrédule :

— Vous amenez un navire jusque dans notre port, afin que tout le monde le voie et, à présent, vous prétendez que vous refusez d'en vendre le plus beau fleuron?

Il eut un rire tranchant.

— Allons, monsieur Harper, serait-ce un jeu? Dans ce cas, je n'ai pas de temps à perdre. Dites-moi carrément ce que vous exigez en échange de cette fille.

Le capitaine Fitch arrivait près des deux hommes.

— Que se passe-t-il, ici?

— C'est ce colon, monsieur, répondit Harper avec un furieux mouvement de tête vers Gage. Il insiste pour acheter Shemaine O'Hearn. Sa dernière offre est de vingt livres, et il veut savoir combien vous en demandez.

Le capitaine rabattit sa veste sur sa bedaine et mit les pouces dans les poches de son gilet. Se balançant sur ses talons, il eut un sourire ironique à l'intention de l'étranger.

— Je crains que vous n'ayez pas assez d'argent pour l'acheter, mon cher monsieur. Elle est déjà retenue.

Shemaine sursauta.

— Par qui ?

Everette haussa les sourcils, et un sourire pervers éclaira ses yeux gris, chargés d'une ardeur évidente qui la fit rougir. De toute évidence, le capitaine avait décidé de la garder pour lui, au nez et à la barbe de son épouse.

— Je vous en supplie, monsieur !

La jeune fille, à cette affreuse perspective, était au bord des larmes. Devenir le jouet de cet individu dépassait en horreur tout ce qu'elle avait imaginé.

— Je vous en prie, capitaine Fitch, reprit-elle, je ne voudrais pas provoquer l'animosité de votre femme... Laissez M. Thornton m'acheter. Il est veuf, et il a un enfant à charge.

Comme Fitch entendait le lourd pas de son épouse approcher, il se raidit et, perturbé, croisa les mains dans son dos. Depuis le début du voyage, Gertrude s'arrangeait toujours pour apparaître dès qu'il était question d'argent. Elle le tarabustait, elle le critiquait, elle se mêlait de tout, c'était une vieille rosse... et il mourait d'envie d'accueillir dans son lit une femme plus jeune, plus belle, plus douce.

— On vous réclame sur le pont, Everette, pour signer des contrats, dit-elle, hautaine.

— J'arrive dans un instant, très chère, répliqua-t-il d'un ton qu'il souhaitait serein. Dès que j'aurai réglé ce problème.

Gage saisit aussitôt la situation et, doublant le nombre des pièces afin d'attirer l'attention de la femme, il déclara :

— On prétend que Shemaine O'Hearn ne peut être achetée, quelle que soit la somme que je propose. Peut-être, madame, voudriez-vous compter vous-même ?

Gertrude lui jeta un coup d'œil méfiant en prenant les pièces. Puis elle se tourna avec un regard noir vers son mari, avant de se lancer dans un compte précis.

Shemaine tremblait d'appréhension. Si Gertrude Fitch devinait à quel point elle avait envie d'être achetée par Gage Thornton, elle s'y opposerait immédiatement.

Cependant, elle hocha la tête et empocha l'argent. Si elle avait souhaité de tout cœur voir Shemaine morte et jetée à la mer, elle ne pouvait refuser une offre aussi généreuse.

— Signez les papiers, Everette, ordonna-t-elle. Il est peu probable que nous obtenions plus de quarante livres d'un autre acheteur.

Fitch ouvrait la bouche pour protester, quand il croisa le regard sarcastique du colon. Il comprit que, s'il voulait continuer à commander un navire, il avait intérêt à signer le contrat. Il le tendit à Gage avec un grognement.

— Je ne sais pas ce que je vais dire à l'autre homme, lorsqu'il viendra la chercher, grommela-t-il.

— Je suis certain que vous trouverez une excuse, répondit Gage avec une esquisse de sourire.

Il roula le parchemin et le glissa dans sa besace.

— Êtes-vous prête ? demanda-t-il ensuite à Shemaine.

Elle avait hâte de partir, avant que Fitch n'invente une bonne raison de la retenir. Elle chercha Annie du regard et la repéra en train de répondre timidement aux questions du petit homme que Morrisa avait évincé. Elle lui fit un signe d'adieu, tandis que des larmes lui piquaient les paupières.

Annie répondit d'un bref hochement de tête, tout aussi émue.

Shemaine revint à son nouveau maître, s'efforçant de refréner son émotion.

— Je ne possède que les vêtements que j'ai sur le dos, monsieur, aussi sales soient-ils. Je suis prête à vous suivre quand vous le souhaiterez.

— Alors, allons-y.

Il croisa le regard mauvais du capitaine et ajouta :

— Je n'ai plus rien à faire ici, et il semble qu'un orage se prépare...

Shemaine contempla le ciel qui s'assombrissait, mais elle comprit que les paroles du colon ne concernaient pas seulement le climat. Elle le suivit résolument.

3

Gage Thornton avait totalement oublié ses bonnes résolutions, dans sa détermination à obtenir Shemaine O'Hearn. Personne n'aurait pu se douter, à le voir si généreux, qu'il devrait repousser l'achat de matériaux indispensables à la construction de son navire, tant qu'il n'aurait pas reçu le paiement de plusieurs meubles qu'il venait de terminer pour de riches bourgeois de Williamsburg. Un délai qu'il n'aurait jamais imaginé, quelques heures auparavant ! Et voilà qu'il se retrouvait avec cette condamnée. Or il en était enchanté, même s'il était rare qu'il atteigne un but sans avoir tout prévu, tout calculé, et mûrement réfléchi.

Quant à Shemaine, elle réalisait que son destin était à présent entre les mains de cet homme. Durant les sept prochaines années, elle serait soumise à son autorité. Elle tiendrait sa maison, s'occuperait du bébé, exécuterait toutes les tâches d'une servante. Elle avait encore beaucoup à découvrir, mais pour l'instant, la situation ne lui paraissait pas catastrophique. Elle était même soulagée que tout se fût aussi bien déroulé. Quand elle repenserait à son départ du *London Pride*, elle se souviendrait qu'elle avait échappé à l'enfer.

Gage descendit de la passerelle sur le quai gravillonné et, le plus naturellement du monde, se retourna pour aider sa compagne.

Shemaine jeta un coup d'œil méfiant vers la main propre et nette qu'il lui tendait, prenant douloureusement conscience de son état négligé. Néanmoins, l'homme avait inspecté ses paumes et il s'en était forcément rendu compte, lui aussi. Elle accepta son aide avec quelque réticence. Elle eut la surprise de sentir ses mains calleuses, ses doigts fins et forts à la fois. Pourtant, sa peau était douce contre la sienne, comme s'il la soignait avec quelque huile exotique.

En posant le pied sur le quai, la jeune fille frissonna. La pierre était froide, le vent qui se frayait un passage entre les navires et les entrepôts était glacial. Elle n'était pas préparée à ce climat peu clément, à ces rafales qui la transperçaient. Elle se contenta de serrer les dents. Ses efforts pour retenir ses jupes étaient futiles, et l'ourlet, rebelle, lui battait obstinément les mollets.

Gage ne put s'empêcher d'admirer ses chevilles délicates. Après tout, il y avait bien longtemps qu'il n'avait eu un aussi agréable spectacle sous les yeux. Cependant, il ne savait pas ce qui retenait le plus son attention : la finesse des mollets, ou les traces rouges causées par les fers. Des ecchymoses marquaient ses jambes, trahissant de récents mauvais traitements. Sous son regard, Shemaine rétracta involontairement les orteils, et il devina son malaise. À contrecœur, il revint à son regard vert.

— Vous n'avez pas de souliers ? demanda-t-il, souhaitant de tout son cœur n'avoir pas à lui en offrir une paire.

Il fronça les sourcils. Comment pourrait-il se permettre une telle dépense ?

Shemaine repoussa les mèches rebelles qui volaient sur son visage et, devant l'air sombre de son nouveau maître, elle eut envie de se sauver en courant.

— Je suis désolée, monsieur Thornton, murmura-t-elle, furieuse d'entendre sa voix trembler. On m'a volé mes bottines à Newgate, peu après mon arrestation.

Elle se rappela qu'elle n'avait rien fait pour mériter ce qui lui arrivait, mais cela n'apaisa pas son humiliation. Elle expliqua avec peine :

— Je vous assure, monsieur… que j'ai infiniment regretté ces bottes. Elles étaient exceptionnelles, du cuir le plus fin. Mon père avait payé une fortune pour faire graver mes initiales sur de petits pendentifs en or que le cordonnier avait attachés à chaque cheville. Sur le moment, j'ai trouvé plus judicieux de ne pas protester quand on me les a prises. Les femmes qui les réclamaient étaient deux fois plus grosses que moi, et elles avaient tellement envie de les troquer contre du gin… J'étais sûre qu'un refus mettrait ma vie en danger. Du coup, j'ai été contente que ma tenue d'équitation ait été déchirée et souillée lors de mon enlèvement. Sinon, elles l'auraient vendue aussi, et je me retrouverais à présent en chemise !

Le regard couleur d'ambre la parcourut de la tête aux pieds, indéchiffrable.

— Quel dommage…

— Monsieur ?

La jeune fille ressentit un pincement d'appréhension.

— Est-ce la perte de mes souliers que vous déplorez, ou le fait que je sois décemment vêtue ?

Son sourire fut trop fugace pour la rassurer.

— La perte de vos bottines, naturellement.

Shemaine se demanda soudain quel type d'homme il était. Sous son attitude sombre et inaccessible, découvrirait-elle un débauché ? Gage Thornton avait-il l'intention de se servir d'elle comme l'aurait fait le capitaine Fitch ? Ou n'était-ce qu'une marque d'humour, destinée à compenser son caractère peu communicatif ? Il semblait savoir précisément ce qu'il attendait de la vie, il avait prouvé qu'il tenait à atteindre ses buts, sans se soucier de ce que les autres pouvaient dire ou penser. Il ne paraissait pas impressionné le moins du monde par les regards curieux auxquels ils étaient soumis sur le quai. Apparemment, il avait l'habitude des ragots à son sujet.

Gage passa le dos de la main sur la manche de Shemaine, où elle était décousue.

— Sauf si les haillons sont devenus à la mode, petite, je ne dirais pas que vous êtes *décemment* vêtue.

Douloureusement consciente de son allure, Shemaine remonta la manche sur son épaule nue.

— Vous avez acquis une bien lamentable servante, monsieur Thornton.

Les yeux bruns plongèrent une fois de plus dans les siens, mais Shemaine n'y lut aucune chaleur – aucune antipathie, non plus.

— Compte tenu de l'endroit où je suis allé la chercher, je ne peux que me féliciter de l'avoir trouvée, répliqua-t-il.

Elle était confuse, un peu désorientée.

— Vous ne regrettez pas d'avoir dépensé autant d'argent pour quelqu'un comme moi, monsieur Thornton ?

Gage eut un rire léger.

— Je suis venu ici aujourd'hui dans un but précis, et je ne suis pas le genre d'homme à regretter mes actes, sauf s'ils se révèlent complètement absurdes.

Il haussa un sourcil interrogateur.

— Diriez-vous que j'ai gaspillé mon argent, Shemaine ?

— J'espère sincèrement que non, monsieur, répondit-elle d'une toute petite voix. Cela dépend de ce que vous attendez de moi. Je ne me vante pas en disant que je suis capable d'enseigner l'écriture à votre fils, ainsi que le calcul et la lecture, mais vous auriez fait une meilleure affaire avec Annie ou une autre condamnée, en ce qui concerne la cuisine et la tenue de la maison.

Gage hocha la tête.

— Vous avez été tout à fait claire au sujet de vos points faibles avant que le contrat soit signé. Je ne peux prétendre avoir été floué, et je ne vous le reprocherai pas.

Shemaine avait le cœur plus léger.

— J'en suis heureuse, monsieur.

Gage eut un geste vers le costume d'équitation en lambeaux.

— Il est évident qu'il faut faire quelque chose pour vos vêtements. Je n'apprécie guère les regards que vous attirez, et je ne voudrais pas que vous soyez gênée par mon manque de générosité.

Une fois de plus, Shemaine tenta de déchiffrer l'expression sombre de son compagnon, mais il restait délibérément réservé et énigmatique.

— Si vous préférez ne pas être vu avec moi, monsieur Thornton, je peux vous suivre à quelques pas. Ainsi, personne ne saura que nous sommes ensemble.

Gage coupa court à ses scrupules.

— Je n'ai pas dépensé quarante livres pour vous cacher derrière mon dos. Vous ne connaissez pas la région, sinon vous sauriez qu'il n'y a pas beaucoup de femmes, par ici, et moins encore que l'on pourrait qualifier de jolies. Mais il y a suffisamment de trappeurs et de forestiers pour menacer la vertu d'une jeune fille. Beaucoup seraient prêts à tout pour ramener une femme à leur campement. Vous représenteriez une belle proie pour ce genre d'individu, surtout en période hivernale.

Plutôt vexée de s'entendre ainsi morigéner, elle expliqua un peu sèchement :

— Je ne pensais qu'à vous épargner de l'embarras, monsieur.

— Je sais, Shemaine, mais vous vous trompiez. Même mal nourrie et sale, vous êtes la plus ravissante jeune personne que ces hommes aient vue depuis des mois.

Elle n'était pas femme à se laisser prendre à un compliment charitable.

— Votre galanterie tournerait sans doute la tête à une fille simple, monsieur Thornton. Si j'en étais une, je fondrais probablement de gratitude, mais je suis tout à fait consciente de l'image lamentable que je donne.

Gage eut un soupir exaspéré.

— Un jour, petite, vous apprendrez que je dis toujours la vérité. Je déteste le mensonge.

— Et vous, monsieur, répliqua-t-elle du tac au tac, vous apprendrez un jour que je ne suis pas une « petite ».

Les joues rouges, elle se crispa, comme pour se préparer à une réprimande. Il se pencha vers elle, plongea dans ses grands yeux et souffla :

— Croyez-moi, Shemaine, je le sais déjà…

La jeune fille en fut totalement désarmée. Soudain, elle n'était plus du tout sûre qu'il n'ait pensé qu'à son fils, quand il avait vidé sa bourse pour elle. S'il lui avait déclaré tout de go qu'il appréciait ses formes féminines pour le plaisir qu'elles pourraient lui offrir – surtout sa poitrine, qui était sans doute son seul atout qui n'eût pas pâti de la traversée –, elle n'aurait pas été plus mal à l'aise.

Toutefois, si elle le contrariait, elle n'était pas certaine qu'il soit obligé de la garder. Il pourrait tout aussi bien la vendre à un autre inconnu, désireux de payer le prix. Il fallait absolument, dans son intérêt, qu'elle montre sa soumission. Et s'il avait quelques vues sur elle, elle y répondrait le moment venu. Il n'était ni avisé ni juste de juger un homme sans preuves.

— Je n'ai pas l'habitude de servir les autres, monsieur, murmura-t-elle. Vous me trouverez souvent un peu trop vive. Voire impertinente.

— Je préfère que vous parliez franchement, Shemaine, plutôt que de vous voir intimidée en ma présence.

Surprise, elle poursuivit :

— J'ai bien des défauts, monsieur, en particulier mon caractère emporté. Je ressemble en cela beaucoup à mon père.

Gage l'avertit à son tour :

— Je suis sûr que vous assisterez de temps à autre à mes sautes d'humeur. Et, ces jours-là, vous me considérerez comme un ours mal léché. Mais ne craignez rien, je ne vous battrai pas.

Elle eut un grand sourire.

— J'en suis soulagée, monsieur.

— Alors venez, dit-il en lui prenant le bras.

Il leva les yeux vers les nuages noirs qui s'accumulaient dans le ciel.

— Nous allons être trempés jusqu'aux os, si nous traînons davantage.

Il l'entraîna le long du quai, contournant les gens et les caisses de bois comme si des tâches urgentes les attendaient. Il marchait vite, à longues enjambées. Il n'était pas homme à perdre son temps ou à flâner. Et dans sa hâte de rentrer avant l'orage, il ne se souciait guère de la fatigue de sa servante, ni de son pas traînant.

Le long jeûne à fond de cale avait laissé Shemaine trop faible pour lui permettre de suivre le rythme. Avant même d'arriver au bout du quai, ses jambes menaçaient de se dérober sous elle. Sa vue commençait à se troubler, le décor tournoyait autour d'elle. Alors elle s'arrêta, puis supplia Thornton de lui accorder un temps de repos. En titubant, elle s'appuya à un pilier, ferma les yeux, espérant que ses forces allaient revenir.

Gage remarqua la main tremblante qu'elle pressait sur sa bouche, son teint pâle, et il sut que ce n'était pas de la comédie. Craignant qu'elle ne s'évanouisse, il s'enquit :

— Vous ne vous sentez pas bien ?

Elle leva les yeux avec précaution et fut étonnée de le voir tout proche. Son estomac était si vide qu'elle avait envie de vomir, et elle eut du mal à surmonter la nausée.

— Donnez-moi un moment pour reprendre mon souffle, implora-t-elle dans un murmure. Ce n'est qu'une faiblesse passagère.

Gage fronça les sourcils.

— Depuis combien de temps n'avez-vous pas mangé ?

Malgré le vent glacial qui brisait son énergie et la mettait en état de léthargie mentale, elle tenta de rester cohérente.

— On m'a donné quelques croûtes de pain et un seau d'eau croupie, pendant les quatre jours où j'étais enfermée dans la cale...

Elle oscilla, sentant ses dernières forces l'abandonner. Mais quand il lui prit le bras, elle poussa faiblement sa main et s'obligea à tenir debout toute seule.

— À vrai dire, monsieur...

Elle ravala une nouvelle vague de nausée, avant de poursuivre péniblement:

— J'ai si faim que... que je me sens mal...

Gage fit signe à un marchand ambulant et se dirigea vers sa charrette. Il acheta plusieurs galettes de blé et en offrit une à sa servante.

— Ceci vous fera du bien.

Shemaine accepta avec empressement et, après l'avoir brisée, en dévora les morceaux. Elle faillit s'étouffer dans sa hâte. Humiliée par son manque de manières, elle refusait de lever les yeux vers son compagnon, dont la haute silhouette l'abritait des passants. Elle goba les dernières miettes, et prit une profonde inspiration avant de croiser enfin son regard.

— J'ai eu plus de chance que d'autres prisonniers, monsieur, qui sont morts de faim. Trente et un, pour être précis.

Gage revit les silhouettes replètes du capitaine et de sa femme, et il fut pris d'un accès de colère en les imaginant en train de faire bombance pendant que ces malheureux agonisaient.

— J'ai entendu parler des privations dont souffrent les condamnés sur des navires comme le *London Pride*, dit-il. J'ai effectué moi-même la traversée sur un navire marchand, et je me suis trouvé beaucoup plus chanceux que la plupart de ceux qui traversent la mer pour venir ici.

L'estomac de Shemaine gargouillait et, gênée, elle croisa les bras.

— Je suis heureuse d'être en vie, monsieur, bien que j'aie souvent pensé que je ne m'en sortirais pas.

Gage lui tendit une autre galette, qu'elle mangea avec plus de retenue. Quand elle les eut toutes englouties, elle avait terriblement envie de boire. Son nouveau maître parut le deviner, car il fit signe au vendeur de lui apporter une bolée de cidre.

Sa soif et sa faim apaisées, Shemaine s'aperçut qu'ils attiraient l'attention de pratiquement tous ceux qui passaient près d'eux. Quelques-uns s'étaient même arrêtés pour les contempler, bouche bée. Certains, embarrassés, osaient à peine regarder. D'autres avaient l'aplomb de se déplacer afin de jouir d'un meilleur angle de vue. Des soldats britanniques riaient aux plaisanteries que lançait l'un de leurs camarades en désignant la jeune fille.

Elle n'avait aucun mal à deviner ce que disaient ou pensaient ces gens. Pieds nus, avec le vent qui rabattait sa robe et ses cheveux ébouriffés, elle devait avoir l'air d'une sauvage. Mais elle remarqua que, dès que les gens la voyaient, ils cherchaient aussitôt à déterminer avec qui elle se trouvait. Lorsqu'ils reconnaissaient Gage Thornton, l'étonnement se lisait sur leurs visages. Ils semblaient alors extrêmement pressés de disparaître.

D'un signe de tête, Gage salua plusieurs hommes. Il n'était guère surpris de l'intérêt que sa compagne suscitait. Il aurait fallu être aveugle pour ne pas voir la beauté sous la crasse. Elle était aussi fine que sa défunte épouse, mais là s'arrêtait la ressemblance. Comparée à Victoria, Shemaine était flamboyante, un peu plus petite, plus menue, hormis la poitrine qu'elle avait voluptueuse.

— Shemaine O'Hearn... murmura-t-il, pensif, sans se rendre compte qu'il avait parlé à haute voix.

— Monsieur ?

— Vous êtes irlandaise, n'est-ce pas ?

Les yeux verts de la jeune fille se mirent à briller d'indignation. Ainsi, comme tous les Anglais, il détestait les Irlandais !

Elle releva le menton, impériale, pour répondre avec emphase :

— Oui, monsieur. Je m'appelle O'Hearn. Shemaine Patrice O'Hearn, fille de Shemus O'Hearn et de Camille O'Hearn ! Je suis à demi irlandaise, et à demi anglaise, au cas où cela aurait de l'importance pour vous.

Gage haussa les sourcils, stupéfait. Sa banale remarque avait mis le feu au tempérament explosif dont Shemaine avait parlé un peu plus tôt.

— Il n'y a rien de mal à être l'un ou l'autre, ou les deux, déclara-t-il afin de la calmer. Mais racontez-moi, si vous voulez bien. Annie prétendait que vous étiez une dame, et je ne peux m'empêcher de me demander comment vous êtes arrivée sur ce bateau de malheur.

La colère de Shemaine s'évanouit aussi vite qu'elle était venue, mais elle mit un certain temps à répondre. Elle avait tenté mille fois de convaincre de son innocence le chasseur de criminels, le juge ou le geôlier. Aucun n'avait voulu la croire. Peut-être étaient-ils motivés par de substantiels pots-de-vin, comme elle l'avait soupçonné. En tout cas, elle était à peu près sûre que cet étranger ne la croirait pas davantage.

— Je n'ai tué personne, monsieur, si c'est à cela que vous songez.

Il eut un petit rire.

— Je n'ai jamais rien imaginé de tel.

De toute évidence, il attendait une réponse sincère. Réprimant un soupir, elle rassembla son courage.

— Il y a environ huit mois, j'ai eu le plaisir – ou la malchance – de me fiancer au marquis du Mercer, à Londres. Sa grand-mère, Edith du Mercer, n'était pas aussi indifférente que Maurice à mon manque de sang bleu. À mon avis, c'est Edith, ou un sbire en qui elle avait toute confiance, qui a loué les services d'un chasseur de criminels pour m'enlever à un moment où mes parents étaient absents. Seuls restaient à la maison les domestiques et une vieille tante, or Edith le savait parfaitement. Il m'a semblé que c'était un coup désespéré pour détruire toute possibilité que son petit-fils m'épouse. Maurice est terriblement entêté quand il a décidé quelque chose, et Edith n'avait pas pu le convaincre de renoncer à moi. Après mon arrestation, on m'a accusée de vol et condamnée à la prison. Il m'a été impossible, malgré mes tentatives, de soudoyer quelqu'un susceptible de prévenir mes parents ou ma tante, et je ne savais comment leur indiquer où je me trouvais. Plutôt que de risquer d'être violée, ou peut-être assassinée à Newgate, j'ai préféré mettre mon nom sur la liste des condamnés qui acceptaient de purger leur peine aux colonies.

Gage n'avait aucun mal à croire qu'elle ait fréquenté des aristocrates. Si une oreille avertie discernait un léger accent irlandais, elle s'exprimait avec élégance et, malgré son tempérament bouillant, on devinait qu'elle avait reçu une excellente éducation. Quant à son innocence ou non dans cette affaire, il lui faudrait bien accepter son explication, jusqu'à preuve du contraire.

— Votre mauvaise fortune a fait ma bonne fortune, Shemaine. Je compatis à vos malheurs, mais comprenez bien que je ne peux déplorer votre présence ici.

Elle demanda timidement :

— Serait-il inconvenant que je vous prie de m'en apprendre un peu plus sur vous, monsieur Thornton ?

Gage regarda un instant au loin, avant de répondre.

— Je suis constructeur de navires par vocation, menuisier par obligation. J'ai un atelier et une cabane non loin d'ici, au bord de la rivière St. James. En ce moment, je construis un brigantin dont j'ai conçu les plans, mais il me faudra encore quelques mois pour le terminer. Quand il sera fini, et vendu, j'ai l'intention d'en fabriquer d'autres, dans l'espoir de devenir un jour armateur. En attendant, je dois payer le travail et les matériaux avec ce que je gagne grâce aux meubles.

Shemaine avait du mal à imaginer qu'un homme aux ressources limitées ait mis tant d'acharnement à l'acheter.

— Je vous aurais cru plus riche, monsieur Thornton…

Gage lui-même s'était étonné de son entêtement !

— Vous êtes exactement la personne que je cherchais, Shemaine. Aurais-je fouillé tous les navires du port que je n'aurais pas trouvé votre pareille.

Il s'interrompit un moment, le visage sombre, avant de raconter comment il était arrivé aux colonies.

— J'ai été obligé de quitter Londres, il y a plus de neuf ans. Je m'étais querellé avec mon père, parce que je refusais d'épouser une jeune personne qui prétendait que je l'avais déshonorée et qu'elle attendait un enfant de moi. C'était la fille d'un de ses vieux amis, et je suis sûr qu'il voulait que je l'épouse par loyauté envers lui. Je crois qu'il avait peur que notre nom ne soit entaché, si je n'acceptais pas de me marier en toute hâte comme l'exigeait Christine, mais il n'était pas question pour moi d'épouser une menteuse, ni de donner mon nom à l'enfant d'un autre. Je n'ai jamais su si tout cela était une ruse pour m'attirer dans ses filets, ou si Christine était réellement enceinte. Comme je ne cédais pas, mon père m'a chassé de chez lui... Ainsi vous voyez, Shemaine, nous avons tous les deux été bannis à cause de manigances. Sans aucun doute, ces gens auraient une attaque, si nous réussissions dans ce pays sauvage.

— Vous avez plus de chances que moi d'y arriver, monsieur Thornton, objecta Shemaine. Mon seul espoir serait que mon père découvre, d'une manière ou d'une autre, où l'on m'a emmenée, et qu'il vienne me racheter, mais cela semble bien improbable. Jamais il n'aurait l'idée de se renseigner à Newgate, et je n'ai pas plus ici qu'en prison une fortune qui me permette de payer un messager susceptible de porter une lettre à Londres. En outre, celle-ci mettrait des mois à atteindre mes parents – à supposer qu'elle y parvienne –, et il faudrait encore des mois pour qu'ils viennent aux colonies. Si on doit me retrouver, ce ne sera pas avant au moins une année.

Gage demeura un instant silencieux. Il comprenait le désir de la jeune fille, mais il songeait également à sa propre déception s'il devait un jour se remettre en quête d'une nurse. Comme il avait vécu lui aussi une brusque séparation d'avec ses racines, il tenta de la rassurer quelque peu :

— Parfois, Shemaine, lorsque nous sommes obligés de sortir des murs protecteurs de nos demeures, du cercle de nos familles, nous y gagnons la possibilité de devenir maîtres de notre destin. Pendant des années, j'ai rêvé de construire un bateau en Angleterre, mais mon père avait besoin de moi pour mettre au point ses énormes navires. Il ne comprenait pas mes plans, ou il me trouvait trop jeune pour avoir confiance en moi et me laisser réaliser mes propres créations. J'avais été l'élève d'un excellent ébéniste, et j'étais meilleur pour les finitions que n'importe quel autre employé de mon père. Cependant, quand il m'a jeté dehors en refusant même d'envisager que je puisse être l'innocente victime de cette histoire, je me suis trouvé libre de suivre ma vocation et mes ambitions.

Shemaine, quant à elle, savait seulement combien ses parents lui manquaient.

— Vous avez certainement raison, monsieur, mais ma seule ambition est de rentrer à la maison.

— Nous verrons ce que vous en penserez dans sept ans, dit-il sans méchanceté.

Elle fut un peu déconcertée par cette déclaration, qui semblait insinuer que rien ne pourrait écourter ses années de service. Que se passerait-il, si son père arrivait à la localiser? Rien, dans la loi anglaise, n'avait été prévu pour forcer un maître à revendre un esclave, s'il ne le voulait pas. Même son contrat de fiançailles était annulé, par le fait qu'elle lui appartienne. À moins que cet homme n'ait assez de cœur pour la renvoyer chez ses parents... Sinon, devrait-elle rester avec lui contre son gré?

Gage, percevant une présence proche, se retourna. Il découvrit une vieille dame maigre, qui tendait l'oreille afin d'entendre les bribes de conversation que le vent capricieux voulait bien lui envoyer. Se voyant démasquée, elle se redressa légèrement, à peine confuse d'avoir été surprise en flagrant délit d'indiscrétion.

— Eh bien, Gage Thornton, qu'est-ce qui vous amène à Newport News, aujourd'hui ?

Gage connaissait la propension de cette femme à colporter les ragots. Elle espérait sans doute qu'il allait lui donner une réponse détaillée, mais il se contenta d'un salut poli.

— Bonjour, madame Pettycomb.

La femme eut un geste du menton en direction de Shemaine.

— Et qui est cette jeune personne ?

Bien qu'il sentît que sa compagne n'avait guère envie d'être présentée, il lui prit le bras et la tourna doucement vers la femme.

— Puis-je vous présenter miss Shemaine O'Hearn, qui nous vient d'Angleterre ?

Les petits yeux noirs d'Alma Pettycomb glissèrent vers les pieds nus, visibles sous la robe chahutée par le vent. Aussitôt, ses sourcils se haussèrent par-dessus les petites lunettes cerclées d'acier, perchées sur un nez aquilin. Elle porta une main veinée de bleu à sa gorge, abasourdie.

Gage déconcertait grandement les gens d'ici. Un homme normal, par exemple, n'aurait pas porté le deuil de son épouse plus de quelques mois. La vie était dure, aux colonies, et les veufs se hâtaient de se remarier afin d'être soulagés du fardeau des enfants. Bien des fermiers avaient espéré voir Gage courtiser leurs filles, et ils l'auraient accueilli à bras ouverts, mais il restait seul, préférant visiblement le célibat. Il avait porté un coup supplémentaire à leurs espoirs en engageant la fille du forgeron pour s'occuper de son fils.

— Au nom du Ciel, Gage Thornton, qu'avez-vous fait ? demanda la matrone. Vous auriez acheté une condamnée sur cet atroce navire prison ? Vous avez perdu la tête, ma parole !

— Je ne crois pas, madame, répliqua Gage avec froideur. J'ai fait exactement ce que j'envisageais depuis un bon moment déjà.

Une rafale rabattit le volant de son bonnet de coton, mais elle le remit en place d'un geste impatienté et lança à Gage un coup d'œil soupçonneux.

— Vous voulez dire que vous souhaitiez réellement acquérir une criminelle ? Avant même que le *London Pride* accoste au port ? Vous êtes complètement toqué !

Un muscle jouait sur la mâchoire de Gage, mais sa voix demeura aussi ferme que son regard.

— C'est ainsi, madame, et je n'ai de comptes à rendre à personne.

Mme Pettycomb plissa les yeux derrière ses lunettes.

— Pas même à la fille du forgeron ? Si vous devez des explications dans cette ville, c'est bien à Roxane Corbin. Cette malheureuse vous idolâtre littéralement !

Gage émit un soupir agacé.

— Ces derniers temps, je me suis dit que j'abusais un peu trop de la bonne volonté de Roxane, et que je devrais lui permettre de vivre sa vie au lieu de veiller sur mon fils. Son père a toujours exigé qu'elle s'occupe des tâches ménagères avant de venir s'occuper de ma maison, et maintenant que Hugh est immobilisé avec une jambe cassée, Roxane ne pourra plus m'aider du tout. Privé d'elle pour veiller sur Andrew quand je travaille, je me suis trouvé dans l'obligation de chercher quelqu'un d'autre.

C'était exactement ce qu'il avait dit à Roxane, mais elle l'avait supplié de demander de l'aide à ses voisins, en attendant qu'elle reprenne ses fonctions. Cependant, les autres avaient autant de travail que lui, et pour rien au monde il n'aurait voulu les surcharger. En outre, il désirait garder Andrew auprès de lui.

— Roxane sait mieux que personne combien j'ai besoin d'une nurse, madame Pettycomb, conclut-il. Elle ne sera donc pas surprise.

Alma l'écoutait, les narines pincées, le regard au loin. Quand il eut terminé, elle pointa sur lui un index réprobateur.

— Vous savez parfaitement, Gage Thornton, que Roxane n'a jamais considéré la garde de votre fils comme une corvée. Elle aime sincèrement Andrew, et vous seriez bien avisé de comprendre combien elle a été bonne envers lui, combien il lui serait bénéfique de l'avoir pour mère. Songez aux problèmes que vous allez rencontrer en amenant une condamnée dans votre demeure. Je n'ai jamais apprécié ces bateaux prisons qui amènent sur nos rivages les rebuts de la société. Cette fille est peut-être une meurtrière, après tout ! Vraiment, vous allez faire grand tort à notre ville en l'abritant sous votre toit !

Gage était fort contrarié par la réaction d'Alma. Shemaine se tenait près de lui, silencieuse, mais il percevait son humiliation. Il fut tenté d'envoyer promener cette mégère, cependant il savait que cela ne ferait qu'augmenter son ressentiment vis-à-vis de la jeune fille.

Avec calme et fermeté, il déclara :

— Je suis enchanté du choix que j'ai fait, madame Pettycomb, et j'ai l'intention de garder cette personne.

— Oui ! Je devine ce qui vous *enchante*, rétorqua Alma en toisant Shemaine d'un air dédaigneux.

Elle émit un soupir digne d'une tragédienne, avant de poursuivre :

— Beaucoup de gens vous prennent pour un fou dans cette ville, Gage Thornton. Et vous venez d'en donner une preuve supplémentaire. Vous gaspillez presque tout ce que vous gagnez pour ce ridicule bateau, alors que – tout le monde le sait – jamais il ne quittera la rivière !

Ce n'était pas la première fois qu'Alma assenait des jugements péremptoires sur ses voisins. Et Gage n'était certainement pas le seul à en faire les frais. Bien qu'elle prît grand plaisir à l'observer quand il venait en ville, sa retenue éveillait ses soupçons. Un homme aussi peu communicatif cachait forcément quelque honteux secret, avait-elle décrété. Or voilà qu'une fois de plus, il bravait les conventions en ramenant cette vile créature chez lui, et il n'en semblait même pas désolé ! Il avait bien besoin d'une sévère semonce !

Gage n'était pas le moins du monde surpris du manque de finesse d'Alma. Depuis neuf ans qu'il vivait dans la région, il avait souvent été obligé d'endurer ses divagations, directement ou par l'intermédiaire d'autres personnes. Elle se mêlait trop souvent de ce qui ne la regardait pas, et ne manquait pas de distribuer généreusement ses avis à droite et à gauche.

Jamais Gage n'oublierait l'après-midi où il avait déposé Victoria dans le cercueil qu'il avait fabriqué pour elle, et l'avait amenée en ville à l'arrière de son chariot. En un rien de temps, la nouvelle s'était répandue, et Alma Pettycomb s'était avancée, exigeant qu'il raconte les circonstances de sa mort. Elle était tombée de la charpente du navire, mais quel rôle avait-il joué là-dedans ? Alma avait été jusqu'à suggérer qu'il avait pu la pousser, dans un accès de colère. Après tout, un mois auparavant, il avait assommé un homme de la ville sans raison apparente !

Roxane avait expliqué avec insistance qu'il ne pouvait avoir tué Victoria et se trouver là où il était quand elle l'avait vu, tout de suite après la chute. Mais certains restaient sceptiques, prétendant que la fille du forgeron était folle de lui depuis des années, et qu'elle dirait n'importe quoi pour l'innocenter.

Lorsqu'on lui avait carrément posé la question, Gage n'avait confirmé ni infirmé la version de Roxane. Il avait simplement expliqué qu'il avait ramené son fils à la maison pour lui laver les mains, et qu'il ne pouvait dire ce qui s'était passé entre le moment où il avait laissé Victoria sur le bateau et celui où Roxane était arrivée. N'ayant trouvé aucune preuve l'incriminant dans la mort de son épouse, les officiels britanniques avaient conclu à un accident.

— Mon navire est destiné à prendre la mer, madame Pettycomb, l'informa sèchement Gage. Et je vous assure qu'il ira bien au-delà de la rivière. C'est une question de temps.

Alma Pettycomb ne semblait guère convaincue.

— Cela reste à voir…

Shemaine se dit que cette femme devait être sotte, pour ne pas sentir la colère qui bouillait derrière la façade détachée de son compagnon. Elle ne savait que trop bien comment son père aurait réagi dans les mêmes circonstances, et s'émerveillait de la maîtrise que Thornton exerçait sur lui-même. Si Shemus O'Hearn avait dû subir des paroles aussi venimeuses, Mme Pettycomb n'aurait pas tardé à battre en retraite sous les injures. Au contraire, Gage Thornton gardait son sang-froid, tout en ne lâchant pas un pouce de terrain.

— Je n'attends pas que vous compreniez, madame.

Gage n'avait jamais accordé beaucoup de valeur aux opinions de Mme Pettycomb, et cela ne changerait certes pas maintenant. Il poursuivit :

— Il faut des connaissances en navigation pour comprendre l'importance de mes plans, et percevoir le potentiel du brigantin avant même sa mise à l'eau.

Alma n'était pas prête à avouer ses lacunes. En réalité, elle ignorait tout ce qui dépassait son cercle restreint d'intérêts, et la navigation n'en faisait pas partie. Elle préféra détourner la conversation.

— Puisque vous ne voulez pas entendre raison, Gage, inutile de poursuivre cette discussion sur votre bateau. Perdez donc votre temps et votre argent à la poursuite de vos chimères, si cela vous fait plaisir. C'est Roxane qui me tracasse. Elle sera bouleversée par ce que vous venez de faire. Vous ne vous attendez tout de même pas qu'elle accepte de vous épouser avec cette... cette créature vivant sous votre toit !

Gage commençait à perdre patience.

— Je crains que vous n'ayez été très mal renseignée, si vous pensez qu'il existe un lien particulier entre Roxane et moi, madame Pettycomb.

Alma lança un regard hautain à Shemaine.

— Il n'y a certainement plus rien depuis que vous avez acheté cette criminelle.

— Il n'y a jamais rien eu entre nous, protesta Gage avec véhémence.

— Niez-vous avoir eu connaissance du trousseau que se brode Roxane... avec vos initiales ?

Gage fut un instant déconcerté. Roxane lui faisait des avances depuis neuf ans, depuis que, pour la première fois, il avait eu recours aux services de son père, le forgeron. Récemment, elle avait laissé entendre sans beaucoup de subtilité qu'une union entre eux serait souhaitable, mais il ne l'avait nullement encouragée dans cette voie.

— Pas une fois je n'ai abordé le sujet du mariage avec Roxane, et je ne lui ai jamais permis de penser qu'il pourrait y avoir un lien sentimental entre nous.

— Je n'en crois rien, Gage. Aucun autre célibataire de la région ne porte les initiales G.H.T. : nous avons tous conclu qu'elle brodait ce monogramme pour Gage Harrison Thornton.

— Eh bien, vous vous trompez.

Mme Pettycomb restait sceptique.

— Peut-être Roxane imagine-t-elle qu'elle va vous épouser parce que vous ne vous êtes jamais donné la peine de la détromper, s'entêta-t-elle. Nous sommes tous persuadés qu'elle rêve de devenir votre femme depuis longtemps, avant même que Victoria arrive à Newport News et retienne votre attention. Vous auriez dû lui dire franchement qu'il n'y avait aucun espoir, au lieu de la laisser mariner durant toutes ces années.

Lassé des racontars de la vieille dame, Gage mit un terme à l'entretien.

— Je n'ai pas le temps d'en parler davantage, madame. Je suis désolé, mais il faut que je rentre voir mon fils.

Alma enfonça le clou.

— Si vous aviez deux sous de bon sens, Gage Thornton, vous tiendriez compte de mon avis, et vous oublierez votre folie. Amener cette…

Elle eut un reniflement de mépris en direction de Shemaine.

— … cette petite garce chez vous, nous oblige à nous interroger sur vos motivations et…

— Je suis pressé, coupa Gage.

— Vous dépêcher, vous dépêcher ! grinça la mégère. C'est tout ce que vous savez faire, vous ne prenez pas le temps de vous arrêter pour réfléchir, Gage ! Sinon, vous sauriez reconnaître l'intérêt que vous porte une femme. Vous ne cessez de travailler. Et tout cela pour quoi ?

— Pour Andrew, madame Pettycomb, répondit Gage tandis que les gouttes commençaient à tomber. Pour mon fils.

Sur ce, il prit la main de Shemaine et l'entraîna vers la rivière.

— Mon canot est de ce côté, pas loin. Pourrez-vous marcher jusque-là ?

— Je ferai de mon mieux, monsieur.

Les rafales de vent se firent plus fortes. Clignant des yeux sous les grosses gouttes de pluie, Shemaine ne songeait qu'à mettre un pied devant l'autre, mais elle avait l'impression d'être prisonnière de la tempête.

Gage s'arrêta soudain et se tourna vers elle. La jeune fille se recroquevilla devant son air sombre. Elle était lente, maladroite, il ne lui restait plus de forces, et elle s'attendait à être vertement réprimandée pour le retard qu'elle leur infligeait.

Sans un mot, il se pencha pour la soulever dans ses bras.

— Monsieur Thornton ! Que faites-vous ? Posez-moi par terre ! s'écria-t-elle, outrée.

Aucun homme autre que son père n'avait eu le front de la porter – et c'était quand elle était enfant ! Elle frémissait d'être ainsi serrée contre ce corps athlétique, car cela la rendait plus consciente encore de sa minceur, de sa fragilité. Avec la pluie, son parfum viril était moins présent, mais il suffisait à lui monter à la tête.

— Les gens vont nous regarder, monsieur Thornton, ajouta-t-elle d'une petite voix.

Gage jeta un coup d'œil par-dessus son épaule et vit, en effet, Mme Pettycomb qui les observait, malgré la pluie qui avait lamentablement rabattu la dentelle de son bonnet.

— Si cette vieille chouette est prête à se faire tremper pour le plaisir de nous contempler, grand bien lui fasse! grommela-t-il. Moi, j'ai l'intention de rentrer le plus vite possible à la maison, et je ne peux pas attendre que vous ayez retrouvé l'usage de vos jambes.

Il empruntait la grand-rue de la ville à toute allure, et Shemaine fut obligée de s'accrocher à son cou. Que se passerait-il s'il glissait dans la boue? s'inquiétait-elle.

Cette jeune fille n'était pas un lourd fardeau, se disait Gage en fonçant vers la rivière. Elle était même légère comme une plume. Il fut cependant surpris de la sentir si douce, si féminine, quand elle noua les bras à son cou. Était-il veuf depuis si longtemps qu'il avait oublié combien il était délicieux d'étreindre une jeune et jolie femme?

Il pénétra dans un bosquet au bord de l'eau, où le feuillage les abritait de la pluie, et il remit Shemaine sur ses pieds. Ensuite, il tira un canot jusqu'à la rivière et lui fit signe d'y monter. Elle trébucha en s'asseyant à la place qu'il lui indiquait. Elle regarda avec méfiance autour d'elle. Ne risquaient-ils pas de chavirer dans ces eaux tumultueuses?

Gage poussa le canot à l'aide d'une rame. Shemaine avait le cœur serré d'angoisse. Après tout ce qu'elle avait vécu, ce serait une cruelle ironie du sort si elle se noyait, à peine descendue du *London Pride*!

Il lui tendit une bâche.

— Cela vous tiendra chaud.

Elle la posa sur ses cheveux et se nicha sous les plis, heureuse de se protéger un peu. Malgré la pluie qui frappait son visage, elle observait le paysage, cherchant des traces d'habitation. Tout de suite après la petite ville, la campagne était plate, avec des marais habités par des oiseaux aquatiques et des reptiles, ou bien des fourrés si denses que seuls devaient y pénétrer de minuscules animaux. Elle fut impressionnée par la beauté de la nature sauvage, et un peu effrayée aussi, car elle ignorait si elle serait capable d'y survivre.

Ici et là, elle apercevait une ferme et ses dépendances, ou bien d'autres demeures en cours de construction.

Gage maniait la pagaie d'un côté et de l'autre. Il gardait la barque près de la rive, où les branches des arbres leur offraient une protection contre la pluie. Des pétales d'arbres fruitiers flottaient à la surface de la rivière, emportés par le courant, tourbillonnant avant d'être noyés dans le flot. Shemaine se sentait aussi vulnérable que ces légers pétales. On lui avait fait traverser l'océan de force, et elle voguait à présent vers une destinée inconnue. Serait-elle noyée dans l'adversité, ou resterait-elle à la surface ?

Ils arrivèrent en vue d'une petite plage de sable, où un navire en construction était sur cales. Il était inutile de préciser que c'était là que Gage Thornton tentait de réaliser son rêve. Comme ils approchaient, le brigantin semblait planer au-dessus d'eux, forme élancée beaucoup plus impressionnante que Shemaine ne l'aurait imaginé. Ce serait un voilier de haute mer, et elle éprouva une grande admiration pour celui qui en avait dessiné les plans.

Une vaste cabane se dressait, un peu en hauteur, son toit pointu se perdant dans les turbulents nuages. Le vent secouait les pins et les arbres qui gémissaient sous les rafales, comme s'ils se plaignaient d'être ainsi malmenés.

Gage tira l'embarcation sur la plage, sauta à terre, souleva Shemaine dans ses bras et courut vers la demeure. Il sauta aisément les quelques marches qui menaient au porche, et poussa la lourde porte d'un coup d'épaule. Il la referma du pied et reposa enfin la jeune fille.

Il s'empara d'une serviette accrochée près de l'entrée et entreprit de se sécher le visage et les bras, tout en allumant quelques lampes.

— J'ouvrirai les volets quand le vent sera tombé, expliqua-t-il, attirant l'attention de Shemaine sur les petites fenêtres percées dans les murs lambrissés de cyprès.

Hormis celles qui étaient protégées par la pente du toit et les porches, les autres étaient fermées par des persiennes.

— J'ai mis des vitres seulement quelques mois avant le décès de ma femme, et cela n'a été ni facile ni bon marché. Les jours de tempête, je ferme les volets pour empêcher les vitres de se briser…

Shemaine était agréablement surprise par le charme et le confort de la demeure.

— C'est joli et agréable, avec les lampes.

Une loggia avait été construite sous le toit, formant un second étage partiel, dont l'élégante balustrade donnait sur la salle. Sous la loggia se dressait un mur, un peu en retrait. Sur la gauche, trônait une grande cheminée. À droite du foyer, face à l'entrée, une porte donnait sur un long corridor. Une seconde porte, entrouverte, laissait apercevoir une resserre parfaitement organisée. À droite de l'entrée, on apercevait une chambre spacieuse.

De toute évidence, les meubles avaient été créés par un ébéniste de talent, car ils étaient tout aussi raffinés que ceux des parents de Shemaine en Angleterre. Le plus remarquable était un haut secrétaire qui se dressait contre un mur dans la partie salon de la pièce, avec des coquilles sculptées, des tiroirs joliment cintrés, un abattant gainé de cuir qui montrait une série de tiroirs. Deux faîteaux couronnaient majestueusement le meuble, orné au centre d'une coquille soigneusement ciselée. Sans doute l'œuvre de Gage.

La jeune fille était sidérée. Elle ne s'attendait pas à un aménagement si luxueux, dans ce coin perdu des colonies. Un canapé et deux grands fauteuils avaient été harmonieusement placés près du secrétaire.

Dans la cuisine, un évier en bois, un plan de travail et un buffet étaient appuyés au mur sur la gauche de la cheminée. Baratte, pots, cruches et autres ustensiles abondaient. Une chaise haute d'enfant occupait le bout d'une table à tréteaux, flanquée de deux bancs à dossier. Un fauteuil à bascule, près de la cheminée, invitait à la détente.

L'âtre était immense, muni de crémaillères où l'on pouvait suspendre bouilloires et cocottes. Un four métallique, sur le côté, pouvait être aisément déplacé afin de bénéficier de la chaleur. La cheminée, massive, solide, montait jusqu'au toit pointu.

— Vous avez construit cela tout seul ? demanda Shemaine sans cacher son ébahissement.

— Oui. J'avais bâti une petite case pour moi, après mon arrivée. Quand j'ai épousé Victoria, je l'ai agrandie et je me suis mis à fabriquer des meubles pour elle.

Il fit du regard le tour de la pièce familière.

— C'est elle qui en a fait un véritable foyer. Elle était très habile aux travaux d'aiguille.

Il indiqua le canapé et les fauteuils.

— Elle m'a fait échanger une table contre un plaid écossais. Quand j'ai eu assemblé les différentes pièces des sièges, elle les a rembourrés de crin de cheval, recouverts de toile à voile, puis de lainage.

— Elle doit vous manquer affreusement, murmura Shemaine qui avait senti une fêlure dans sa voix.

— En effet, je pense beaucoup à elle, reconnut-il en remettant la serviette sur sa patère près de la porte. Mais vous entendrez raconter le contraire quand vous vous aventurerez en ville. Alma Pettycomb et les autres commères prétendent que je ne suis capable d'aimer que mon bateau.

— Je n'envisage pas d'accorder le moindre crédit aux bavardages de Mme Pettycomb, déclara la jeune fille avec conviction.

Elle avait décidé que cette femme ne présentait aucun intérêt.

— Si vous avez créé tous ces jolis meubles pour votre femme, je suis certaine que vous l'aimiez énormément, précisa-t-elle.

Un sourire vite disparu fut toute la réponse qu'elle obtint de Gage, qui se dirigea vers la cheminée où il ranima le feu avant d'y ajouter quelques bûches.

Shemaine s'aperçut soudain qu'ils étaient seuls.

— Où est votre fils ?

Gage accrocha une bouilloire au-dessus des flammes, et se tourna vers elle avec un geste vague en direction du dehors.

— Je l'ai laissé chez une voisine qui habite en amont de la rivière. Si Hannah Fields n'avait pas déjà un mari et sept enfants, je l'aurais engagée pour le ménage et la cuisine. Mais évidemment, je voulais quelqu'un qui soit capable d'instruire Andrew. Hannah est une femme bonne, courageuse, et Andrew est toujours enchanté de pouvoir jouer avec Malcolm et Duncan, ses deux plus jeunes fils. Je suis sûr qu'elle vous plaira. Elle n'est pas du genre à colporter des ragots.

— Je serais heureuse de trouver une personne susceptible de m'apprendre le métier de servante, mais je suppose que Mme Fields ne dispose pas de beaucoup de temps, avec une si grande famille !

— Dès que l'orage sera calmé, j'irai chercher Andrew. Je demanderai à Hannah si elle veut bien vous enseigner des rudiments de cuisine. Je suis certain qu'elle acceptera avec joie de faire votre connaissance. À part les deux petits, ses garçons sont plus grands, et ils aident leur père. Elle a aussi deux filles, de douze et quatorze ans, mais elles s'intéressent plus aux garçons qu'aux tâches ménagères. Leur père les surveille de près et, à voir la taille de son fusil, je comprends que les jeunes gens ne se risquent pas à venir sans y être invités.

Shemaine sourit.

— Pourrai-je faire le tour de la maison, en votre absence ?

— Certes, mais profitez-en surtout pour vous laver et vous changer. Il y a dans une malle de la chambre des vêtements qui devraient vous aller. Je vais les chercher.

Curieuse, elle le suivit dans la chambre à coucher, vaste et confortable, avec un lit à colonnes, une commode, une armoire et d'autres éléments de mobilier aussi élégants. Il y avait même une peau d'ours en guise de carpette.

La chambre initiale avait été divisée par un rideau pour ménager une chambre d'enfant. Shemaine y découvrit un fauteuil à bascule, un coffre, un petit lit à roulettes, tous fabriqués sans doute par le maître des lieux.

Gage souleva le couvercle d'une malle qui se trouvait au pied du lit à colonnes.

— Tout cela appartenait à ma femme. Elle était grande et mince, aussi aurez-vous à raccourcir les jupes et à mettre des chiffons dans les souliers, en attendant que je puisse vous en offrir une paire. Mais je vous en prie, prenez tout ce que vous voudrez.

Shemaine le dévisagea.

— Vous allez me laisser porter les vêtements de votre épouse ?

Gage lut l'étonnement sur ses traits, et il eut cette réponse laconique :

— Cela vaudra mieux que les haillons que vous avez sur le dos.

Elle rougit et remonta de nouveau la manche décousue sur son épaule.

— Votre charité me surprend, monsieur Thornton. Vous pourriez répugner à voir une inconnue revêtir ce qui a appartenu à votre femme.

— Ces vêtements seront plus utiles à vos besoins qu'à mes souvenirs, rétorqua-t-il. Et je n'ai pas les moyens en ce moment de vous acheter du tissu pour une robe. J'ai dépensé cet après-midi plus que je n'en avais l'intention, et il faut que j'économise avant de pouvoir me procurer les matériaux nécessaires au bateau.

— Je ne m'y attendais pas, monsieur Thornton, dit vivement Shemaine. Je n'aurais jamais espéré plus qu'un peu de nourriture, et peut-être un matelas où me reposer.

— Le petit et moi dormons ici. Vous utiliserez la loggia en guise de chambre.

Il lui fit signe de le suivre et, après avoir traversé la pièce principale, la conduisit dans le corridor qui menait à la porte de derrière. D'un côté, il y avait un vaste bureau et un placard, de l'autre, l'escalier.

Gage l'invita à le précéder, et il ne put s'empêcher d'admirer, tandis qu'elle montait devant lui, la grâce de ses mouvements. Il demeura immobile pendant qu'elle faisait le tour de la pièce. Silencieuse, elle s'arrêta près du lit étroit, regarda les quelques meubles et la petite cheminée qui s'ouvrait dans le conduit principal, puis elle alla jeter un coup d'œil par-dessus la rambarde qui donnait sur le séjour. Revenant vers la couchette, elle passa la main sur une minuscule table de chevet.

— C'est un peu étriqué, dit enfin Gage, mais c'est tout ce que j'ai à vous proposer. Dans la soirée, j'installerai une toile pour que vous puissiez jouir d'une certaine intimité.

— C'est plus que je n'en espérais, monsieur Thornton.

Touchée, la jeune fille ne parvenait pas à dominer son émotion quand elle reprit :

— Comparé à la cellule que je partageais sur le bateau avec d'autres condamnées, c'est grandiose ! Et je suis heureuse d'apprendre que je pourrai parfois me trouver seule, ailleurs qu'à fond de cale !

Gage vit ses grands yeux briller de larmes contenues. Afin de ne pas la gêner, il redescendit au rez-de-chaussée, où elle le suivit.

— C'est ici que j'ai commencé l'ébénisterie, expliqua-t-il dans le corridor. Ma première création a été une sorte de vitrine à bibelots. Une femme fort riche m'avait dit que si elle aimait la pièce une fois terminée, elle me l'achèterait. Depuis, je lui ai fait beaucoup d'autres meubles, dont celui-ci, qu'elle m'a commandé il y a quelques semaines...

Il eut un geste vers le dessus du bureau, couvert de croquis. Ses talents de créateur comportaient celui de dessinateur, car ses schémas, fins et précis, donnaient une excellente idée de ce que serait le résultat.

Shemaine leva les yeux vers les étagères qui surmontaient le bureau. Elles débordaient de registres, de parchemins roulés, de croquis.

— Avec toutes les commandes que j'ai obtenues ces dernières années, j'ai dû transférer mon atelier ailleurs. Il se trouve à présent dans un vaste hangar, au bout du chemin qui part de la porte de derrière. Deux de mes ouvriers travaillent avec moi pratiquement depuis le début. Ils étaient complètement novices, incapables de distinguer l'érable du chêne. Même le maniement d'une scie semblait au-delà de leurs moyens, et je n'osais leur confier aucune tâche importante. Cependant, au fil des années, Ramsey Tate et Sly Tucker ont progressé au-delà de mes espérances. Je les considère désormais comme deux des meilleurs ébénistes de la région. Récemment, j'ai commencé à enseigner le métier à deux apprentis, un Allemand et un garçon de Yorktown, mais pour l'instant, ils en sont encore au niveau de la scie. D'habitude, à cette heure-ci, soit je suis à l'atelier avec eux, soit j'aide le vieux réparateur de bateaux et son fils, mais je leur ai donné à tous un après-midi de congé, afin qu'ils puissent s'occuper de leurs propres affaires pendant que j'allais voir ce que le *London Pride* nous avait apporté.

Shemaine lui sourit.

— Vous êtes très talentueux, monsieur Thornton ! J'ignore tout de la construction des bateaux, mais je sais reconnaître un meuble de qualité. Si ce que vous avez ici est un exemple de ce que vous fournissez à vos clients, vous leur manquerez lorsque vous déciderez d'arrêter l'ébénisterie.

Gage acquiesça, puis il leva la tête, à l'écoute. Le léger martèlement de la pluie sur le toit indiquait que l'averse s'était calmée.

— On dirait que l'orage est passé, dit-il. Il vaut mieux que j'y aille.

— Où puis-je me laver ? demanda Shemaine.

Chez ses parents, les bains étaient préparés par les domestiques.

— J'ai mis une bouilloire sur le feu, et il y a un puits dehors où vous pourrez chercher de l'eau s'il vous en faut davantage. Un tub est accroché dans la resserre. Pour l'instant, vous devrez vous en contenter pour vos bains, ceux de mon fils et la petite lessive. Un de ces jours, quand j'en aurai le temps, je transformerai la resserre en salle de bains, mais en attendant, nous devrons faire avec ce dont nous disposons. Par beau temps, je me baigne dans la mare que vous avez peut-être remarquée avant d'arriver ici. Ce n'est guère intime, évidemment, à part le couvert des arbres, mais si cela vous tente, je suis certain que mes hommes et moi ne nous plaindrons pas du spectacle !

— Je me baignerai à l'intérieur, s'empressa de répondre Shemaine, tandis que ses joues s'empourpraient.

Gage esquissa un vague sourire.

— Hannah aime bien que je m'attarde un peu avec elle pour bavarder, alors vous aurez tout le temps nécessaire pour vous laver et vous habiller en mon absence. Avez-vous peur de rester seule ?

Shemaine eut un sourire beaucoup plus épanoui que celui de Gage.

— Pour l'instant, je serai heureuse de ma solitude. Comme vous devez vous en douter, nous n'en goûtions guère, à bord du *London Pride*.

— Vous pourrez fermer la porte de l'intérieur après mon départ. Je vous conseille de le faire, au cas où un vagabond aurait envie de chercher dans la maison quelque nourriture ou pièces de monnaie. Je détesterais qu'on vous enlève avant que j'aie eu le temps de vous voir le visage propre !

Une ombre de sourire, encore.

— Quand je rentrerai, reprit-il, je frapperai trois fois pour vous faire savoir qu'il s'agit bien de moi. Sinon, ne vous montrez pas à la fenêtre. Avant la fin de la semaine, je vous aurai appris à tirer. Je ne m'absente pas souvent, mais vous serez plus tranquille en sachant vous défendre. On risque toujours de se trouver nez à nez avec un ours, un chat sauvage...

— Ou un Indien ?

Shemaine, pendant le voyage, en avait entendu parler.

— Ou un Indien. Mais ils sont presque tous partis dans les montagnes ou les vallées au-delà des monts Alleghany. Pour eux, il y a trop d'Anglais, d'Allemands, d'Irlandais et d'Écossais qui s'installent dans la région.

La jeune fille le suivit vers la porte, en se demandant s'il serait utile de lui parler des menaces de Potts. Mais il semblait un peu lointain. Une autre fois, se dit-elle.

Sur le seuil, Gage désigna le bahut de la cuisine.

— Il y a du pain et du fromage, au cas où vous auriez une petite faim. Hannah me prépare généralement un peu de nourriture à emporter, quand elle sait que je suis seul avec Andrew. Donc, pour ce soir au moins, vous serez bien nourrie. Je ne promets rien pour demain.

Il ouvrit la lourde porte, scruta les environs, puis il referma derrière lui. Les planches de bois grincèrent sous ses pas.

Après son départ, Shemaine goûta un délicieux instant de silence. Avec un sourire de pur bien-être, elle ferma le loquet et, pour la première fois depuis des mois, considéra son avenir avec une lueur d'espoir.

4

Le bain renforça considérablement son optimisme. Ensuite, elle sortit une chemise de jour un peu élimée de la malle de Victoria. Naguère elle l'aurait jetée, ou en aurait fait un chiffon à poussière pour les domestiques. Le fait d'avoir vécu dans des haillons durant plusieurs mois avait complètement modifié son attitude, et elle était infiniment reconnaissante de pouvoir enfiler un vêtement propre et relativement présentable. Bien qu'il y eût des chemises plus jolies – dont une, bordée de dentelle, qui devait être réservée aux grandes occasions –, Shemaine refusait de profiter à l'excès de la générosité de son maître. Elle sortit également une autre chemise, une robe verte et une bleu pâle, deux tabliers blancs et une paire de souliers noirs. Tous usagés.

Une fois baignée, les cheveux lavés, elle se sentit obligée de témoigner sa gratitude à Gage Thornton. Quel meilleur moyen que de se montrer bonne cuisinière et servante accomplie ? Une serviette enroulée sur ses cheveux, seulement vêtue de la chemise, elle se mit en devoir de préparer un repas.

Plusieurs années s'étaient écoulées depuis que Bess Huxley, la cuisinière familiale, avait tenté de lui inculquer quelques rudiments. À l'époque, Shemaine avait accompli ses tâches à contrecœur, les répétant inlassablement jusqu'à ce qu'elle atteigne la perfection exigée par la cuisinière, mais elle détestait tourner indéfiniment les sauces afin d'éviter les grumeaux, ou battre les œufs jusqu'à les rendre mousseux. Elle considérait alors les leçons de Bess comme une perte de temps, car elle était certaine d'épouser un jour un homme qui posséderait assez d'argent pour entretenir une vaste domesticité.

— Autant pour moi! murmura-t-elle avec humour.

Bess l'avait bien mise en garde contre son orgueil : une petite fille ne pouvait savoir qui la demanderait en mariage ni, à la vérité, à qui elle donnerait son cœur… Si toutefois elle avait le choix !

Malgré les exercices pratiqués avec la cuisinière, Shemaine était sûre d'en avoir beaucoup oublié. Or à présent, elle se trouvait contrainte de prouver ses talents et de se rappeler l'enseignement que Bess avait eu tant de mal à lui inculquer. Rien de tel que le désespoir pour pousser quelqu'un à écouter les sages conseils.

Elle entreprit de faire des crêpes. Tandis qu'elle moisissait dans la cale, elle s'était rappelé avec attendrissement les thés pris en famille. Ces chers souvenirs lui revinrent avec une douloureuse clarté alors qu'elle mélangeait la pâte. Elle couvrit ensuite le bol d'un torchon et le posa près de l'âtre, puis termina sa toilette.

Elle trouva fastidieux de démêler ses longues boucles, assise près du feu, et elle se rendit compte que l'après-midi filait comme l'éclair. En désespoir de cause, elle chercha une paire de ciseaux afin de les couper, mais elle ne découvrit qu'un couteau de boucher, et dut renoncer à son idée.

En fouillant dans la malle, elle avait trouvé une brosse qui portait encore quelques longs cheveux blonds. Bien que son maître lui eût permis de se servir à sa guise, elle répugnait à détruire ce précieux souvenir. Elle préféra examiner les affaires de Gage, et elle s'aperçut que la plupart de ses vêtements étaient pliés et rangés, hormis quelques chemises plus fines roulées en boule au fond du placard. Elles étaient là depuis si longtemps qu'elles avaient pris l'odeur du bois et, même si ce n'était pas désagréable, Shemaine se promit de les laver et de les repasser au plus vite. Ensuite, à lui de décider s'il voulait ou non les porter, mais au moins il aurait le choix.

La pluie avait recommencé à tomber. Ne sachant si cela accélérerait ou retarderait le retour de M. Thornton, elle renonça à perdre davantage de temps avec ses cheveux. Elle découvrit enfin une brosse dans un tiroir, et attacha ses mèches encore humides sur la nuque. Puis elle lava la brosse, la sécha et la remit en place, espérant qu'il ne remarquerait rien.

Comme Gage l'avait prévu, les robes étaient trop longues et serrées sur la poitrine. Shemaine était étonnée qu'un homme pût aussi bien se rappeler le corps de son épouse, un an après son décès, au point de pouvoir le comparer à celui d'autres femmes. Les corsages ne pouvaient être agrandis, constata-t-elle en examinant les coutures, et les ourlets devraient attendre qu'elle ait un peu plus de temps. Elle choisit de porter la robe verte, qui lui paraissait un peu plus courte. Après avoir enfilé les souliers, elle les attacha avec des liens de cuir qu'elle noua à ses chevilles. Elle plissa le nez en remarquant à quel point celles-ci avaient été abîmées par les fers, et se dit que les lacets allaient les irriter davantage.

Elle alla ensuite vérifier l'état de la pâte, et ajouta les ingrédients supplémentaires jusqu'à obtention de la bonne consistance, avant de remettre le bol près de la cheminée. Enfin, elle s'appliqua à nettoyer la pièce.

La pâte étant prête, Shemaine posa une plaque sur le feu. Heureuse à l'idée d'offrir à son maître une collation agréable, elle mit un pot de thé au chaud, espérant qu'il arriverait assez tôt pour profiter de ce goûter improvisé.

Bien que les leçons datent de plusieurs années, elles s'étaient imprimées dans la mémoire de Shemaine, car les crêpes étaient parfaites. Elle était enchantée du résultat, et infiniment reconnaissante à Bess Huxley et son exigence de perfection. Pourvu qu'elle se rappelle tous ses conseils avec autant de précision !

Des pas rapides sur les marches du porche l'alertèrent, puis trois coups frappés la rassurèrent. Laissant quelques crêpes sur la plaque, elle alla tirer le verrou et ouvrit.

Gage Thornton portait son fils sur un bras, et de l'autre un panier couvert d'un torchon. Pénétrant dans la maison, il prêta peu d'attention à Shemaine quand il referma la porte d'un coup d'épaule, posa le panier sur une petite table près de l'entrée, et débarrassa son fils de la couverture qui le protégeait de la pluie. Lorsque le petit vit une étrangère chez lui, il se blottit contre son père, inquiet, mais la bonne odeur qui emplissait la pièce attira son regard vers la cheminée.

— Papa... Andy... faim.

La curiosité de Gage était également éveillée. Tout en sortant les pans de sa chemise de son pantalon, il demanda :

— Qu'est-ce qui sent si bon ?

— Je me suis rappelé comment on fait les crêpes, annonça Shemaine avec un sourire qui oscillait entre la fierté et la timidité.

Gage passa la chemise par-dessus sa tête et la lança dans un baquet. La vue de ses larges épaules, de sa taille mince et de sa poitrine musclée, était fort troublante pour une jeune femme qui, lors de ses rares passages sur le pont du *London Pride,* avait été confrontée aux marins ventripotents qui adoraient parader torse nu devant les femmes, comme s'ils estimaient être de parfaits exemples de virilité.

En comparaison, Gage avait un physique extraordinaire. Toutefois, il ne semblait pas conscient du magnifique spectacle qu'il offrait, ni du trouble qu'il causait à sa nouvelle employée. Jamais un homme ne l'avait ainsi bouleversée. En même temps, elle se rendait compte que, à part l'enfant, elle se trouvait seule avec un inconnu pour la première fois de sa vie. Une dame comme il faut aurait été moins admirative de son anatomie, et beaucoup plus inquiète. Compte tenu des circonstances, elle était à la merci du moindre de ses caprices.

Gênée, elle retourna à ses fourneaux, en déclarant d'une voix mal assurée :

— J'ai pensé qu'Andrew et vous aimeriez déguster quelques crêpes avec un thé.

— Je vais me changer, et je reviens tout de suite ! dit Gage en se dirigeant vivement vers sa chambre.

La seule chose qui avait mis un bémol à sa satisfaction, quand il avait acheté Shemaine, était son incapacité à cuisiner. Malgré ses efforts, il n'avait cessé de se tracasser à ce sujet, songeant à la réaction d'Andrew, et il était immensément soulagé que la fille se montre plus efficace qu'elle ne l'avait laissé entendre. Si elle était capable de préparer des crêpes, elle devait connaître d'autres recettes.

— Papa ! cria Andrew, s'apercevant que son père n'était plus là.

Il jeta à la jeune fille un regard angoissé et courut se réfugier dans la chambre avec un cri de terreur.

Elle sourit en entendant le père calmer le petit garçon.

— Tout va bien, Andy. Shemaine va vivre avec nous, et s'occuper de toi pendant que papa fabrique des chaises et des tables...

— Et gros bateau, p'pa ?

— Et le gros bateau aussi, Andy.

Shemaine posa la théière sur la table, ainsi que deux assiettes, des couverts et un pot de confiture qu'elle avait trouvé dans le placard.

Gage réapparut un instant plus tard, son fils dans les bras, vêtu d'un pantalon de peau et d'une chemise de coton. Avant son arrestation, Shemaine avait été plutôt attirée par les hommes élégants. Maurice en était un exemple parfait, magnifique en veste de soie noire, gilets et culotte assortis. Les yeux noirs, les cheveux sombres, il jouait sur le contraste avec les chemises et les bas blancs qu'il affectionnait. À la vérité, en tenue d'apparat, il avait de quoi faire tourner les têtes ! Cependant, voyant Thornton en tenue aussi rustique, Shemaine se demanda si elle continuerait désormais à s'émerveiller devant les élégants aristocrates en bas de soie.

Gage installa son fils sur la chaise haute, au bout de la table, lui noua une serviette autour du cou et s'assit sur le banc. Shemaine se pencha afin de poser le plat de crêpes, et Gage leva les yeux pour la remercier. Pour la première fois depuis qu'il était rentré, il la vit clairement à la lumière de la lampe.

Si quelque chose était susceptible de troubler l'impassibilité de cet homme, se dit Shemaine, c'était peut-être le changement qui s'était produit chez elle. Lorsque leurs regards s'étaient croisés sur le *London Pride*, elle avait été frappée par la force que dégageaient ces yeux brillants, mais la façon dont il la contemplait à présent n'avait plus rien de commun.

Il la considérait comme son bien.

Elle retint son souffle.

— Vous êtes différente, murmura-t-il enfin. Ravissante, à vrai dire…

Trop ravissante pour un homme qui n'a pas connu de femme depuis un an ! songea-t-il en plongeant résolument le nez dans son assiette.

Il prit une crêpe, la tartina de confiture et la donna à son fils.

— Andrew boit-il du thé ? s'enquit la jeune fille, incapable de décrypter l'attitude de Gage, qui semblait maintenant plus lointain que jamais.

Évitant soigneusement de la regarder, il se leva.

— J'ai mis du lait à rafraîchir dans le puits. Si vous voulez, je vais vous montrer où je le garde.

— Dois-je me couvrir ? demanda-t-elle, peu désireuse de se retrouver de nouveau trempée et glacée.

— Non, ce n'est pas la peine. J'ai construit un toit au-dessus du porche, à l'arrière, et il se prolonge suffisamment pour que nous soyons à l'abri.

Gage la conduisit dans le corridor et lui tint la porte ouverte. En passant devant lui, Shemaine s'émerveilla une fois encore de l'intelligence de cet homme, dont les créations étaient non seulement belles mais pratiques.

Au bout du porche, il y avait le puits, construit en pierre et en bois, mais ce n'était pas tout. En bas des marches, il avait fabriqué un chemin de pierres plates, bordé de fleurs et d'arbres fruitiers. Un peu plus loin se dressait un appentis, abritant un fumoir. À côté, s'ouvrait une porte qui servait d'entrée à une cave à racines. Plus loin encore, au milieu d'un poulailler, il avait construit des nichoirs afin que l'on puisse plus aisément récolter les œufs. Une cabane jouxtait deux enclos, dont l'un abritait deux chevaux, l'autre une vache et un veau. Enfin, tout au bout de l'allée, un vaste bâtiment au toit de tôle se fondait parmi les arbres.

— C'est là que je travaille avec les ouvriers, indiqua-t-il. Il y a un grand appentis, sous lequel nous rangeons le bois dont nous avons besoin pour le bateau et les meubles…

— Papa ! appela Andrew depuis le seuil de la maison.

— J'arrive, Andy ! répondit Gage qui tira du puits un pot de lait.

Il tint la porte ouverte pour Shemaine, regardant son corsage trop serré, puis le doux balancement de sa jupe quand elle pénétra dans la pièce de séjour.

Il revint vers la table, posa le pot, mais resta debout à côté du banc. Il fallut un certain temps à Shemaine pour comprendre qu'il attendait qu'elle s'asseye. Comme elle lui lançait un regard interrogateur, il eut un geste d'invitation.

— Ici, Shemaine, tout le monde prend ses repas en même temps. Vous serez traitée comme un membre de la famille dans ma demeure, et par tous ceux qui y entreront.

La jeune fille se glissa sur le bois poli, croisa les mains sur ses genoux en murmurant :

— Merci, monsieur Thornton…

— Gage. Appelez-moi Gage.

Il s'installa face à elle, mais il ne s'autorisa pas à la contempler trop longtemps, sous peine d'avoir du mal à dominer ses instincts.

— Tout le monde m'appelle par mon prénom, précisa-t-il. J'ai horreur d'être appelé M. Thornton... sauf par mes ennemis.

Shemaine s'efforça de dissimuler les larmes qui lui montaient aux yeux.

— Comme vous voudrez... Gage.

Il lui passa le plat de crêpes.

— Mangez, maintenant, Shemaine. Vous êtes trop menue.

— Bien, monsieur.

Andrew avait suivi le dialogue avec grand intérêt. Il se pencha sur la table pour étudier la jeune fille, qui se tenait la tête baissée. Sentant le regard de l'enfant, elle cligna vivement des yeux et esquissa un sourire.

Étonné, il se tourna vers son père.

— Shaime pleure, papa.

Elle leva la tête, incapable de retenir les larmes qui roulaient sur ses joues. Étant donné le courage qu'elle avait montré en refusant de se laisser humilier par Morrisa et Gertrude, elle ne comprenait pas pourquoi elle s'effondrait ainsi, simplement parce qu'on lui témoignait un peu de gentillesse.

— Je suis désolée, monsieur Thorn...

Elle s'interrompit, craignant de perdre contenance si elle rectifiait et utilisait son prénom.

— Je ne... je ne m'attendais pas à être si bien traitée, tenta-t-elle d'expliquer. Voilà presque quatre mois que je n'ai pas entendu un mot aimable, qu'un monsieur ne m'a pas tenu la porte, n'est pas resté debout en attendant que je m'asseye. Je suis affreusement honteuse de pleurer devant vous, mais... je ne peux pas me retenir.

Gage extirpa de sa poche un mouchoir propre, qu'il lui donna, puis il se leva et s'éloigna de quelques pas pendant qu'elle s'essuyait les yeux. Il ouvrit le placard, en sortit deux tasses. Il en remplit une de lait à ras bord, l'autre à moitié. Il tendit la plus pleine à Shemaine.

— Buvez. Vous avez plus besoin de lait que de thé. Cela va vous calmer.

Il tartina une autre crêpe de confiture et la posa sur une assiette devant elle.

— Bon appétit. Cela sent merveilleusement bon.

Shemaine ne put s'empêcher de rire, et elle remarqua une ombre de sourire sur le visage de Gage, qui lui réchauffa le cœur. Le lait était frais, délicieux, et elle mordit avec joie dans la crêpe. Andrew buvait aussi à grand bruit, aidé par son père. Ils mangèrent un instant en silence puis, afin de détendre l'atmosphère, Gage se mit à raconter l'histoire d'un ours qui l'avait harcelé quelques années plus tôt.

— N'a-qu'une-oreille, incroyablement ombrageux, détestait les gens, sans doute parce qu'il avait perdu une oreille à cause d'un trappeur qui avait bien failli y laisser sa peau. Il s'était aventuré plusieurs fois sur ma propriété sans y faire de dégâts, mais un matin d'hiver, alors que je sortais des toilettes, je l'ai surpris en train d'essayer d'attraper un veau que j'avais acheté au printemps. Il devait avoir l'intention d'en faire son petit-déjeuner, et quand je suis intervenu pour l'en empêcher, cela l'a rendu mauvais.

« J'avais laissé mon fusil dans la cabane, et il se tenait là, en face de moi, me mettant au défi de faire un geste. J'étais absolument sans défense, tout juste vêtu de mon pantalon. Victoria, qui avait entendu les grognements de l'ours, est sortie par la porte de derrière avec mon arme chargée. Elle était sur le point d'accoucher, mais elle n'a pas hésité. Elle a épaulé et tiré. Elle l'a atteint juste entre les deux yeux.

Il eut un fugitif sourire.

— Voilà comment nous avons eu un tapis pour la chambre. J'ai tanné la peau et l'ai mise du côté de Victoria. Ainsi, elle ne se gelait pas les pieds lorsqu'elle était obligée de se lever pour nourrir Andrew.

Shemaine ne pleurerait plus, et ses yeux immenses brillaient sous les cils encore humides. Le menton dans la main, elle sourit.

— Vous feriez bien de m'apprendre à tirer, monsieur Thornton, pour votre sécurité autant que pour la mienne.

— Avant la fin de la semaine, j'espère.

Leur collation terminée, Shemaine rassembla les assiettes, tandis que Gage lavait les mains et le visage de son fils. Le petit bâilla, la tête sur l'épaule de son père, qui l'emmena dans la chambre. Quand il en ressortit, il ferma doucement la porte, puis alla remettre le pot de lait dans le puits.

Il réapparut dans la cuisine avec un flacon.

— C'est un baume que j'utilise sur les petites blessures, expliqua-t-il. Cela marche aussi pour les plus graves, mais je m'en sers surtout sur les cals, les égratignures.

Il s'approcha de l'évier où Shemaine lavait la vaisselle.

— J'ai pensé que cela pourrait aider les marques rouges autour de vos chevilles et de vos poignets à cicatriser.

La jeune fille rangea la dernière assiette dans le placard, avant de jeter un coup d'œil à la pommade translucide. Elle plissa le nez.

— Je sais, l'odeur suffirait à faire fuir un putois, dit-il, mais c'est efficace.

— Comment dois-je l'utiliser ? demanda Shemaine en réprimant un frisson.

— Il faut faire pénétrer l'onguent, mais il vaudrait peut-être mieux que je m'en charge moi-même.

Shemaine s'empourpra.

— Ce ne serait pas convenable, monsieur.

— Et pourquoi, je vous prie ? rétorqua-t-il sèchement.

Il ne pensait qu'à lui venir en aide, et ne se souciait guère de ses états d'âme sur les convenances.

— Il faut soigner vos poignets et vos chevilles, Shemaine, et les masser avec cet onguent ne mettra pas votre vertu en danger. Croyez-moi, petite, si je décidais un jour de porter atteinte à votre pudeur, je ne commencerais pas par vos chevilles !

Son regard se posa sur ses seins, comme pour souligner ses propos, puis très vite il revint à son visage.

Gênée, elle croisa les bras, regrettant que la robe ne soit si étroite.

— Je... je vous assure, monsieur Thornton, que je ne songeais absolument pas à cela, mentit-elle.

Il eut un petit sourire sceptique.

— Alors vous êtes bien différente des jeunes femmes avec lesquelles j'ai été en contact dans cette région. Elles sont nombreuses à penser qu'un veuf est dans un tel état de manque, qu'il est capable de relever la jupe la plus proche et de parvenir à ses fins de gré ou de force.

Rougissait-elle parce qu'elle était offusquée par sa façon de s'exprimer, ou parce qu'il n'avait pas tort ?

— Croyez-moi, Shemaine, je suis plus exigeant que cela.

— Moi aussi, monsieur ! assura-t-elle, le menton levé. Je vous promets que je ne suis pas disposée à me prosterner aux pieds de n'importe quel homme. Je me contenterai parfaitement de vous servir de domestique. Et je m'occuperai moi-même de mes poignets et de mes chevilles, si cela ne vous ennuie pas.

Il pinça légèrement les lèvres en lui remettant le flacon.

— Si vous changez d'avis, Shemaine, je serai heureux de vous rendre service... sans porter atteinte à votre virginité.

Il sortit à grandes enjambées de la pièce, et la jeune fille sursauta en entendant la porte claquer. Toute colère disparue, elle fut saisie par la crainte. Elle aurait dû se conduire plus prudemment. Elle n'avait pas besoin de dire à cet homme qu'elle avait peur d'être touchée par ses grandes et belles mains...

Réveillé par le bruit, Andrew se mit à pleurer dans son lit, et elle se précipita dans la chambre. Le petit était couché en chien de fusil au milieu du lit à colonnes, une couverture sur lui. Il avait les yeux fermés, ses petits sourcils froncés. Il geignit légèrement, et Shemaine s'approcha afin de caresser ses cheveux, tout en fredonnant une ballade irlandaise. Aussitôt, le visage de l'enfant se détendit, sa respiration se fit plus régulière. Il se mit sur le dos et retomba dans un profond sommeil. En continuant à chantonner, elle le recouvrit et s'apprêta à sortir de la chambre.

Son cœur fit un bond lorsqu'elle vit la sombre silhouette qui se profilait sur le seuil. Gage, appuyé au chambranle, semblait l'observer depuis un moment. Affreusement embarrassée, elle tenta de se rappeler ce qu'elle avait fait durant les dernières minutes. Incapable de comprendre pourquoi il ne s'était pas manifesté, elle se hâta vers la porte, mais il ne fit pas mine de s'effacer.

Elle leva les yeux vers lui, consciente de sa faiblesse. Quoi qu'il décide, il parviendrait sans peine à ses fins, c'était évident. Enfin, il retourna dans la pièce principale, lui dégageant le passage. Elle avait envie de se sauver à toutes jambes, mais il la retint par le bras. Le fils endormi, il était fort possible que le père juge le moment adéquat pour l'agresser. Bien que le contact soit doux, cela ressemblait à l'étreinte d'un geôlier qui avait sur elle pouvoir de vie et de mort.

Elle se raidit et affronta son regard.

— Vous désirez quelque chose, monsieur Thornton?

Gage se pencha et elle frémit, mais c'était seulement pour refermer la porte.

— Je tiens à m'excuser, dit-il calmement. Je sais que vous avez vécu de rudes épreuves, et que le capitaine Fitch souhaitait faire de vous sa maîtresse. Mais tous les hommes ne sont pas comme lui. Je n'aurais pas dû vous tourmenter ainsi. Je suis désolé.

Shemaine le contemplait, effarée.

C'était tout? Il voulait seulement s'excuser?

Elle eut un petit sourire contraint, gênée d'avoir paniqué, d'avoir imaginé qu'il avait envie de coucher avec elle, comme s'il la trouvait irrésistible! Il l'avait dit: l'état de veuf ne faisait pas de lui un débauché! En outre, il avait déclaré qu'il la considérait trop maigre.

Son cœur reprenait un rythme régulier, sa raison revenait. Elle fut étonnée de son intuition. Le capitaine Fitch s'était cru très malin, dans ses efforts pour l'avoir à l'insu de tous, mais un parfait étranger l'avait percé à jour. Sans doute Gertrude Fitch n'était-elle pas aussi fine qu'elle le croyait.

Toujours affreusement embarrassée, elle s'excusa à son tour, les yeux baissés.

— Vous aviez toutes les raisons de prendre offense de ma puérilité, monsieur Thornton. Je songeais simplement qu'il était peu convenable, pour un homme célibataire, de s'occuper des chevilles et des poignets d'une dame. Je comprends à présent que vous vouliez juste me rendre service.

Et non me violer! termina-t-elle silencieusement.

— J'aimerais bien, assura-t-il.

J'aimerais bien *quoi*? Il fallait absolument que Shemaine discipline ses folles pensées et écoute plus attentivement ce que disait son maître.

Il poursuivit d'une voix basse, convaincante:

— Je crois que cet onguent vous ferait du bien.

— Alors, allez-y, céda-t-elle dans un soupir. Mais soyez doux avec mes chevilles, s'il vous plaît. Potts m'a fait tomber, ce matin, et je ne sais pas ce qui est le plus douloureux, du bas de mon dos ou de mes chevilles.

— Je masserai les deux endroits, si vous le souhaitez, dit-il avec son vague sourire.

Dès que la jeune fille arrivait à contrôler son imagination, il réduisait ses efforts à néant! Pas étonnant qu'elle puisse soupçonner le pire!

Les grands yeux verts le fixèrent, cherchant à deviner le fond de sa pensée.

— Asseyez-vous là, Shemaine, et je m'occupe de vous.

— Je ne sais pas si je vais le supporter, marmonna-t-elle avec une grimace. Cette odeur me met le cœur à l'envers... Vous ne vous moquez pas de moi, j'espère?

— Je vous retrouverais à l'odeur, si vous décidiez de vous sauver.

Elle fit volte-face, prête à prendre la fuite, mais il la retint par le poignet.

— Allons, Shemaine, vous ne comprenez pas la plaisanterie?

Elle secoua la tête.

— N'ayez pas peur, insista-t-il. La pommade peut être lavée une fois qu'elle aura pénétré votre peau.

Et, de toute façon, elle perd assez vite un peu de son odeur.

Avec une certaine réticence, Shemaine se soumit enfin à ses soins. Le laisser retrousser ses manches ne lui parut pas insurmontable. Pourtant, elle était vaguement inquiète lorsqu'elle le vit tremper ses doigts dans le petit pot et commencer à étendre l'onguent sur ses poignets fins. Il le fit pénétrer par des gestes circulaires du pouce. En effet, l'odeur se dissipa quelque peu, tandis qu'un autre parfum montait de sa tête penchée. C'était un étrange et plaisant mélange : celui de sa chemise, du daim de son pantalon, du savon avec lequel il s'était lavé...

— Vous feriez mieux de renoncer au lacet de cuir pour retenir vos souliers, conseilla-t-il quand il s'attaqua à ses pieds. Ils risquent de retarder la cicatrisation.

Il prit un pied nu dans sa main, et le cœur de Shemaine bondit. Elle fixa Gage, les yeux agrandis, mais il semblait parfaitement indifférent.

— Relevez le bas de votre jupe, sinon il sera taché, dit-il.

Elle remonta légèrement sa robe puis, sur un haussement de sourcils de Gage, concéda quelques centimètres de plus. Encore insatisfait, il émit un soupir, posa le pied nu sur sa cuisse et, de sa main propre, remonta la jupe jusqu'au genou, sans tenir compte de son sursaut indigné. Il commença son massage circulaire, sur le cou-de-pied, les orteils, sur la plante. Il lui tenait le talon d'une main et passait la crème de l'autre, avec tant de douceur et de régularité qu'elle se détendit enfin et appuya la tête au dossier du siège.

— Vous avez une très jolie voix, Shemaine, dit-il en s'attaquant à l'autre pied. Victoria aussi chantait pour Andrew. Tout bébé, il l'écoutait avec attention jusqu'à ce qu'il s'endorme. Mais personne n'a chanté pour lui depuis la mort de sa mère. Je ne suis pas doué dans ce domaine.

— Vous avez tellement d'autres talents que j'en suis abasourdie, répliqua-t-elle, grisée par ses caresses. Si vous n'aviez pas quelques lacunes, vous ne seriez pas humain.

— Or je suis bel et bien humain.

Il massait les petits pieds en se disant que tout était admirable, chez cette jeune fille, jusqu'à la finesse de ses pieds.

— Nous sommes tous humains, soupira-t-elle. Personne n'est parfait, et il ne faut pas exiger la perfection d'autrui. Si nous connaissions mieux nos défauts, nous serions plus indulgents envers ceux des autres, et moins enclins à prendre ombrage de la plus légère provocation. Si les hommes savaient pardonner avec la même fougue qu'ils mettent à faire la guerre, nous serions sans doute capables de vivre en paix. Cependant, il y en a qui sont si mauvais qu'on ne peut les tolérer.

— En avez-vous rencontré sur le *London Pride* ?

— Il y en avait plusieurs. Gertrude Fitch, la femme du capitaine. Et Jacob Potts. Mais la plus rusée était Morrisa Hatcher. Elle manipulait les deux autres, promettait ses faveurs à Potts, qui de son côté semblait capable d'influencer Mme Fitch par ses mensonges. Celles d'entre nous qui ne se prosternaient pas devant lui ou Morrisa, risquaient une punition que Mme Fitch extorquait à son mari. Elle se croyait intelligente, mais en réalité, c'était la plus crédule des trois. Potts, au moins, savait ce qu'il obtiendrait s'il servait les buts de Morrisa. Elle voulait à tout prix écraser ses adversaires, particulièrement moi. Ils souhaitaient ma mort.

Gage remarqua son effroi.

— Vous pensez qu'ils vont continuer à vous tourmenter ?

— Bien que Mme Fitch me déteste, elle ne fera rien ici, aux colonies. Elle ne prendrait pas le risque d'avoir affaire aux autorités. Quant aux deux autres, ils continueront à me pourchasser tant qu'ils resteront ici. Ils m'ont menacée. Morrisa enverra Potts faire le sale travail, et elle hurlera de joie quand ce sera exécuté.

— Est-ce que j'ai vu ce type sur le bateau ? questionna Gage sans cesser de lui masser la jambe.

— Non. James Harper l'avait envoyé à la cale, quelques instants avant que vous montiez à bord. C'est un homme énorme, une fois et demie comme vous, avec des cheveux filasse, des joues couperosées et un gros nez épaté.

Gage sourit.

— Je me demande s'il hante vos rêves, la nuit... Vous le décrivez tellement bien !

— Je le reconnaîtrais de loin, c'est certain.

— Heureusement, ainsi vous aurez le temps de me prévenir si vous l'apercevez dans les parages.

— Mais vous m'apprendrez bientôt à tirer au fusil, n'est-ce pas ? demanda-t-elle, angoissée.

Il y aurait forcément des jours où il ne serait pas là. Elle devrait se défendre toute seule, si Potts venait la chercher.

— Croyez-vous que vous auriez le courage de tuer un homme, Shemaine ?

— Si Potts me trouve, je serai obligée. Il me tuera si je ne suis pas capable de me défendre.

— En général, quand l'un de mes ouvriers ou moi apercevons un bateau, nous allons l'accueillir, mais j'avoue qu'il y a des jours où nous sommes trop occupés pour regarder par la fenêtre. Sonnez la cloche qui est à la porte, ou hurlez de toutes vos forces, au cas où vous verriez Potts. L'un de nous vous entendra.

— Je ne sais pas si vous vous rendez compte de ce que vous aurez à affronter, monsieur Thornton. Cet individu est une véritable brute. Il en faudrait deux comme vous pour l'abattre.

— Je sais me protéger et protéger ce qui m'appartient, affirma Gage. Par prudence, je vous apprendrai à tirer.

Shemaine se détendit tandis qu'il passait une serviette sur ses jambes afin d'essuyer le reste d'onguent. Enfin, il s'assit sur ses talons et lui permit de rabattre sa jupe.

Surprise, elle s'aperçut qu'elle ressentait déjà les effets apaisants de la pommade.

— Je crois, monsieur Thornton, qu'en plus de tous vos autres talents, vous êtes un excellent médecin. Je me sens déjà mieux. Merci infiniment.

Gage accepta le compliment d'un léger signe de tête. S'il avait insisté pour qu'elle l'appelle par son prénom, son nom de famille prononcé par elle avait une saveur particulière, à laquelle il n'était pas indifférent.

— Vos chevilles iront mieux d'ici quelques jours, et bientôt, toute rougeur aura disparu. Peut-être aurai-je alors les moyens de vous offrir une paire de souliers...

— Ne vous tracassez pas, monsieur Thornton, dit-elle doucement. Je suis très heureuse d'avoir ceux que vous m'avez prêtés. Comme vous l'aviez prévu, ils sont un peu grands, mais je m'y habituerai. Au moins, j'ai quelque chose pour me protéger des cailloux ou des échardes.

— Je n'ai guère de mérite à avoir deviné qu'ils seraient trop grands. Victoria était mince, mais elle avait une demi-tête de plus que vous.

— À mon avis, Andrew sera grand, lui aussi. Comment en serait-il autrement ? Je suis sûre qu'il sera votre portrait, plus tard.

— C'est ce que disait Victoria après la naissance, se rappela Gage. Elle était blonde comme les blés, vous savez, et quand je regardais ses cheveux dans le vent, j'étais étonné qu'ils ne s'emmêlent jamais.

Un peu embarrassée, Shemaine repoussa une boucle de son visage. Sa chevelure était si épaisse et rebelle qu'il fallait la tresser, à moins de la confier à un coiffeur particulièrement patient. Sa camériste, en Angleterre, adorait relever le défi et réalisait des compositions ravissantes, tout en vantant ses reflets cuivrés. Mais Nola était partiale. Elle la coiffait depuis l'âge de dix ans.

— Je crains que mes cheveux ne soient indisciplinés. J'ai failli les couper, tout à l'heure, juste pour me débarrasser des nœuds.

Gage contempla la petite boucle qui était revenue sur sa joue dès qu'elle l'avait lâchée. Il eut envie de la prendre entre ses doigts, mais il s'en abstint, devinant que Shemaine bondirait en arrière comme une biche effarouchée. Il commençait à connaître sa pudeur, et il se félicitait d'être parvenu à la masser sans qu'elle proteste.

— J'aime bien vos cheveux, dit-il, et je serais fâché si vous les coupiez.

Elle se mordit la lèvre.

— À propos, j'espère que vous ne serez pas en colère, monsieur Thornton... Je l'ai lavée soigneusement et je l'ai remise où je l'avais trouvée.

Il fronça les sourcils.

— De quoi parlez-vous ?

— Votre brosse. Je m'en suis servie pour démêler mes cheveux.

Gage soupira, soulagé.

— C'est tout ? À vous entendre, j'imaginais le pire !
Elle le dévisagea.

— Cela ne vous ennuie pas que je vous l'aie empruntée ? Vous n'êtes pas furieux ?

Une lueur taquine dansait dans les yeux de Gage.

— Je devrais ? Auriez-vous des hôtes indésirables que je risque d'attraper ?

Shemaine secoua la tête en riant.

— Pas à ma connaissance, monsieur.

Il se frotta le menton, pensif, en retenant un sourire.

— Vous devriez peut-être vous inquiéter de ce que *vous* auriez pu attraper. Vous avez lavé la brosse après, et non avant... n'est-ce pas ?

Elle croisa les mains autour de ses genoux.

— Êtes-vous vraiment anglais, monsieur Thornton ? Vous avez plutôt l'humour d'un Irlandais.

Il haussa les épaules.

— Si je suis bien le fils de mon père, je descends d'une longue lignée d'Anglais. Sinon, ma mère a dû le tromper dans son sommeil, car elle a toujours porté ma naissance, mon allure et mon entêtement au crédit de William Thornton.

La petite voix ensommeillée d'Andrew leur parvint :

— Papa ?

— J'arrive, Andy.

Gage se leva d'un mouvement souple et se dirigea vers la chambre. Elle l'entendit parler doucement à son fils, et la musique de sa voix réchauffa le cœur de Shemaine autant que celui de l'enfant...

Le soir tombait. Une chouette hululait dans un arbre. L'intérieur de la demeure était calme, troublé seulement par le pétillement des bûches dans l'âtre et le crissement de la plume de Gage, qui écrivait à son bureau. Quand la jeune fille levait les yeux de sa couture, elle le voyait par-delà le corridor.

Après avoir partagé avec les Thornton les provisions que Hannah Fields leur avait données pour le souper, elle avait préparé le petit-déjeuner du lendemain et rangé la cuisine. Plus tard, Gage avait couché Andrew, puis il s'était mis au travail, pendant que Shemaine raccourcissait la robe bleue et l'autre chemise qu'elle s'était octroyées.

Tandis qu'elle tirait l'aiguille, son esprit se mit à vagabonder, et elle compara Gage à son fiancé. Les deux hommes se ressemblaient, avec leurs cheveux noirs. Mais Gage Thornton les portait coupés court, alors que Maurice les attachait en catogan, refusant les perruques et la poudre. Tous deux, grands, larges d'épaules, mettaient en valeur les vêtements qu'ils portaient – culottes de peau et chemise de toile pour Gage, élégants costumes pour Maurice. Bien que son fiancé eût un faible pour la soie, elle songea que, tout séduisant qu'il fût, il n'était pas plus impressionnant dans son raffinement que Gage dans sa rusticité. Ce dernier avait les hanches et la taille assez minces pour exciter la jalousie de n'importe quel dandy, et ses pantalons de daim dessinaient les muscles de ses jambes athlétiques.

Maurice du Mercer n'était pas non plus une mauviette, se rappela Shemaine dans un effort d'impartialité. C'était un redoutable épéiste, et un cavalier accompli. Il connaissait toutes les danses, au cours desquelles il évoluait avec grâce. En fait, la différence entre les deux hommes aurait pu se résumer à leurs mains. Les doigts de Gage étaient minces, durs. Dans leur étau, les belles mains pâles et lisses du marquis auraient été écrasées.

À une époque, des siècles auparavant, la jeune fille avait pensé que la beauté de son fiancé était inégalable. Nul n'aurait pu trouver à redire à ses traits aristocratiques et à ses yeux noirs frangés de longs cils.

La mère de Shemaine, qui avait toujours eu confiance en sa fille, avait cependant craint, lorsqu'elle avait entendu parler de mariage, qu'il ne s'agisse d'une forte attirance physique plutôt que d'un amour profond et sincère.

Camille avait également émis la possibilité qu'elle fût tombée amoureuse de la belle allure de son fiancé et de sa position dans la société. Shemus O'Hearn était généralement assez sage pour prendre les avis de son épouse au sérieux. Tous deux avaient donc décidé de ne pas accorder tout de suite leur consentement, priant Maurice de comprendre qu'ils souhaitaient seulement que Shemaine fût bien consciente de ce qu'était la vie d'une marquise. Maurice avait fougueusement répété combien il l'aimait, et assuré qu'elle ne manquerait de rien. Au bout d'un mois, les parents avaient cédé quand leur fille avait calmement déclaré qu'aucun homme ne pourrait jamais arriver à la cheville du Maurice qu'elle avait appris à connaître.

C'était huit mois auparavant, en Angleterre !

Et elle se retrouvait sur un autre continent, comme sur une autre planète.

Tant de choses s'étaient passées, depuis le jour où Maurice avait demandé sa main ! Elle n'était plus une jeune fille oisive mais une sorte d'esclave, achetée par un colon qui travaillait dur afin de réaliser ses ambitions…

Gage ferma son registre, posa la plume dans l'encrier et recula son tabouret. Il alluma un chandelier, souffla les bougies du corridor et s'approcha du fauteuil à bascule. Shemaine plia vivement la chemise qu'elle était en train d'ourler.

— Vous allez avoir besoin de cela pour monter l'escalier, dit-il en lui tendant le chandelier. Il y a une couverture dans le coffre, près du lit, si vous avez froid. J'ai tendu un fil au-dessus de la balustrade, et j'y ai accroché une toile, pendant que vous terminiez dans la cuisine. Vous n'avez qu'à tirer le rideau pour vous retrouver chez vous.

La jeune fille le remercia. Il prit une lanterne, lui souhaita bonne nuit et se dirigea vers sa chambre. Renonçant à lui avouer qu'elle avait oublié de choisir une chemise de nuit dans la malle, elle ramassa les vêtements et gagna l'escalier.

Gage, sur le seuil de la pièce, se retourna vers elle.

— Désolé, Shemaine, je ne vous ai pas demandé si vous aviez besoin d'autre chose, parmi les affaires de ma femme...

— Une chemise de nuit et un peignoir, si cela ne vous ennuie pas, monsieur, répondit-elle timidement. Je n'y ai pas pensé, tout à l'heure.

— Alors, venez les chercher.

Quand Shemaine entra dans la chambre, il avait déjà ouvert le couvercle de la malle. Il en sortit une chemise fine, la plus belle robe – qu'elle avait déjà remarquée – et le seul peignoir.

— C'est beaucoup trop beau pour une servante ! protesta-t-elle.

Gage les lui posa dans les bras.

— Il serait ridicule de les laisser moisir, Shemaine.

— Vous pourriez les garder pour votre future épouse, argumenta-t-elle en les serrant contre elle.

Il sembla réfléchir un instant en la contemplant, avant de hocher la tête.

— Si je les aime portés par vous, je vais peut-être suivre votre conseil et vous épouser.

Elle le fixa, bouche bée, incapable de prononcer un mot.

Avec une expression diabolique, Gage glissa un doigt sous son menton pour lui fermer la bouche.

— Ne prenez pas cet air choqué, Shemaine. Ce ne serait pas le premier mariage de convenance qui se nouerait ici, aux colonies, et ce ne serait pas non plus le dernier. Avec la pénurie de femmes dans la région, il n'est pas rare qu'un homme épouse une étrangère. S'il se montre trop timoré, il verra la fille conquise par un autre avant d'avoir eu le courage de faire sa demande.

Shemaine avait enfin retrouvé sa langue.

— Je ne voulais pas parler de notre mariage, monsieur Thornton, se hâta-t-elle de déclarer. Je veux dire... Jamais cela ne me serait venu à l'esprit... Je n'aurais pas eu la prétention de... Je... je ne peux pas. Voyez-vous, j'étais fiancée...

Elle s'arrêta net en se rendant compte qu'elle protestait avec beaucoup trop d'énergie.

— Il est bien tard pour ergoter sur ce sujet, Shemaine. Prenez ces vêtements et montez vous coucher. Reposez-vous, reprenez des forces. J'espère que mes hommes et moi aurons bientôt la possibilité de livrer les meubles à Williamsburg. Dans quinze jours, un mois au plus. J'aimerais y emmener Andrew, mais j'aurai besoin de vous pour veiller sur lui pendant que nous déchargerons les meubles du chaland pour les mettre dans un chariot. Je ne pourrai pas m'occuper du petit. Je suis certain que vous aurez besoin de toute votre énergie pour le supporter une journée entière !

— J'essaierai d'être en forme à ce moment-là, monsieur Thornton, dit-elle en partant vers la porte.

Il la suivit, s'appuya au chambranle.

— Au cas où vous ne le sauriez pas, Shemaine O'Hearn, votre accent irlandais est charmant. Je l'entends clairement quand vous m'appelez par mon nom de famille, et comme vous ne semblez guère disposée à utiliser mon prénom, je vous autorise avec plaisir à continuer de dire «monsieur Thornton».

Une lueur taquine dans le regard, il précisa:

— Jusqu'au jour de notre mariage, bien sûr...

Consternée, Shemaine tourna les talons.

Mais le rire communicatif de Gage lui arracha un sourire, tandis qu'elle traversait rapidement le salon en direction de l'escalier.

5

Depuis toujours, les adultes, dans la famille Thornton, se levaient avant que le soleil ait fait son apparition au-dessus des arbres.

Shemaine n'était guère habituée à être si matinale. En Angleterre, on la laissait dormir tant qu'elle voulait. Étant fille unique, elle avait été fort gâtée, bien que sa mère et la cuisinière l'aient mise en garde : elle ne pourrait continuer ainsi lorsqu'elle serait maîtresse de maison.

Sur le *London Pride,* elle dormait quand elle en avait l'occasion, et ces instants volés ne l'avaient reposée en rien. En revanche, sa première nuit sous le toit de Gage Thornton l'avait détendue physiquement, et revigorée mentalement.

Toutefois, au réveil, la dure réalité s'imposa dans son esprit : il n'était pas question de s'attarder au lit. Elle était devenue esclave, et devait servir au lieu d'être servie.

Elle avait d'abord vaguement entendu la porte de Gage s'ouvrir et ses pas traverser le salon en direction du corridor. Elle s'était redressée, s'attendant qu'il vienne la tirer du lit. Puis le léger grincement de la porte de derrière avait indiqué qu'il était sorti, et les battements de son cœur avaient repris un rythme normal.

Elle se leva de la couchette pour allumer une bougie. Enfilant la robe de chambre de Victoria, elle prit le chandelier et descendit l'escalier. Elle se hâta d'allumer une lanterne, de ranimer le feu, et entreprit de préparer un petit-déjeuner. Sa toilette matinale attendrait.

Elle avait mis, la veille, de la pâte à lever près de la cheminée afin de ne pas se trouver débordée. Bess Huxley avait toujours insisté sur l'importance de l'organisation des tâches. Et c'était seulement à présent, quand Shemaine était obligée de montrer ses qualités à son maître, qu'elle reconnaissait le bien-fondé de ces conseils. Le plaisir qu'elle ressentit à voir les buns dorer, à entendre les fines tranches de lard grésiller dans une poêle, n'avait rien à voir avec l'ennui que lui procuraient autrefois ces occupations monotones.

Les premiers rayons du soleil atteignaient la maison lorsque Gage ouvrit les volets. Une fois terminées ses tâches à l'extérieur, il rentra, muni d'un panier d'œufs et d'une jarre de lait frais.

Une délicieuse odeur s'échappait de la cuisine, et il haussa les sourcils, surpris.

— Donc, vous êtes une menteuse, Shemaine O'Hearn, fit-il remarquer.

Jamais il n'avait vu des buns si appétissants !

La jeune fille le dévisagea, consternée.

— Pardon, monsieur ?

— Il me semble évident que vous savez cuisiner. Peut-être même assez bien pour faire honte à Roxane Corbin. Pourquoi m'avez-vous laissé croire le contraire ?

Désireux de comprendre, il la contemplait attentivement, mais le froncement de sourcils disparut quand son regard glissa des cheveux emmêlés jusqu'aux petits pieds nus, qui se rétractèrent curieusement sous son inspection. Il remonta vers le visage, en s'arrêtant à peine à la poitrine visiblement libre sous les vêtements de nuit.

Consciente de sa tenue négligée, Shemaine replia un bras sur ses seins et serra le peignoir sur son cou. Elle n'aurait pas été plus embarrassée si elle s'était trouvée nue devant lui. Après tout, elle n'était qu'une esclave, et elle n'était pas sûre qu'il continuerait à la respecter. Elle n'avait aucun endroit où se réfugier, personne à qui demander de l'aide. Si elle avait bien interprété la prudence que les gens d'ici manifestaient face à Gage, ils seraient trop lâches pour se mesurer à lui. D'autres, telle Mme Pettycomb, en auraient sans doute le courage, mais comme ils méprisaient les condamnés, ils ne se donneraient sûrement pas la peine d'intervenir.

Gage cherchait son regard. Elle se détourna afin de dissimuler son trouble et se mit à battre des œufs dans un bol. Enfin, d'une voix qu'elle espérait à peu près ferme, elle répondit :

— Quand vous m'avez interrogée, monsieur, je n'étais pas du tout certaine de me rappeler ce que j'avais appris. Voyez-vous, ma mère jugeait indispensable que notre cuisinière me donne des leçons, mais je détestais ça, et je n'y voyais aucune utilité. Cela me privait d'autres activités que je préférais.

Elle se pencha pour poser les plats sur la table, sentant le regard de son maître lui brûler le dos.

— Et que préfériez-vous, Shemaine ? demanda-t-il, fasciné par le spectacle de ses hanches minces.

— L'équitation, monsieur.

La jeune fille éprouvait soudain une vive nostalgie des chevaux. Edith du Mercer trouvait tout à fait inconvenant de voir une lady chevaucher durant des heures un étalon que bien des hommes avaient renoncé à monter. Shemus O'Hearn l'avait mise en selle dès son plus jeune âge, et tous deux partageaient une véritable passion pour ce loisir. Maurice était le seul homme, à sa connaissance, qui fût aussi bon cavalier que son père.

— Papa possédait quelques-uns des plus beaux chevaux de Londres. Il m'a posée sur le dos d'une jument à deux ans, et ma mère affirmait que cela me perdrait un jour. D'une certaine manière, elle avait raison. Le chasseur de criminels savait où me trouver, et c'est à l'écurie qu'il m'a arrêtée.

— Vous voulez dire que cet individu avait été mis au courant de votre amour pour les chevaux par la grand-mère de votre fiancé ?

Elle se tourna vers lui.

— Ou par quelqu'un à son service, monsieur. Oui, c'est ce que j'ai envisagé. J'ai eu tout le temps de réfléchir, depuis mon arrestation, et je suis persuadée que l'on voulait que ma disparition reste secrète. Il n'y avait personne alentour. Les lads avaient emmené les juments au pré. Si je me trompe, toutefois, je commets une grave injustice vis-à-vis de cette dame.

— Si votre famille vous retrouvait, ces soupçons vous empêcheraient-ils d'épouser votre fiancé ? Ce... Maurice du Mercer ?

La question l'avait tracassée pratiquement depuis le jour de son arrestation, et elle était lasse de ce débat intérieur. Elle n'était parvenue à aucune conclusion formelle, mais le besoin de trancher ne lui semblait plus aussi crucial, à présent, car elle ne pouvait imaginer un marquis épousant une condamnée.

— Il est fort peu vraisemblable que mes parents ou Maurice pensent à me chercher ici. En outre, je doute que Maurice ait le temps de s'en soucier. Il a de nombreuses affaires et plusieurs domaines en Angleterre qui réclament beaucoup de travail, et je ne le vois pas renonçant à ses obligations pour venir jusqu'ici.

— Pas même pour retrouver sa fiancée ?

Gage était abasourdi, car il ne concevait pas qu'un homme pût renoncer à une jeune femme aussi séduisante.

Shemaine n'avait guère envie de s'étendre sur le sujet, aussi répliqua-t-elle succinctement :

— Maurice n'a jamais manqué de demoiselles titrées qui lui tournaient autour. Je suis certaine qu'il s'est déjà consolé.

Gage ne la quittait pas des yeux.

— Alors, vous avez tiré un trait sur cette partie de votre vie ?

Elle se contenta d'un bref hochement de tête. Puis elle posa le beurre et la confiture sur la table, refusant de se laisser aller aux regrets, au chagrin.

Songeur, Gage prit un bun... et écarquilla les yeux. Il n'avait jamais rien mangé d'aussi savoureux depuis qu'il avait quitté la maison de son père. Même Victoria n'était pas douée à ce point !

— Je n'aurais pas dû limiter ma comparaison à Roxane, dit-il. Il n'est pas excessif de prétendre que vous êtes certainement la meilleure cuisinière de la région.

Shemaine repoussa une boucle de son visage.

— Cela signifie-t-il que vous me gardez, monsieur Thornton ?

Gage fut déconcerté par sa question.

— C'est évident, Shemaine ! Je vous ai déjà dit que je ne vous renverrais pas. Vous ne m'avez pas cru ?

— Certains hommes prétendent des choses et agissent différemment, répliqua-t-elle avec quelque hésitation.

— Je n'en fais pas partie.

La porte de la chambre grinça légèrement, et ils pivotèrent vers Andrew qui s'avançait, pieds nus.

Il était tellement mignon, avec sa chemise de nuit et ses boucles brunes qui lui tombaient sur les yeux, que Shemaine eut envie de le prendre dans ses bras. Mais elle savait qu'elle l'intimidait encore. Elle n'était qu'une étrangère, pour lui.

Gage s'approcha, et l'enfant lui tendit les bras. Il l'enleva dans les airs, provoquant un éclat de rire, et le jucha sur une épaule.

— Nous revenons tout de suite, Shemaine, dit-il en se dirigeant vers l'arrière de la maison. Andrew sait utiliser un pot de chambre, mais il préfère se rendre aux toilettes, comme un grand. C'est vous qui irez avec lui, quand je ne serai pas là. Il aime se conduire en adulte, pourtant il faut quand même veiller sur lui.

— Bien sûr, monsieur Thornton.

La jeune fille se sentit rougir. Il lui était arrivé en Angleterre, en traversant des villages, d'apercevoir des enfants qui jouaient tout nus, et elle avait eu ainsi l'occasion de deviner l'anatomie des petits garçons. Toutefois, elle n'était guère familiarisée avec le sexe opposé.

Peu après, Gage rentra, et il lava les mains et le visage d'Andrew à l'évier de la cuisine.

Le repas prêt, Shemaine pouvait s'échapper dans sa chambre. Elle ne voulait pas gâcher le petit-déjeuner, par sa tenue négligée. Elle se dirigeait vers le corridor, lorsque Gage la retint par le bras et l'attira à lui.

Le cœur battant, elle chercha sur son visage à deviner son humeur, mais elle ne parvenait pas à penser à autre chose qu'à sa taille. Il mesurait une bonne tête de plus qu'elle !

Le tremblement de sa voix lui montra à quel point elle était devenue timorée :

— Vous désirez autre chose, monsieur Thornton ?

— Oui, Shemaine. J'aimerais que vous déjeuniez avec nous.

Embarrassée, elle croisa les bras sur sa poitrine.

— Je ne suis pas convenablement vêtue, monsieur.

— Vous êtes parfaite, affirma-t-il.

Il avait toujours adoré voir Victoria s'activer dans la cuisine en chemise de nuit, pieds nus. Or cette fille, avec ses mèches en désordre et un peu de farine sur le bout de son joli nez, emplissait la demeure de chaleur, de vie. Il désirait profiter de sa présence, en espérant que ce cruel sentiment de vide, au fond de son cœur, s'évanouirait pour toujours.

— Je ne crois pas qu'Andrew et moi ayons jamais partagé un petit-déjeuner aussi appétissant que celui-ci, Shemaine. Roxane préparait toujours celui de son père avant de venir, si bien que je devais me débrouiller seul. Je vous assure que le résultat n'était guère concluant. Et nous n'avons pas eu de jolie femme à notre table depuis belle lurette. J'aimerais que vous restiez, et comme vous êtes. Acceptez-vous ?

Elle s'inclina.

— Si c'est votre souhait, monsieur.

— Ça l'est, murmura-t-il avant de se pencher sur ses cheveux. Vous sentez bon...

Affreusement gênée, elle passa une main dans les petites mèches égarées sur ses joues. Elle aurait tout donné pour pouvoir se réfugier dans sa chambre !

— Je dois sentir le pain chaud...
— Comme toutes les femmes dans une cuisine.

Il lui indiqua la place où elle était assise, la veille au soir.

— Après vous.

Comme Gage lui servait une tasse de thé, Andrew l'examina avec curiosité. Elle sourit et lui tendit un petit pain qu'elle avait découpé en forme de bonhomme à son intention.

— C'est pour toi, Andrew, dit-elle.
— Papa! cria le petit, tout excité. Shaime cuit bonhomme!

Elle lui ébouriffa les cheveux, et il gloussa de joie, le nez froncé, avant de fourrer le bras du personnage dans sa bouche.

— Bonhomme bon, papa! déclara-t-il, les yeux brillants.

Gage se servit d'œufs brouillés à la ciboulette.

— Je sais, Andy. Très bon.
— Shaime a fait bonhomme aussi pour papa?

Le petit garçon se penchait dans l'assiette de son père.

— Non, Andy. C'était juste pour toi, mais elle a fabriqué du pain délicieux pour nous tous.
— Shaime gentille, papa?
— Shemaine est *très* gentille, Andy.

La jeune fille releva les yeux et, un bref instant, elle fut fascinée par le regard aux reflets d'ambre, tandis que Gage se perdait dans les profondeurs émeraude du sien.

Puis Andrew réclama des œufs, et son père le servit.

L'appétit de Shemaine était encore perturbé, et après quelques bouchées, elle eut la nausée. Elle fit un vaillant effort pour terminer la portion qu'elle avait dans son assiette, sans succès. Elle croisa les mains sur ses genoux. Comme le père et le fils semblaient prendre grand plaisir à leur repas, elle comprit qu'elle devrait attendre avant de pouvoir se réfugier sur la loggia.

Gage, de son côté, faisait de gros efforts pour ne pas regarder la jeune fille plus qu'il n'était convenable. Il avait eu du mal à en détacher les yeux, la veille, quand il était rentré de chez Hannah Fields, et c'était encore plus difficile ce matin, avec sa tenue légère. Il avait envie de s'attarder sur ses seins, voluptueux, pleins, fièrement dressés. Il rêvait de les dévoiler, de les cueillir dans ses mains... Et cela lui mettait la tête à l'envers.

Il la regarda enfin lorsqu'elle lui servit une autre tasse de thé. Elle paraissait se sentir piégée, comme un moineau en cage.

— J'ai peut-être eu tort d'insister pour que vous restiez avec nous, Shemaine, dit-il. Si vous voulez, vous pouvez monter vous habiller.

Soulagée, elle esquissa un sourire.

— Je vous remercie, monsieur. Je crois que je me suis rendue malade en essayant de manger.

— C'est normal, vu l'épreuve que vous avez traversée, répliqua-t-il, un peu honteux de ne pas y avoir songé. Prévenez-moi quand vous irez mieux. Mes hommes arriveront dans une heure, et il faudra alors que je vous confie Andrew.

— Je n'en ai pas pour longtemps, monsieur.

Après avoir fait sa toilette à l'eau fraîche, la jeune fille se sentit infiniment mieux. Elle sortit la robe bleue, et remarqua que la dentelle du col était décousue dans le dos. Toutefois, elle n'osa pas prendre le temps de la raccommoder. Elle s'habilla, attacha ses cheveux, rangea sa chambre et ouvrit le rideau qui donnait sur la grande salle.

De retour à la cuisine, elle trouva Gage, dans le fauteuil à bascule, en train de lire une histoire à son fils. Le petit, qui n'avait aucune envie de quitter les genoux rassurants de son père, ne fit pas mine de remarquer son arrivée, jusqu'à ce qu'elle crée une amusante diversion.

Chantant une comptine irlandaise, elle posa un linge sur sa main, y dessina un visage, le pouce et l'index formant la bouche. Elle se cacha ensuite derrière Gage, et remua les doigts comme si c'était la marionnette qui chantait. D'une voix aiguë, elle se mit à parler à Andy, qui éclata de rire. Puis elle cacha de nouveau la marionnette, et le petit se tortilla dans les bras de son père pour voir où elle était passée.

— Coucou ! Je te vois !

Tout occupée par l'enfant, Shemaine ne s'aperçut pas que le père tournait la tête afin de saisir le subtil parfum de ses cheveux. Il la dévorait littéralement du regard.

Enfin, Andrew consentit à ce qu'elle le prît dans ses bras, et il eut l'air d'apprécier. En fredonnant contre sa joue, elle suivit Gage vers la porte de derrière, puis elle l'encouragea à faire au revoir à son père.

— 'voir, papa ! cria-t-il.

Celui-ci se retourna, arrachant un grand sourire au bébé.

— Sois bien sage, dit-il en l'embrassant sur le front.

Andrew regarda la femme qui le tenait, puis son père.

— Baiser Shaime, papa ?

— Oh non, Andy ! s'écria la jeune fille, horrifiée.

Pourvu que Gage n'imagine pas que c'était elle qui lui avait suggéré cette idée !

Gage obéit de bon cœur et déposa un baiser sur ses lèvres, sous les rires du petit garçon.

Shemaine recula en chancelant, stupéfaite qu'un simple baiser puisse éveiller tant de sensations délicieuses dans son corps. Avec un curieux sourire de biais, Gage croisa son regard, puis il porta la main à son front en guise de salut et s'éloigna à grandes enjambées. Sa hâte semblait indiquer une indifférence qui, contrastant avec le tumulte d'émotions qui secouait Shemaine, blessa profondément son orgueil.

Elle ne se rappelait que trop bien la ferveur passionnée de Maurice, quand ils s'embrassaient. Elle devait alors lui demander de calmer son ardeur jusqu'au mariage. Après leurs fiançailles officielles, il l'avait suppliée de se donner à lui, avait promis de se montrer doux, et parfaitement discret afin que personne ne l'apprenne. Mais elle avait su le convaincre qu'il valait mieux attendre la nuit de noces pour goûter les délices de l'intimité.

Gage se dirigea vivement vers l'atelier où ses ouvriers étaient déjà là, venus à cheval par un chemin qui sinuait à travers bois. Toute la journée, ils allaient emballer les meubles en prévision du voyage à Williamsburg. Bien que la date de livraison n'ait pas été fermement déterminée, les meubles seraient ainsi mieux protégés. Avec un peu de chance, ils seraient bientôt payés de leur peine. En attendant, Flannery Morgan et son fils, Gillian, devraient travailler seuls sur le bateau, car Gage n'aurait pas le temps de les aider.

Une fois les meubles emballés, il fallait fabriquer les caisses, et Gage sortit s'en occuper dehors avec Ramsey Tate, un gaillard de quarante et un an. Ils travaillèrent en silence, jusqu'à ce que Gage regarde en direction de la maison et se redresse lentement.

Curieux de voir ce qui avait attiré l'attention de son patron, Ramsey se retourna. Une jeune femme à la chevelure flamboyante tirait de l'eau du puits.

— C'est ta nouvelle employée ?

Il aurait pu économiser sa salive, car il connaissait déjà la réponse.

Gage acquiesça distraitement.

— Elle semble diablement jolie, commenta Ramsey en se protégeant les yeux du soleil.

— Elle l'est.

— Elle ne ressemble pas beaucoup à ta femme, avec ses cheveux roux.

— Pas du tout, en effet...

— Tu vas la garder un peu ?

— Le temps qu'il faudra.

Ramsey se mit à tortiller le bout de sa moustache.

— Le temps qu'il faudra pour quoi ?

La silhouette menue disparut à l'intérieur de la maison, et Gage se remit au travail. Comme son ouvrier ne suivait pas son exemple, il aboya, impatienté :

— Qu'est-ce qui t'arrive, Ramsey ? Réveille-toi !

Ramsey obtempéra avec un petit grognement.

— Si tu veux mon avis, tu t'es entiché d'elle...

— De quoi parles-tu, bon sang ?

— Tu le sais bien ! rétorqua Ramsey. Il suffit que la petite rouquine sorte sur le porche, et tu perds ta bonne humeur. Je ne t'ai jamais vu aussi excité ! Tu ne regardes pas Roxane avec cet air de loup affamé.

— Non, et ça ne m'arrivera jamais ! grommela Gage.

— Alors, qu'est-ce que tu vas faire d'elle ?

Gage le considéra comme s'il avait perdu l'esprit.

— Qui ? Roxane ?
Ramsey leva les yeux au ciel.
— Non, la rouquine !
Gage le fixa.
— Je te le ferai savoir le moment venu, dit-il, bourru. En attendant, charpentier, mêle-toi de tes affaires.
Ramsey feignit la colère.
— Désolé de te contredire, *monsieur* Thornton, mais c'est toi, mes affaires. Nous autres, sans toi, on ne vaut pas un clou. Et ce n'est pas pour toi que je m'inquiète, c'est pour ma peau et celle de ma famille !
Gage balaya ces commentaires d'un geste de la main.
— Tu n'as pas l'âge d'être mon père, alors cesse de te comporter comme tel.
— Eh bien, considère-moi comme un ami, suggéra Ramsey avec un éclat de rire. Et j'ai vraiment l'impression que tu as besoin de conseils. Tu es en manque de ce qu'une femme peut donner à un homme et, vu ton air affamé, tu ne te contenteras pas de tourner autour de ses jupes alors que tu as envie de les retrousser !
Gage serra les dents, mal à l'aise. Le fait que Ramsey voie si clairement en lui l'embarrassait. Était-il devenu transparent ? Il n'avait jamais eu recours aux prostituées, et il avait essayé d'oublier ses désirs en s'immergeant dans le travail. Le baiser qu'il avait donné à Shemaine l'avait surpris, plus encore qu'elle, peut-être, car il l'avait brûlé comme un fer rougi à blanc, il avait réveillé l'appétit qui le rongeait. Plutôt que de lui montrer à quel point il était bouleversé, il avait préféré se sauver. Et à présent, voilà qu'il refusait d'écouter les paroles sensées de son compagnon.

— Ton conseil, mon cher ami, a la subtilité d'un taureau dans un poulailler. Mais je cherche plus que cela.

Ramsey s'esclaffa et lança un coup d'œil vers la maison.

— Ouais, j'ai remarqué...

Shemaine était parvenue à gagner la confiance d'Andrew et à éveiller sa curiosité, grâce au bonhomme en pain et à la marionnette. Il se montra coopératif quand elle le baigna et lui lava les cheveux. Elle envoya en l'air des bulles de savon et il rit de bon cœur, ravi de percer de son petit doigt celles qui passaient à sa portée.

Elle l'habillait dans la chambre de Gage, lorsqu'on frappa à la porte de devant. Elle enveloppa l'enfant dans une serviette et alla ouvrir.

Une grande femme aux traits taillés à la serpe, aux cheveux blonds noués en chignon sévère, se tenait sur le seuil. En réponse au signe de tête réservé de Shemaine, elle parvint à esquisser un bref sourire.

— Je suis Roxane Corbin...

Elle examinait la robe bleue, douloureusement familière. C'était celle qu'affectionnait Victoria Thornton quand elle travaillait au jardin, ou à d'autres tâches qui auraient risqué de salir ses plus jolies toilettes. Elle en conçut un amer ressentiment.

— Vous êtes sans doute la condamnée, Shemaine O'Hearn, reprit-elle.

Shemaine acquiesça prudemment.

— Si vous voulez voir M. Thornton, il est à son atelier.

— En vérité, c'est vous que je venais rencontrer, rétorqua froidement Roxane. Juste pour voir quel genre de gouvernante Gage avait pu acheter sur un bateau prison.

Shemaine s'empourpra sous ce ton méprisant. Elle aurait aimé pouvoir retourner dans la chambre avec Andrew, dont le poids commençait à se faire sentir. Elle craignait de le laisser tomber, mais elle ne voyait pas comment elle aurait pu forcer la visiteuse à prendre congé.

Elle remarqua cependant que, bien que Mme Pettycomb eût affirmé qu'Andrew adorait Roxane, celui-ci ne lui accordait aucune attention, tout occupé à jouer avec une boucle rebelle sur la tempe de Shemaine.

Elle le remit d'aplomb sur sa hanche, rassemblant le peu de forces qui lui restaient. Elle fut heureuse de sentir le petit nouer les bras autour de son cou et s'accrocher à sa robe.

— Avez-vous besoin de moi, Roxane ? demanda-t-elle. Sinon, il faut que j'habille Andrew...

— *Miss* Roxane pour vous, ma fille, rectifia la femme blonde, hautaine. Si vous n'apprenez rien d'autre, sachez au moins comment il convient de vous adresser à vos supérieurs.

— Miss Roxane, si vous préférez... répliqua sèchement Shemaine.

La porte de derrière s'ouvrit et on entendit des pas dans le corridor, puis un bruit de papiers que l'on feuillette. Gage s'était arrêté à son bureau.

Shemaine fut immensément soulagée.

— M. Thornton est là, annonça-t-elle. Peut-être voudriez-vous lui parler ?

— Il y a quelqu'un, Shemaine ? appela Gage.

— Vous avez une visite, monsieur Thornton ! lança-t-elle par-dessus son épaule.

La seconde suivante, elle trébucha quand Roxane la bouscula pour pénétrer dans la maison.

Gage arrivait à la porte de la cuisine, et il s'immobilisa, contrarié en reconnaissant la nouvelle venue.

— Je suis surpris de vous voir ici, Roxane. Je croyais que vous deviez soigner votre père.

— Je suis venue voir ce que vous aviez déniché sur le bateau, Gage, puisque vous n'aviez pas pris la peine de m'informer de vos intentions. En revanche, Mme Pettycomb s'est fait un plaisir de me tenir au courant. C'est tellement gracieux de votre part, de me faire savoir que vous m'avez trouvé une remplaçante et que vous vous passerez désormais de mes services !

— Je vous avais prévenue, Roxane, que j'avais besoin d'aide et que je ne pouvais attendre le rétablissement de votre père. Vous êtes mieux placée que quiconque pour le comprendre. Je suis désolé de ne pas avoir eu le temps de passer chez vous hier pour vous en informer, mais avec la tempête, il fallait que je me dépêche de rentrer. J'avais l'intention de me rendre en ville aujourd'hui, et de vous parler à cette occasion.

Il soupira, agacé. Il était navré que la rumeur publique ait blessé Roxane, mais il avait été suffisamment clair.

— J'aurais dû deviner que Mme Pettycomb se précipiterait chez vous pour être la première à vous annoncer la nouvelle, ajouta-t-il. Je vous prie de m'excuser...

— Pourquoi a-t-il fallu que vous achetiez une esclave afin de veiller sur votre fils ? coupa Roxane. Et pourquoi celle-ci en particulier ? Vous ne redoutez donc pas le mal qu'elle pourrait faire à Andrew ?

Gage s'exhorta au calme. Il ne pouvait tout de même pas lui dire qu'il avait décidé de se débarrasser d'elle, bien avant l'accident du forgeron ! Cependant, il refusait d'être questionné sur les raisons qui l'avaient poussé à choisir Shemaine.

— Je suis capable de juger les mérites d'une femme que j'engage comme nurse, Roxane, et je suis certain que Shemaine réunit toutes les qualités que je cherchais.

Il se tourna vers la jeune fille, afin de voir comment elle réagissait à cette conversation. Mais si elle semblait paniquée, c'était surtout parce qu'elle avait du mal à garder le petit garçon dans ses bras. La chute paraissait imminente...

Il se précipita à son secours, sans se soucier de provoquer l'indignation de Roxane.

Shemaine était plus qu'heureuse de se délester de son fardeau. Elle se pencha en avant tandis que Gage glissait une main entre eux afin de prendre son fils. Le bras viril qui effleurait ses seins la fit rougir, et elle voulut reculer, mais elle se trouva prisonnière d'Andrew qui s'était entortillé les doigts dans la dentelle de son col. Elle essaya de se dégager à l'aveuglette.

— Laissez-moi faire, intervint Gage en repoussant sa main. Vous aggravez encore les choses.

Obéissante, elle demeura parfaitement immobile. Avec Andrew entre eux, Gage devait se pencher au-dessus de son épaule pour distinguer sa nuque et libérer les petits doigts de l'enfant. Intensément consciente de sa proximité, Shemaine n'osait pas lever les yeux vers le beau visage hâlé et fixait résolument Andrew, qui supportait l'épreuve avec patience.

Gage n'ignorait pas non plus la douceur des seins de la jeune fille contre son bras, mais aussi délicieux que ce fût, il ne pouvait se laisser aller, avec Roxane qui les observait.

Celle-ci brûlait du désir qu'elle avait si souvent éprouvé depuis qu'elle était amoureuse de Gage. De tout son cœur, elle aurait aimé être à la place de cette esclave, or elle se retrouvait seule, à l'écart, oubliée. Ce n'était d'ailleurs pas la première fois qu'elle vivait cette situation humiliante. C'était seulement un autre moment, un autre visage…

Elle avait reçu un coup terrible en apprenant que Gage l'avait remplacée par une condamnée. Pourtant, elle avait nourri l'espoir qu'Alma Pettycomb eût volontairement exagéré, quand elle avait déclaré que la fille était jolie – peut-être plus encore que Victoria. La moutarde lui était montée au nez. Cette commère ne s'autorisait des compliments sur une personne qu'afin de blesser son interlocuteur.

Roxane avait cru que son cœur s'arrêtait de battre en constatant que la vieille femme n'avait pas menti. La fille était d'une remarquable beauté et, quoiqu'elle convoitât davantage le cœur de Gage que la situation, elle craignait de perdre l'un et l'autre. Elle ressentit la même douleur, la même rancœur qu'autrefois.

Incapable de supporter cette scène un instant de plus, elle s'avança, le voile rouge de la haine devant les yeux.

Andrew enfin libéré, Shemaine fit un pas en arrière, refusant toujours de croiser le regard de Gage. Mais avant qu'elle eût le temps de se ressaisir, elle vit surgir une Roxane plus menaçante encore que Morrisa ne l'avait jamais été. Redoutant d'être agressée, elle recula.

La femme blonde fonçait sur elle comme une tornade.

— Espèce de sale petite garce !
— Roxane !

Gage se figea, stupéfait. Bien qu'elle lui eût clairement fait comprendre, quelques années plus tôt, combien elle avait été déçue de le voir épouser une autre femme, jamais elle n'avait osé s'en prendre directement à Victoria. Il ne l'aurait pas toléré, et il ne le tolérait pas davantage aujourd'hui.

— Je ne veux pas d'insultes dans ma maison. C'est compris ?

Le ton sec coupa net l'élan de Roxane qui, dans une sorte d'état second, tourna vers lui un regard suppliant.

— Vous vous laissez prendre aux ruses de cette fille, Gage ? gémit-elle. Vous n'avez pas vu comme elle se jetait à votre tête... pour que vous la touchiez ?

Shemaine s'empourpra et ouvrit la bouche pour protester, mais les mots s'étranglèrent dans sa gorge. Combien de fois avait-elle crié son innocence aux visages des juges, pour se retrouver finalement condamnée ?

Gage était infiniment perturbé par le comportement de Roxane. Toute couleur avait disparu de son visage, ses paupières battaient nerveusement sur un regard vitreux, comme si elle balançait entre raison et folie. Qu'allait-elle faire ? Elle pouvait aussi bien s'évanouir que sauter sur Shemaine, toutes griffes dehors.

Il fit face à la visiteuse et tenta une fois encore de se justifier :

— Je croyais que vous l'aviez compris, Roxane. Je ne pouvais pas attendre que votre père soit de nouveau sur pied. Il me fallait une nurse entièrement disponible, capable d'apprendre à Andrew à lire et à écrire durant les années qui viennent. Shemaine a reçu une bonne éducation, elle répond à mes exigences, et je ne pouvais renoncer à ses qualités alors que j'avais besoin...

— Besoin ! ricana Roxane. Faible excuse pour vous débarrasser de moi !

Elle entendait déjà les gens en faire des gorges chaudes derrière son dos, se moquer d'elle, la folle qui avait cru que Gage Thornton l'épouserait ! Folle de croire qu'il existait un seul homme susceptible de se marier avec elle, diraient-ils. Plus folle encore de viser si haut, et d'imaginer que l'ébéniste la courtiserait. Elle n'était que la fille du forgeron, et elle avait hérité les traits rudes de son père, cet homme que sa femme avait quitté pour suivre un colporteur. Comme à cette époque, il y aurait des regards de pitié, des hochements de tête navrés, et les langues de vipère baisseraient le ton à son approche.

— Je serais revenue travailler dès que l'on aurait ôté l'attelle de la jambe de mon père, se défendit-elle. Et Hannah aurait pu s'occuper d'Andrew, jusque-là.

Effrayé par le ton mauvais de Roxane, Andrew se mit à pleurnicher, accroché au cou de son père. Gage essaya de le rassurer.

— Vous savez que c'est vrai ! insista Roxane en faisant un pas vers lui.

Il l'arrêta d'un coup d'œil glacial.

— Nous en reparlerons une autre fois, Roxane. Vous faites peur à Andrew.

— Je lui fais peur ? hurla-t-elle, outrée.

Elle eut un geste en direction de Shemaine.

— Et cette petite traînée que vous avez achetée pour vous ? Votre fils aurait plus de raisons d'avoir peur d'elle que de moi ! Vous ne savez pas de quel crime elle est coupable, Gage. C'est peut-être une meurtrière !

Comme Andrew criait, angoissé, il ravala la réplique qu'il allait lui assener. Il remit le petit garçon à Shemaine et lui indiqua de se réfugier dans la chambre. Il ferma la porte derrière eux, prit Roxane par le bras et l'entraîna à l'extérieur. Il lui fit descendre les marches du porche, la reconduisant vers la barque de son père.

Ce fut seulement lorsqu'ils furent assez loin des ouvriers qui travaillaient sur le brigantin, qu'il s'estima suffisamment calmé pour pouvoir parler au lieu de rugir.

— Vous et votre père, Roxane, êtes parmi les premières personnes que j'ai rencontrées à mon arrivée en Virginie, commença-t-il d'une voix tendue. Vous m'apportiez des paniers de nourriture pendant que je construisais ma maison, bien que je vous aie priée de ne pas vous donner cette peine. Quand Victoria a débarqué aux colonies avec ses parents, vous vous êtes montrée amicale envers eux.

Il s'interrompit. En réalité, c'était Victoria qui était allée vers Roxane, car elle éprouvait une certaine compassion envers la vieille fille. Toutefois, il ne pouvait lui rappeler qu'elle n'avait pratiquement pas d'amis, jusqu'à ce que Victoria la prenne en pitié.

— Quelques mois plus tard, vous avez consolé Victoria lorsque ses parents sont morts. Je le sais, vous considérez que je vous ai trahie en l'épousant. Vous l'avez même exprimé, d'ailleurs. Mais finalement, vous veniez nous rendre visite, et j'ai cru que vous m'aviez pardonné... Vous étiez là, avec d'autres femmes, la nuit où Andrew est né. Vous m'avez affirmé que l'accouchement se passerait bien, que Victoria était robuste. Ensuite, vous veniez souvent vous occuper d'Andrew. Peu après le décès de Victoria, vous m'avez supplié de vous laisser prendre le bébé et le ménage en charge, sous prétexte que cela vous aiderait à surmonter votre chagrin.

« Durant tout ce temps, Roxane, jamais je ne vous ai encouragée, jamais je ne vous ai donné une seule raison de croire que nos rapports pouvaient dépasser la simple amitié. Mais vous désiriez plus que je n'étais capable de vous donner. Je comprends à présent qu'il me faut parler franchement de ce problème, afin d'éviter tout malentendu à l'avenir. Si vous avez imaginé qu'il pourrait y avoir entre nous davantage que des relations de bon voisinage, vous vous êtes trompée.

Ce discours brisa le cœur de Roxane, et tout l'amour qu'elle éprouvait pour lui se transforma en haine.

— C'est vous qui vous trompez, Gage Thornton, si vous croyez que je vais continuer à me taire au sujet de Victoria…

Il sentit son estomac se nouer. Elle ne l'avait jamais ouvertement menacé depuis la mort de Victoria, mais après avoir acheté Shemaine, il le redoutait plus ou moins.

— Que voulez-vous dire ?

— J'avais confiance en vous, reprit-elle d'une voix étranglée. Je vous aimais, je ne pouvais croire que vous ayez tué votre femme, mais j'ai été folle d'ignorer les faits. Je suis arrivée après que Victoria est morte, après que vous avez emmené Andrew à la maison. Il n'y avait personne d'autre, ce jour-là, vous vous souvenez ? Vos ouvriers avaient une journée de congé. Comme je me posais des questions, je suis allée inspecter récemment la proue du navire, et je me suis rendu compte qu'il fallait être un homme fort pour jeter Victoria par-dessus bord. La jeter sur les rochers que vous et vos hommes aviez apportés afin de consolider les cales.

« Sauf si votre femme a voulu se suicider, vous êtes le seul qui puisse l'avoir fait, Gage Thornton, parce que vous étiez le seul homme présent. Peut-être l'avez-vous tuée dans un moment de colère, comme l'ont prétendu certains, et ensuite vous avez maquillé le crime en accident. Lorsque vous m'avez vue arriver en barque, vous avez poussé Victoria par-dessus le bastingage, puis vous avez couru jusqu'à la maison avec Andrew, pour que ce soit moi qui la trouve. Comme vous connaissiez mes sentiments à votre égard, vous saviez que j'accepterais votre version des faits sans protester. Mais je ne suis plus aveugle, et je suis maintenant persuadée que vous avez assassiné Victoria.

— C'est un mensonge ! tonna Gage. J'ai entendu Victoria crier alors que j'étais dans la maison, et quand je suis revenu en courant, vous étiez près de son corps inanimé. Si j'avais pensé un instant que vous aviez pu commettre ce meurtre, je vous aurais dénoncée sur-le-champ. Mais, comme vous l'avez fait remarquer, il fallait être très fort pour la pousser. Or je n'ai jamais pu trouver quelqu'un qui ait la moindre raison de vouloir lui nuire, et moins encore de la tuer.

— C'est vous qui mentez, Gage Thornton. Et je ne me priverai pas de le dire.

Il eut un rire méprisant.

— Vous imaginez qu'on vous croira, après que vous avez juré avoir entendu Victoria crier et m'avoir vu sortir de la maison en courant ? Je doute que votre nouvelle version du drame obtienne la moindre crédibilité, Roxane. Avec la présence de Shemaine, tout le monde comprendra qu'il s'agit d'un simple accès de jalousie.

— Vous l'avez tuée ! hurla-t-elle.

Les dents serrées, des éclairs de rage dans les yeux, elle infligea à Gage une formidable gifle qui lui laissa la paume brûlante. Mais cela ne lui suffisait pas. Il fallait qu'elle se venge.

Un instant, il demeura immobile, les yeux clos, le visage fermé, les mâchoires crispées.

— Ne faites plus jamais ça, Roxane, gronda-t-il, menaçant. Sinon, vous verrez de quel bois je me chauffe.

— Vous me jetteriez par-dessus bord, comme Victoria ? le provoqua-t-elle.

Il la fixa d'un regard de glace, puis fit volte-face et s'éloigna à grands pas.

La porte de la chambre était encore fermée quand il rentra dans la maison, et il resta sur le seuil du porche, à écouter Shemaine chanter une chanson à Andrew qui gloussait de plaisir.

Il essuya le filet de sang qui coulait au coin de sa bouche et se dirigea vers la chambre.

Andrew était assis au bord du grand lit, la jeune fille agenouillée près de lui. Elle se retourna, remarqua sa joue rouge et se dressa.

Gage tenta de sourire afin de la mettre à l'aise, mais il était encore tendu.

— Je dois emmener le chariot en ville cet après-midi, dit-il, et j'aimerais que vous m'accompagniez.

Il ne tenait pas à ce que Roxane revienne la harceler.

— L'un de mes hommes m'a dit qu'une veuve souhaite me commander une huche. Si cela se concrétise, j'aurai assez d'argent pour acheter des matériaux et vous offrir une paire de souliers.

Shemaine était ébahie par sa générosité.

— Je vous l'ai dit, monsieur Thornton, je suis très bien dans ceux que vous m'avez offerts. Je n'ai besoin de rien.

Gage esquissa un sourire.

— Malheureusement, le «clap clap» de la semelle sur vos talons a de quoi rendre fou! Maintenant, habillez-vous.

Shemaine eut un éblouissant sourire.

— Bien, monsieur.

Elle s'arrêta à la porte, ôta ses souliers, les prit à la main et, dans un éclat de rire, traversa la salle de séjour en courant.

Sa joie était communicative. Quand il sortit de la chambre, Gage s'aperçut que son esprit se libérait enfin du bourbier dont il avait été prisonnier.

6

La petite ville de Newport News avait été fondée par un Irlandais un siècle auparavant, et avait été à l'origine principalement peuplée d'Irlandais. Shemaine s'y serait sans doute sentie à l'aise si elle avait mieux connu ses habitants, mais après le premier contact avec Mme Pettycomb, puis avec Roxane, elle avait toutes les raisons de se montrer méfiante. Elle ignorait comment réagirait la population en apprenant qu'elle venait de la prison de Newgate. Or, vu l'indiscrétion de Mme Pettycomb, tout le monde était certainement déjà au courant.

Une petite femme aux cheveux blancs quittait le magasin général, quand Gage arrêta son chariot. Il sauta à terre, posa les rênes de son cheval sur le rail d'attache et toucha son chapeau.

— Bonjour, madame McGee.

— Bonne journée à vous aussi, Gage Thornton, répondit-elle gaiement, appuyée sur sa canne, en s'approchant de lui. Qu'est-ce qui vous amène dans notre charmante petite ville, par ce temps radieux ? Et que faites-vous en compagnie d'une si ravissante étrangère ?

Gage entra dans son jeu en prenant un fort accent irlandais.

— Il serait difficile de trouver, dans tout notre bel univers, une jeune fille plus exquise que la veuve Mary Margaret McGee !

La femme hocha la tête d'un air sceptique, mais ses yeux brillaient de plaisir.

— Vous pensez qu'une femme futée comme moi peut croire une minute à vos aimables mensonges, espèce de séduisant démon ? Ne me prenez pas pour une de ces écervelées qui se pâment chaque fois qu'elles vous aperçoivent en ville. Mais je suis contente que vous soyez venu. J'ai entendu tant de choses invraisemblables que j'avais presque envie de venir chez vous pour vérifier !

Elle se tourna vers Shemaine et commenta, satisfaite :

— Au moins, certains commérages étaient faux. Une bouseuse, a prétendu un individu imbibé de whisky.

Elle eut un geste en direction de la taverne voisine, puis elle sourit, montrant des dents très blanches.

— Si ce mufle avait été moins gros, je l'aurais assommé avec ma canne pour le punir de traiter les nobles Irlandais de « bouseux ». Comme s'il n'avait jamais vu de la bouse dans sa chère Angleterre !

L'angoisse de Shemaine disparut bien vite, devant l'irrésistible bonne humeur de Mme McGee. La vieille dame était une agréable surprise, après ses deux premières expériences. Sans doute y avait-il d'autres personnes d'aussi bonne composition, dans les environs !

Mary Margaret eut un geste impérieux en direction du chariot.

— Alors, fiston, vous avez oublié les bonnes manières ? Ou vous vous dites qu'une condamnée n'a pas besoin que vous lui tendiez la main, pour descendre de là-haut ?

Un peu penaud, Gage prit Shemaine à la taille et la déposa sur le sol. Elle remarqua qu'il avait légèrement rougi, comme s'il craignait qu'elle ne le trouve grossier, et elle fut émue de cet aspect gamin chez un homme aussi solide. Il se souciait de l'opinion qu'elle avait de lui !

— Puis-je vous présenter miss Shemaine O'Hearn, madame ? dit-il en ôtant son chapeau.

Il indiqua ensuite la vieille femme :

— Shemaine, cette grande dame est la personne la plus remarquable de notre petite communauté, la digne et charmante veuve, Mme Mary Margaret McGee.

— Écoutez-le ! s'esclaffa Mary Margaret, avant de sourire à la jeune fille en lui tendant la main. C'est un plaisir de vous rencontrer, mon enfant. Et si personne n'a eu l'occasion de le faire jusqu'à présent, je vous souhaite la bienvenue parmi nous.

— J'apprécie grandement votre gentillesse, madame, répondit Shemaine avec sincérité.

Mary Margaret haussa un sourcil inquisiteur vers Gage, qui tenait son fils dans ses bras.

— Est-ce que vous seriez opposé à ce qu'une vieille veuve emmène votre gouvernante faire la connaissance de quelques-uns de nos compatriotes, bel homme ?

Gage, soupçonneux, s'aperçut que plusieurs jeunes gens, beaucoup plus proches que lui de l'âge de Shemaine, se trouvaient dans les parages. Il appréciait vivement Mme McGee, mais il connaissait son romantisme. Elle avait déjà arrangé au moins trois mariages entre des Irlandais fraîchement débarqués et des gens du coin. Il n'aimerait pas du tout qu'elle persuade l'un de ces garçons de lui racheter Shemaine !

— Je vous la laisse, Mary Margaret, répliqua-t-il enfin. Mais surtout, pas de bêtise derrière mon dos !

La dame afficha un air indigné.

— De quelle bêtise voudriez-vous qu'une vieille femme comme moi soit capable, Gage Thornton ?

— Vous avez une âme de marieuse, Mary Margaret, et je n'aimerais pas que vous incitiez l'un de ces jeunes gens à courtiser Shemaine. En résumé, je ne suis pas prêt à la revendre à un prétendant qui voudrait l'épouser. Suis-je assez clair ?

Mary Margaret réprima un sourire et haussa les sourcils, image même de l'innocence.

— De quoi s'agit-il, monsieur Thornton ? Dois-je comprendre que vous avez des vues sur elle ?

Gage s'efforça de garder son calme.

— Pensez ce que vous voulez, Mary Margaret, mais si vous souhaitez que nous restions amis, veillez à la façon dont vous vous comportez avec ce qui m'appartient.

Elle inclina gracieusement la tête.

— Message reçu, monsieur. Je serai particulièrement attentive.

— Parfait !

Sur un bref salut, Gage pénétra avec Andrew dans le magasin.

Avec un petit sourire pensif, toujours appuyée sur sa canne, Mary Margaret contempla longuement Shemaine.

— Vous êtes ravissante, c'est sûr, conclut-elle. Mais vous allez déclencher la jalousie de toutes les célibataires de la région. J'espère seulement qu'elles ne deviendront pas folles de rage en constatant que vous avez ferré le plus beau poisson de la rivière ! Elles ont essayé en vain de le prendre dans leurs filets, depuis presque un an. Je voudrais vous mettre en garde contre l'une d'entre elles en particulier, mais vous l'avez peut-être déjà rencontrée...

Évitant soigneusement le regard de la vieille dame, Shemaine répondit prudemment :

— Je ne sais pas de qui vous voulez parler, madame.

Mary Margaret plissa les paupières.

— Je sens, petite, que vous êtes intelligente, aussi n'ai-je pas besoin d'expliquer. Attention à Roxane. Elle est follement amoureuse de votre maître depuis huit ou neuf ans, bien avant qu'il ne rencontre Victoria. Dernièrement, elle a laissé entendre à tout le monde que Gage avait l'intention de l'épouser. Elle brode un trousseau à ses initiales, et elle parle de lui comme s'il lui appartenait. Si votre maître ne l'épouse pas, elle vous en rendra responsable. Et s'il se marie avec elle, vous serez revendue avant même le jour de la noce.

Mary Margaret s'interrompit, cherchant sur le visage de Shemaine de signes de contrariété. Or ses traits délicats demeuraient indéchiffrables, et un certain respect commença à poindre en elle. Beaucoup trop de jolies filles étalaient leurs émotions sans songer aux conséquences. Elle soupira et précisa :

— Mais je ne pense pas que cela se produira, puisqu'il m'a interdit de vous présenter d'autres jeunes gens...

— Jusqu'à présent, madame, M. Thornton s'est montré gentil et fort courtois envers moi. Il m'a traitée bien mieux que je ne pouvais l'espérer, et il n'a eu aucun geste déplacé.

Cette déclaration était destinée à étouffer les racontars qui se propageaient certainement dans la petite ville. Shemaine se doutait que les gens parlaient d'eux. Mais elle espérait que sa réputation n'en serait pas ternie quand elle rentrerait en Angleterre, même si c'était seulement dans sept ans.

Mary Margaret opina, puis elle pointa sa canne vers le bout de la rue.

— Allons par là. Je n'ose vous faire visiter toute la ville, puisque notre gentleman ne tient pas à ce que vous rencontriez des hommes à la recherche d'une compagne. Il faut dire que la région manque sérieusement de femmes convenables, ce qui laisse le champ libre pour une autre sorte de créatures. Mais, en général, c'est à la taverne qu'elles se pendent au cou des hommes, et elles nous laissent la voie publique. Au moins dans la journée.

Leur tranquille promenade fut émaillée des commentaires de Mary Margaret sur les boutiques qui bordaient la rue. Shemaine remarqua particulièrement l'officine de l'apothicaire. Mme McGee décrivit le propriétaire, M. Pettycomb, comme un pilier de leur communauté. Ayant eu la malchance de rencontrer son épouse, la jeune fille garda le silence.

Quelques femmes sortaient de l'échoppe en bavardant et, lorsqu'elles les aperçurent, elles se bousculèrent pratiquement pour y rentrer. Une effervescence se répandit à l'intérieur, tandis qu'elles se massaient à la fenêtre en caquetant, se tordaient le cou pour mieux voir Shemaine, ressemblant à un troupeau d'oies sous leurs bonnets blancs.

— Ne vous tracassez pas pour ces commères, petite, dit Mary Margaret. Elles font partie de la troupe de Mme Pettycomb, et comme elles ont forcément entendu parler de vous, elles veulent vous détailler.

La jeune fille se tourna vers les curieuses dont les visages se pressaient contre la vitrine. Mais elles se reculèrent toutes quand Mme McGee les interpella gaiement :

— Bonjour, Agnès, Sarah, Mabel, Phoebe, Joséphine ! Quelle belle journée, n'est-ce pas ?

Si les matrones avaient cru passer inaperçues derrière leur fenêtre, c'était raté ! Shemaine eut un sourire amusé, non à cause de l'air déconfit des commères, mais parce que l'humour malicieux de la vieille dame l'enchantait.

— Je suppose qu'elles se sont crues invisibles comme des petites souris, se moqua Mme McGee.

Cette fois, Shemaine se mit à rire franchement. Sa compagne était tellement délicieuse qu'elle se sentait merveilleusement en sécurité, auprès d'elle.

Elles poursuivirent leur route. Après être passées devant la seule auberge de la ville, Mme McGee indiqua la dernière maison, qui était la forge.

— Roxane et son père vivent ici, mais ils n'apprécient ni l'un ni l'autre la présence d'étrangers. Pas davantage celle de leurs voisins, d'ailleurs. Hugh Corbin est à présent aussi revêche qu'il l'était quand il faisait marcher sa femme à la baguette, mais Leona s'est enfuie il y a des années avec un marchand itinérant, laissant Roxane apprendre ce qu'il en coûte de vivre avec une brute épaisse. On aurait pu penser que leur fille deviendrait timorée, à passer son temps avec son rustre de père, mais à mon avis, le sang de Hugh coule dans ses veines. Je ne serais pas surprise qu'un de ces jours, elle lui fende le crâne parce qu'elle en aura assez de recevoir des ordres.

— J'ai pitié d'elle, murmura Shemaine.

Mary Margaret tressaillit, inquiète.

— Ne lui dites jamais cela, sinon elle vous sautera dessus comme une dame blanche ! Elle ne supporterait pas que vous ayez pitié d'elle ! Elle devient pratiquement folle, déjà, lorsqu'elle pense que nous la plaignons d'être restée vieille fille... Mais vous avez bon cœur, Shemaine O'Hearn, ajouta-t-elle avec un sourire triste. C'est vrai qu'elle est une âme pitoyable. Aucun d'entre nous n'oserait la juger, après ce qu'elle a enduré auprès de son ours de père.

— Pourquoi M. Corbin est-il ainsi, à votre avis ? demanda Shemaine en songeant avec nostalgie à son propre père, qui avait toujours aimé et respecté sa famille.

Toutefois, les étrangers ne se sentaient pas toujours bien en sa compagnie, car son caractère ombrageux explosait à la moindre provocation. Il était prudent de mesurer ses paroles, en présence de Shemus O'Hearn !

Mary Margaret eut un petit rire.

— Cela, ma chérie, si je le savais, je serais prophétesse… Cependant, je pense qu'il a toujours rêvé d'avoir un garçon, et qu'il n'a jamais pardonné à son épouse d'avoir perdu celui qu'elle portait, peu après leur mariage. Bien qu'elle l'eût mené à terme, il était mort-né. En tout cas, c'est ce qu'on a raconté. Même à ce moment-là, Hugh a refusé toute aide de notre part. Quatre ans plus tard, Leona a donné naissance à Roxane, mais Hugh a très mal supporté qu'il s'agisse d'une fille.

« Ils n'ont pas eu d'autre enfant et, quand Roxane a fêté ses cinq ans, on a vu Leona acheter un peigne à un marchand ambulant. Cet imbécile de Hugh en a pris ombrage, et on l'a entendu hurler qu'il n'avait jamais donné à sa femme de l'argent pour acheter ce genre de babiole. Le lendemain après-midi, le colporteur est revenu, Leona s'est faufilée dehors, et on ne l'a jamais revue ! Elle était mignonne, c'est sûr, et vu la façon dont Hugh la traitait, on ne pouvait guère lui reprocher d'avoir laissé parler son cœur. Il est vraiment dommage que Roxane ressemble à son père plutôt qu'à sa mère…

Un hurlement démoniaque troubla soudain la

sérénité de la petite ville, et les deux femmes se retournèrent vivement vers la taverne, devant laquelle un bossu se traînait, terrorisé, aux pieds d'un colosse aux cheveux d'un blond sale qui le rossait de son gros bâton. Il lui lança un coup de pied dans le ventre, en le traitant des noms les plus injurieux qui lui venaient à l'esprit.

Plus que l'indignation à voir un être humain ainsi maltraité, ce fut la vue de Jacob Potts qui poussa Shemaine à quitter Mme McGee. Elle releva ses jupes et s'élança vers la taverne, la rage lui donnant des ailes.

— Shemaine ! cria Mary Margaret, affolée. Attention, mon enfant !

Les coups continuaient à pleuvoir sur le malheureux bossu. Tout en courant, la jeune fille hurlait à pleins poumons :

— Porc immonde ! Lâchez cet homme immédiatement !

Bien que le ton soit plus aigu que ce dont il se souvenait, Potts devina aussitôt de qui il s'agissait. Enfin, il allait pouvoir se venger de la mijaurée qui l'avait fait passer pour un lourdaud et un simple d'esprit. Aucune sale Irlandaise n'avait le droit d'être aussi arrogante, aussi prétentieuse. Néanmoins, l'idée de lui trancher la gorge venait de Morrisa, pas de lui. Elle le lui avait ordonné presque trois mois auparavant, mais cette méthode était selon lui trop rapide. Il voulait pour Shemaine O'Hearn une interminable agonie.

Il jeta le bâton et croisa les bras en observant la fille avec un sourire, une lueur maléfique dans ses yeux porcins.

— Eh ben, on dirait que c'est encore cette poule irlandaise qui vient fourrer son nez dans mes affaires !

— Sinistre déchet humain ! J'en ai assez de vous voir torturer de pauvres innocents ! grinça-t-elle, les dents serrées.

Comme elle passait près d'un tonneau contenant des manches de pioche, elle en saisit un au vol, le balança en arrière de toutes ses forces et en frappa Potts sur le côté de la tête.

Le hurlement de douleur qu'il poussa fit jaillir sur le seuil de la taverne des hommes et des femmes en tenue légère, qui restèrent bouche bée. Le monstre se tenait l'oreille et continuait à brailler, mais Shemaine n'en avait pas terminé. Elle saisit l'arme improvisée à deux mains et frappa de nouveau, cette fois sur les doigts. S'il s'était agi d'un poignard, elle l'aurait scalpé.

C'en était trop pour l'orgueil blessé de Potts. Il lui arracha le manche des mains et le lança au loin. Puis, fou de rage, il la saisit à la gorge et la souleva de terre. Son haleine empestait l'alcool. Il eut un affreux rictus.

— Cette fois, tu vas mourir, garce ! siffla-t-il tandis que ses gros doigts se resserraient autour du cou de Shemaine. Et Harper sera pas là pour te sauver !

La jeune fille essayait en vain de se libérer. Elle ne pouvait plus respirer, pourtant elle lutta vaillamment, jusqu'à ce que ses forces la trahissent, que son étreinte sur les poings de l'homme se desserre. Tout devint indistinct, se brouillant devant ses yeux : le gros visage de son ennemi, les expressions ahuries des spectateurs, même le soleil là-haut dans le ciel...

Quelqu'un – peut-être le bossu – se frayait un chemin parmi la foule, mais il semblait loin, tellement loin qu'il n'arriverait jamais à temps pour lui éviter la mort. Les bras retombés le long de son corps, elle abandonna la lutte.

Ce serait fini bientôt. Très bientôt.

Gage était sorti du magasin afin de découvrir ce qui causait cette agitation. Par-dessus la tête des badauds, il vit Shemaine aux mains d'une brute.

Avec un juron sauvage, il repoussa les gens, ramassant au passage le manche de pioche. Arrivé sur sa cible, il le lui enfonça dans le ventre avec une telle violence que le monstre se plia en deux, lâcha prise et recula en titubant.

Gage parvint à rattraper Shemaine avant qu'elle ne s'écroule. Elle était toute molle dans ses bras, et il la souleva davantage, mais elle avait perdu conscience, sa tête roulait contre son épaule. Repoussant de nouveau la foule, il courut vers le magasin devant lequel l'attendait Andrew.

Il entendit soudain des pas lourds, un cri d'alerte de la part de Mme McGee, et eut tout juste le temps de bondir sur le côté, au moment où le colosse se jetait sur lui. Manquant son but, Potts plongea, les bras battant l'air. Au passage, Gage botta son énorme derrière, l'envoyant s'écraser contre le trottoir de bois. Il atterrit dans une flaque de boue, grassement enrichie de crottin de cheval. Crachant et toussant, Potts se mit à quatre pattes, mais il dérapa et retomba à plat ventre. Ses deux tentatives suivantes ne furent pas davantage couronnées de succès.

De gros rires accompagnaient ses efforts, et quand il parvint enfin à se sortir du cloaque, la foule était en liesse. Il fut bien vite baptisé « mangeur de crottin » et se hâta de disparaître, tout dégoulinant et puant.

— Shaime a mal, papa ? s'inquiéta Andrew, en suivant son père à l'intérieur du magasin.

Gage installa la jeune fille sur une chaise longue et s'agenouilla à son côté. Elle n'était pas revenue à elle, mais elle respirait. Il se tourna vers son fils qui ouvrait de grands yeux affolés.

— Elle va se remettre, Andy. N'aie pas peur...

L'enfant essuyait ses larmes d'un revers de manche, lorsque Mary Margaret et le commerçant se précipitèrent. Ce dernier, M. Foster, alla chercher une cuvette d'eau, qu'il plaça sur un tabouret près de Gage.

— C'est affreux ! dit-il. Attaquer une femme de cette manière ! On devrait l'écarteler !

Mary Margaret soupirait.

— Dommage que l'on ne puisse infliger cette punition, dans les colonies !

Comme il ne pouvait être tout près de son père et de Shemaine, Andrew regarda autour de lui. Il perçut un mouvement près de l'entrée. Scrutant la pénombre derrière une collection de pelles, de pioches et de houes, il s'approcha, pensant qu'il s'agissait d'un chat ou d'un chien. Puis ses yeux s'habituèrent à la semi-obscurité, et il les écarquilla soudain en découvrant la silhouette vêtue de sombre, accroupie dans un coin. C'était un être étrange, avec de petites jambes, de longs bras et une chevelure en désordre qui retombait sur un front proéminent. Une vision atroce pour un si jeune enfant.

Avec un cri de terreur, Andrew fit volte-face et retourna vers les adultes aussi vite que ses petites jambes le lui permettaient. Il se jeta dans les bras de son père et s'y accrocha avec toute la force de son désespoir.

Gage le souleva de terre et regarda ce qui avait pu l'effrayer à ce point. Enfin, il repéra l'infirme qui s'approchait en claudiquant et comprit la raison de la panique de son fils.

— Qu'y a-t-il, Caïn ? demanda-t-il. Que veux-tu ?

Il était étonné de voir le bossu dans la boutique, car il évitait généralement la foule. Il ne venait en ville que rarement, pour effectuer quelques achats chez M. Foster ou faire ferrer sa mule à la forge.

Caïn avança encore de quelques pas maladroits, puis s'arrêta en entendant Andrew crier de nouveau. Gage le calma de quelques mots et le confia à Mme McGee. Celle-ci prit l'enfant par la main, pour l'emmener au fond de la boutique admirer les bocaux de friandises.

Penchant la tête, interrogateur, le bossu contempla Gage. Il avait un énorme nez camus, les yeux curieusement enfoncés sous des sourcils broussailleux. Il lui manquait beaucoup de dents, sa bouche demeurait toujours béante, et sa langue était agitée de mouvements incontrôlables. Il avait sur la tête des blessures récentes qui saignaient.

— Tu veux quelque chose, Caïn ? répéta Gage.

L'infirme tendit sa large main poilue vers Shemaine, toujours inerte, puis il dévisagea Gage.

— Elle... orte ?

Après un instant, Gage finit par comprendre.

— Non, Caïn, elle n'est pas morte. Seulement évanouie. Elle va bientôt revenir à elle.

Caïn glissa la main dans la poche de sa veste élimée et en sortit les souliers qui s'étaient échappés des pieds de Shemaine, pendant que Potts la soulevait de terre.

— Ses... sou'iers.

— Merci, dit Gage, étonné.

Il était rare que Caïn montre autant de souci d'autrui, ou se dérange pour rendre service, surtout lorsque cela signifiait apparaître devant les gens de la petite ville.

— Je dirai à Shemaine que tu les lui as rapportés, ajouta Gage. Elle t'en sera reconnaissante.

— Shamaaane ?

— Shemaine O'Hearn, corrigea Gage en séparant nettement les syllabes.

Il ne comprenait toujours pas ce qui provoquait son intérêt. En neuf ans, jamais il ne l'avait entendu prononcer autant de mots à la suite. Certains le croyaient même muet, mais il s'agissait seulement de ceux qui préféraient garder leurs distances, car ils le considéraient comme fou.

Tout bébé, Caïn avait été déposé sur le seuil d'une femme à demi démente, qui vivait seule dans une masure au fond des bois. Comme il était difforme, la vieille l'avait baptisé Caïn, persuadée que le pauvre bébé avait été marqué par le doigt de Dieu. Caïn n'avait pas neuf ans quand elle était morte, et l'enfant avait dû se débrouiller pour survivre. Mais la femme avait exigé qu'il gagne son pain depuis le plus jeune âge, et lui avait appris à poser des pièges, à creuser la terre à la recherche de racines comestibles.

Il vivait toujours dans la cabane, seul. Quand il lui fallait des denrées essentielles qu'il ne trouvait pas dans les bois, il venait voir M. Foster avec des peaux de daims, de lapins et autres bêtes qu'il échangeait contre ce dont il avait besoin. Il restait dans l'ombre, où l'on ne pouvait le remarquer, jusqu'à ce que M. Foster lui ait apporté ses provisions.

À de rares occasions, cédant à l'insistance du commerçant, il lui avait confié pour la boutique des petits oiseaux de bois qu'il sculptait lui-même. Mais en général, il avait du mal à s'en séparer, car il les considérait comme des amis. Et, bien que Foster lui eût promis une bonne somme afin de l'encourager, il n'avait rien donné à vendre depuis plusieurs années.

Hormis M. Foster, Mary Margaret, Hugh et Roxane Corbin, la plupart des gens avaient peur de Caïn et, s'il approchait trop près, n'hésitaient pas à le chasser à coups de balai ou de cailloux. Pourtant, à la connaissance de Gage, il n'avait jamais rien fait de mal. En vérité, d'après ce qu'il avait entendu et vu, c'était plutôt Caïn qui aurait dû avoir peur des autres, car les jeunes godelureaux avaient tendance à le prendre comme souffre-douleur afin de prouver leur virilité... ou leur manque de virilité, plutôt.

Une ombre se profila sur le seuil et Gage, levant les yeux, découvrit Roxane, l'air indécis. Bien qu'il fût encore en colère contre elle, il la salua d'un signe de tête. Il ne servait à rien de la contrarier davantage. Le bossu se tourna vers l'entrée en traînant les pieds.

— Caïn ne lui a pas fait de mal, j'espère? demanda Roxane avec inquiétude.

— Autant que je sache, répondit sèchement Gage, il n'a rien à voir avec l'incident. L'homme qui a attaqué Shemaine était un marin du *London Pride*. Je ne sais pas comment tout cela a commencé, mais il avait l'intention de la tuer.

Mary Margaret s'avança, Andrew sur ses talons.

— Je peux vous raconter, dit-elle. J'ai tout vu, depuis le début.

Bien qu'elle se fût arrêtée près du bossu, Andrew ne fit pas attention à lui, car il contemplait le sucre d'orge qu'il avait à la main en attendant que son père lui permette de le manger.

Gage haussa un sourcil.

— Qu'avez-vous vu, Mary Margaret?

La vieille dame eut un geste vers la chaise longue.

— Cette courageuse petite a frappé l'odieux marin avec un manche de pioche, car il battait Caïn. Et elle a failli y laisser la vie, malgré tous les soiffards qui faisaient cercle autour d'eux sans bouger. Si j'étais un homme, je donnerais à ces lourdauds quelques bonnes taloches, histoire de les réveiller. À tous les coups, ils étaient ivres. Je suis vraiment désolée que les Irlandais aiment tant parler et boire. Plus ils boivent, plus ils parlent, et moins ils en font!

— Shemaine n'a rien de grave? insista Roxane.

Mary Margaret était surprise par sa réaction.

— Elle a juste besoin de repos et de soins.

Roxane eut un sourire crispé.

— Faites-moi savoir si je peux vous être d'une quelconque utilité, dit-elle à Gage.

Jamais Gage n'aurait la folie d'accepter son offre, mais lui aussi était étonné de son changement d'humeur. Elle était pour le moins étrange, par moments!

— Il n'y a pas lieu de vous inquiéter, Roxane.

Celle-ci lui adressa un signe de tête, ainsi qu'à Mme McGee, puis elle se dirigea vers la porte en tendant la main à Caïn.

— Viens, maintenant, avant de te mettre de nouveau dans les ennuis.

Le bossu jeta un dernier coup d'œil à Shemaine, puis il quitta le magasin et se dirigea en boitant vers la forge.

— Pauvre garçon! soupira Mary Margaret qui, depuis le seuil, le regardait s'éloigner. On dirait un malheureux agneau abandonné. Je suis sûre qu'il serait fidèle à celui qui deviendrait son ami.

— Trouvez-vous bizarre que Roxane se préoccupe de lui? demanda Gage, qui trempait un linge dans la cuvette afin de bassiner les tempes de Shemaine.

La vieille dame secoua la tête.

— Ce sont tous les deux des agneaux égarés, fâchés avec le monde entier.

Shemaine flottait dans un brouillard irréel, de plus en plus consciente d'une gêne à la gorge. Elle déglutit et grimaça de douleur. Elle tourna la tête, souleva difficilement les paupières, tenta d'accommoder son regard sur le visage d'ange, appuyé sur deux petits bras, qui la fixait.

— Andrew ? chuchota-t-elle d'une voix éraillée. Pourrais-tu... aller me chercher... un verre d'eau ?

— Papa ?

Son père se penchait déjà, une timbale à la main.

Il passa un bras sous les épaules de la jeune fille afin de la redresser, et il fut une fois de plus étonné de la sentir si légère, si fragile. Il porta la timbale à ses lèvres et la fit boire doucement.

Mary Margaret, appuyée à sa canne, observait Shemaine par-dessus la tête de Gage. Elle était rassurée de la voir reprendre des couleurs, car elle s'était sérieusement inquiétée.

— C'était très courageux, petite, de prendre la défense de Caïn comme vous l'avez fait. Mais c'était aussi de la folie, compte tenu de la stature de la brute que vous avez attaquée !

— Caïn ?

Shemaine fronçait les sourcils, incapable de se rappeler à qui appartenait ce nom.

— Qui... ?

— Le bossu, ma chérie, l'informa la vieille dame. Sa mère adoptive a considéré que ce prénom lui allait bien.

Gage reposa lentement Shemaine sur les coussins.

— Pourquoi ne m'avez-vous pas appelé, afin que je prenne l'affaire en main ? s'enquit-il. Je n'étais pas si loin, je vous aurais entendue. Je ne veux plus que vous mettiez ainsi votre vie en danger, c'est bien compris ?

Shemaine avait l'impression d'être une enfant grondée par son père. Mais elle savait qu'il avait raison. Elle avait eu une réaction inconsidérée, qui aurait pu lui être fatale. Potts l'aurait bel et bien tuée ! En outre, elle n'avait pas songé aux conséquences pour Gage. Il lui aurait fallu trouver les fonds pour acheter une autre condamnée. En vérité, il aurait pu être privé de nurse pour Andrew pendant un bon moment !

— Je suis navrée, monsieur Thornton. J'ai perdu la tête, quand j'ai vu Potts battre ce pauvre garçon. J'aurais dû penser à la somme d'argent que vous avez investie sur moi. Je tâcherai de me montrer plus raisonnable, à l'avenir.

Gage sentit la moutarde lui monter au nez.

— Vous croyez que quarante livres valent plus que votre vie ? rétorqua-t-il avec colère. Il s'agit de la folie que vous avez commise en mettant votre existence en péril ! D'ailleurs, qui était cet homme ? Est-ce celui contre lequel vous m'avez mis en garde ?

— Oui. Jacob Potts, le marin du *London Pride*. Avant que je quitte le bateau, il a juré qu'il me tuerait.

— Il a bien failli y parvenir ! grommela Gage, exaspéré de s'apercevoir qu'elle avait ignoré les menaces de cette brute.

Pour sa tranquillité d'esprit, il espérait que le marin reprendrait bientôt la mer.

Shemaine fronça les sourcils.

— Comment s'est-il arrêté ?

— C'est M. Thornton qui vous a sauvée, ma chérie, répondit Mary Margaret.

Elle avait attentivement écouté les paroles de Gage, et elle était heureuse de constater qu'il s'inquiétait davantage pour la jeune fille que pour sa bourse. Elle avait entendu les rumeurs à son sujet, qui décrivaient un homme froid, insensible, mais elle avait réservé son opinion avant de le condamner, comme d'autres ne se gênaient pas pour le faire. Malgré les ragots, elle aimait bien l'ébéniste. Elle l'avait en quelque sorte adopté, en guise du fils qu'elle n'avait jamais eu.

— Vous auriez dû le voir, en train de fendre la foule pour voler à votre secours ! s'extasia-t-elle.

Gage lui jeta un regard noir. La vieille dame nourrissait des projets matrimoniaux dès qu'elle croisait deux célibataires. Mais il connaissait également le danger que cela représentait, si elle exprimait une telle idée en ville. Avec Roxane qui menaçait de l'accuser, les bavardages de Mme McGee seraient sa perte.

— N'en rajoutez pas, Mary Margaret, gronda-t-il.

Aussi loin qu'elle se souvienne, Gage Thornton avait toujours détesté les compliments. Il avait un jour sauvé une petite fille de la noyade, mais quand les parents et les voisins, qui avaient assisté au sauvetage, avaient voulu le féliciter, il s'était contenté de remettre l'enfant entre les bras de sa mère en lui conseillant sévèrement de mieux surveiller sa progéniture à l'avenir. Puis il avait ramassé son fusil, son havresac, et il était remonté dans son canot sans un mot de plus.

Pourquoi ne voulait-il pas que la jeune fille apprenne qu'il avait failli renverser ceux qui se mettaient en travers de son chemin pour la sauver ? se demandait Mary Margaret. Était-il gêné par son esprit chevaleresque ? Ou bien répugnait-il à laisser voir aux autres qu'il était tombé amoureux de Shemaine ?

Elle sourit à la pensée de cet homme si fort, devenu vulnérable. Cela prouvait seulement qu'il était humain – ce dont beaucoup doutaient, dans la région.

Et voilà que Gage Thornton avait désormais un nouvel ennemi, en la personne du marin qui avait avalé le purin ! Avec un peu de chance, celui-ci aurait quitté le pays dans quelques semaines.

— Je suis sûre que M. Potts cherchera à se venger d'avoir été la risée de la ville. À mon avis, il serait prêt à tous nous tuer, si l'un de nous osait l'appeler « mangeur de crottin » !

Gage esquissa un sourire.

— Après ce qui lui est arrivé, je doute que Jacob Potts ait envie de remettre les pieds à Newport News !

Shemaine n'était pas de cet avis.

— D'expérience, je sais que Potts rend les offenses au centuple. Il n'aura de cesse de prendre sa revanche.

— Alors vous le reverrez sûrement, tous les deux, prédit Mary Margaret, car vous l'avez profondément humilié. Imaginez un peu ! Une frêle jeune fille qui lui inflige la correction de sa vie ! Et comme si ça ne suffisait pas, le maître l'envoie rouler dans la boue. Son orgueil a dû souffrir horriblement.

Gage se leva, souhaitant changer de conversation.

— J'ai à faire, tant que je suis en ville. Si cela ne vous ennuie pas, Mary Margaret, j'aimerais que vous restiez auprès de Shemaine afin qu'elle se repose un peu.

— Je serai ravie de l'accueillir chez moi. Et plus encore si vous me laissez aussi Andrew. Il est tellement mignon ! Je vous préparerai un petit plat, pour que vous ayez tout ce qu'il vous faut en rentrant chez vous.

— Je vous remercie infiniment de votre gentillesse. Si vous voulez bien m'excuser, je vais chercher M. Foster et le remercier, avant de vaquer à mes occupations.

Mme McGee indiqua l'arrière-boutique.

— La dernière fois que je l'ai vu, il se dirigeait par là...

Gage ne tarda pas à revenir, et il accompagna les deux femmes à l'extérieur. Dans le chariot, Shemaine prit le petit garçon sur ses genoux afin de laisser de la place pour Mary Margaret. Ils traversèrent la ville et, quelques instants plus tard, s'arrêtèrent devant un cottage. Gage prit Andrew dans ses bras et escorta les femmes jusqu'à la porte, en prenant soin de régler son pas sur celui de Shemaine, qui refusait toute aide. Enfin, il regagna le chariot.

Trois heures plus tard, il terminait de charger des matériaux, après qu'une femme de Richmond lui eut commandé diverses pièces d'ameublement. Il avait récupéré à peu près la moitié de ce que Shemaine lui avait coûté, ce qui arrangeait grandement ses finances et lui assurait un rapide progrès dans la construction du brigantin.

De retour au cottage, Mme McGee lui ouvrit, un doigt sur les lèvres, en désignant une porte fermée au bout du couloir.

— Elle s'est allongée près d'Andrew pour l'endormir il y a environ une heure, expliqua-t-elle. Et depuis, je n'ai rien entendu.

Gage alla frapper doucement à la porte. N'obtenant pas de réponse, il pénétra sans bruit dans la chambre. Le spectacle qu'il découvrit lui réchauffa le cœur, et il s'approcha.

Shemaine et Andrew dormaient profondément, la tête sur le même oreiller, emboîtés comme des cuillers. Elle avait la joue posée sur les cheveux du petit, une main en travers de son corps, dans une attitude toute maternelle.

— Voulez-vous une tasse de thé, monsieur Thornton ? chuchota Mme McGee derrière lui.

Il se retourna, surpris de voir la vieille dame appuyée au chambranle. Il acquiesça, tout en se demandant s'il en avait le temps, car il n'avait pas encore amené Shemaine chez le cordonnier.

— Ce serait dommage de déranger une telle sérénité, n'est-ce pas, monsieur Thornton ?

Gage revint vers le lit. Shemaine était délicate et merveilleusement belle, petite fleur de couleur vive dans l'ombre d'un jardin verdoyant. Ses lèvres étaient entrouvertes, comme en attente du baiser d'un amoureux, les longs cils bruns reposaient sur ses joues qui avaient repris des couleurs, et sa poitrine ronde se soulevait doucement contre le dos de son petit compagnon. Un instant, Gage se surprit à envier son fils !

— Elle doit être épuisée, pour dormir si profondément, murmura-t-il. Elle ne s'est sans doute pas beaucoup reposée, durant la traversée.

Mme McGee pencha la tête en contemplant la jeune fille.

— Elle est d'une rare beauté, n'est-ce pas ?

Gage haussa un sourcil.

— Vous avez un mariage en vue, madame ?

— Lissez vos plumes, mon beau paon, le réprimanda gentiment Mme McGee en lui faisant signe de la suivre.

Elle lui servit une tasse de thé au coin de la cheminée.

— Si je souhaite que vous vous déclariez auprès de cette jeune fille, c'est seulement parce que je suis heureuse de voir une femme de qualité dans votre maison.

— Que savez-vous de ses qualités, alors que vous la connaissez à peine ?

Mme McGee se tapota la tempe de l'index.

— J'ai assez de bon sens pour distinguer clairement ce que j'ai sous les yeux.

— Et de quoi s'agit-il ?

— Shemaine est une vraie dame. Je l'ai remarqué à sa façon de marcher, de se tenir. Elle a l'assurance, l'élégance raffinée de quelqu'un qui a reçu une excellente éducation et qui connaît les usages. Cela s'entend, malgré son accent irlandais. Elle vaut bien le prix que vous l'avez payée, monsieur Thornton, au cas où vous en douteriez.

— Elle est tout ce que vous dites, et plus encore, reconnut-il. Elle possède de nombreux talents. Andrew s'attache déjà à elle. Vous avez vu combien il était inquiet, quand elle a perdu conscience. Elle est bonne pour lui, meilleure que…

Il s'interrompit.

— Que Roxane ? compléta Mary Margaret.

— Shemaine a quelque chose de particulier, répondit Gage, éludant la question. Elle est très douée.

— Sans doute. Sans aucun doute…

Un moment, la veuve dégusta son thé en fixant les flammes. Puis elle jeta un coup d'œil à son compagnon :

— Mais je dois vous mettre en garde contre les rumeurs qui circulent déjà en ville. Grâce à Mme Pettycomb naturellement, qui, si elle s'occupait autant de ses affaires que de celles des autres, serait une véritable sainte !

— J'imagine que ce que l'on raconte n'est guère plaisant, marmonna Gage.

— Quand on est aussi séduisant que vous, il faut s'attendre à faire jaser, et quand en outre une fille aussi ravissante que Shemaine O'Hearn vit sous votre toit… On ne peut pas empêcher les gens de parler. Certains la traitent déjà de tous les noms, et prétendent que vous l'avez achetée pour prendre du plaisir avec elle. Ils ne cesseront pas de surveiller son ventre, afin de voir si elle porte un enfant.

Il serra les dents.

— J'ai acheté Shemaine parce qu'elle sera capable d'éduquer Andrew dans les années à venir.

— C'est la seule raison ? insista doucement Mary Margaret.

Gage la regarda, sans un mot.

— Si j'étais un bel homme dans votre genre, reprit Mme McGee, avec une aussi jolie compagne, je ne permettrais pas aux racontars de s'installer. J'épouserais la fille, et je sourirais de fierté lorsque les commères verraient son ventre s'arrondir.

Il secoua la tête.

— Vous ne renoncez jamais, n'est-ce pas ?

— Que voulez-vous dire ? fit-elle avec le plus innocent des sourires.

— Vous le savez parfaitement. L'enfer se transformera en banquise, le jour où vous cesserez de vouloir marier les gens. Vous avez du tempérament, madame.

La vieille dame haussa ses frêles épaules.

— Que Dieu vous protège de toutes les Irlandaises du monde !

7

La boutique du cordonnier était proche du centre de Newport News. Bien que l'après-midi soit avancé, Gage refusa de quitter la ville sans avoir commandé des souliers pour Shemaine. Il arrêta le chariot, en fit descendre Andrew et la jeune fille.

Il remarqua que bien des gens se retournaient sur eux. Surtout sur Shemaine, d'ailleurs, et il n'était pas difficile de deviner ce qu'ils pensaient, après la conversation que Gage avait eue avec Mme McGee. En outre, tout le monde était à présent au courant de l'algarade avec Potts, et l'on voulait voir comment la condamnée se portait.

Quelques célibataires s'approchèrent afin de mieux la contempler. La rareté des femmes disponibles dans leur petite communauté leur aurait fait regarder avec convoitise n'importe quelle jeune personne au physique agréable.

Gage connaissait pratiquement tous les hommes de la ville. Deux des plus jeunes avaient même travaillé chez lui comme apprentis, mais ils n'avaient pas répondu à ses attentes, et il avait dû s'en séparer. Il savait combien il était difficile de trouver une femme, car lui-même avait connu la même frustration avant d'épouser Victoria, et de nouveau depuis quelques mois. Pourtant, il ne les plaignait pas. Avec un peu de cran, ils auraient pu braver l'opinion des bigotes et monter à bord du *London Pride*, comme lui. Ils ne l'avaient pas fait, alors du diable s'il allait se laisser déposséder maintenant ! Shemaine lui appartenait et, sauf si ses parents venaient racheter sa liberté, il n'avait aucune intention de la revendre, dût-il en tirer un gros profit. Elle était tout ce qu'il avait désiré, plus belle encore qu'il n'aurait pu l'espérer.

— Ma foi, ne serait-ce pas M. Thornton et Shemaine O'Hearn ? lança une voix ironique derrière eux.

L'intonation sembla vaguement familière à Gage. Mais, pour Shemaine, elle évoquait d'atroces souvenirs.

Elle prit une profonde inspiration avant de se retourner vers celle que les condamnés appelaient par dérision « Mme capitaine Fitch ».

— Madame, dit Gage en effleurant son chapeau. Capitaine Fitch, ajouta-t-il à l'intention du mari.

Gertrude jeta un regard brûlant sur l'objet de sa haine et éprouva une amère rancœur en constatant que son état s'était nettement amélioré.

— La condition de servante te réussit, Shemaine, commenta-t-elle, les lèvres pincées.

Poussée par le dépit, Gertrude avait obligé son mari à l'accompagner à travers la ville, dans l'espoir de découvrir quelque mauvaise nouvelle concernant son ennemie. Mais quand elle avait vu le colon déposer doucement Shemaine sur le trottoir, elle avait failli s'étrangler de rage. Qu'il s'agisse d'un geste de compassion ou, pire, de tendresse, cela éveillait davantage encore son hostilité.

Le capitaine Fitch, quant à lui, n'éprouvait pas la même animosité envers son ancienne détenue et il déclara, avec une pointe de mépris :

— C'est la première fois que mon épouse s'aventure au-delà des rivages de l'Angleterre, et elle était tellement curieuse de voir cette satanée colonie qu'elle a menacé de m'étrangler, si je ne l'emmenais pas la visiter.

Cachant son exaspération sous un petit rire sans joie, il poursuivit :

— Je lui ai affirmé qu'il n'y avait rien d'intéressant à voir, mais je suppose qu'elle espérait trouver quelque fanfreluche... ou pêcher quelque ragot.

Fitch jeta un coup d'œil furtif à Shemaine. Avec ses cheveux attachés en tresse dans le dos, elle était belle comme le jour. Sa femme devait se consumer de fureur !

Gage surprit le regard du capitaine.

— Il y a en effet des trésors à découvrir, ici, déclara-t-il. Mais ils ne séduisent pas forcément ceux qui les cherchent. D'autres, en revanche, les apprécient à leur juste valeur. En fait, certains hommes donneraient toute leur fortune pour les posséder.

Everette serra les dents. Il enrageait toujours de n'avoir pu garder Shemaine pour lui, mais il en voulait plus encore au colon d'avoir bravé son autorité de capitaine en prenant Gertrude à témoin lors de la vente. Qu'il lui eût arraché Shemaine était un coup dur pour son orgueil. Mais que son beau-père, J. Horace Turnbull, se fût arrangé pour que sa fille ait la haute main sur le navire, était tout aussi douloureux.

Gertrude observait la rue boueuse et les bâtiments de bois qui la bordaient. Elle conclut avec une moue de dégoût :

— Je n'ai rien vu dans cette ville qui me donne envie d'y revenir !

Gage eut un sourire indulgent.

— Newport News est un village, comparé à Londres, madame. Toutefois, il y a dans ce pays des villes plus impressionnantes. Williamsburg, par exemple. Le palais du gouverneur évoque un mode de vie beaucoup plus raffiné que celui de notre port. Quant à moi, j'adore vivre près de la rivière, et j'apprécie énormément les vastes espaces, la liberté de cette région. L'esprit d'aventure imprègne cette terre, et cela convient à mon cœur.

Gertrude ne se souciait guère des opinions d'un colon subsistant dans un trou perdu, surtout cet individu qui était certainement de basse extraction.

— Je suis sûre que ce pays sauvage vous fascine, monsieur, toutefois je préfère nettement l'élégance de Londres à ce petit hameau crasseux. Mais, bien entendu, seul un Anglais éclairé sait apprécier son héritage culturel.

Andrew était perturbé par le ton acariâtre de cette femme. Il recula pour fourrer son visage contre la jambe de son père, en espérant que la vilaine sorcière se dépêcherait de s'en aller.

Gage lui caressa distraitement la tête en répliquant :

— Je connais bien Londres, madame. J'y ai grandi, et j'ai travaillé dans les chantiers de mon père à la construction de navires. J'ai fréquenté des aristocrates qui se croyaient mieux informés que le commun des mortels. Certains l'étaient, d'autres non. Beaucoup avaient un point de vue dicté par les a priori d'esprits étroits.

Gertrude eut un reniflement de dédain. Ce manant méritait d'être remis à sa place.

— Votre père est armateur, monsieur ? Je me demande si quelqu'un, en Angleterre, a entendu parler de lui… Comment s'appelle-t-il ?

— William Medford Thornton, répondit Gage, préférant omettre le titre de lord.

Gertrude secoua la tête. Elle n'avait jamais entendu ce nom, mais elle oubliait que son univers était restreint, et son cercle d'amis plus encore. Hautaine, elle reprit :

— Je suis sûre que vous avez entendu parler de mon père, qui est fort célèbre dans les meilleurs milieux. Presque tout le monde, dans le commerce maritime, connaît J. Horace Turnbull.

Gage haussa un sourcil amusé.

— J. Horace Turnbull ?
— Vous le connaissez ?
— Oh oui !

Gertrude sourit, certaine d'avoir marqué un point.

— Mais dites-moi, monsieur Thornton, où auriez-vous rencontré mon père ?

— J'ignore s'il est judicieux de vous le dire, madame...

— Mais si, mais si... j'insiste !

Gage baissa les yeux sur Shemaine qui se rapprochait instinctivement de lui, comme pour chercher sa protection, à l'instar d'Andrew. Sa réponse serait sans doute la seule vengeance dont pourrait jouir la jeune fille. Il lui pressa brièvement la main.

— Il y a dix ans, mon père m'a confié la mission de retrouver votre père, madame, commença-t-il. Auparavant, J. Horace Turnbull était entré en possession d'un navire qu'il avait commandé à mon père, laissant un coffre de pièces d'or en paiement. Le contenu avait été soigneusement compté avant que la vente ne soit conclue, cependant, après que votre père eut pris la mer, nous avons porté le coffre à la banque. Or il ne contenait plus que des cartouches de fusil. Votre père s'était arrangé pour le remplacer par un coffre identique, grâce à la complicité d'un de nos fidèles employés, Lendon Crocket.

Gertrude semblait sur le point d'exploser d'indignation, mais le capitaine se régalait visiblement de l'anecdote.

— Bien que Turnbull ait assuré à Crocket que le banquier serait tenu pour responsable, continua Gage, impitoyable, et que personne n'entendrait jamais parler de l'énorme pot-de-vin qu'il lui avait remis, en réalité, il avait l'intention de laisser notre homme porter le chapeau. M. Crocket a eu la sagesse de comprendre qu'il avait été dupé et de tout avouer, raccourcissant ainsi la peine de prison dont il avait écopé.

« Je n'avais alors que vingt-deux ans. Mon père m'a confié un bateau et son équipage avec pour ordre de traquer Turnbull au bout du monde, s'il le fallait. Nous avons en fait trouvé le bateau à Portsmouth, en train de charger des marchandises. Nous avons attendu la veille du départ, alors que les matelots profitaient de leur dernière nuit à terre, pour nous glisser à bord, jeter à la mer les marins de garde, et ramener le navire jusqu'à la Tamise. Mon père a vendu la cargaison et gardé l'argent. Turnbull, fou de rage, a tenté de nous accuser de vol, mais c'était compter sans Crocket qui entendait bien témoigner en notre faveur. Votre père, assez riche pour acheter sa liberté, a pu reprendre ses activités. Inutile de préciser que c'est la dernière fois que nous avons construit un navire pour lui !

— Je n'ai jamais rien entendu d'aussi absurde ! piailla Gertrude, au bord de l'apoplexie. Je ne comprends pas à quoi vous jouez, monsieur Thornton, mais je sais que votre histoire n'est qu'un tissu de mensonges !

Elle tourna vers Shemaine un regard meurtrier.

— Petite garce! C'est vous qui avez persuadé votre maître de raconter ces horreurs sur mon père, n'est-ce pas?

La jeune fille niait énergiquement de la tête, pourtant la mégère poursuivit:

— Qu'avez-vous donné en change? Une nuit au lit?

— Suffit! aboya Gage. Shemaine n'a rien à voir avec tout ceci! Vous avez insisté pour que je vous raconte, et j'ai obtempéré, madame. Si vous avez envie d'accuser quelqu'un, parlez-en donc à votre père, la prochaine fois que vous le verrez. Mais laissez cette jeune fille en dehors de ça. Elle n'a rien à voir là-dedans!

— Elle ferait tout pour me voir humiliée.

— Vous vous humiliez toute seule, madame, rétorqua sèchement Gage. Par méchanceté, vous injuriez votre prochain, et vous le jugez en fonction de votre caractère. Quelles que soient la honte ou les calomnies que vous et votre père devrez subir sur cette terre, vous ne les aurez pas volées! Maintenant, je vous salue bien.

Il prit Shemaine par le coude et l'entraîna doucement vers la boutique. Il aurait aimé s'arrêter un instant pour la rassurer, car il la sentait trembler contre lui, mais le cordonnier était sur le pas de son échoppe, et Mme Fitch fulminait toujours derrière eux.

Andy jeta un rapide coup d'œil par-dessus son épaule. Durant ses deux années de vie, jamais il n'avait vu une personne aussi vilaine, capable de prendre soudain une couleur violette. Il se hâta de franchir le seuil derrière son père, dont il tira le pantalon. Gage se pencha aussitôt vers lui.

— Grosse sorcière folle, papa? demanda-t-il, angoissé.

169

Toute la tension que ressentait Gage disparut comme par miracle. Il se retourna vers Mme Fitch et eut du mal à retenir son hilarité. Quand la porte du magasin se referma sur eux, il fut pris d'un fou rire, sous le regard stupéfait de Shemaine.

— Que vous arrive-t-il, monsieur Thornton? s'enquit-elle.

Cette gaieté lui ressemblait si peu, lui qui souriait rarement!

— Grosse sorcière folle, répéta-t-il en désignant Gertrude, derrière la vitrine, qui s'était mise à éructer des insultes. Vous ne trouvez pas que cela lui va comme un gant?

Shemaine esquissa un sourire. Après tout ce que la mégère lui avait infligé, c'était un plaisir sans mélange de voir son orgueil voler en éclats.

Ils me le paieront, tous les deux! se promettait Gertrude.

Une voix doucereuse s'éleva derrière elle.

— Qu'est-ce que vous allez faire maintenant, madame Fitch? Vous allez laisser l'amant de Shemaine s'en sortir impunément, après avoir traité votre papa de voleur?

Gertrude se retourna lourdement, pour se trouver face à Morrisa Hatcher qui sortait du porche d'une maison voisine, où elle s'était cachée afin de ne rien perdre de l'algarade. Gertrude n'avait pas revu la prostituée depuis qu'elle avait quitté le navire avec la femme plus âgée, vêtue de façon indécente, qui l'avait achetée. Morrisa avait envoyé des baisers à tous les marins, qui l'avaient invitée à leur rendre visite à la taverne.

— En quoi cela vous regarde-t-il, Morrisa? demanda-t-elle avec hauteur.

— C'est pas mes oignons, madame Fitch, mais il me semble qu'il vaudrait mieux faire taire les ragots qu'ils racontent sur votre père, répliqua Morrisa avec un haussement d'épaules.

Elle était furieuse que Potts n'ait pu en terminer avec Shemaine, et elle se réjouissait d'avoir déniché une autre marionnette dont elle pourrait tirer les ficelles. Gertrude Fitch lui avait été fort utile sur le bateau, par l'intermédiaire de Potts, et elle pouvait devenir une alliée intéressante. D'après ce qu'elle avait dit à bord, quand elle chantait les louanges de son père, celui-ci ne devait pas tarder à gagner l'Amérique.

— Si lord Turnbull était là, je parie ma dernière chemise qu'il ferait quelque chose !

Face à une telle calculatrice, Gertrude n'était plus que pâte à modeler. Elle se rengorgea en entendant son père traité de « lord » et daigna enfin considérer les paroles de l'ancienne condamnée. Elle savait que son père, d'ici deux semaines ou un mois, accosterait à New York sur le *Black Pride*, le meilleur de ses navires marchands. Si elle s'arrangeait pour qu'un message l'attende au port, peut-être viendrait-il régler le cas de ce Thornton. Confrontés à la colère de J. Horace Turnbull, le colon et sa catin comprendraient qu'ils avaient été fous de raconter ces mensonges !

Elle remercia Morrisa d'un mince sourire cynique.

— Ne vous inquiétez pas. Je suis sûre que d'ici peu, ils récolteront les fruits de leur forfait.

Morrisa fronça les sourcils, navrée.

— À voir comment lord Turnbull est admiré et respecté, madame, c'est une honte qu'un vulgaire rustre se permette de tacher son noble nom.

Elle adressa au capitaine Fitch un sourire triomphant.

— Bonne journée! lança-t-elle en s'éloignant vers la taverne.

Reportant son attention sur la jeune fille dans la boutique, Gertrude agita un doigt boudiné, comme si elle grondait un enfant turbulent.

— Tu le regretteras, sale petite bouseuse!

Shemaine ignora la menace étouffée par la vitre et se tourna vers son maître.

— Je crois que vous l'avez délibérément provoquée, monsieur Thornton, et je vous embrasserais pour cela!

Il sourit.

— Si c'est une promesse, Shemaine, j'en profiterai dès que nous serons rentrés à la maison.

— Enfin, je ne... Je veux dire, c'était seulement...

Elle s'étonnait d'être aussi facilement troublée par cet homme, car elle ne se rappelait pas avoir ressenti ce genre de chose en présence de Maurice. Et son fiancé était marquis, pour l'amour du Ciel!

Le cordonnier attendait toujours, et elle reprit, embarrassée :

— Ne devrions-nous pas commander les souliers, afin de rentrer avant la nuit?

Gage fit signe à l'homme d'approcher.

— Miles, cette jeune fille a besoin d'une paire de chaussures. Pourriez-vous nous aider?

— Sûr, répondit le vieil homme grisonnant.

Gage fit les présentations.

— Shemaine, M. Miles Becker. Miles, voici Shemaine O'Hearn...

Le cordonnier eut un jovial signe de tête.

— Miles, si vous voulez bien, miss O'Hearn, dit-il dans un sourire.

Il lui indiqua une chaise et s'assit sur un tabouret face à elle, pour ôter l'un de ses souliers. Il admira un instant la cambrure de son petit pied, avant de relever la tête vers les yeux les plus verts qu'il eût vus de toute sa vie. Célibataire endurci, il fut stupéfait de sentir son cœur s'accélérer devant ce regard lumineux. Il demeura silencieux tandis qu'il dessinait le contour de son pied sur une planchette de bois. Cependant, il ne pouvait ignorer l'effet que cette jeune personne avait sur lui. C'était comme l'ivresse après avoir forcé sur la boisson.

Gage fronça légèrement les sourcils en constatant l'émoi du cordonnier : il n'était pas sorcier d'en deviner la cause. Ce n'était pas toujours facile de se trouver proche de Shemaine O'Hearn ! Si elle était capable de bouleverser Miles Becker d'un simple regard innocent, aucun homme ne serait à l'abri de sa beauté, de son charme.

— Quel genre de souliers voudriez-vous, miss O'Hearn ? demanda Miles d'une voix un peu étranglée.

Il se racla la gorge nerveusement, espérant qu'elle n'avait rien remarqué.

— Quelque chose de pratique, répondit Shemaine.

Peu auparavant, elle aurait commandé la soie la plus coûteuse, le cuir le plus fin sans s'occuper du prix. Mais à cette époque-là, c'était son père qui réglait toutes ses dépenses. À présent, elle devait songer aux ressources limitées de l'homme à qui elle appartenait, et s'efforcer de ne pas être un fardeau pour lui.

— Je les voudrais solides et pas trop onéreux, ajouta-t-elle.

— J'ai deux modèles qui devraient vous convenir, dit l'homme en allant chercher dans un tas deux souliers. Ils sont un peu lourds et pas très élégants, mais ils dureront longtemps.

Shemaine était plutôt catastrophée par leur laideur, et elle se demandait si elle serait capable de les porter à longueur de journée sans que le cuir épais lui donne des ampoules, ou qu'elle attrape des crampes dans les mollets à cause de leur poids. Hélas, elle ne pouvait s'arrêter à de tels détails. Elle n'était qu'une esclave, se rappela-t-elle, elle n'allait pas jouer les difficiles.

— Si cela convient à M. Thornton…

Deux paires d'yeux l'interrogeaient, et Gage revint à la réalité. Il n'était pas plus insensible au charme de Shemaine que Miles Becker… Il prit un soulier dans chaque main et les compara, en testa la souplesse, le poids, avant de les rendre au cordonnier.

— Il ne s'agit pas de ferrer un cheval, Miles, grommela-t-il. Il lui faut quelque chose de plus souple, de plus léger.

— Cela coûtera plus cher, l'avertit Miles.

— Est-ce que je vous ai demandé de veiller sur ma bourse ? s'irrita Gage. Montrez-moi d'autres modèles. Je ne veux pas voir Shemaine clopiner à cause de ces galoches.

Miles obtempéra, et ils fixèrent leur choix sur des souliers plus confortables et plus jolis. Gage paya, puis il prit Andrew dans ses bras et sortit avec Shemaine de la boutique.

Le crépuscule tombait, des lumières étaient allumées dans la taverne, à quelques dizaines de mètres de là. De gros rires, accompagnés par les accords d'un instrument à cordes, s'en déversaient.

— Papa, faim…

— Moi aussi, Andy, répliqua Gage qui n'avait rien avalé depuis le petit-déjeuner. Trop faim pour attendre d'être rentré à la maison.

Il eut un geste en direction de la taverne et se tourna vers Shemaine.

— Cet endroit n'est pas très fréquentable pour une jeune femme bien élevée. On y boit beaucoup et on y fait du tapage, mais c'est le seul établissement de Newport News où l'on puisse prendre un repas correct en dehors de chez soi. Cependant, si cela vous déplaît...

Elle lui répondit d'un sourire. Après l'algarade avec Potts, elle n'avait pas eu envie des gâteaux de Mme McGee.

— À vrai dire, je meurs de faim, moi aussi. S'il y a de quoi dîner, je me moque du cadre.

— Nous risquons d'y rencontrer d'autres marins du *London Pride,* l'avertit Gage. C'est un endroit que fréquentent souvent les matelots en goguette.

Shemaine haussa les épaules. Il essayait de la mettre en garde contre des scènes inconvenantes, mais rien ne pourrait être pire que ce à quoi les prisonnières avaient été soumises, durant la traversée.

— Je crois que je serais prête à une seconde confrontation avec Mme Fitch, si un repas était en jeu!

Gage, son fils sur un bras, posa l'autre main sur la taille de la jeune fille, et ils se dirigèrent vers la taverne. Shemaine se tenait toute droite, réservée, infiniment consciente du grand et bel homme qui marchait à son côté.

Un mouvement furtif en retrait du magasin général alerta Gage, qui s'arrêta net. Il repoussa légèrement Shemaine, lui intima en silence l'ordre de ne pas bouger, et posa Andrew près d'elle. Il se mouvait sans bruit, se demandant si Jacob Potts avait décidé d'attaquer de nouveau. Mais quand il s'approcha de l'endroit où il avait aperçu l'ombre, il fut soulagé de constater que c'était seulement le bossu, accroupi dans l'obscurité.

Caïn sortit maladroitement de sa cachette. Il avait à la main un bouquet de fleurs blanches. Il les tendit à Gage, mais comme celui-ci refusait de les prendre, il montra Shemaine du doigt.

— Fleurs... pour... Shamane. Plaît, donner... fleurs.

— Tu vas les lui donner toi-même, répondit Gage en faisant signe à la jeune fille. C'est Caïn ! lui annonça-t-il. Il a quelque chose pour vous...

Shemaine prit la main d'Andrew, mais il rechignait à s'approcher de l'infirme, et secoua vigoureusement la tête. Malgré des paroles rassurantes, il se mit à trépigner, et elle dut se résoudre à le laisser.

Caïn recula dans l'ombre, comme s'il ne voulait pas qu'elle le voie de près, mais elle eut un sourire encourageant, et il finit par avancer d'un pas pour lui tendre le bouquet.

— Merci, Caïn, murmura-t-elle gentiment. Elles sont ravissantes.

Impulsive, elle se pencha pour poser un baiser sur son front.

Caïn trébucha en arrière et en resta éberlué. Incapable de croire à ce qui venait de lui arriver, il porta la main à l'endroit où ses lèvres l'avaient effleuré.

Gage s'émerveilla de sa bonté.

— On dirait que vous avez gagné son cœur, Shemaine...

Elle avait vu beaucoup de malheureux depuis son arrestation et, bien souvent, elle avait été frustrée par son impuissance. Lorsque l'on subissait une cruelle incarcération, on avait plus que jamais besoin d'un mot gentil, d'un geste charitable. Les insultes odieuses et les persécutions dont elle avait été l'objet l'avaient rendue davantage compatissante envers les déshérités. Il ne lui était pas difficile de deviner que ce pauvre garçon à l'aspect hideux, défavorisé depuis sa naissance, manquait désespérément d'amitié et de tendresse.

Elle serra le bouquet contre son cœur.

— Je chérirai ce cadeau, Caïn. Merci encore de votre gentillesse, et aussi de m'avoir rapporté mes souliers. Je ne connais pas grand monde ici, alors si vous le voulez bien, je vous considérerai comme mon ami.

Ne sachant que répondre, l'infirme se tourna vers Gage, cherchant une explication. Mais celui-ci n'aurait pu commenter l'attitude de la jeune fille, tant il était lui-même sidéré.

Ébloui, Caïn partit dans la direction opposée de celle où se tenait l'enfant.

Gage eut pitié de son petit garçon, et il alla le prendre dans ses bras. Andrew s'accrocha au cou de son père, infiniment rassuré par sa présence.

— Tu as toujours faim ? lui demanda Gage.

L'enfant acquiesça avec vigueur et il offrit enfin un grand sourire à son père.

— Viens, Shaime, appela-t-il en tendant le bras vers elle. Papa faim !

Shemaine eut un rire léger, et elle s'approchait quand la musique entraînante qui venait de la taverne réveilla son instinct irlandais. Elle vint à eux en dansant une gigue légère, pour leur plus grand plaisir.

Gage posa la main au creux de ses reins. C'était agréable, et il se moquait bien que les gens s'interrogent sur les raisons qui l'avaient poussé à acheter cette jeune femme.

— Je ferais mieux de vous ramener à la maison, dit-il avec humour, sinon je vais devoir me battre contre tous les célibataires de la ville ! Et je vous assure que ce ne sera pas parce qu'ils auront envie de vous faire du mal, comme Potts. Ils essaieront de vous voler à moi, c'est certain !

Shemaine imaginait l'air choqué qu'aurait affiché la rigide Edith du Mercer, si elle l'avait vue en train de danser dans la rue. Imitant l'attitude pincée de la vieille dame, elle tendit une main comme si elle tenait une canne, leva le menton et se mit en route d'un pas impérieux.

— Je suppose que vous me préféreriez plus raffinée et distante, monsieur ?

Les yeux de Gage brillaient d'amusement.

— Andrew et moi vous aimons exactement comme vous êtes.

Sur la pointe des pieds, Shemaine virevolta et plongea dans une gracieuse révérence, semblable à celles qu'elle exécutait dans les bals de la haute société. Lorsqu'ils applaudirent, elle leva les bras avec une joie enfantine.

— C'est à cause de mon sang irlandais, monsieur Thornton. Il a une volonté propre, et parfois il échappe à mes efforts pour le contrôler. Voyez-vous, il m'arrive souvent d'avoir envie de faire le pitre.

Gage était fasciné.

— Vous apportez dans nos cœurs une légèreté que nous n'avons pas connue depuis longtemps, Shemaine, affirma-t-il.

Elle s'inclina.

— Je suis ravie que vous soyez ravi, monsieur.

Gage éclata de rire, et Andrew montra son approbation en applaudissant.

— Shaime drôle, papa !

— C'est toi qui es un petit drôle, déclara Shemaine en frottant son nez contre celui de l'enfant, suscitant encore une fois son hilarité.

Quand ils franchirent la porte de la taverne, ils furent assaillis par un vacarme épouvantable. Andrew plaqua les mains sur ses oreilles, et la jeune fille en aurait volontiers fait autant !

La pièce était emplie de marins imbibés d'alcool et de femmes légères en robes de couleurs criardes.

Shemaine repéra Morrisa Hatcher, assise sur les genoux d'un homme, en train de siroter une bière tandis qu'il jouait aux cartes. Sa tenue était en accord avec sa profession, qu'elle poursuivait apparemment sous la direction de la femme qui l'avait achetée.

Pour l'instant, elle ne les avait pas remarqués, et Shemaine espéra qu'ils pourraient trouver un endroit discret avant qu'elle les voie. D'ailleurs, personne ne semblait faire attention à eux. Les clients étaient trop absorbés par leurs propres occupations pour se soucier des autres.

Des servantes court vêtues circulaient parmi les tables avec des plateaux chargés d'assiettes et de chopes. L'une d'elles passa près d'eux, et Andrew ouvrit de grands yeux en la voyant manœuvrer avec son lourd plateau.

— Peut-être trouverons-nous un coin tranquille au fond, dit Gage en montrant le chemin.

James Harper avait déjà ingurgité une bonne dose d'alcool, quand il aperçut le grand homme brun qui avait acheté Shemaine. Un vilain rictus au visage, le bosco bouscula ses compagnons pour bloquer le passage de Gage. Il se haussa sur la pointe des pieds.

— Je vous aime pas, monsieur Thornton, dit-il d'une voix avinée en cherchant à donner un peu d'assurance à son regard vitreux.

Il vacilla, fit un pas en arrière, tenta de reprendre une contenance plus digne, tira sur les pans de sa veste.

— En fait, vous n'êtes qu'un bon à rien et un entêté. Shemaine O'Hearn est trop bonne pour les types comme vous.

— Je suis venu dîner, déclara Gage. Si vous voulez vous battre, remettons cela à un autre jour. Pour l'instant, j'ai Shemaine et mon fils à mes côtés.

James Harper, les yeux exorbités, chercha derrière Gage la jeune femme dont il s'était amouraché. Il la couva d'un regard avide et lascif. Les bras tendus, il s'élança vers elle comme s'il voulait la serrer contre lui, mais Gage le saisit au revers et lui fit faire volte-face.

— Gardez vos distances, monsieur Harper, gronda-t-il.

Bien qu'il tînt son fils sur l'autre bras, il souleva le gros homme, jusqu'à ce qu'il ne touche presque plus terre.

— Elle est à moi, désormais. Et je vous écraserai les mains si vous essayez de la toucher. C'est bien clair ?

— Vous me faites pas peur, marmonna Harper. Vous êtes qu'un lourdaud de colon...

Gage le secoua, et les yeux du marin roulèrent dans leurs orbites.

— Je suis peut-être un lourdaud de colon, mais vous êtes un crétin si vous imaginez que je vais me gêner pour vous embarrasser devant vos collègues. Si vous ne nous fichez pas la paix, vous allez vous retrouver la tête dans le crachoir avant longtemps. Compris ?

Il resserra son étreinte.

James Harper revint à la raison en s'apercevant qu'il ne pouvait plus respirer. Brusquement paniqué, il hocha la tête, et Gage le laissa redescendre sur ses pieds. Le poing qui lui coupait le souffle se desserra enfin. Une seconde plus tard, Gage prenait la main de Shemaine pour la guider parmi les gens qui avaient suspendu leurs discussions afin de contempler la scène.

Harper déglutit plusieurs fois et s'étira le cou pour s'assurer qu'il n'était pas brisé. Il se dirigea d'un pas lourd vers une chaise, sur laquelle il se laissa tomber de guingois. Soulagé d'être toujours en vie, il poussa un soupir.

Une servante s'arrêta près de lui et secoua la tête.

— Pour sûr, vous avez de la chance, lui dit-elle. Ce type peut être très méchant, quand il veut. Je l'ai vu casser la figure à un homme qui faisait deux fois son poids, parce qu'il avait accosté sa femme dans la rue. Elle est morte, maintenant, et y en a qui se demandent si ce n'est pas lui qui l'a tuée, car il est coléreux et tout ça.

Harper leva les yeux et elle fut frappée par son air effaré.

— Vous inquiétez pas, mon ange, conclut-elle en lui tapotant l'épaule. M. Thornton vous a déjà oubliée. Vous ne risquez plus rien...

À cet instant, Morrisa Hatcher poussa la servante hors de sa route pour rejoindre la table que Gage avait choisie. Elle prit une pose aguichante et passa la main sur ses courbes voluptueuses, en attendant qu'il remarque sa présence.

Gage lui adressa une grimace qui pouvait évoquer une ébauche de sourire.

— Morrisa Hatcher, je crois...

— Ouais, monsieur.

D'une ondulation de l'épaule, elle fit glisser son décolleté.

— J'attendais que vous veniez ici, mais je ne pensais pas que ça serait avec votre gamin. Un beau garçon, lui aussi...

Elle considéra l'enfant avant de reprendre :

— C'est pas difficile de voir que vous avez fait votre devoir avec sa mère. C'est votre portrait craché.

— Que voulez-vous ? grommela Gage, impatienté et peu enclin à supporter son bavardage.

— Rien d'important, monsieur, fit-elle en s'arrangeant pour que son décolleté plonge davantage encore. Je voulais juste vous inviter à revenir une autre fois, sans votre gosse et sans Shemaine pendue à vos basques. Si ça vous chante, je peux vous donner du plaisir. Je sais ce qu'il faut faire avec un type de votre acabit. Je pourrais peut-être même vous apprendre un truc ou deux…

Shemaine avait viré à l'écarlate devant l'attitude éhontée de Morrisa. Pour masquer son embarras, elle s'occupa d'Andrew. L'enfant avait le nez à hauteur de la table, et elle s'empara d'un petit tonneau qu'elle renversa afin que Gage puisse l'asseoir dessus.

Une fois Andrew installé, Gage se tourna vers la fille de joie.

— Ce que je souhaiterais, Morrisa, c'est qu'on nous laisse tranquilles. J'espère que ce n'est pas trop demander?

Morrisa eut un mauvais ricanement.

— Vous n'êtes pas très amical, comme type!

— Non, reconnut-il. J'ai l'impression, aujourd'hui, de tomber sans cesse sur quelqu'un qui vient du *London Pride,* et ces rencontres se sont toujours mal terminées. Alors je vous en prie, laissez-nous avant que je perde *vraiment* patience!

— À vos ordres, monsieur! grinça Morrisa. Je voulais seulement offrir mes services, puisque vous avez pris une petite oie blanche avec vous.

La prostituée, avant de se détourner, fixa un instant Shemaine. Elle avait envie de lui porter un coup mortel, mais comme il y avait des témoins, elle se contenta d'une forme plus subtile de torture.

— J'ai entendu dire qu'Annie avait été achetée par cet avorton qui est venu nous voir sur le bateau. Myers, qu'il s'appelle… Comme il est pas marié, ça m'étonnerait qu'elle ait des enfants à garder. Mais je suis sûre qu'elle aura besoin de chercher de l'aide avant longtemps. Ces petits gringalets sont capables de devenir mauvais comme des gros rats.

L'expression de Shemaine trahissait son inquiétude pour son amie.

— Vous avez terminé ? demanda sèchement Gage.

— Ouais, monsieur. À bientôt... quand vous en aurez assez de milady Sainte-Nitouche ici présente.

Elle rejeta sa lourde chevelure en arrière et s'éloigna en ondulant.

Shemaine se pencha vers son maître.

— Croyez-vous qu'Annie soit réellement en danger d'être violée par ce Myers, monsieur Thornton ?

— Je n'en sais rien, Shemaine. Mais si vous le souhaitez, je me renseignerai sur cet individu.

— Je vous en serais reconnaissante, monsieur Thornton. Annie a déjà tellement souffert ! J'aimerais la voir heureuse.

— Je verrai ce que je peux faire.

Une serveuse à l'air las s'approchait de leur table.

— On a du burgoo et des biscuits. C'est tout. À prendre ou à laisser.

— Nous prenons. Avec une part plus petite pour mon fils.

— *Burgoo ?* répéta Shemaine, désorientée.

Elle avait grignoté des biscuits horriblement durs dans la cale, mais ce nom ne lui disait rien.

— C'est un ragoût composé de viandes et de légumes divers. Quant aux biscuits, c'est le pain que nous mangeons ici. Certainement bien meilleur que celui que vous avez dû ingurgiter pendant le voyage.

Peu après, on déposait devant eux des assiettes de ragoût et une corbeille de biscuits. Imitant Gage, Shemaine en beurra un et mordit dedans. Elle eut la surprise de le trouver délicieux.

Gage sourit devant la façon dont son regard s'éclairait, et il attendit de la voir attaquer le ragoût.

— C'est bon ?
— Excellent !
— Bon, papa, renchérit Andrew avec un grand sourire.
— Alors, vous me pardonnez de vous avoir amenée dans cet établissement ? demanda Gage à la jeune fille.

Elle fut une fois de plus étonnée de l'attention qu'il lui portait.

— Je n'ai rien à pardonner, monsieur Thornton. Vous n'êtes pas responsable des actions des autres. Vous n'êtes pas plus capable de dicter leur comportement à Morrisa ou à M. Harper, que vous ne pourriez obliger le soleil à se lever à l'ouest.

— J'ai, en tout cas, tenté le sort en vous amenant ici. Les marins ont l'habitude de se retrouver dans cet endroit.

— Vous m'avez offert la possibilité de refuser, mais franchement, monsieur, j'en ai vu et entendu de pires à bord du *London Pride*. Si j'étais totalement naïve avant mon arrestation, j'ai appris beaucoup de choses durant cette épreuve, des choses que je préférerais oublier. Je ne suis pas en sucre. Je ne vais pas fondre dès que je me trouve confrontée aux difficultés. Je ne suis pas si fragile, vous savez. Sinon, j'aurais succombé aux méchancetés de Mme Fitch et de Morrisa bien avant d'arriver au port.

— C'est bon à entendre, Shemaine, murmura Gage. Car ce pays est dur, et il risque de briser les gens, même courageux. Il faut avoir du ressort, de l'énergie.

— Quand j'étais chez mes parents, jamais je n'aurais imaginé qu'un jour j'aurais à me battre contre l'adversité, dit Shemaine comme pour elle-même. Avant mon arrestation, je pensais devenir marquise. Je ne supposais pas que je me retrouverais soumise à l'hostilité, à la brutalité, ni que je serais jetée dans une existence à l'opposé de la mienne. J'ai appris quelques rudes leçons, depuis que j'ai été enlevée, monsieur Thornton, mais j'ai aussi compris que je ne manque pas d'énergie, ni de courage. Avec l'aide de Dieu, je tirerai parti de ces sept années.

— Je vous vois déjà changer, dit Gage avec une ombre de sourire.

Shemaine rougit en se rendant compte qu'elle venait de se vanter.

— Je sais, monsieur Thornton, que le bénéfice que je tirerai de mon esclavage, je le devrai à votre indulgence pour mes lacunes. J'ai encore beaucoup à apprendre, mais si vous acceptez d'être patient, je corrigerai mes défauts.

— Vous êtes beaucoup plus merveilleuse pour Andrew et moi que vous ne le supposez, Shemaine, protesta sincèrement Gage. Vous êtes aussi rafraîchissante qu'une giboulée de printemps après un rude hiver. Pour l'instant, je suis trop occupé à apprécier vos qualités pour remarquer si vous avez ou non des défauts.

Shemaine sourit, rassurée.

— Si nous n'arrivons pas trop tard à la maison, peut-être Andrew et vous aimerez goûter le flan que j'ai préparé ce matin pour vous deux...

Une lampe proche jetait une lumière dorée sur les traits patriciens de Gage. Il ressemblait à la statue d'un dieu à laquelle on aurait donné la vie. Ses yeux couleur d'ambre luisaient doucement, mais c'était surtout son sourire qui emplissait le cœur de Shemaine d'une étrange chaleur...

8

La nuit était tombée lorsqu'ils quittèrent la taverne, et la légère brise tiède venue du sud grisait Shemaine.

Gage l'aida à monter dans le chariot, posa son fils somnolent sur ses genoux, puis il alla détacher le cheval. Un juron marmonné alerta la jeune fille.

— Quelque chose ne va pas ?

— La jument a perdu un fer, grommela-t-il. Il nous faut passer chez Corbin avant de rentrer.

Elle frémit à l'idée d'affronter de nouveau Roxane, mais elle ne dit rien, car Gage avait l'air aussi contrarié qu'elle.

— Voulez-vous que nous descendions pendant que vous détachez la jument ?

— Vous pouvez rester, pour l'instant. Je la détellerai à la forge.

Une fois à l'autre bout de la ville, il fit descendre Shemaine et l'enfant, puis il conduisit la jument vers un appentis.

Un homme ventripotent sortit de la demeure, appuyé sur une béquille de fortune, et scruta l'obscurité.

— Qui va là ? tonna-t-il.

— Gage Thornton, monsieur Corbin. Mon cheval a perdu un fer.

Hugh Corbin émit un grondement peu accueillant.

— Il est fichtrement tard, mon gars. N'importe quel individu raisonnable serait déjà chez lui, à cette heure-ci. Mais vous n'êtes guère raisonnable, hein ?

— Pouvez-vous m'aider, oui ou non ? s'enquit sèchement Gage.

— Je n'ai pas le choix, si je veux que vous fichiez le camp, rétorqua Corbin avec humeur. Je vais chercher de la lumière.

Roxane, qui avait reconnu la voix de Gage, apparut à son tour sur le seuil, munie d'une lanterne qu'elle avait allumée à la hâte. Ses cheveux étaient défaits, et elle avait passé un châle sur sa chemise de nuit.

— Va t'habiller ! aboya Hugh en tentant de lui prendre la lampe.

— Je suis habillée ! lança Roxane sur le même ton, mettant la lanterne hors de sa portée.

Elle descendit vivement les marches du porche et courut presque jusqu'à la forge, sans se soucier de la claudication de son père. Ses yeux brillaient de joie... jusqu'à ce qu'elle aperçoive la mince silhouette de Shemaine derrière Gage. Alors son regard se fit de glace. Elle avait espéré que Gage était venu s'excuser, après mûre réflexion.

Elle s'approcha de sa rivale.

— Eh bien, Shemaine, je constate que vous êtes remise. Mais peut-être n'avez-vous pas eu si grand mal. C'était sans doute une ruse pour exciter la sympathie de votre maître.

Shemaine eut un sourire mielleux.

— Pensez ce que vous voudrez, miss Corbin. Ce que je dirai ne pourra pas vous faire changer d'avis, je le sais.

Roxane grimaça, hautaine.

— En effet. Je n'écoute jamais les propos des condamnés.

Elle fit volte-face. Avec le vent qui soufflait dans son châle, elle avait l'air de flotter vers l'homme à qui elle avait naguère offert son cœur et qui, après des mois de loyaux services, l'avait cruellement rejetée.

— J'ai cru que vous veniez me demander pardon, Gage, murmura-t-elle. Peut-être même me dire que vous alliez vous débarrasser de votre esclave. Mais je constate que vous vous obstinez. Dommage... pour vous et pour votre fils.

Gage lui jeta un regard noir, mais il ne souhaitait pas se lancer dans une nouvelle altercation en présence de Shemaine. Il n'avait cessé de se trouver au cœur de querelles tout au long de la journée, et il désirait rentrer chez lui le plus vite possible.

Corbin se tenait près de la forge, appuyé à sa béquille.

— Ranimez les braises et rendez-vous utile, si vous voulez que je ferre votre cheval! Je ne peux pas m'en sortir tout seul.

— Je suis capable de m'en occuper, proposa Gage. J'ai seulement besoin que vous me prêtiez votre matériel.

— Vous paierez pareil, que vous le fassiez ou non, l'informa brutalement le forgeron. Me prenez pas pour un pigeon!

— Ce n'était pas mon intention.

Ravalant sa colère, Gage actionna les gros soufflets.

Le forgeron se tourna vers Shemaine, qui rassembla son courage afin de supporter son regard peu amène. Elle emmena Andrew vers une souche, à quelque distance, et s'y assit. Elle berça l'enfant contre elle en fredonnant une chanson. Andrew ferma les yeux, exhala un soupir, et se lova instinctivement contre sa poitrine.

Voyant Shemaine câliner le petit garçon, Hugh renifla de mépris.

— Vous vous êtes déniché une bien jolie petite esclave, déclara-t-il. Je suppose que vous allez refuser d'épouser ma fille, maintenant ?

Gage, occupé à examiner le fer qu'il martelait, leva les yeux vers Roxane. Celle-ci, embarrassée par son regard perçant, se détourna et accrocha la lampe à un piton.

— Vous vous trompez, monsieur Corbin, répliqua-t-il, si vous pensez que j'ai demandé à votre fille de m'épouser. Ce n'est absolument pas le cas, donc je ne vois pas pourquoi je vous devrais une explication sur les raisons qui m'ont poussé à acheter Shemaine. Cela ne vous regarde pas.

— Espèce d'arrogant débauché ! Je vais vous apprendre à respecter vos aînés !

Ivre de rage, Hugh saisit sa béquille par un bout et s'approcha à cloche-pied, bien décidé à lui flanquer une raclée.

Gage se redressa de toute sa hauteur.

— Si vous avez l'intention de me frapper, monsieur Corbin, soyez certain que je ne vais pas rester là à ne rien faire…

Les paroles menaçantes eurent l'effet espéré. Comme Hugh ne trouvait pas de façon digne de s'en sortir, il hurla :

— Finissez ce que vous êtes en train de faire et fichez le camp ! Ma fille et moi, on ne veut pas de cette catin dans les parages. C'est compris ?

Gage dut rassembler tout son sang-froid pour résister à la tentation d'écraser son poing sur le nez du bonhomme.

— Shemaine n'est pas une catin, et je suis choqué que vous la traitiez comme telle, gronda-t-il. J'ai un seul regret : d'être obligé de ferrer ma jument. Sinon, je vous enverrais au diable ! Mais je perds ma salive. De toute façon, c'est là que vous finirez un jour ou l'autre.

L'atmosphère crépitait tandis que les deux hommes se mesuraient du regard.

Puis Hugh s'éloigna en clopinant et alla s'asseoir dans un fauteuil au bord du porche. De là, il pouvait suivre l'avancement du travail. Bien qu'il n'eût jamais cru Gage capable de le voler, il ne faisait confiance à personne. Quand il aurait reçu ce que l'ébéniste lui devait, il lui dirait de filer.

Appuyée à un poteau, Roxane contemplait le beau visage de Gage, éclairé par les braises. Comme elle aurait aimé qu'il partage ses sentiments ! Un seul sourire d'encouragement, et... Mais, pour l'instant, il fronçait les sourcils, comme s'il était agacé par l'attention qu'elle lui portait. Cette idée réveilla son animosité.

— Qu'allez-vous faire, Gage ? Rosser tous les hommes qui insulteront votre esclave ?

— S'il le faut ! rétorqua-t-il sèchement, sans lever les yeux de sa tâche.

— Vous êtes un entêté, Gage Thornton, et un imbécile. Shemaine ne mérite pas tant d'égards.

Malgré sa colère, il refusait de la regarder.

— Vos opinions m'indiffèrent, Roxane. Elles ne m'ont d'ailleurs jamais intéressé.

Elle eut l'impression de recevoir une gifle. Combien de fois, en neuf ans, s'était-elle subtilement offerte à lui ? Et combien de fois l'avait-il ignorée ? Elle s'était rendue à moitié folle, à force de le désirer et d'être poliment rabrouée, comme s'il ne pouvait envisager de la prendre pour maîtresse... ou pour épouse. Il n'était certainement pas aussi indifférent face à son esclave. Oh non, il avait d'autres idées en tête avec elle!

— Vous avez l'intention de mettre cette souillon dans votre lit, hein? lança-t-elle d'une voix éraillée par l'émotion. Dès que vous l'avez vue, vous n'avez pensé qu'à ça!

— Et quand bien même? aboya Gage.

Il posa les mains sur le rebord de la forge et se pencha en avant pour la fixer intensément.

— Dites-moi, Roxane, en quoi ce que je fais avec Shemaine dans ma maison, ou dans mon lit, vous concerne-t-il?

La bouche de Roxane s'affaissa en une affreuse grimace, un long feulement lui échappa, qui se transforma bien vite en hurlement strident. Sa chemise virevoltant autour de ses jambes nues, elle courut comme une furie vers la maison, passa devant son père et claqua la porte d'entrée, si fort que Corbin eut l'impression que le porche allait s'effondrer sur lui.

Sur le chemin du retour, Shemaine resta sagement assise près de Gage, Andrew endormi dans ses bras. La lune, au-dessus des arbres, poudrait le paysage de sa lumière argentée, et permettait à la jeune fille de discerner l'expression sombre de son compagnon. Elle n'osait l'interroger sur ce qui le contrariait. Il aurait été inconvenant pour une esclave de questionner son maître, pourtant elle ne pouvait s'empêcher de se demander ce qu'avaient pu dire les Corbin pour le mettre de si méchante humeur. Elle s'était bien rendu compte qu'ils s'étaient disputés, et il aurait fallu être fort distraite pour ne pas voir Hugh Corbin brandir une béquille menaçante, ni Roxane s'enfuir à toutes jambes. Mais, le vent emportant leurs paroles, elle n'avait rien pu entendre de leur querelle.

Gage sentait son regard perplexe posé sur lui, mais il attendit plusieurs kilomètres avant de se tourner vers elle.

— Vous êtes perturbée, Shemaine ?

— Je devine votre colère, monsieur Thornton, répondit-elle timidement, et je cherche ce que je pourrais faire pour l'apaiser. D'une certaine manière, j'en suis responsable.

— Ce n'est pas votre faute ! assura fermement Gage.

En effet, pensait-il, tout avait commencé à son arrivée à Newport News. Il n'avait pas fallu longtemps à Roxane pour développer une véritable obsession : devenir sa femme. Elle avait tenté de le capturer dans sa toile par des attitudes provocantes, masquées sous une feinte naïveté. Il avait pris grand soin d'ignorer ses avances.

Lorsqu'il avait épousé Victoria, quelques années plus tard, Roxane s'était enfermée chez elle comme si c'était la fin du monde. Puis, longtemps après, elle avait mis un terme à sa réclusion. Même alors, elle s'était comportée avec le mépris et la haine d'une jeune fille séduite et abandonnée. Enfin l'amertume s'était atténuée, remplacée par des sourires hésitants, des soupirs enamourés, et même des avances à peine déguisées. Victoria n'avait rien vu de son manège. La vieille fille lui faisait pitié et, avec sa gentillesse habituelle, elle était devenue la meilleure amie que Roxane eût jamais eue.

Après la mort de Victoria, Roxane avait affiché sa détermination à la remplacer. En se trouvant sur les lieux, le jour de la chute fatale, elle avait eu l'impression qu'elle possédait sur Gage une sorte de prise, grâce à laquelle elle parviendrait à le traîner devant l'autel. La menace était toujours là. Elle était bien décidée à l'avoir... ou à causer sa perte.

Parfaitement conscient de ce qu'il risquait en bafouant Roxane, il était allé sur le *London Pride* pour acheter sa liberté, ni plus ni moins, et donner à sa vie un tour différent de celui qu'elle voulait lui imposer. Il savait bien que Roxane aurait du mal à accepter cette situation, qu'elle considérerait l'autre femme comme une usurpatrice. Et, malheureusement, il ne s'était pas trompé...

— Depuis neuf ans que je le connais, dit Gage, Hugh Corbin s'est toujours montré chicanier et amer, mais ces temps derniers, il est devenu carrément insupportable, aussi mauvais que l'ours N'a-qu'une-oreille. Il n'hésite pas à m'insulter, à me provoquer, surtout quand je suis avec mon fils, ou, je l'ai vu ce soir, avec vous. Il n'y a pas très longtemps, je l'ai surpris en train de regarder Andrew avec un air étrange, halluciné, ce qui m'a fort troublé. Je ne sais pas de quoi cet homme est capable, s'il pourrait se venger de ses rancœurs sur un petit enfant, mais il m'inquiète. Plusieurs fois, Roxane m'a demandé d'emmener Andrew chez elle pour la nuit, mais je n'ai jamais pu m'y résoudre. Je n'ai aucune confiance en son père.

— Mme McGee m'a dit que M. Corbin avait toujours désiré avoir un fils, commenta Shemaine. Le seul qu'il ait eu est mort-né, quatre ans avant la naissance de Roxane. Lorsqu'il vous voit avec Andrew, cela doit lui rappeler son malheur. Peut-être ressent-il de l'envie vis-à-vis de vous, et non de la haine...

Gage réfléchit à cette éventualité. Ce n'était pas absurde! Bien qu'il ait fait la connaissance de l'irascible forgeron peu après son arrivée aux colonies,

Corbin ne montrait une telle aversion que depuis les deux dernières années.

Il secoua la tête, se reprochant de ne pas avoir envisagé plus tôt cette possibilité.

— Vous êtes très perspicace, Shemaine. Beaucoup plus que moi. Je ne parvenais pas à comprendre pourquoi Corbin avait développé une telle haine envers moi.

— Vous étiez sans doute trop impliqué dans l'histoire pour prendre du recul, suggéra-t-elle.

Elle leva les yeux vers lui. Le visage de Gage s'était adouci, une ombre de sourire errait sur ses lèvres. Il la caressa du regard, puis il baissa la tête vers l'enfant assoupi.

— Vous devez avoir des crampes...

Il prit les rênes dans une seule main et passa un bras derrière elle.

— Glissez-vous près de moi, suggéra-t-il, et posez la tête d'Andrew sur mes genoux.

Shemaine fut soulagée par sa proposition, mais elle s'aperçut qu'elle n'avait pas la force de soulever le petit garçon. Après quelques vains efforts, elle avoua son impuissance.

— Je suis désolée, monsieur Thornton, je n'y arrive pas.

Il coinça les rênes entre ses jambes, la prit à la taille et sous les genoux, et la ramena contre lui. Lorsqu'elle libéra son bras, Andrew soupira légèrement, sans se réveiller.

Le petit visage était baigné de lune, les longs cils ombraient ses joues rondes, et Shemaine passa doucement un doigt sur son menton afin de lui fermer la bouche. Il se retourna sur le côté, emprisonnant la main de la jeune fille entre son corps et celui de son père... juste au niveau de sa virilité.

Avec un petit sursaut, elle se dégagea.

Gage s'était immédiatement embrasé à ce contact. Tous ses sens étaient aiguisés par le parfum enivrant de la jeune fille, comme chaque fois qu'il s'était approché d'elle. C'était un parfum de femme, ce parfum qui lui avait tant manqué sans qu'il en fût réellement conscient.

— Je... je suis désolée, murmura-t-elle d'une voix étranglée. Je ne l'ai pas fait exprès, monsieur Thornton.

Il se contenta de faire claquer les rênes sur le dos de la jument pour qu'elle accélère l'allure.

Trouver une vitesse de croisière prendrait sans doute du temps, songeait Shemaine une semaine plus tard, après le petit-déjeuner. Sa tâche prioritaire, lui avait dit Gage, était de s'occuper d'Andrew. Malgré tout, entre la cuisine, le ménage et les soins au garçon, elle se retrouvait passablement surchargée, et accomplissait une somme de travail dont elle se serait crue incapable autrefois.

Gage avait reçu un message de son principal client de Williamsburg, pour retarder la livraison des meubles commandés. Sa demeure n'étant pas terminée, il ne voulait pas des meubles avant que les pièces puissent les accueillir. En attendant, Gage se consacrait à la commande qu'il avait prise à Newport News. Le soir, il dessinait des plans, la cambrure des bras et des pieds des sièges, le motif d'une armoire. Durant la journée, il travaillait dans son atelier avec les ouvriers, mais on le voyait souvent à bord du bateau pour aider Flannery sur quelque détail de précision.

Ce matin-là, avant de quitter la maison, il avait annoncé qu'il passerait le plus clair de la journée sur le brigantin. Il avait suggéré à Shemaine, si elle en avait envie, d'amener Andrew pique-niquer avec lui et les ouvriers sur le pont, car le temps promettait d'être doux et ensoleillé.

— Sonnez la cloche quand vous serez prête, avait-il dit, et j'enverrai quelqu'un chercher le panier de nourriture.

Shemaine releva avec joie le défi qui consistait à préparer un solide et savoureux repas pour les travailleurs. Elle avait exploré le cellier que Gage avait creusé dans une butte près de la maison. C'était là qu'elle allait chercher les carottes, oignons et autres légumes. Elle avait l'intention de concocter sa propre version des plats irlandais que Bess cuisinait pour son père.

Elle avait laissé gonfler de la pâte à pain et en fit quelques miches, qu'elle plaça de nouveau près du feu, puis elle éplucha des pommes de terre. Enfin, pendant qu'un gâteau aux épices dorait dans le four, elle mit à cuire le ragoût.

La lessive avait fait partie de l'enseignement qu'elle avait reçu de sa mère, afin qu'elle fût un jour capable de diriger une demeure pleine de domestiques. Avec l'aide d'Andrew, elle ôta les draps des lits et les lava, ainsi que des serviettes, les vêtements du petit garçon et les chemises qu'elle avait trouvées dans le placard de Gage après son arrivée. Elle les pendit sur un fil, dehors, pour qu'ils profitent du vent et du soleil. Puis elle secoua les oreillers, balaya et frotta le plancher, cira les meubles, tout en faisant de ces tâches un jeu distrayant pour Andrew. Elle commença à lui apprendre une comptine et rit aux éclats quand il en déforma les mots.

Pour le pique-nique, elle prépara des assiettes d'étain, des couverts, des gobelets, ainsi qu'une nappe et des serviettes. Elle coupa le pain, l'enferma dans un torchon avec le gâteau refroidi. Elle sortit une cruche de cidre du puits, plaça la marmite contenant le ragoût sur le porche avec les autres provisions.

Après avoir sonné la cloche, elle vit arriver un grand garçon dégingandé qui s'arrêta sur les marches, toucha son chapeau et lui offrit un sourire radieux. Il avait les yeux les plus bleus et les cheveux les plus noirs qu'elle eût jamais vus.

— Bonjour, miss. Je suis Gillian Morgan. Le cap'taine m'envoie vous aider à apporter le déjeuner sur le bateau.

— Le capitaine ?

— Je veux dire, M. Thornton, miss. Il n'aime pas qu'on l'appelle comme ça, mais vu que c'est lui qui a dessiné le bateau et qu'il a bien treize ans de plus que moi, mon père n'est pas d'accord pour que je l'appelle par son prénom. Alors p'pa et moi, on dit « cap'taine ».

— Je comprends, acquiesça Shemaine en lui rendant son sourire. Même si je ne me sens pas assez proche de lui pour faire autrement, M. Thornton déteste qu'on l'appelle par son nom de famille... Vous aurait-il expliqué pourquoi ?

— Ben, il a juste dit que, quand il construisait des navires pour son père, il travaillait avec d'autres hommes qui faisaient le même travail que lui, mais son père insistait pour qu'ils l'appellent M. Thornton parce qu'il était le fils du patron. Le cap'taine n'aimait pas ça !

Shemaine désigna la marmite et le plat de pommes de terre.

— Il vaudrait mieux apporter cela au bateau avant que ça ne refroidisse, sinon M. Thornton va nous en vouloir !

— Ouais. Il sait le montrer, quand il n'est pas content.

— Il n'est pas méchant, j'espère ? s'inquiéta Shemaine.

— Méchant, non, mais il veut qu'on fasse le travail le mieux possible. C'est vrai pour vous aussi, miss.

— Je m'y efforcerai, soupira-t-elle, rassurée.

Elle donna le pain à Andrew, lui prit la main et saisit le panier. Gillian chargé de la marmite, des pommes de terre et du cidre, ils se mirent en route.

Dès qu'il les vit approcher, Gage se laissa glisser le long d'une cale, prit Andrew dans ses bras, soulagea Shemaine du panier et les emmena sur le pont.

Les ouvriers déjà à bord attendaient Shemaine avec une joviale impatience. Après force plaisanteries, ils décidèrent qu'il était grand temps pour le maître de faire les présentations. Gillian prit Andrew des bras de son père et se mit à galoper sur le pont, suscitant les rires du petit.

Shemaine reconnut Ramsey Tate, qu'elle avait vu travailler avec Gage le lendemain de son arrivée. Sly Tucker, un homme trapu aux cheveux d'un blond tirant sur le roux et à la barbe broussailleuse, était un autre charpentier chevronné. Les deux apprentis n'avaient sans doute pas plus de vingt-deux ou vingt-trois ans. L'un était un Allemand nommé Erich Wernher, un jeune homme brun aux traits réguliers ; l'autre, Tom Whittaker, un beau garçon aux cheveux châtains et aux yeux gris. Flannery Morgan, l'aîné de tous, grisonnait, et il avait autant de rides qu'il y a d'étoiles dans le ciel. Son esprit vif faisait la joie de ses camarades.

Tous montrèrent à Shemaine le respect dû à une dame.

Ils se hâtèrent de poser des planches sur les bancs de charpentiers afin qu'elle puisse y étendre la nappe, puis ils l'aidèrent à dresser le couvert. Peu après, les compliments sur la qualité du repas fusèrent, tandis que les hommes dévoraient le ragoût, les pommes de terre et le pain. Le cidre passa plusieurs fois, et lorsque Shemaine servit le gâteau, quelques-uns firent semblant d'être à l'agonie.

Pour la première fois depuis qu'elle avait quitté le bateau, Shemaine fut capable de manger tout ce qu'elle avait dans son assiette, et elle se sentit ensuite somnolente. Elle mourait d'envie de ramener Andrew à la maison pour la sieste. Mais de toute évidence, avec Gillian dans les environs, le petit n'avait aucune envie de partir.

Gage s'était assis sur une caisse de clous au bout de la table improvisée. Quand il repoussa son assiette, il bascula en arrière pour s'appuyer au bastingage de bois brut. De là, il pouvait contempler ses hommes et constater à quel point le repas leur avait plu. Si Shemaine avait été une vieille sorcière, ils auraient apprécié tout autant ses talents de cuisinière.

Il leur accorda un instant de repos avant la reprise du travail, ce dont ils avaient fort besoin après un pareil festin.

Les apprentis rassemblèrent les couverts et les plats vides pour les remporter à la maison, tandis que Shemaine s'attardait sur le pont avec Andrew.

Le garçon aperçut une mouette qui volait au-dessus de la proue du navire et courut dans l'espoir de l'attraper. La jeune fille le suivit mais, rapide comme une petite souris, il escaladait déjà les planches. L'oiseau planait, semblant le taquiner. Luttant contre sa léthargie, Shemaine grimpa derrière lui. Elle était étonnée qu'un si petit enfant ait autant d'énergie, mais déjà son attention était attirée ailleurs, et il redescendait vivement sur le pont où sautillait une grenouille. Shemaine s'arrêta pour reprendre son souffle, et s'aperçut qu'elle était déjà bien haut. Intriguée, elle avança davantage. Sous elle s'ouvrait le vide avec, tout en bas, les rochers qui retenaient les cales...

— Bon Dieu, Shemaine! hurla une voix qui faillit la faire tomber de son perchoir. Descendez! Descendez immédiatement!

Gage se précipitait vers elle et, avant qu'elle eût le temps d'obéir, il l'avait saisie par le bras et l'éloignait du bastingage. Une fois de retour sur le pont, il la secoua rudement aux épaules.

— Ne remontez plus jamais là-haut! Vous m'entendez? C'est dangereux!

Bouleversée, elle acquiesça timidement.

— Ou... oui, monsieur Thornton, balbutia-t-elle, des larmes de douleur lui montant aux yeux.

Il la serrait si fort qu'elle était certaine d'avoir des bleus, et elle tenta de se dégager.

— Vous me faites mal, monsieur.

Comme surpris par sa propre brutalité, Gage la lâcha et recula d'un pas.

— Je suis désolé, dit-il d'une voix enrouée. Je ne voulais pas...

Il tourna les talons et s'éloigna à grandes enjambées. Pétrifiés, Shemaine et les hommes le virent descendre du bateau et partir comme s'il avait le diable aux trousses, en direction de l'atelier.

Shemaine, encore remuée par cet accès de colère, s'adressa à Gillian :

— Qu'ai-je fait? Pourquoi M. Thornton est-il fâché contre moi?

— Il n'est pas fâché contre vous, miss, murmura le jeune homme. Il vous a vue là-haut, et il a eu peur. C'est de là que sa femme est tombée.

La jeune fille, la main sur la bouche, étouffa un gémissement. Comment avait-elle pu commettre une telle erreur?

— Vous devriez ramener Andy à la maison, miss, suggéra Gillian. Je rapporterai ce qui reste.

Shemaine obtempéra, et elle eut l'heureuse surprise de constater que les hommes avaient rincé les assiettes et les gobelets dans la rivière, avant de les déposer sur le porche. Elle les lava à l'eau savonneuse, puis rangea la cuisine.

Ensuite, elle alla chercher les draps sur le fil et refit les lits, puis elle s'allongea avec Andrew sur sa propre couchette. Elle lui lut une histoire, jusqu'à ce qu'il s'endorme. La petite tête posée sur son épaule, elle resta longtemps à fixer le plafond, se rappelant la réaction de Gage quand il l'avait vue à la proue du bateau. Elle comprenait son angoisse. Cependant, durant le bref moment où il l'avait secouée, elle avait lu dans ses yeux une peine qu'elle n'avait jamais remarquée chez lui. Il était visiblement hanté par un atroce souvenir – quelque chose qu'il avait fait, ou n'avait pas fait, et qu'il n'était pas arrivé à se pardonner. Qu'ignorait-elle, au sujet de ce terrible accident? Que s'était-il passé ce jour-là, pour qu'il éprouve encore cette terrifiante angoisse?

Épuisée de ne pas trouver de réponses à ses questions, Shemaine se lova contre son petit compagnon et céda enfin au sommeil.

Ramsey Tate frappa à la porte de l'atelier. À l'invitation de son patron, il entra et referma doucement derrière lui. Gage regardait par la fenêtre, et il lui jeta un regard noir.

— Sly et les autres ont peur de te déranger, s'ils viennent ici, déclara Ramsey, mal à l'aise. Ils m'ont envoyé te demander si tu voulais qu'ils reprennent le travail.

Gage eut un grognement irrité.

— Qu'est-ce que tu en penses ?
— Je leur ai dit que tu voudrais qu'ils travaillent comme d'habitude, même si tu es de mauvais poil. Ce n'est pas la peine que je te dise combien tu as fait peur à la petite dame. Elle était sûre de t'avoir contrarié, jusqu'à ce que Gillian lui explique que c'était le souvenir de ta femme.

Gage savait qu'il l'avait effrayée, mais en la voyant penchée à la proue, il n'avait pu s'empêcher de penser à Victoria. Un fugitif instant, le présent s'était mêlé au passé, et il avait revu les images de cauchemar qui hantaient ses nuits. Seulement, cette fois, c'était Shemaine qui s'écrasait sur les rochers...

— Mon état d'esprit n'a rien à voir là-dedans, rétorqua-t-il enfin. Je veux que les hommes finissent leur journée. Je ne suis pas satisfait de la façon dont ils ont choisi les nouvelles pièces de bois. Il faut le même bois pour les portes et les tiroirs.

— Tu pourrais peut-être nous montrer ce que tu veux, exactement, suggéra Ramsey sans agressivité.

Il savait que ni lui ni les autres ne pouvaient imaginer le produit fini avec la même acuité que Gage. Il savait également que seul le travail pouvait distraire son patron du mal qui le taraudait.

— Fais-les venir, ordonna sèchement Gage.
— Et les Morgan ? Ils demandent si tu vas revenir travailler au bateau, aujourd'hui.
— Flannery a quelques madriers à remplacer. Il n'a pas besoin de moi pour ça.

Son contremaître sorti, Gage se passa la main sur les yeux en soupirant. À force de volonté, il chassa de son esprit la fausse image de Shemaine morte sur les rochers.

Ce soir-là, ils mangèrent une bonne soupe, puis, tandis que Shemaine lavait la vaisselle, Gage raconta une histoire à Andrew avant de le mettre au lit. Lorsqu'il revint à la cuisine, elle l'y attendait.

— Je suis navrée de vous avoir contrarié sur le bateau, monsieur Thornton, murmura-t-elle. J'ignorais comment votre femme était morte...

Gage parvint à esquisser un semblant de sourire.

— J'ai simplement eu peur quand je vous ai vue si près du bord, en pensant que Victoria était sans doute grimpée là-haut comme vous.

Elle hocha la tête.

— Je n'ai plus rien d'urgent à faire, monsieur Thornton, dit-elle d'une voix calme. Cela pourrait vous faire du bien d'en parler...

Il n'eut pas le cœur de refuser sa généreuse proposition.

— Je n'étais pas là quand... mon épouse... est tombée, répondit-il avec peine. J'avais ramené Andrew pour ôter le goudron qu'il s'était mis sur les doigts en jouant avec l'étoupe. J'ai entendu Victoria crier. Elle paraissait terrorisée. Tout de suite après, il y a eu d'autres cris. J'ai laissé Andy dans son berceau, et je me suis précipité pour voir ce qui se passait. Arrivé au bateau, j'ai trouvé Roxane qui sanglotait sur le corps inerte de ma femme. Elle a dit qu'elle était en train de tirer son canot sur la rive, lorsqu'elle avait entendu Victoria crier. La chute lui avait brisé le cou, et il n'y avait plus rien à faire. J'ai fabriqué un cercueil et je l'ai amenée en ville, pour qu'elle soit enterrée au cimetière près de ses parents.

Il s'abstint de raconter ce qu'il avait subi à Newport News. Il avait commis l'erreur, les années précédentes, de se mettre à dos quelques citoyens en osant dénoncer l'absurdité de certaines lois qu'ils proposaient. Ils le considéraient depuis lors comme un adversaire, et leur agressivité s'était manifestée suite à la mort de Victoria. Les autorités britanniques avaient mené leur enquête, pour conclure que sa femme avait fort bien pu monter toute seule sur la proue et glisser. La plupart des gens étaient de cet avis, mais quelques-uns continuaient à ressasser leur rancœur et à faire courir des bruits.

— Après l'accident, j'ai eu l'impression de tomber au fond d'un gouffre d'où je ne sortirais jamais, poursuivit-il. Mais le chagrin s'atténue, avec le temps, et Andrew m'a aidé à franchir cette période terrible et sombre...

— Vous avez un fils adorable, monsieur Thornton. Il attendrirait n'importe qui.

— Heureusement que je l'ai, soupira Gage.

Il y eut un silence, puis il fit un signe de tête en direction du corridor.

— Si vous avez envie de prendre un bain, ne vous gênez pas. Je n'ai pas l'intention de travailler à mon bureau, ce soir. Ainsi, vous aurez tout le temps qu'il vous plaira.

— Merci, monsieur Thornton, répondit-elle en souriant. Le manque d'eau sur le *London Pride* a été une véritable torture. Jamais je ne m'étais rendu compte que j'aimais à ce point la propreté ! J'adore les bains interminables !

— Alors, profitez-en. Je vais lire un moment, donc je ne serai sans doute pas couché quand vous aurez terminé.

Shemaine versa trois seaux d'eau chaude dans le tub, et alla en chercher deux autres au puits.

Après la sieste d'Andrew, elle lui avait lu une histoire, puis elle avait plié le linge propre pendant qu'il jouait sur le porche. Elle avait posé les serviettes de toilette sur le dessus, mais dans sa hâte de préparer le souper, elle avait laissé le panier à la porte de derrière. Elle le rentra.

Un instant plus tard, elle se glissait avec délice dans l'eau chaude. Ce n'était pas la plus jolie baignoire, le plus fin des savons, mais elle avait l'impression d'être au paradis. Elle y resta si longtemps que sa peau commençait à se friper et que l'eau devenait carrément fraîche.

Elle se décida enfin à sortir et tendit la main vers une serviette, qu'elle attrapa par un coin. Elle la trouva étrangement lourde, et sursauta quand un serpent tomba à terre. Il se redressa aussitôt en sifflant, les yeux fixés sur elle, sa langue pointant, menaçante.

La tête du reptile se projeta en avant, et Shemaine sortit vivement du tub en poussant un cri. Elle entendit une chaise se renverser, des bruits de pas précipités. Gage criait son nom, mais elle n'eut pas le temps de répondre, car de nouveau le serpent s'élançait, lui arrachant un autre cri de terreur. La serviette devant elle, elle se réfugiait contre le bureau quand la porte s'ouvrit à la volée.

Le serpent avait contourné le tub et se trouvait près de la porte. Il s'attaqua à Gage, qui fit un bond de côté et courut vers la resserre, dont il revint aussitôt, armé d'un couteau. La bête le fixait, cherchant un moyen de le mordre. Gage évita une nouvelle attaque et planta la lame dans son crâne, l'épinglant au sol.

Terrifiée, Shemaine regardait le reptile se tortiller dans son agonie. Gage ouvrit la porte, glissa la lame sous la tête du serpent, le prit par la queue et l'emporta dehors.

La jeune fille s'appuya en tremblant au bureau, accrochée à la serviette. Elle poussa un long soupir de soulagement. Elle était en sécurité, à présent.

Son maître avait tué le serpent et, s'il y en avait un autre, il l'exterminerait aussi.

Il y eut un bruit sur le porche – Gage revenait – et elle se rendit compte qu'elle avait raté l'occasion de s'en sortir sans que sa pudeur eût trop à souffrir de la situation. La serviette serrée contre elle, elle voulut courir vers l'escalier, mais en entendant des pas approcher, elle se figea sur place. Elle ne pouvait bouger sans exposer sa nudité.

Si elle restait là, la petite serviette humide ne serait pas un grand rempart pour sa pudeur ! Nerveuse, elle se mordit la lèvre en regardant le panier, de l'autre côté du tub. Aurait-elle le temps d'en attraper une autre ?

Gage apparut sur le seuil. Elle se rencogna contre le mur, une main sur ses seins, l'autre sur son ventre.

Le cœur de Gage fit un bond quand il la vit. Il ferma la porte de l'épaule et s'avança lentement dans le corridor, en accordant toute son attention à la lame du couteau qu'il essuyait avec un chiffon huilé. Il s'arrêta près de la jeune fille avec une indifférence tout à fait artificielle.

— Vous avez eu de la chance, Shemaine, déclara-t-il.

Il se donnait un mal fou pour se concentrer sur autre chose, car il ne voulait à aucun prix s'abandonner à la tentation.

— Ce serpent est venimeux, reprit-il. Au mieux, vous seriez tombée malade, s'il vous avait mordue. Comment a-t-il bien pu se trouver ici ?

Shemaine n'arrivait pas à dominer le tremblement nerveux qui s'était emparé d'elle, et elle bafouilla :

— Le… le serpent… il a dû se… se glisser dans le panier de linge. Je l'avais laissé sur le porche cet après-midi. Je…

— Heureusement qu'il ne vous a pas attaquée quand vous avez porté le panier.

Shemaine leva vers lui un regard timide, et il en fut ébranlé au tréfonds de son âme. Malgré lui, son regard descendit des épaules aux seins ronds, mis en valeur par le bras qui les couvrait. Il apercevait même l'amorce d'un téton rose pâle.

Le tissu humide de la serviette révélait chaque courbe et promettait mille douceurs. Elle avait la peau aussi fine et blanche qu'il l'avait imaginée. Et elle avait certainement un goût délicieux...

Les yeux brûlants, il remonta vers le visage de Shemaine, qui était douloureusement consciente de sa vulnérabilité. Elle ne pouvait cesser de trembler, ni calmer les battements accélérés de son pouls. Connaissant la force de son maître, elle n'avait aucun espoir de s'en sortir indemne, s'il décidait de la prendre sur-le-champ.

L'instant s'éternisa, et soudain son tempérament irlandais refit surface.

— Cela vous ennuierait-il si j'allais enfiler un vêtement, monsieur Thornton ? s'enquit-elle d'un ton sarcastique. Au cas où vous ne l'auriez pas remarqué, cette serviette laisse à désirer...

— Je vous demande pardon, Shemaine, s'excusa Gage avec l'ombre d'un sourire. Le spectacle est tellement charmant que je n'ai pas pensé que cela pouvait vous embarrasser. Je suis désolé.

Elle leva le menton bien haut.

— Oui, je suis embarrassée, monsieur Thornton, mais c'est ce que je lis dans vos yeux qui m'inquiète. Si vous n'avez pas l'intention d'abuser de moi, je vous serais reconnaissante de me laisser... avant que vous ne changiez d'avis.

Gage, après un dernier regard, opina, et il passa devant elle pour se rendre dans la salle de séjour, dont il ferma la porte doucement. Un instant plus tard, elle entendit le bruit d'une chaise qui raclait le plancher de la cuisine.

— «Je n'ai pas pensé que cela pouvait vous embarrasser», singea-t-elle entre ses dents. Oh, monsieur Thornton, quelle hypocrisie!

Lorsque Gage se glissa dans son lit, quelques instants plus tard, le délicieux parfum de propre lui indiqua que ses draps avaient été changés et lavés depuis le matin. Roxane, quand elle se chargeait de la maison, était bien trop occupée à le pourchasser pour prendre cette peine. Il trouva merveilleusement plaisant d'avoir sous la tête un oreiller qui embaumait le savon et l'herbe.

À vrai dire, après cette journée un peu sombre, il se rendait compte qu'il avait envie de dormir comme un bébé repu. Cependant, il ne pouvait chasser de son esprit l'image des seins de Shemaine, ni son envie de les embrasser à loisir...

9

Quatre jours plus tard, après la vaisselle du soir, les leçons de tir commencèrent. Par sécurité, Gage ordonna à Andrew de rester sur le porche de derrière, afin qu'il puisse le surveiller, et de jouer avec ses cubes. Puis il installa une cible dans la direction opposée. Avant de remettre une arme à Shemaine, il lui en expliqua le fonctionnement. Enfin il tira, et il la regarda charger le fusil.

Il lui montra comment tenir l'arme pour ne pas trop fatiguer ses bras et, pour cela, il se plaça derrière elle. Le contact de ce grand corps moulé au sien était fort troublant, et Shemaine eut du mal à respirer. C'était une véritable épreuve que cette réaction insensée qui la faisait trembler de tous ses membres. Elle ne pouvait certes reprocher à Gage la lueur de désir qu'elle avait discernée dans son regard, quelques soirs plus tôt, alors qu'elle-même sentait son cœur s'affoler dès que cet homme l'effleurait. Sa robe n'était guère une protection ! Il lui aurait fallu une armure pour se protéger de ce contact bouleversant. Elle était certaine, en outre, qu'il se rendait compte de son trouble, et elle devait recourir à toute sa volonté pour ne pas s'enfuir en courant !

Malgré sa nervosité, le bruit atroce des coups de feu et le recul qui la collait à chaque fois contre son maître, elle fit des progrès. C'était presque aussi exaltant que de danser lors d'un bal. Shemaine était enchantée de parvenir à atteindre la cible. En revanche, elle ne se croyait pas capable de tirer sur un être vivant, homme ou animal, et elle espérait que l'occasion ne s'en présenterait jamais. Toutefois, elle devrait se défendre si elle se retrouvait face à Jacob Potts...

— Vous êtes très douée, petite, lui dit Gage le lendemain. Voyons maintenant comment vous vous débrouillez sur une cible mouvante.

Gillian s'était proposé pour lancer une assiette d'étain, et Gage prit position derrière Shemaine, afin de l'aider à viser. Il tenait à s'assurer que les balles ne partiraient pas dans n'importe quelle direction.

Il la sentait vibrer contre lui et, se méprenant sur la nature de son émotion, il s'employa à l'encourager.

— Vous êtes excellente, pour une débutante, alors détendez-vous et laissez-vous aller...

Shemaine, catastrophée, se trouvait dans l'impossibilité de se concentrer, tant elle était bouleversée par sa proximité. Le coup partit, manqua largement la cible, et elle fut projetée contre le grand corps viril. Elle n'aurait pas eu une réaction différente, si elle s'était assise sur des charbons ardents.

— C'est beaucoup moins bien qu'hier, commenta-t-il, mais nous allons recommencer.

Il se pencha par-dessus son épaule pour voir la façon dont elle visait. Il était parfaitement conscient de sa douceur dans le cercle de ses bras, pourtant il avait décidé de chasser ces pensées licencieuses, surtout pendant les leçons.

— Calmez-vous, Shemaine. Détendez-vous...

Se détendre ? Alors qu'il était tout contre elle ? Quelle blague ! À court de souffle, elle sut qu'il fallait qu'elle s'échappe avant de se ridiculiser tout à fait.

Elle le repoussa et lui remit l'arme en murmurant :

— Je dois pétrir le pain. Je... je n'ai plus le temps !
— Shemaine, qu'allez-vous... ? Eh ! Revenez ici !

Bouche bée, il la vit relever sa jupe et courir vers la maison. Il échangea un coup d'œil avec Gillian, lui aussi médusé.

Le jeune homme haussa les épaules et désigna l'assiette intacte.

— Au moins, vous pourrez encore manger dans celle-ci ! fit-il en riant.

Le lendemain, Hannah et ses deux fils cadets vinrent en visite, pour la plus grande joie d'Andrew. Les trois garçons s'amusèrent dans l'arrière-cour, tandis que Shemaine et Hannah, installées sur le porche, faisaient connaissance.

— Le petit de votre maître est adorable, dit Hannah, une robuste femme au visage avenant. Son père l'élève rudement bien, pour sûr !

— Connaissez-vous M. Thornton depuis longtemps ? questionna Shemaine, qui brûlait d'en apprendre davantage sur lui.

Après l'incident avec le serpent, Gage avait gardé ses distances. Certes, elle ne pouvait deviner ses pensées, et parfois, il la contemplait avec une telle intensité qu'elle se demandait à quoi il pensait... ou de quoi il avait envie.

— Pratiquement depuis qu'il est ici, répondit Hannah. Nous nous sommes installés deux ans avant lui. Sa dame était quelqu'un de bien, vraiment. Pas hautaine ou prétentieuse, mais gentille, douce. Je n'ai jamais vu une femme qui aimait son mari autant qu'elle. Certains prétendent qu'il ne la méritait pas, parce qu'il ne s'occupait que de son bateau, mais moi je pense que tout ce travail, il le faisait autant pour elle que pour lui.

— M. Thornton est en effet à la fois ambitieux et très doué, fit remarquer Shemaine en montrant le chemin qui menait à l'atelier et aux autres bâtiments qu'il avait construits. On a partout la preuve de son talent.

Hannah s'interrogeait sur ce que savait la jeune fille. Les ragots couraient dans la petite ville, et beaucoup de leurs victimes avaient du mal à les supporter. Gage, quant à lui, avait continué stoïquement sa vie, et personne n'avait osé venir le provoquer en face. Quelle que fût la vérité au sujet de la mort de Victoria, pour rien au monde Hannah n'aurait répandu ce genre de calomnie. Il n'était pas juste d'accuser un innocent, même si Mme Pettycomb et son cercle d'amies se moquaient du mal qu'elles pouvaient faire.

— J'étais venue vous apprendre le peu que je sais en matière de cuisine, reprit-elle, mais votre maître m'a dit que vous saviez très bien vous débrouiller... Donc, vous n'avez sans doute pas besoin de moi.

— À vrai dire, j'adorerais apprendre à faire les biscuits comme à la taverne, répliqua vivement Shemaine. J'ai mangé ce genre de pain durant la traversée, mais cela n'a rien à voir. Il fallait un estomac à toute épreuve pour digérer ces biscuits, sans compter les cafards que l'on trouvait souvent à l'intérieur !

— Nous allons en faire une fournée pour le déjeuner, suggéra Hannah. J'ai apporté un panier de pique-nique, car j'ai pensé que vous en aviez peut-être assez de cuisiner. Les biscuits compléteront parfaitement le repas.

— Nous pourrions faire jouer les garçons à l'intérieur, pendant ce temps, proposa Shemaine. J'ai eu tellement peur, l'autre soir, à cause d'un serpent, que je crains toujours qu'il n'en vienne un autre.

— Sales bêtes ! Elles me font froid dans le dos. On les appelle serpents à sonnette, et quand on en a entendu une fois, on comprend pourquoi !

— C'est mon cas, et il était bien trop près à mon goût !

Hannah tapa dans ses mains.

— Malcolm, Duncan ! Venez dans la jolie maison de M. Thornton. Et soyez sages. Je ne voudrais pas que miss Shemaine pense que j'élève des vauriens.

Les garçons, peu habitués à rester enfermés, se mirent à se bagarrer, et Shemaine eut le cœur serré lorsque le petit Andrew se retrouva par terre. Elle le sépara des grands qui étaient plus habitués à ces jeux brutaux. Mais l'enfant, courageux, se jeta de nouveau dans la mêlée avec un cri de joie.

— Je vous ai dit de vous tenir tranquilles, les garçons ! gronda Hannah. Si vous n'obéissez pas, vous allez recevoir une bonne raclée. Je ne plaisante pas !

La menace porta ses fruits, et ils consentirent même à faire la sieste avec Andrew, pendant que les femmes rangeaient la cuisine...

Avant de venir, Hannah avait préparé un repas pour sa famille et avait chargé ses filles de s'occuper du dîner si elle rentrait tard. Aussi ne se fit-elle pas prier quand Gage l'invita à partager leur souper. Elle avait bien besoin d'une journée entière de repos. Elle apprécia grandement la nourriture de Shemaine et se servit copieusement. Puis elle repoussa sa chaise avec un soupir de satisfaction.

— J'espère que ma barque ne va pas chavirer, parce que je serais incapable de nager! Mon pauvre Charlie ne me pardonnerait jamais de le laisser élever nos gamins tout seul!

Gage sourit.

— Voulez-vous que je vous raccompagne?

— Je devrais accepter, après tous vos efforts pour me faire grossir, plaisanta-t-elle avant de refuser d'un geste. Si le bateau commence à prendre l'eau, je m'attacherai avec une corde à Duncan et à Malcolm, et je les laisserai me traîner jusqu'à la maison.

— M'man! crièrent les deux garçons d'une seule voix.

Ils contemplaient leur mère, stupéfaits. Comme elle éclatait de rire, ils se montrèrent mutuellement du doigt.

— Malcolm le premier!

— Non, m'man! Il faut jeter Duncan à l'eau! Je veux le voir nager.

— Je vous jetterai tous les deux par-dessus bord, si vous continuez à vous disputer!

Elle lança un regard désespéré à Gage, qui suggéra:

— Vous pourriez les attacher tout de suite, ce serait du temps gagné.

— J'y ai déjà pensé, figurez-vous. À voir la façon dont ils se bagarrent toute la journée, je me demande s'ils arriveront à l'âge adulte!

— Imaginez-les en vaillants guerriers, proposa Gage. Ils sont en train de faire leur apprentissage.

— Ça, c'est sûr! Mais de temps en temps, j'aimerais bien qu'il y ait la paix, pour que je puisse m'instruire un peu moi-même. Par exemple, que j'apprenne comment taper leurs caboches l'une contre l'autre sans m'écraser les doigts!

L'humour d'Hannah était communicatif, et Shemaine, qui préparait le bain d'Andrew, éclata de rire. Gage et Hannah se joignirent à elle, ainsi qu'Andrew. Il y avait bien longtemps que la maison n'avait résonné de rires joyeux, songea Gage.

Enfin l'on se calma, et Hannah s'apprêta à prendre congé.

— Si cela ne vous ennuie pas, Gage, j'ai laissé des chaises sur le porche pour que vous les répariez. Ça ne presse pas, mais j'aimerais bien les avoir avant la fin de l'année, si possible. Les dossiers menacent de se détacher, et c'est dangereux.

— Je verrai ce que je peux faire, promit-il. Vous êtes sûre que vous n'en aurez pas l'usage avant la fin de l'année ?

— On a assez de sièges pour la famille, mais à Noël, on en aura besoin. Les frères et sœurs de Charlie doivent nous rendre visite, et quand ils débarquent, c'est une véritable invasion !

— Ce sera fait pour Noël. S'il vous les faut avant, dites-le-moi. En attendant, je les laisserai sur le porche, pour ne pas les oublier.

Hannah tendit l'oreille pour entendre la chanson que Shemaine chantait à Andrew, tandis qu'elle lui donnait son bain dans le corridor. C'était un air entraînant, et la voix était ravissante.

— Au cas où vous ne vous en rendriez pas compte, Gage Thornton, votre employée pourrait m'apprendre bien des choses, et pas seulement en cuisine. Elle a la tête sur les épaules, pour sûr, et une voix d'ange. Je crois que je ferais bien de venir assister à une ou deux leçons, quand elle apprendra à lire à Andrew. Ça n'a jamais été mon fort.

— Shemaine est tout ce que je pouvais espérer, et davantage encore, reconnut-il.

— Et vous aviez dit qu'elle ne savait pas cuisiner! le taquina-t-elle.

Gage haussa les épaules.

— Je crois qu'elle n'est pas consciente de ses talents. Non seulement c'est une excellente cuisinière, mais en plus elle s'occupe d'Andrew comme si c'était son fils. Il l'adore, d'ailleurs.

— Oui, j'ai vu ça ce matin, quand elle essayait de le protéger de mes garçons. Elle ne savait pas trop comment s'y prendre, parce qu'elle avait peur de me vexer. Je n'ai jamais vu une mère poule pareille!

— Shemaine a l'instinct maternel. Elle a le don de calmer le petit, de lui donner de l'assurance. Avec elle, il se sent choyé, aimé.

Hannah sourit, heureuse de constater que le père aussi se sentait bien. Il était plus détendu, plus serein qu'autrefois.

— Vous avez de la chance, dit-elle. Les femmes comme Shemaine, on n'en trouve pas à chaque coin de rue.

Un lointain vagissement pénétra le sommeil de Shemaine, mais elle n'avait aucune envie de sortir de son rêve. Une fois de plus, elle parcourait le domaine de son père au grand galop de son étalon, Donegal. Le vent fouillait ses cheveux, et elle chevauchait au gré de sa fantaisie.

Son bonheur s'évanouit peu à peu tandis que le gémissement continuait et que les barreaux de la prison de Newgate se refermaient sur elle. Elle fut de nouveau hantée par les cris et les sanglots désespérés des condamnées, les bruits d'allées et venues incessantes, accompagnés du grincement des chaînes. La nuit sinistre tombait sur elle, étouffante.

Elle se redressa dans son lit, le cœur battant à tout rompre, cherchant dans le noir les visages angoissés de ses codétenues. Puis, progressivement, elle parvint à distinguer la réalité du cauchemar, et comprit que c'était Andrew qu'elle entendait pleurer.

Elle attendit, espérant que Gage irait consoler son fils, mais les pleurs redoublaient, et elle s'alarma. Était-il arrivé quelque chose à Gage ? Ou bien était-il sorti un instant ?

La jeune fille rabattit les draps et enfila vivement son peignoir tout en descendant. La porte de la chambre était ouverte, et la lumière de la lune lui montra que son maître n'était pas là. Prudemment, elle se dirigea vers le berceau, et prit le petit garçon dans ses bras.

Elle le promena en le berçant, en lui chantant une chanson douce, embrassa ses joues mouillées, caressa ses cheveux. L'enfant se calma, sa respiration s'apaisa, mais quand elle voulut le remettre au lit, il poussa un cri apeuré. Elle reprit sa marche à travers la chambre, jusqu'à ce que la petite tête tombe contre son épaule. Elle s'arrêta, cessa de chanter mais le garda contre elle, souhaitant s'assurer qu'il dormait complètement avant de le recoucher.

Soudain, elle eut la sensation d'une présence dans la pièce. Elle se retourna. Gage se tenait de l'autre côté du lit. Elle s'apprêtait à lui expliquer la raison de son intrusion, mais les mots lui manquèrent lorsqu'elle comprit qu'il était nu. Des gouttelettes ruisselaient sur son torse musclé, et il se frottait énergiquement le crâne avec une serviette. Apparemment, il ne l'avait pas aperçue.

Elle était pétrifiée. Jamais elle n'avait vu un homme nu, et la longue silhouette puissante fut un choc pour ses sens. Elle était fascinée par sa beauté et sa grâce virile. Il n'avait pas besoin du rembourrage d'épaules que les jeunes aristocrates exigeaient de leurs tailleurs. Sa taille était mince, ses hanches étroites, une fine ligne descendait de la toison de sa poitrine le long de son ventre plat. Son regard fut irrésistiblement attiré vers le bas...

Les joues brûlantes, le cœur battant, Shemaine déglutit. Malgré les délicates explications de sa mère sur l'anatomie masculine et ce qui se passerait lors de sa nuit de noces, elle ne s'attendait pas à une telle... maturité.

Afin de ne pas attirer l'attention de Gage, elle battit doucement en retraite vers la chambre d'Andrew. Cependant, il faudrait tout de même qu'elle passe devant lui !

Elle s'immobilisa soudain en voyant la virilité de Gage se transformer, devenir plus imposante...

Elle leva les yeux et croisa son regard amusé. La serviette reposait à présent sur ses épaules, et ses cheveux noirs ébouriffés luisaient dans la pénombre.

— Je suis désolée, articula-t-elle d'une voix étranglée. Andrew pleurait, et je ne savais pas où vous étiez...

Silence. Shemaine pivota sur ses pieds nus et remit le petit dans son lit. Morte de honte, elle tremblait de tous ses membres. Ce qu'elle venait de voir resterait pour toujours imprimé dans sa mémoire.

Le regard baissé, elle s'enfuit vers la salle de séjour. Dans sa hâte, elle trébucha sur les marches de l'escalier et se cogna douloureusement le tibia, mais elle ne s'arrêta pas. Elle se réfugia dans son lit, ramena les couvertures sur sa tête et se roula en boule, souhaitant que le monde se dissolve autour d'elle.

10

Shemaine vit le matin pointer avec une vive appréhension. Ni elle ni Gage ne pourraient penser à autre chose qu'à leur rencontre de la nuit. C'était encore plus humiliant que le jour où sa main s'était retrouvée coincée contre lui. Elle aurait tout donné pour rester dans sa chambre jusqu'à ce qu'il soit parti au travail, mais ses devoirs d'employée ne lui permettaient pas ce luxe.

Elle fut toutefois soulagée de constater, en descendant, que Gage était déjà sorti vaquer à ses tâches matinales. Ce fut seulement pour le petit-déjeuner, alors qu'elle avait eu le temps de s'habiller, qu'il revint à la maison avec les œufs et le lait.

Il eut un regard satisfait vers la table dressée.

— Ça sent délicieusement bon, Shemaine, la félicita-t-il. Pouvons-nous nous mettre à table ? Je meurs de faim !

Évitant de croiser son regard, elle versa le contenu d'une casserole dans un bol à sauce.

— C'est prêt. Dois-je réveiller Andrew ?

— Laissez-le dormir. Le pauvre petit a eu une nuit agitée.

Pour innocente que fût la phrase, elle rappela péniblement à Shemaine son indélicatesse. La cuiller fit un bond dans sa main, et la sauce se répandit sur le comptoir, puis sur le sol. Comme elle se penchait pour la ramasser, elle se heurta à Gage, qui avait été plus prompt. Il lui rendit la cuiller en claquant des talons. Elle lui lança un bref regard nerveux, et il s'approcha, lui releva le menton afin de l'obliger à le regarder.

— Qu'y a-t-il, Shemaine? demanda-t-il gentiment. Vous croyez que je vous en veux de m'avoir vu nu, la nuit dernière? Ou d'avoir assouvi votre curiosité naturelle? Grands dieux, petite, je sais parfaitement que vous n'étiez pas venue pour me séduire, mais pour consoler mon fils, ce dont je vous remercie. C'est à moi de m'excuser si je vous ai choquée, mais un homme ne contrôle pas toujours ses réactions face à une jolie femme... Je n'ai pas eu de rapports sexuels depuis la mort de Victoria. Vous découvrir dans ma chambre a éveillé des désirs que je tentais d'étouffer.

«Je suis un homme, Shemaine, avec les forces et les faiblesses de mon sexe. J'admire votre beauté, et j'apprécie votre présence à la maison. J'aime vous contempler. Vous embellissez cette demeure ainsi que nos vies, comme une fleur délicate réveille les sens par son parfum et sa grâce. Je suis arrivé à la conclusion que je vous désire, en tant que femme, pourtant jamais je ne vous forcerai, Shemaine. Jamais non plus je ne vous blesserai volontairement. Je ne veux que votre bien, alors ne vous tracassez pas pour ce qui s'est passé cette nuit. Vous le devinez sans doute, j'ai aimé que vous me regardiez. Vous pouvez me condamner pour cela, ou simplement m'accepter comme je suis.

Elle poussa un léger soupir.

— Je n'avais pas envie de me trouver face à vous,

ce matin, avoua-t-elle. Je pensais que je ne le supporterais pas...

— N'ayez pas honte en ma présence, Shemaine. Jamais je ne vous reprocherai d'être sincère, ni d'avoir des sentiments humains.

Pas tout à fait convaincue, elle esquissa un geste vers la table.

— Votre petit-déjeuner refroidit, monsieur Thornton.

— Après vous, miss O'Hearn, répliqua-t-il avec un galant salut.

— Papa, es où? demanda la voix ensommeillée d'Andrew, qui entra en trottinant dans la pièce.

— Ici, espèce de marmotte! répondit Gage en riant avant de s'accroupir, les bras grands ouverts.

L'enfant s'y jeta et se retrouva lancé dans les airs, pour sa plus grande joie.

Quand il fut enfin installé dans sa chaise haute, il examina l'assiette devant lui et s'écria :

— Miam miam!

Gage sourit à la jeune fille.

— Je crois que cela signifie: «Mangeons.» Si nous lui obéissions?

Shemaine était une fois de plus enchantée par le père et le fils, et elle fit la révérence.

— Je suis à vos ordres, monseigneur.

— J'ai renoncé à tout droit à ce titre en quittant l'Angleterre, fit-il remarquer distraitement.

Déconcertée, elle fronça les sourcils. Avait-elle bien compris?

— Il existe donc un lord Thornton?

— Mon père, William, le comte de Thornhedge, acquiesça Gage avec un haussement d'épaules. Mais ici, aux colonies, les titres n'ont d'importance que pour les dignitaires britanniques.

Il lui désignait le banc, et elle s'y glissa avant que lui-même s'asseye face à elle.

Un jour, pour la mettre à l'aise, il lui avait raconté l'histoire de l'ours N'a-qu'une-oreille; cette fois, ce fut celle de Sly Tucker, qui essayait d'échapper à une abeille alors qu'il déchargeait de la marchandise.

— Il s'est précipité vers l'arrière du chariot, mais son pied s'est pris dans une planche, et il est tombé de tout son long sur le sol, manquant se casser le nez. Il était tellement esquinté qu'on ne pouvait le voir sans éclater de rire! Sly est plutôt doux de nature, mais les ricanements l'ont exaspéré. Il a maugréé bien souvent qu'il aurait préféré être piqué par l'abeille, plutôt que de se trouver la cible des railleries provoquées par son nez enflé.

Shemaine ne put s'empêcher d'éclater de rire. Il la regardait avec affection, comme s'il était heureux de lui avoir fait oublier son embarras.

— Je vous remercie, monsieur Thornton.

— De quoi? demanda-t-il avec une feinte naïveté.

— Vous le savez très bien. J'étais affreusement gênée de ce qui s'est passé hier et, pendant un moment, en riant, je n'ai plus pensé à cet horrible incident.

Il pencha la tête, songeur.

— Qu'y a-t-il de si horrible?

— Le fait que vous auriez pu me trouver trop hardie, monsieur Thornton, répondit-elle en toute sincérité.

Il chassa cette idée d'un haussement d'épaules.

— Vous êtes simplement innocente, et curieuse, ce qui est normal pour une jeune fille.

— Vous semblez bien connaître les femmes, monsieur Thornton, le taquina-t-elle.

Il sourit, une lueur de défi amusé au fond des yeux.

— Certainement mieux que vous ne connaissez les hommes, miss O'Hearn.

C'était indéniable, aussi Shemaine piqua-t-elle du nez dans son assiette.

— Oui, soupira-t-elle. J'en ai beaucoup à apprendre sur les hommes...

Gage n'imaginait pas plus grand plaisir que de faire son éducation à ce sujet!

Ramsey frappa à la porte de derrière, alors qu'ils étaient encore à table.

— Je peux entrer?

— Bien sûr! dit Gage, qui se poussa pour lui faire de la place sur le banc.

Son ami avait de larges cernes bruns sous les yeux, mais Gage se contenta de lui demander:

— Tu as mangé?

— Rien d'aussi bon que ça, je te jure! répliqua Ramsey, qui refusa cependant le plat que Shemaine lui offrait. Non, miss, j'aime mieux pas. Ce que je m'étais concocté me reste sur l'estomac, je le regrette encore!

— Tu es plus matinal que de coutume, fit remarquer Gage. Un problème?

— Ma femme n'est pas bien. Ça m'inquiète, et j'aimerais passer la journée auprès d'elle, au cas où.

Gage fronça les sourcils.

— Prends autant de jours que tu voudras. Pouvons-nous faire quelque chose?

— Ben, je ne suis pas très doué en cuisine. Si tu pouvais nous envoyer un peu de victuailles pour Calley et le petit, Robbie, ça m'arrangerait. Je ne sais pas cuisiner, et je n'ai pas envie de voir Calley souffrir davantage. Mes deux aînés sont partis travailler chez leur oncle, en amont de la rivière, alors on n'est que trois à la maison.

Gage hésitait à envoyer Shemaine chez son ami, car il ignorait si la maladie de Calley était contagieuse. Il se chargerait lui-même de porter la nourriture, en se tenant à distance respectable, dans l'intérêt de Shemaine et d'Andrew.

— À ton avis, de quoi souffre-t-elle ?

Ramsey poussa un soupir.

— Je t'avais dit qu'elle attendait un nouveau bébé pour le printemps, mais on a peur qu'elle ne le perde. Il est encore beaucoup trop tôt...

— Il lui faut les soins d'un médecin ! déclara fermement Gage. Si tu veux bien, je déposerai Shemaine et Andrew, puis j'irai chercher le Dr Ferris en ville. Ça te convient ?

Ramsey cligna les yeux pour chasser des larmes de reconnaissance.

— Merci, Gage...

— Retourne auprès de Calley. Nous te rejoindrons dès que nous serons prêts.

— Merci encore, du fond du cœur.

Peu après, Gage arrêtait le chariot devant la demeure de Tate et accompagnait Shemaine et Andrew à l'intérieur. Très vite, Andrew et Robbie s'installèrent dans la cuisine pour jouer avec de petits animaux en bois. Puis Ramsey conduisit Gage et Shemaine dans la chambre où son épouse était couchée.

— Calley, voici M. Thornton et sa nouvelle employée, miss Shemaine. Elle est venue préparer le repas pour Robbie et toi.

— Shemaine va s'occuper de vous et du petit en attendant que je revienne avec un médecin, renchérit Gage. Vous serez entre de bonnes mains, Calley.

La femme esquissa un pauvre sourire.

— Ravie de vous connaître, miss. J'aurais seulement préféré que ce soit dans d'autres circonstances...

Les deux hommes sortis, Shemaine s'employa à refaire le lit.

— Que puis-je pour vous? s'enquit-elle avec sollicitude.

— Me tenir compagnie un moment. Ramsey se met dans tous ses états, quand l'un de nous est malade. Je suis presque soulagée de le voir partir au travail. Il m'épuise!

— Il vous aime beaucoup, et il est inquiet, dit gentiment Shemaine.

— Oh, je le sais! assura Calley en riant, juste avant qu'une contraction ne la fasse grimacer de douleur.

Les dents serrées, elle attendit que cela passe, puis elle leva vers Shemaine un regard noyé de larmes.

— J'espérais que ce serait une fille... On a déjà cinq garçons, et ce bébé-là, je le porte autrement. On a tellement envie d'une petite fille!

Shemaine prit la main de la jeune femme dans la sienne.

— Ne perdez pas espoir. Le médecin pourra sans doute vous aider.

— Je n'ai jamais eu d'ennuis de ce genre, avant, et j'ai peur pour mon bébé.

Shemaine se pencha vers elle.

— Vous avez eu de la chance, madame Tate. Ma mère a perdu un bébé après ma naissance, et elle n'a plus jamais porté d'enfant.

Les yeux clos, la femme priait, tout en se tordant de douleur.

— J'ai bien peur de perdre le bébé avant l'arrivée du médecin...

Shemaine se précipita à la cuisine, où Ramsey tournait comme un ours en cage.

— Il faudrait mettre de l'eau à bouillir, dit-elle. Et préparer des linges propres. Mais ne les apportez pas dans la chambre avant que je ne vous les demande.

Ramsey obéit aussitôt.

La jeune fille retroussa ses manches et retourna au chevet de la malade.

— Vous en savez plus que moi, madame Tate, mais je suis solide. La traversée m'a aguerrie sur bien des points, alors si vous me faites confiance, je resterai avec vous et suivrai vos instructions, en attendant le médecin.

— J'ai confiance en vous, murmura la malheureuse, accrochée à ses draps.

— Essayez de vous détendre, dit doucement Shemaine qui se rappelait les soins procurés par Annie à l'une de leurs camarades, lors de son accouchement.

Le bébé était né mal formé, peut-être à cause des mauvais traitements subis par la mère, et il n'avait vécu qu'une journée. Cependant, grâce à Annie, la naissance s'était déroulée normalement. Les circonstances étaient différentes aujourd'hui, mais Shemaine allait essayer de suivre l'exemple d'Annie.

— Imaginez votre petite fille, reprit-elle, et dites-vous que vous l'aiderez en restant calme. Laissez-la se sentir au chaud et en sécurité dans votre ventre. Fermez les yeux : vous la verrez. Elle vous ressemblera, avec des cheveux blonds comme les blés et les yeux du bleu d'un ciel d'été. Elle sera la fierté de ses frères...

Sous ses paupières closes, Calley commençait à visualiser la petite fille. Sa respiration s'apaisa comme par magie, ses larmes se tarirent, et un sourire se dessina sur ses lèvres.

— Vous vous voyez en train de la bercer tendrement contre votre sein, de lui chanter une ballade ? murmura Shemaine à son oreille.

— Oui. Elle aime ça…

— Vous souriez, madame Tate.

La femme ouvrit des yeux surpris.

— Et la douleur est passée, continua Shemaine.

— Mais oui ! Vous croyez que c'est possible, que je peux forcer le bébé à rester là ?

— Je l'ignore, madame, répondit sincèrement Shemaine, mais il me semble que garder l'espoir est le meilleur des remèdes.

— Appelez-moi Calley, demanda la jeune femme. Je vois bien que vous êtes une vraie dame, comme M. Thornton est un vrai gentilhomme. Il a besoin d'une épouse comme vous.

— Je ne suis que sa servante.

— Ça changera, affirma Calley. C'est aussi ce que pense Ramsey. Il dit que M. Thornton tient beaucoup à vous.

— M. Thornton tient surtout à ma cuisine, rétorqua fermement Shemaine. Rien de plus. Votre mari se trompe.

Calley était surprise par sa réticence.

— Vous ne l'épouseriez pas, s'il vous le proposait ?

— J'étais fiancée, avant de venir ici…

Shemaine se trouva dans l'incapacité de poursuivre. Ses fiançailles lui semblaient étrangement détachées de la réalité, du présent.

— L'Angleterre est loin, et M. Thornton est là. Vous ne croyez pas qu'il ferait un beau mari ?

— Sans doute, mais je…

De nouveau, elle ne trouva pas ses mots.

— L'homme avec qui vous étiez fiancée, il était aussi beau que M. Thornton ? insista Calley.

— Je ne sais pas... gémit Shemaine, embarrassée par ces questions.

Maurice du Mercer était considéré comme le célibataire le plus séduisant de Londres par toutes les jeunes filles à marier. Cependant, Gage Thornton aurait causé de sérieux dégâts dans le cœur de ces jeunes personnes. Il était déloyal de trouver Maurice moins attirant. Il était aussi stupide de comparer leur degré de beauté. Et si Gage Thornton l'emportait, c'était seulement parce qu'il était là, et Maurice au loin.

— Vous aimez toujours votre fiancé ?

— Je l'ai cru, avoua Shemaine, mais cela me paraît si vieux, il s'est passé tant de choses... J'ai été achetée par M. Thornton, et même si Maurice me retrouvait, je ne serais pas libre de l'épouser. À moins que M. Thornton n'accepte de me revendre. En outre, peut-être Maurice ne voudrait-il plus de moi, après mon arrestation, ma condamnation...

— M. Thornton veut de vous, lui, c'est sûr...

— Cette discussion me semble hors de propos, décréta la jeune fille. Personne ne peut savoir ce que pense M. Thornton.

— C'est vrai, concéda Calley. Il y a assez de gens qui parlent de lui sans qu'on s'y mette aussi !

Shemaine, soulagée, prit la main de la femme et lui sourit.

— Comment vous sentez-vous ?

— Un peu fatiguée, mais mieux.

— Vous devriez vous reposer, cela vous ferait du bien, et au bébé aussi.

— Oui, je crois que je peux me reposer, maintenant... et espérer.

— Alors, je vais vous laisser. Si vous avez besoin de moi, je serai à la cuisine.

Calley ferma les yeux, et Shemaine sortit sans bruit de la chambre.

Ramsey était devant le poêle, l'air si inquiet qu'elle se hâta de le rassurer.

— Votre femme se sent beaucoup mieux. Je crois que vous devriez dormir un peu. Je vous appellerai s'il se passe quelque chose.

Gage descendit du chariot et se dirigea vers le cottage du médecin. Une petite femme, dans un jardin voisin, arrachait des mauvaises herbes. Quand il s'engagea sur l'allée, elle se redressa, plissant les yeux dans le soleil.

— Vous êtes venu voir le toubib ? Il est parti soigner une jambe cassée. Il ne reviendra pas de sitôt. Si vous savez écrire, laissez-lui un mot pour dire où vous voulez qu'il aille. C'est ce qu'il m'a dit. Il a laissé une plume et du papier sur le porche.

Gage examina la femme, dont la voix lui semblait vaguement familière. Comme il traversait la pelouse dans sa direction, il remarqua qu'elle avait la mâchoire meurtrie. Il reconnut la condamnée qui l'avait encouragé à acheter Shemaine sur le *London Pride*.

— Annie Carver ?

De près, les bleus étaient encore plus évidents, et il ne put s'empêcher d'ajouter :

— Mon Dieu, que vous est-il arrivé ?

Troublée, Annie mit la main sur ses yeux pour s'abriter du soleil.

— Vous êtes qui ?

— Gage Thornton. J'ai acheté Shemaine O'Hearn. Vous vous souvenez ?

La femme poussa un cri de joie.

— Et comment, monsieur! Comment je pourrais oublier? C'était à cause du soleil dans les yeux... Et Shemaine? Elle n'est pas malade, j'espère? C'est pour elle que vous cherchez le docteur?

— Elle va bien, Annie. Je suis là pour l'un de mes amis, dont la femme doit accoucher dans quelques mois et qui a déjà des contractions. Elle risque de perdre le bébé.

— Je connais deux ou trois choses sur les accouchements, dit timidement Annie. Ma mère était sage-femme, et elle m'a appris un peu ce qu'il faut faire. Mais mon maître ne me laissera jamais partir avec vous.

— C'est lui qui vous a fait ça? s'enquit-il en désignant sa joue bleue.

Gênée, elle haussa les épaules.

— M. Myers a considéré que je méritais une punition pour avoir laissé brûler son dîner. Il m'avait dit d'aller couper du bois pour le feu, et ça m'a pris plus de temps que je ne pensais... Et vous, monsieur, vous avez assez à manger, avec ce que Shemaine vous prépare?

Il sourit.

— C'est une excellente cuisinière, Annie. Je n'aurais pas trouvé mieux à Londres!

Annie lui adressa un long regard.

— Hier soir, y a une Mme Pettycomb qui est venue voir mon maître, Samuel Myers. Elle a dit que vous aviez acheté une esclave pour satisfaire vos besoins sexuels, et que vous aviez pratiquement tué un marin du *London Pride* parce qu'il voulait vous l'enlever.

Gage ressentit une bouffée de colère en pensant à la mégère avec ses ragots.

— Mme Pettycomb déforme tout, Annie. Si j'étais vous, je n'écouterais pas trop ses histoires à dormir debout.

Annie espérait qu'il allait en dire davantage, mais Gage ne tenait pas à s'expliquer.

La porte du cottage s'ouvrit à la volée, et Samuel Myers sortit sur le porche, un bras dans le dos, dans l'attitude du parfait dictateur.

— Espèce de garce paresseuse ! aboya-t-il. Je ne t'ai pas achetée pour que tu bavardes avec les bons à rien qui passent devant chez moi ! Retourne à ton travail, sinon tu goûteras de mon poing sur l'autre joue. Je ne peux pas quitter ma boutique tous les quarts d'heure pour te surveiller !

Gage fronça les sourcils. Pour une fois, Morrisa Hatcher avait eu raison : l'homme était plus dégoûtant qu'un rat ! L'idée de laisser Annie entre ses mains lui semblait tout à coup insupportable.

— Accepteriez-vous de me louer votre esclave, monsieur Myers ?

Myers remonta ses bésicles sur son nez.

— Quel est le problème, *monsieur* Thornton ? Une fille ne vous suffit plus ? Il vous en faut deux dans votre lit ?

S'il avait cherché à irriter Gage, c'était réussi. Ce dernier le toisa d'un regard glacial. Myers était chemisier pour hommes. Compte tenu de ce que racontaient les commères, il devait considérer Gage comme dangereux. Et la façon dont il tenait le bras derrière son dos laissait supposer qu'il avait un pistolet à la main, sinon il ne se serait pas permis ce ton agressif.

— J'ai un employé dont la femme risque fort de faire une fausse couche, expliqua Gage calmement.

Ce n'était pas l'idée de l'arme qui le rendait prudent, mais il devinait que la moindre manifestation d'hostilité gâcherait ses chances d'aider l'amie de Shemaine.

— Annie pourrait être utile auprès de Mme Tate, continua-t-il. Je suis prêt à payer pour le temps qu'elle passera à son chevet, si vous voulez bien lui permettre de me suivre. Le médecin ne rentrera pas avant un bon moment, et personne d'autre ne sait ce qu'il faut faire.

— Vous n'avez qu'à y emmener votre esclave, monsieur Thornton, suggéra Myers en ricanant. À moins, évidemment, que vous ne supportiez pas d'être séparé d'elle. Elle est sacrément jolie, pour une garce d'Irlandaise, et je me demande si elle est agréable au lit...

— Vous utilisez le mot garce à tort et à travers, monsieur Myers, rétorqua Gage qui avait du mal à garder son sang-froid. Cette jeune femme est déjà chez Mme Tate, mais elle n'y connaît pas grand-chose.

Samuel ne rechignait jamais à gagner une pièce par-ci par-là, et il réfléchit à sa proposition.

— Comment puis-je être sûr que vous me la ramènerez ?

— Si vous voulez, je vous laisse en dépôt une somme égale à celle que vous avez dépensée pour l'acheter. Il suffit que vous me montriez la preuve du montant, et que vous signiez un reçu promettant de me rendre l'argent quand je vous ramènerai Annie.

— Elle m'a coûté quinze livres, déclara l'homme. Mais il en faudra cinq pour la location.

— Cinq livres ? Au nom du Ciel, je n'ai pas l'intention de la garder un an !

— J'ai dit cinq. C'est ça ou rien. J'ai du travail pour elle, et son absence va me gêner.

Gage décida de se montrer exigeant, lui aussi.

— Pour cinq livres, je la garderai deux semaines entières, pas un jour de moins.

— Je suppose que je pourrai me passer d'elle pendant ce temps, ricana Myers. Mais je vous préviens, si vous ne la ramenez pas, je garde tout l'argent.

— Vous garderez tout l'argent, marmonna Gage. Toutefois, j'ai besoin du reçu, au cas où vous prétendriez que je vous l'ai volée.

— Vous l'aurez, mais elle partira d'ici avec les vêtements qu'elle portait quand elle est arrivée.

Gage se tourna vers Annie et se demanda pourquoi le chemisier s'inquiétait pour une robe lamentable.

— Sauf, ajouta Myers, si vous êtes disposé à payer ses vêtements.

— Pas question, monsieur. Je suis sûr que Mme Tate a mieux dans son tiroir à chiffons.

Gage regagna son chariot quelques instants plus tard, en compagnie d'Annie qui s'était changée. Elle avait enfilé son ancienne robe – lavée, heureusement.

Shemaine serait soulagée de revoir son amie, Gage le savait, mais pour lui, cela allait poser des problèmes. Il lui fallait trouver un moyen de combler ses pertes, car il n'envisageait pas de rendre la servante à un maître qui abusait d'elle. Il n'imaginait pas non plus garder Annie pour lui, puisque Shemaine lui convenait parfaitement et qu'il n'avait pas l'intention de prendre une autre employée à plein temps.

Près de lui, la jeune femme s'inquiétait.

— Vous avez laissé un mot au docteur, pour qu'il sache où nous rejoindre à son retour ?

— Je m'en suis occupé pendant que vous vous changiez.

— Et vous avez mis le papier bien en vue ?

— Oui.

— Dans un endroit sûr, où Myers ne pourra pas le trouver ?

— Je l'ai glissé sous la porte, qui est fermée à clé.

— Mais s'il ne regarde pas par terre ? C'est qu'il n'est plus tout jeune, vous savez.

— Cessez de vous tracasser, Annie, s'impatienta Gage.

— Excusez-moi, monsieur Thornton. Je voulais juste m'assurer que le médecin viendrait, pour que je n'aie pas toute seule la responsabilité de votre amie. Je connais un peu les accouchements, les fièvres et les blessures, mais il vaudrait mieux qu'il y ait avec moi quelqu'un qui a étudié.

— Études ou pas, Annie, vous allez rester quelque temps avec les Tate afin de veiller sur Calley. Vous n'aurez peut-être pas le médecin sous la main au moment où vous en aurez le plus besoin. Vous avez bien compris ?

— Oui, monsieur.

— Ils ont un petit garçon dont vous vous occuperez jusqu'à ce que Calley soit sur pied, précisa-t-il avec un coup d'œil interrogateur.

L'air épanoui d'Annie était une réponse en soi. Elle eut un soupir ravi.

— Oh, je vais adorer ça !

Une fois chez les Tate, Gage se mit à la recherche de Shemaine, qu'il trouva à genoux devant le four où elle glissait une miche de pain.

— J'ai amené quelqu'un avec moi, annonça-t-il. Ainsi, Andrew et vous pourrez rentrer à la maison.

— M. Tate a tenu à ce que je prépare un repas pour tout le monde, expliqua-t-elle en se relevant. Il a très envie que vous restiez déjeuner avec lui. Il n'a pas voulu dormir, bien que je lui aie assuré que son épouse allait mieux. En ce moment, pour se changer les idées, il coupe du bois dans la cour. Peut-être pourriez-vous passer un peu de temps avec lui, avant que nous partions ?

— Je verrai ce que je peux faire. En attendant, si vous alliez présenter la jeune femme que j'ai amenée à Calley ?

Shemaine fut un peu déconcertée, car elle se disait que la personne en question devrait se présenter elle-même. Mais quand Gage fit un pas de côté afin de montrer qui l'avait suivi, elle poussa un cri de joie et se jeta dans les bras de son amie.

— Annie ! J'étais si inquiète pour vous ! s'exclama-t-elle, les larmes aux yeux.

Elle recula pour la dévisager, et se rembrunit devant son visage meurtri.

— C'est votre maître, ou bien vous vous êtes cognée toute seule ?

Annie eut un petit geste négligent.

— Peu importe, milady. Laissez-moi vous regarder... Vous êtes magnifique, absolument magnifique !

Shemaine lui prit le bras.

— Venez faire la connaissance de Calley, puis vous me raconterez comment vous êtes venue jusqu'ici.

— Oh, je peux le dire tout de suite. Je ne serais pas là, si votre maître n'avait pas donné vingt livres.

Shemaine s'arrêta net.

— Que voulez-vous dire ? M. Thornton vous a rachetée ?

— Pas exactement. Il a payé cinq livres de location. Mais s'il ne me ramène pas, il se retrouvera plus pauvre de vingt livres.

Elle secoua la tête, impressionnée.

— Il doit être riche, votre M. Thornton ! s'exclama-t-elle, admirative.

— Il n'est pas riche, Annie. Seulement merveilleux... vraiment merveilleux ! dit Shemaine avec un sourire.

Le Dr Colby Ferris, un homme aux cheveux gris, aux traits émaciés ornés d'une barbe, arriva pendant qu'ils finissaient le repas de midi. Annie, qui prenait sa tâche très au sérieux, apporta de l'eau chaude et du savon, afin qu'il se lave les mains avant d'aller voir Calley.

— Ma maman disait que ce n'était pas bien pour une sage-femme d'aller d'une maison à l'autre sans se laver les mains.

Le médecin lui jeta un regard sévère.

— Savez-vous, ma fille, combien de bébés j'ai mis au monde ?

Bras croisés, Annie ne se laissa pas intimider.

— Plus que je ne pourrais en compter, c'est sûr, mais ça ne vous empêche pas de vous laver les mains après avoir touché des malades... ou avoir monté votre vieux cheval qui sent mauvais !

Le Dr Ferris sembla un instant déconcerté par l'impertinence de ce petit bout de femme. Puis, après réflexion, il se mit à rire, au vif soulagement de ceux qui assistaient à la scène.

— Je ne vois pas grand mal à me laver les mains, admit-il. Voulez-vous voir mes pieds, aussi ?

Machinalement, Annie regarda ses bottes poussiéreuses, puis elle plaqua une main sur sa bouche en comprenant qu'elle était victime d'un trait d'humour. Elle adressa au médecin un large sourire, qui donnait du charme à son visage banal.

— Il suffira de les épousseter. Mais vous auriez intérêt à faire attention à vos manières. Quand vous reviendrez, je serai là pour vous surveiller... au moins quelque temps.

L'homme haussa un sourcil broussailleux.

— Et ce vieux crapaud de Myers ? Il vous a laissée partir sans faire d'histoires ?

— Il a donné sa permission, alors ce n'est pas la peine de penser que je me suis sauvée. M. Thornton a un papier qui le prouve.

— Il a dû falloir une jolie somme pour vous tirer des griffes de ce grigou. Myers n'a jamais été généreux.

— Oh, pour sûr, une belle somme ! acquiesça Annie. M. Thornton a été obligé d'aligner vingt livres, cinq pour la location et quinze au cas où je ne rentrerais pas.

— Vous voulez dire que Myers a signé un reçu dans ce sens ?

Elle hocha la tête.

— Oui, monsieur.

Colby Ferris se tourna vers Gage.

— Je vous conseille de garder précieusement ce reçu, monsieur, parce qu'on ne peut pas faire confiance à Myers. Il vous bernera s'il le peut... ou vous traitera de voleur.

— Je ne le connais pas très bien, répliqua Gage. Je sais seulement que j'ai été pris instantanément d'une vive antipathie pour lui. Je me montrerai aussi prudent que possible.

Le médecin eut un geste vers le visage meurtri d'Annie.

— Vous savez qu'il recommencera, si vous la lui rendez...

— Avez-vous une solution au problème ? demanda Gage. J'ai déjà une employée, et je n'ai pas la place d'en loger une autre.

Le médecin se frottait pensivement le menton.

— J'ai vu cette fille travailler chez Myers. Il la charge de tâches qui sont faites pour des hommes.

— Auriez-vous besoin d'une assistante ? insista Gage avec espoir. Annie a quelque expérience comme sage-femme. Une servante pour tenir votre maison serait sans doute utile…

Le Dr Ferris jeta un coup d'œil à Annie.

— Quoi ? Et qu'elle m'oblige à me laver les mains chaque fois que j'éternue ?

— Vous inquiétez pas pour moi ! déclara sèchement la jeune femme, vexée. Je rentrerai chez M. Myers quand j'en aurai terminé ici. Ce n'est pas la première fois qu'on me donne un coup de poing sur la figure.

Le Dr Ferris alla se laver les mains et le visage à l'évier, puis il lui sourit.

— Allez-vous me montrer où se trouve Mme Tate, ou avez-vous l'intention de rester plantée là comme un porc-épic hérissé de colère ?

— Mme Tate va mieux, depuis que miss Shemaine lui a parlé. Vous pourriez peut-être la racheter à M. Thornton et l'emmener lors de vos consultations ? suggéra-t-elle d'un ton acide.

Gage lui jeta un regard noir.

— Je n'ai pas dépensé tout cet argent pour que vous essayiez de vendre Shemaine derrière mon dos, Annie !

Elle sourit.

— Un peu sourcilleux quand il s'agit d'elle, hein ? Peut-être que vous l'aimez bien, finalement…

— Je l'aime bien, en effet, et je n'ai pas l'intention de la vendre. Est-ce clair ?

Ferris étouffa un rire.

— Si j'ai bien compris, ce n'est pas là que je dois chercher une assistante…

— C'est bien vrai ! s'écria malicieusement Annie. Venez, doc, ajouta-t-elle. Je vais vous conduire à la malade.

Le médecin la suivit dans la chambre, tandis que Ramsey arpentait la cuisine avec anxiété. Gage aida Shemaine à ranger. Il ne voulait pas partir avant d'avoir entendu le diagnostic de Ferris.

On ne pouvait encore se prononcer sur l'état du bébé, annonça le médecin lorsqu'il réapparut dans la salle de séjour. Il était impossible de dire si Calley le mènerait à terme, ou si elle le perdrait au cours des prochaines semaines. Il fallait absolument qu'elle garde le lit, pour mettre toutes les chances de son côté. Il ordonna à Annie de veiller attentivement sur la future jeune maman, afin de l'empêcher de bouger. Si quelqu'un pouvait y parvenir, c'était bien elle, précisa-t-il en riant, elle qui l'avait obligé à se laver les mains !

Il conseilla ensuite à Ramsey de retourner travailler, autant pour le repos de son épouse que pour le sien. Calley serait plus angoissée si elle voyait l'inquiétude de son mari. Le travail occuperait non seulement les mains de Ramsey, mais aussi son esprit.

Avant de s'en aller, le docteur promit de revenir régulièrement prendre des nouvelles de Calley, et si on lui offrait un bon repas à cette occasion pour le consoler de son état de veuf, il considérerait cela comme un paiement suffisant.

11

La vie d'esclave était supportable, lorsque l'on avait un maître charitable et suffisamment noble pour dépenser une partie de ses ressources afin d'aider une condamnée, décida Shemaine. Elle se considérait extrêmement chanceuse d'être tombée sur un tel homme.

En rentrant à la maison, Gage porta son fils endormi dans sa chambre. Quand il revint dans la pièce principale, il trouva Shemaine qui l'attendait, le sourire aux lèvres. Fasciné par ses yeux verts, il pencha la tête, curieux.

— Vous désirez quelque chose, Shemaine ?

— Oui, monsieur Thornton, murmura-t-elle. Je tiens à vous remercier d'avoir secouru Annie. Travailler pour les Tate sera un grand plaisir pour elle, après M. Myers.

La douceur de sa voix le fit frémir.

— Je dois vous avertir, Shemaine : il me faudra rendre Annie pour récupérer mon argent. Elle ne pourra pas vivre avec nous.

— Je le sais, monsieur Thornton, mais je sais aussi que vous cherchez à lui trouver un maître plus convenable. À vrai dire, j'ai constaté, depuis que je suis ici, que vous êtes un homme d'honneur.

Je ne connais personne que j'admire autant que vous.

Gage s'empêchait de donner trop de sens à ces paroles. Le verbe « admirer » pouvait s'interpréter de mille façons, et il ne voulait pas se bercer d'illusions.

Provisoirement à court de mots, il passa devant elle.

— Je vais voir comment les hommes ont progressé en mon absence.

Shemaine fut un peu désorientée par sa sortie rapide, mais elle se dit qu'il avait hâte de se remettre au travail. Elle-même s'attela aux tâches ménagères qu'elle avait laissées de côté. Entre autres, le repassage. Elle prit un étrange plaisir à s'occuper des chemises fines de Gage. Il serait séduisant, ainsi vêtu... Elle s'imagina dansant le menuet avec un Gage richement habillé, comme cela lui était arrivé avec Maurice. Il serait aussi élégant, aussi attentif et galant que le marquis qui, grâce à son éducation, était un modèle de mondanité.

Ce n'était qu'illusion, se gronda-t-elle, et la réalité était rarement en accord avec les rêves. Afin de se changer les idées, elle se força à se rappeler une soirée qu'elle avait passée avec Maurice dans le salon de son père. Il était grand, brun, souriant. Il se penchait pour lui voler un baiser...

Soudain, les souvenirs s'évanouirent, et ce fut un visage hâlé qui s'imposa à elle, une bouche ardente qui prit ses lèvres. Aussitôt, une intense chaleur l'envahit, pour le moins troublante ! C'était aussi perturbant que lorsque Gage se tenait derrière elle pour les leçons de tir !

Elle essuya distraitement son front où perlaient des gouttelettes de sueur. La violence de sa réaction faisait voler en éclats sa certitude d'être une forteresse de vertu. Elle était toujours restée calme et réservée, malgré les avances de Maurice qui considérait qu'ils étaient comme mariés, cependant elle n'était pas sûre de garder un tel sang-froid si Gage se donnait autant de mal pour gagner ses faveurs.

Elle le revit nu, dans la lumière argentée de la lune. Son émoi était à son comble, et elle en fut choquée. Il y avait sans doute en elle une sensualité qu'elle n'avait jamais soupçonnée…

Du coup, le retour de Gage en fin d'après-midi la déstabilisa. Sa simple présence dans la cuisine éveillait en elle un tumulte nouveau, et elle craignait qu'il ne constate que ses mains tremblaient, ou que son visage s'enflammait.

La conversation ne fut guère animée, lors du souper. Gage et Shemaine étaient intensément conscients l'un de l'autre, pourtant ils s'efforçaient de ne pas le montrer. À travers la table, ils se contentaient de se caresser du regard. Le moindre contact de leurs mains, et leurs sens s'embrasaient. Un mot murmuré ou un regard direct les bouleversait.

Gage repensait sans cesse au moment où, après s'être séché les cheveux, il avait posé la serviette sur ses épaules. Il avait tout de suite vu Shemaine, bien qu'elle battît en retraite le plus silencieusement possible. Ses yeux lumineux reflétaient les rayons de lune, et il avait suivi la direction de son regard. Il se sentait délicieusement convoité, sans pouvoir bouger, de peur de l'effaroucher. Et ce souvenir le troublait au plus haut degré. Il avait envie de l'initier davantage aux secrets du corps masculin.

Après le repas, il ne se sentit pas le courage de travailler à ses esquisses. Il avait passé la fin de l'après-midi à rectifier quelques erreurs commises par ses ouvriers en son absence et, à présent, il avait seulement envie de se détendre.

Il déclara qu'il en avait assez pour ce soir, et que Shemaine pouvait prendre un bain si elle en avait envie. Il mit Andrew au lit et, lorsqu'il revint dans la pièce commune, il trouva la jeune fille en train de transporter des seaux d'eau chaude.

Il s'assit dans le fauteuil à bascule avec un livre, espérant ainsi calmer l'étrange agitation qui le taraudait. Cependant, les mots ne parvenaient pas à retenir son attention, et il ne pouvait s'empêcher de suivre les allées et venues de sa compagne.

Enfin elle s'approcha de lui, une serviette sur le bras.

— Qu'y a-t-il, Shemaine ?

— Il fait frais ce soir, monsieur, alors j'ai pensé que vous aimeriez peut-être prendre un bain.

Un bain chaud était un luxe que Gage n'avait guère eu l'occasion de s'offrir, depuis la mort de Victoria. Il avait été beaucoup trop occupé, et ses plongeons dans la mare lui tenaient lieu de toilette.

— Et vous ? demanda-t-il. Il faudra du temps pour chauffer davantage d'eau.

— Il en restera assez quand vous aurez terminé, répondit-elle en lui montrant le gros chaudron qu'elle avait apporté de l'extérieur et posé au-dessus du feu. Il ne serait pas juste que vous soyez obligé de vous laver dans l'eau froide, pendant que votre esclave se prélasse dans un bain chaud. Cela vous tente-t-il, monsieur ?

— Bien sûr !

Gage bondit sur ses pieds et commença à délacer sa chemise.

— À vrai dire, avoua-t-il, je n'avais guère envie de me tremper dans l'eau froide, ce soir.

— C'est ce que j'ai pensé, murmura Shemaine dans un sourire.

Elle lui remit la serviette et eut un geste gracieux vers la pièce du fond, en imitant une accorte soubrette.

— Tout est prêt, monseigneur.

Les yeux bruns brillaient de plaisir.

— Vous me gâtez trop, Shemaine.

— N'est-il pas agréable d'être gâté de temps en temps, monsieur ?

— Votre simple présence me comble jusqu'à la distraction.

Elle se demanda si elle l'empêchait de travailler et s'il lui en voulait, car il avait paru en colère quand il avait quitté son bureau. Contrite, elle baissa les yeux.

— Je suis désolée, monsieur.

— Une telle distraction, Shemaine, continua-t-il, amusé, que je pense que je ne regarderai plus jamais le balancement d'une jupe comme ce soir.

Sur ce, il s'éloigna en se débarrassant déjà de sa chemise.

Stupéfaite, elle commit l'erreur de le suivre des yeux. La vue de ces muscles sous la peau dorée de son dos était bien troublante, pour une jeune femme qui venait tout juste de deviner le monde de la sensualité !

Il se retourna à demi à la porte, un petit sourire aux lèvres.

— Je suppose que vous n'envisagez pas de me frotter le dos ?

Elle comprit qu'il plaisantait, et le congédia d'un geste de la main.

— Allez, monsieur. Vous vous êtes assez moqué de moi pour aujourd'hui.

Il ferma la porte derrière lui, mais son rire retentissait encore.

Amusée, Shemaine rassembla les ingrédients pour les gâteaux secs qu'elle avait l'intention de faire le lendemain. Mais, en même temps, elle avait des images de son maître en train de se déshabiller. De nouveau monta en elle cette vague de désir, ce besoin d'assouvissement que seul pouvait combler celui qui hantait ses pensées.

Gage revint à la cuisine, uniquement vêtu de son pantalon de daim. Ses pieds étaient nus, et ses cheveux brillaient à la lumière de la lanterne. Il se dirigea vers l'âtre, plongea deux seaux dans le chaudron qui chauffait sur les flammes, alla les vider dans le tub. Il refit trois fois le même manège, avant de venir la saluer :

— Votre bain est prêt, madame.

Les mains sur les hanches, les yeux étincelants, elle rétorqua :

— Ainsi, c'est le seigneur qui exécute les tâches de l'esclave ? Comme si je ne pouvais pas vider le tub et le remplir de nouveau... Quel retournement de situation !

Gage ne fit rien pour dissimuler le désir qui le tenaillait.

— Attention, Shemaine. L'eau est sûrement un peu chaude pour une peau délicate comme la vôtre, et si vous criez, j'arriverai en courant. Mais je vous préviens : cette fois, je ne partirai pas...

Il se dirigea vers sa chambre, sans se rendre compte que la jeune fille contemplait, fascinée, sa façon féline de se déplacer. Enfin, honteuse, elle se détourna. Des pensées aussi hardies risquaient bien de lui jouer des tours !

Tous deux passèrent de longs moments éveillés, cette nuit-là, à fixer le plafond de leur chambre en prêtant l'oreille. Un grincement, une toux, un juron étouffé : tout attestait de leur malaise.

Il était fort tard quand Shemaine s'aperçut qu'elle était parfaitement immobile, attentive à l'agitation de l'homme qui dormait en dessous d'elle. Dès qu'elle fermait les yeux, elle l'imaginait au pied de son lit, les yeux emplis de tendresse, et elle lui tendait les bras avec toute la passion dont elle était capable.

Résolument, elle se cacha la tête sous l'oreiller et s'obligea à réciter ses poèmes préférés. Enfin elle parvint à tomber dans une somnolence bienfaisante, qui finit par l'emporter dans les bras de Morphée.

Dans son lit, Gage ne parvenait pas à surmonter son désir. Il voyait Shemaine étendue sur sa couche étroite, ses cheveux couvrant ses seins nus, les bras accueillants. Il voyait ses yeux brillants, ses lèvres offertes. Il sentait ses jambes fines autour de ses reins...

Il dut produire un effort surhumain pour penser à autre chose et trouver le sommeil.

Afin de se changer les idées, Shemaine s'intéressa aux deux chevaux qui se trouvaient dans l'enclos. En plus de la jument que Gage avait attelée pour aller en ville, il y avait un hongre de belle allure, et la jeune fille eut soudain envie d'enseigner des rudiments d'équitation à Andrew. Elle s'en ouvrit à Gage, lorsqu'il vint prendre le petit-déjeuner.

— Peut-on monter vos chevaux ?
— Ils sont tous deux dressés pour la selle et le harnais, répondit-il en posant son fils sur la chaise haute. Le hongre est un peu cabochard, mais la jument est calme. Pourquoi ?

— Je me demandais si vous me laisseriez donner une leçon à Andrew, après mes tâches du matin...

— Certainement. Dites-moi quand vous serez prête, et je viendrai seller la jument.

— Oh, ce ne sera pas nécessaire, assura-t-elle vivement. Mon père m'a appris tout ce qui concerne les chevaux dès mon plus jeune âge.

— Je pourrai au moins la panser pour vous, insista-t-il.

Shemaine, les mains croisées sur ses genoux, refusa poliment.

— Je vous remercie, monsieur Thornton, mais je m'en voudrais de vous arracher à votre travail, alors que je suis parfaitement capable de m'en charger toute seule. En outre, il faudra qu'Andrew apprenne cela aussi.

Mieux valait que son maître se tienne à l'écart, le temps qu'elle domine ses fantasmes. Le but de ces leçons était principalement de penser à autre chose.

— Cela vous ennuierait-il si je montais aussi? s'enquit-elle.

Gage était émerveillé par la transparence de ses yeux, de profil, petits dômes émeraude sur un blanc pur.

— Il y a la selle de Victoria, si vous le souhaitez, répliqua-t-il distraitement. N'hésitez pas à vous en servir.

— Merci, monsieur Thornton, mais il vaudrait mieux qu'Andrew et moi montions à cru. La vôtre ne me permettrait pas d'être à l'aise derrière lui.

Andrew avait suivi la conversation avec intérêt.

— Shaime et Andy à cheval? demanda-t-il de sa voix flûtée.

— Quand j'aurai terminé mon travail, répondit-elle.

— Andy va aider, proposa-t-il.

Au milieu de la matinée, Shemaine hissa Andrew à califourchon sur la jument et, après avoir pris place derrière lui, ajusta sa jupe sur ses jambes. Le petit, ravi, se montra excellent élève. Très vite, ce fut lui qui dirigea la jument dans la cour, sous les conseils avisés de la jeune fille.

Gage, de son côté, s'était aperçu que la sciure lui masquait la vue, et il s'était empressé d'essuyer les vitres de l'atelier. Curieusement, il avait beaucoup moins envie de travailler, ce matin-là, et il répondait à peine aux questions de ses apprentis. Dans la cuisine, il avait bien senti que Shemaine ne souhaitait pas le voir assister à la leçon, pourtant il ne résista pas longtemps à son désir de les rejoindre, et il finit par sortir de l'atelier en marmonnant une excuse – ce qui provoqua force clins d'œil entendus de la part des ouvriers.

Il constata que son fils était enchanté de se trouver sur le dos de la jument, et que Shemaine était une cavalière émérite.

— Viens, papa ! cria l'enfant en lui faisant signe de monter avec eux. Plaît, papa !

Il s'approcha en riant.

Shemaine fut saisie de panique.

— Je vous laisse la place, dit-elle vivement.

— Ce n'est pas la peine, assura Gage. La jument nous portera bien tous les trois pour une courte promenade.

— Mais… j'ai du travail…

Elle ne tenait absolument pas à vivre une séance comparable à la leçon de tir.

— Je croyais que vous l'aviez terminé, rétorqua-t-il.

Comme elle se mordillait la lèvre, indécise, il en profita pour sauter agilement derrière elle et prit les rênes des mains d'Andrew.

— Tenez le petit, dit-il. Et détendez-vous, Shemaine. Vous êtes raide comme une planche de cyprès !

Elle discerna du rire dans sa voix et faillit répliquer vertement qu'il lui était impossible de se détendre. Aucune femme normalement constituée n'aurait pu ignorer les cuisses musclées qui l'enserraient. Toutefois elle s'en abstint, car cela aurait été révéler ses pensées intimes.

Gage fit faire demi-tour à la jument et effleura ses flancs pour la lancer au petit galop vers le chemin.

Il monte bien, se dit Shemaine, suffisamment pour chevaucher en compagnie des gens avec qui elle avait l'habitude de se promener. Mais elle s'en serait mieux rendu compte encore si elle n'avait été pratiquement assise sur ses genoux !

L'allée sinuait sous un dais de feuilles. Une biche et son faon traversèrent la route, pour la plus grande joie d'Andrew, puis disparurent sous les arbres. Gage mit leur monture au pas, et il en profita pour admirer la femme qu'il tenait entre ses bras. Sa nuque était fragile, sous le chignon tressé, et son parfum lui montait à la tête.

Elle lui jeta un bref coup d'œil par-dessus son épaule, indiquant qu'elle était consciente de son regard sur elle. Et il sut que, s'il ne cessait pas, elle sauterait à terre pour rentrer à pied à la maison.

Comme ils arrivaient au ruisseau qui alimentait la mare près de leur demeure, il encouragea la jument à le traverser au trot. Andrew et Shemaine poussèrent un cri de surprise, et il éclata de rire, ravi.

— Encore, papa ! demanda Andrew quand ils furent sur l'autre rive.

— Si tu veux…

Ils retraversèrent le ruisseau.

— Je vais être trempée ! s'écria Shemaine.

— Il fait chaud, répliqua Gage.

— Oui, mais l'eau est glaciale !

Une nouvelle gerbe l'éclaboussa, et elle s'essuya le visage en omettant, par pudeur, les gouttelettes qui coulaient entre ses seins.

Lorsqu'ils furent revenus à l'enclos, Gage déposa son petit garçon au sol, puis Shemaine. Il ne put s'empêcher de la couver d'un long regard.

Elle s'empourpra en baissant les yeux sur son corsage, qui moulait sa poitrine durcie par le froid. Étouffant un gémissement, elle courut vers la maison, trébucha dans sa hâte, perdit ses souliers. Sans prendre la peine de les ramasser, elle sauta sur le porche et disparut à l'intérieur.

Gage suivit plus lentement avec Andrew, récupérant les chaussures au passage.

Il était devant la cheminée, à répondre aux inlassables questions de son fils, quand elle redescendit avec une robe sèche. Elle avait peigné ses cheveux en chignon, la dentelle du col remontait sur son cou. Elle était éblouissante de beauté.

Elle tendit une main timide.

— Mes souliers...

Gage s'aperçut qu'il les avait toujours à la main.

— Ils sont trempés.

— Les vôtres aussi, fit-elle remarquer en désignant ses bottes et l'extérieur de ses cuisses.

La jupe de Shemaine avait protégé le reste.

— Vous feriez mieux de vous changer, reprit-elle. Le déjeuner sera prêt dans un instant.

— Je vais d'abord m'occuper de la jument, dit-il avant de sortir.

Soulagée, Shemaine entraîna l'enfant dans la chambre pour lui mettre des vêtements secs. Quelques instants plus tard, elle entendit des pas et, afin de signaler sa présence dans la chambre, elle se mit à chanter. Toutefois, les paroles s'étranglèrent dans sa gorge quand elle vit entrer Gage vêtu seulement de son pantalon. Elle resta immobile, bouche bée, à admirer son torse musclé et bronzé... Il fallait qu'elle s'échappe !

— Viens, Andrew, dit-elle. Nous allons finir de t'habiller près du feu, pendant que ton papa se change.

Cependant, il lui barra le passage en allant ouvrir son placard, et elle ne put guère protester. Il jeta une chemise propre et un pantalon de peau sur le lit, avant de refermer les portes.

— Dansez-vous aussi bien que vous montez à cheval, Shemaine ?

Prise de court, elle acquiesça, puis elle secoua vigoureusement la tête en se rendant compte que sa réaction pouvait être jugée prétentieuse.

— Je veux dire... je dansais souvent, avant.

— Peut-être aimeriez-vous assister à une fête que l'on donne en ville, samedi prochain ? Je ne suis pas allé à ce genre de soirée depuis la mort de Victoria, mais en général, on y danse et on s'y amuse beaucoup. Il y aura sans doute tous les habitants. La recette est confiée aux femmes qui s'occupent des orphelins. Ce sera donc une bonne action de nous y rendre. Si cela vous convient...

— Oh non, c'est impossible ! s'écria vivement Shemaine. Tout le monde sait que je suis votre esclave et... une condamnée. Je ne voudrais pas imposer ma présence aux gens. Ils seraient sûrement choqués de me voir à la fête.

— J'aimerais bien avoir une jolie femme avec qui danser, insista-t-il, tentateur.

Elle rougit sous le compliment.

— Ce ne serait pas raisonnable, compte tenu des circonstances, monsieur Thornton. Andrew et moi resterons ici, si vous souhaitez emmener une autre personne...

Il la tenait sous son regard.

— Je ne veux emmener personne d'autre, Shemaine. Alors, si vous restez ici, je resterai avec vous.

Elle cherchait désespérément une réponse adéquate. Elle ne voulait pas l'empêcher de se distraire, mais elle ne s'imaginait pas non plus assistant à cette fête.

Elle baissa les yeux et murmura une vague excuse.

Gage s'effaça pour la laisser passer, pourtant elle sentit qu'il la suivait des yeux.

Elle changea Andrew et prépara le déjeuner. Mais, tout en s'activant, elle ne pouvait chasser de son esprit l'image du couple qu'elle formerait avec son séduisant maître...

12

Quand Shemaine se retira sur sa loggia, le lendemain soir, elle eut la surprise de découvrir une robe de mousseline rayée rose pâle et blanc. Le décolleté carré était bordé de dentelle, toute froissée d'avoir été longtemps enfermée dans une malle. La jeune fille se rappela l'avoir vue dans les affaires de Victoria. La plus fine chemise était à côté, ainsi que des bas blancs et des souliers de cuir fin, ornés de rubans pour les attacher.

Un petit mot de la main de Gage était posé sur les vêtements. Il déclarait qu'il serait infiniment heureux de l'emmener à la fête. Il affirmait en outre que quelques esprits mesquins ne sauraient affecter les décisions qu'il prenait dans sa maison. Elle ne pourrait se soustraire à cette soirée que si son état requérait la présence d'un médecin. En d'autres termes, il faudrait qu'elle soit moribonde pour y échapper !

Shemaine gémit intérieurement à l'idée d'affronter les matrones de la région. Pourvu qu'elles n'osent pas émettre leurs objections à haute voix, lorsque Gage arriverait avec une esclave à son bras !

Le samedi, après la sieste, Andrew fut conduit chez les Fields, où il passerait la nuit.

Shemaine finissait de s'habiller quand Gage lui cria, depuis le rez-de-chaussée, qu'il allait atteler le hongre. Cela semblait lui indiquer de se dépêcher, et elle attacha vivement les rubans des souliers à ses chevilles. Quelques minutes plus tard, elle se précipitait vers l'enclos.

En l'entendant arriver, Gage se retourna. Il ne s'attendait pas à ce spectacle, qui lui coupa le souffle. Elle était ravissante, depuis le bout de ses souliers blancs jusqu'à la coiffe de dentelle sur ses cheveux remontés en chignon.

— Est-ce que je vous conviens ? demanda-t-elle, inquiète de son silence.

— Comme à un aveugle qui apercevrait la lumière.

Elle esquissa un sourire timide et, comme il contournait la voiture découverte, elle eut envie de lui adresser un compliment tout aussi chaleureux. En effet, il était magnifique en habit d'apparat. Si les vêtements étaient moins coûteux que ceux dont Maurice se parait quotidiennement, l'allure exceptionnelle de Gage leur donnait toute leur valeur. La redingote d'un bordeaux profond complétait parfaitement le gilet, la culotte et les bas brun foncé, tandis que la chemise rehaussait son teint hâlé.

Il lui adressa un salut raffiné, qui lui valut une gracieuse révérence.

— Votre parfum est aussi délicieux que votre apparence, dit-il en s'approchant afin d'en jouir davantage.

À mieux y regarder, il s'aperçut que les coutures du corsage avaient été défaites et soigneusement recousues.

Sous son inspection, elle rougit et se détourna. Gage lui prit la taille pour l'aider à monter en voiture.

Un tricorne reposait sur le siège, et elle en caressa le galon tout simple.

— Votre chapeau, monsieur, murmura-t-elle en le lui tendant avec un sourire, alors qu'il s'installait à son côté.

Elle ne cessait de s'émerveiller de la beauté de son profil, tandis qu'il prenait les rênes. Le banc était étroit, et leurs épaules se touchaient. Elle s'en félicitait, se demandant s'il en était seulement conscient. Avec un imperceptible soupir, elle s'installa plus confortablement.

Le hongre était un animal fougueux qui aimait le trot rapide. Ils arriveraient à Newport News sans doute avant le coucher du soleil. À en juger par le sourire de Gage, lui aussi appréciait la vitesse. Shemaine s'esclaffa quand ils dépassèrent le cabriolet de Sly Tucker et de son épouse, pour faire ensuite la course. Le hongre n'entendait pas céder un pouce de terrain, et ils laissèrent bientôt les Tucker derrière eux.

Une fois en ville, Gage déposa le cheval à l'écurie, où on le ferait marcher un peu pour le calmer de la longue chevauchée, car ils ne rentreraient certainement pas de bonne heure à la maison. Ensuite, Gage conduisit la jeune fille sur le trottoir de bois, s'attirant des regards choqués ou curieux de la part des passants qui les reconnaissaient. Quelques soldats britanniques contemplèrent Shemaine, mais ils se souvenaient fort bien que son compagnon était l'homme qui avait jeté l'énorme marin dans le purin. Par respect pour Gage, ils se contentèrent d'un ou deux coups d'œil admiratifs.

Potts se tenait appuyé à l'un des piliers de la taverne et, dès qu'il les vit, il marmonna quelques mots par-dessus son épaule. Aussitôt, Morrisa sortit de l'établissement. Après un regard mauvais à

Shemaine et un autre, plein de convoitise, à son maître, elle s'adressa au marin qui traversa la rue dans leur direction.

L'homme cherchait visiblement la bagarre, mais Gage n'avait aucune envie de gâcher leur première soirée en ville.

— Je crois qu'il a l'intention de vous attaquer, murmura Shemaine avec un regard furtif à son ennemi.

Les quatre soldats aperçurent Morrisa et se dirigèrent vers elle. En chemin, l'un d'entre eux reconnut Potts.

— Ça ne serait pas le mangeur de crottin? Bon sang, oui, c'est bien lui! s'esclaffa-t-il.

Ses camarades, qui avaient également assisté à la bagarre, étaient tout prêts à se moquer de ce gros porc.

Un soldat plissa le nez, l'air dégoûté.

— Eh, qu'est-ce qui pue comme ça?

— Du purin! répliqua un autre. On dirait que le mangeur de crottin ne prend pas beaucoup de bains!

— Il doit aimer ça, parce qu'il en a avalé une sacrée quantité!

Sous leurs railleries, Potts s'était immobilisé, cramoisi de rage, les poings serrés.

— Y en a un parmi vous, bouffons, qui oserait me répéter ça en face?

Les soldats se consultèrent du regard en souriant, puis le plus petit répondit:

— Ouais, on te retrouve derrière la taverne, là où notre capitaine ne nous verra pas.

L'altercation permit à Gage et à Shemaine de poursuivre leur chemin sans être remarqués, sauf par Morrisa qui les fusillait du regard.

La fête se tenait dans une grande salle. Gage avait dit que tout le monde serait là. Shemaine, en effet, reconnut quelques visages amicaux, et d'autres qui l'étaient moins. Les Tate n'avaient pu venir, Calley étant encore alitée, mais les deux apprentis de Gage, ainsi que Gillian, étaient là. Sly Tucker et sa femme arrivèrent peu après, en même temps que Mary Margaret. D'autres personnes les saluèrent amicalement, mais Mme Pettycomb et sa clique se mirent à chuchoter derrière leurs éventails, en détaillant grossièrement Shemaine. Roxane, installée à une petite table, se chargeait d'encaisser le droit d'entrée. En découvrant Gage et Shemaine, elle se renfrogna.

Mary Margaret tapota affectueusement la main de la jeune fille.

— Vous méritez le premier prix de beauté! dit-elle avec enthousiasme. Et je suis heureuse de voir votre superbe cavalier en tenue de gentleman!

Gillian, qui se tenait derrière elle, demanda à Gage la permission d'inviter Shemaine à danser.

— Si ça ne vous ennuie pas, cap'taine.

Gage avait envisagé de garder la première danse pour lui, cependant il remit Shemaine entre les mains du jeune homme et les regarda se faire face pour une contredanse.

— Ma foi, Gage, jamais je n'aurais cru que vous viendriez ce soir, commenta Roxane d'un ton boudeur. Vous ne manquez pas d'aplomb, comme d'habitude!

Il accrocha son tricorne à une patère avant de s'approcher du comptoir.

— Deux entrées pour le souper et le bal.

— Je sais compter, Gage, et je ne suis pas aveugle! lança-t-elle, agressive. Mais dites-moi, si vous l'avez achetée pour s'occuper d'Andrew, pourquoi est-elle ici avec vous?

— Parce que je l'y ai invitée, répondit-il, laconique.

— Pourquoi ? Aviez-vous peur qu'une autre ne décline votre invitation ?

Elle essayait de se convaincre qu'il ne lui avait pas proposé de l'accompagner par crainte d'essuyer un refus de sa part.

Gage éprouvait le besoin de se montrer tout à fait franc. Roxane s'était toujours bercée d'illusions.

— Je n'avais pas envie d'inviter quelqu'un d'autre que Shemaine.

Les yeux gris de Roxane brillaient d'indignation. Elle se persuadait sans cesse que Gage éprouvait un petit quelque chose pour elle, et elle se trouvait toujours rabrouée.

— Je suis certaine que Mme Pettycomb se régalera de votre dernière provocation vis-à-vis de notre communauté. Gage Thornton amenant son esclave à une fête de la ville ! Cela va en réjouir plus d'un !

— Je n'en doute pas.

Avec un mince sourire, Gage se dirigea vers Mme McGee.

La vieille dame sourit, ses mains fines croisées sur le pommeau de sa canne.

— Mon beau monsieur, vous enjolivez ma terne vie avec votre séduisant visage et vos manières diaboliques.

— À votre service, madame, répliqua-t-il, jovial, en claquant des talons.

Mary Margaret eut un coup d'œil en direction de Roxane qui s'occupait de nouveaux venus.

— J'ai vu le tourment du désir dans les yeux de la pauvre créature que vous venez juste de quitter, commenta-t-elle.

Il soupira.

— Je ne peux passer ma vie à éviter Roxane, Mary Margaret.

— Il n'en est pas question. Vous avez autant qu'elle le droit de vous trouver ici.

Gage observait Shemaine, qui dansait avec Gillian et semblait avoir oublié sa frayeur. Il vit plusieurs célibataires la contempler, et se promit de la récupérer avant que l'un d'eux ne l'invite.

— Vous ne pensez qu'à votre jeune employée, risqua gentiment Mary Margaret.

— Oui, et j'attends impatiemment mon tour. C'est bien ce que vous vouliez entendre ?

Elle hocha la tête d'un air effronté. Elle était ravie de voir à quel point il avait changé. Lorsque Roxane travaillait pour lui, il paraissait toujours tendu, alors qu'à présent il était heureux, apaisé.

— Cela me suffira pour l'instant, dit-elle.

À la fin de la danse, Shemaine vit Gage fendre la foule dans sa direction. Leurs regards s'unirent, et quand il prit sa main pour la conduire sur la piste, elle ne put calmer les battements désordonnés de son cœur.

Elle se plaça dans la rangée des femmes, face aux hommes, et fit la révérence tandis qu'il s'inclinait. Les couples remontaient la file chacun à leur tour, pendant que les autres danseurs tapaient dans leurs mains. Puis ce fut à eux, et brusquement Shemaine eut l'impression que son rêve devenait réalité. Son cavalier n'avait d'yeux que pour elle.

— On nous regarde, murmura-t-elle.

En effet, nombreux étaient ceux qui s'étaient rapprochés pour les contempler, y compris Roxane qui avait abandonné momentanément son poste à la réception.

— C'est normal, répliqua Gage en se penchant vers elle, vous êtes la plus jolie femme de l'assistance.

— Ils nous observent tous les deux, rectifia Shemaine. S'attendent-ils que nous nous conduisions de manière scandaleuse ?

263

— Nous devrions peut-être, dit-il avec un demi-sourire. Un baiser suffirait, conclut-il après réflexion.

— Oh, vous n'oseriez pas, monsieur ! s'indigna-t-elle dans un chuchotement.

Il eut un petit rire, et une lueur malicieuse s'alluma dans ses yeux.

— Vous croyez ?

Elle ne doutait pas un instant de sa hardiesse, et elle fit mine de s'éloigner, mais il attrapa sa taille, la serrant brièvement contre lui. Un murmure général trahit l'attention de la foule.

— Ne bougez pas, ou je vous embrasse sur-le-champ, la menaça-t-il.

Elle acquiesça.

— Mary Margaret avait raison, monsieur !

— En quoi, ma douce ?

Elle eut un délicieux sourire.

— Vous êtes un démon !

Gage éclata de rire, et beaucoup en furent étonnés, car cela ne lui était pas arrivé depuis bien longtemps.

À la fin de la danse, Shemaine eut envie de laisser sa main dans la sienne tandis qu'ils traversaient la salle, et la pression de ses doigts lui indiqua qu'il n'y voyait pas d'inconvénient. Ils étaient tellement absorbés à se sourire et à se parler à mi-voix, qu'ils ne prêtèrent pas attention à Roxane qui les toisait d'un air mauvais.

La soirée se déroula merveilleusement, et ils dansèrent presque tout le temps ensemble, sauf quand Gillian et les deux apprentis demandèrent l'autorisation de faire un tour de piste avec la jeune fille.

Hormis quelques esprits mesquins, les gens semblaient tolérer sa présence. D'ailleurs, ils ne pouvaient guère faire autrement, avec l'homme puissant qui l'escortait !

Beaucoup plus tard, il se pencha vers elle.

— Avez-vous faim, Shemaine ? Nous pouvons dîner maintenant, si vous le souhaitez.

— Avec plaisir !

— Alors venez, ma belle esclave.

Gage fit signe à ses amis de les rejoindre à une table isolée et, après avoir été chercher de quoi se restaurer, ils se lancèrent dans une conversation animée sur les talents des Irlandais. Les rires allaient bon train, jusqu'à ce qu'une voix masculine leur impose brusquement le silence.

— Hum ! Amener une condamnée au milieu d'honnêtes citoyens… Certains se fichent vraiment des sentiments d'autrui !

Gage se tourna vivement pour voir Samuel Myers ricaner, et derrière lui les visages pincés de Mme Pettycomb et de ses commères. Myers se sentait certainement à l'abri de toutes représailles, avec autant de témoins. Pourtant, Gage recula sa chaise en poussant un grognement furibond qui fit fuir les femmes. Il se serait levé pour affronter Myers, si Shemaine et Sly ne l'en avaient empêché – la jeune femme d'une main sur son bras, le charpentier en grommelant :

— Oublie ce gringalet, Gage, dit-il d'une voix assez forte pour être entendu de tous. Il ne mérite pas ton attention.

— Espèce de gros balourd, protesta Myers. Qui est-ce que tu traites de gringalet ?

Gillian eut un hennissement de rire.

— Montre-lui, Sly !

Les apprentis ne cachèrent pas leur joie quand le charpentier se leva calmement. Myers le suivit des yeux, jusqu'à ce qu'il soit obligé de renverser la tête en arrière pour croiser son regard. Il ouvrit stupidement la bouche en constatant l'imposante stature de son adversaire. Fini les commentaires caustiques !

— Je m'appelle Sly Tucker, au cas où ça t'intéresserait, déclara le charpentier.

— Oui, bon, je n'insisterai pas davantage, bredouilla précipitamment Myers. Désolé de vous avoir dérangés...

Comme son ami se rasseyait, Gage eut un petit rire.

— Tu as l'art de calmer certains individus, Sly, dit-il. Si je pars un jour à la guerre, je t'emmènerai avec moi. Rien qu'à te voir, l'ennemi tournera les talons et filera la queue basse !

Les plaisanteries reprirent, les danses aussi. Mme Pettycomb ne cessa pas pour autant de colporter ses ragots, ni Roxane de bouillir intérieurement. Mais pour Shemaine et Gage, la soirée se termina délicieusement sur une dernière danse.

Puis, après avoir pris congé de leurs amis, Gage offrit le bras à sa compagne, et ils reprirent le chemin de l'écurie sans se soucier des regards ironiques ou méprisants.

Comme ils passaient devant la taverne, ils virent Freddy, l'un des matelots du *London Pride*, soutenir Potts qui semblait avoir du mal à tenir à la verticale. Il se serrait le ventre en gémissant et avait un bandage improvisé sur le front. Apparemment, la bagarre avec les soldats britanniques n'avait pas tourné à son avantage !

Un peu plus tard, Gage attelait son cheval lorsque des pas traînants attirèrent son attention. Il scruta la pénombre et vit Caïn en sortir en boitant. Le bossu tendit une main, montrant un gracieux héron sculpté dans du bois, comme pour expliquer la raison de sa présence. Gage acquiesça d'un signe de tête, et l'infirme avança vers Shemaine.

— Shamane... Prends... cadeau, marmonna-t-il.

— Il semblerait, traduisit Gage, que Caïn veuille

vous voir accepter ce cadeau, parce que vous êtes son amie.

— Caïn fait… oiseau… Shamane.

— Il l'a fabriqué pour vous, poursuivit Gage.

— Il est magnifique, Caïn! s'écria sincèrement la jeune fille. Je suis très honorée, c'est un joli gage de notre amitié. Merci.

Elle s'approcha et Caïn, émerveillé, reçut un nouveau baiser sur le front. Shemaine le serra affectueusement dans ses bras, puis elle recula en souriant. Éberlué, il toucha l'endroit où ses lèvres s'étaient posées. Il lui offrit un sourire distordu, qui montra des dents abîmées. Enfin il balbutia un au revoir et disparut comme il était venu.

Gage était étonné de la compassion qu'elle manifestait à ce malheureux.

— Vous vous êtes fait un ami pour la vie, ma douce, dit-il.

— Caïn est tellement seul, répliqua-t-elle, les larmes aux yeux. J'ai de la peine quand je songe à ce qu'il a vécu. Ce que j'ai enduré me paraît dérisoire, par rapport à ce qu'il subit tous les jours… Je suis chanceuse, comparée à lui.

— Vous avez ensoleillé sa vie, avec votre bonté. Et il n'aimerait pas vous voir triste. S'il a sculpté cet oiseau avec tant de soin, c'est pour vous redonner un peu du plaisir que vous lui avez apporté par votre affection.

Shemaine sourit et permit à Gage de l'aider à monter en voiture.

En route, elle pensa à Caïn et admira la sculpture à la lumière de la lune. Mais la journée avait été longue, et elle finit par s'endormir, bercée par le rythme du cheval. Sa tête tomba plusieurs fois en avant, la réveillant, jusqu'à ce que la grande main tendre de Gage l'appuie sur son épaule. Ensuite, elle perdit totalement conscience, et ne bougea même pas quand l'attelage s'arrêta près de l'enclos.

Gage se tourna vers sa compagne qui, dans son sommeil, s'était lovée contre lui en quête de chaleur. Elle exhalait un doux parfum de violette, et il songea qu'il avait été délicieux de la courtiser ce soir. Tout comme, en ce moment, de la contempler endormie, en prenant le temps d'apprécier le moindre détail de ses traits délicats...

Alors qu'il glissait un bras derrière elle pour la serrer davantage contre lui, elle poussa un léger soupir qui lui caressa la joue. Le plus naturellement du monde, il posa les lèvres sur sa bouche, afin de la réveiller.

Shemaine était en train de rêver d'un preux chevalier, et répondre à ce baiser lui sembla en parfait accord avec ses désirs. La bouche qui prenait la sienne était chaude, sensuelle, incroyablement réelle pour un rêve. Le visage penché sur elle était sombre, indistinct, pourtant elle lui donna des traits familiers, un nez patricien, des pommettes hautes...

Le visage recula et, déçue, elle se redressa. Elle aurait aimé que le chevalier l'embrasse encore.

Mais elle finit par revenir sur terre, et elle reconnut celui qui la regardait. Un sourire errait sur la bouche de Gage, et un doux murmure lui assura qu'elle était bien réveillée.

— J'ai cru que j'allais devoir vous porter jusqu'à votre lit...

— Nous... nous sommes à la maison ?

— Mais oui.

Shemaine s'aperçut qu'il avait son bras autour d'elle, mais elle ne fit rien pour se dégager. Elle était bien.

— Combien de temps ai-je dormi ?

— Vous vous êtes assoupie peu après que nous

avons quitté Newport News. Vous sembliez partie pour toute la nuit !

— Je… je rêvais, souffla-t-elle.

Gage se pencha en avant afin de mieux la regarder.

— Et de quoi rêviez-vous, ma douce ?

Elle se détourna, gênée. Si ce n'était qu'un rêve, il n'était pas question qu'elle le lui raconte. Et si ce n'en était pas un, mieux valait ignorer ce qui s'était passé.

— Nous devrions rentrer, maintenant, dit-elle en se frottant les bras. J'ai froid.

Gage sauta à terre et ôta sa redingote en faisant le tour de la voiture. Il prit le héron qui était tombé sur les genoux de Shemaine, le lui tendit, puis la déposa sur le sol. Ensuite, il drapa le manteau sur ses épaules, avant de capturer sa main pour l'emmener vers la maison.

Dans le corridor, il alluma deux chandeliers, en posa un sur les marches. Shemaine admirait sa sculpture.

— Je dois m'occuper du cheval, dit-il.

— Il n'a pas de nom ? s'enquit-elle en étouffant un bâillement.

Il la débarrassa de la redingote.

— Plus-tôt.

— Plus-tôt ? Quel drôle de nom pour un cheval !

— C'est parce qu'il arrive au but plus vite que la jument.

Elle eut un sourire ensommeillé.

— Et la jument ?

— Plus-tard.

— Plus-tôt et Plus-tard ?

Il acquiesça.

— Heureusement que vous ne vous êtes pas servi du même principe pour donner un nom à votre fils.

— Victoria n'aurait jamais accepté.
— Moi non plus, si j'étais votre femme, assura Shemaine, la main devant la bouche.
Le regard de Gage pétillait.
— Nous en reparlerons quand vous aurez mis au monde notre premier enfant.
Toute trace de sommeil disparue, la jeune fille leva brusquement la tête. Plaisantait-il, ou annonçait-il un changement drastique de leurs relations ? Elle préféra ne pas perdre de temps avec ces questions, et choisit de battre en retraite vers l'escalier.
— Lâche ! se moqua-t-il.
Elle s'arrêta, le pied sur la première marche.
— Vous m'avez traitée de lâche, monsieur ?
— Oui, déclara-t-il, les bras croisés.
Shemaine lui fit face.
— J'aimerais comprendre pourquoi, monsieur. Il me semble que je n'aie rien fait pour mériter cette insulte.
Il haussa légèrement les épaules.
— De toute évidence, vous avez imaginé le pire, Shemaine, et plutôt que d'essayer d'en savoir davantage, vous filez comme si vous aviez le diable aux trousses.
Elle s'empourpra.
— Je n'ai pas jugé convenable d'approfondir votre remarque, monsieur. Après tout, nous sommes seuls, et je suis votre esclave.
— En outre je suis veuf, insista-t-il. Aux abois.
Shemaine rougit davantage en se souvenant des commentaires qu'il avait faits sur les dames de la ville, et ce qu'elles pouvaient attendre d'un veuf. Elle baissa les yeux sur le petit héron.
— Vous avez déjà avoué que vous me désiriez, monsieur. Dois-je penser autrement, maintenant que nous sommes seuls ?

— J'ai dit également que jamais je ne vous forcerais, Shemaine, lui rappela-t-il.

Elle ne savait que répondre.

— Cependant, il y a une chose que j'aimerais... reprit-il.

Elle retint son souffle.

— Cette soirée était si merveilleuse que j'aimerais la conclure par un baiser.

— Un baiser ?

Shemaine fut stupéfaite par le trouble intense qui s'empara aussitôt d'elle. Elle se demandait si ce serait aussi magique que dans son rêve.

Gage avançait très doucement, comme s'il voulait apprivoiser une colombe.

— Est-ce trop demander ?

Craignant que sa voix ne trahisse son émoi, elle se contenta de secouer la tête.

— Vous n'avez pas peur, j'espère ?

— Non.

Elle leva le visage vers lui.

Gage sourit. Elle semblait si confiante qu'il jugea bon de préciser ses intentions.

— Ce sera un vrai baiser, ma douce. Un baiser entre un homme et une femme.

Un éclair traversa Shemaine de la tête aux pieds. Elle parvint à acquiescer.

— J'ai bien compris, monsieur Thornton...

Il la saisit brusquement contre lui et, un instant, elle demeura haletante, intensément consciente de son corps musclé. Puis la bouche de Gage prit la sienne avec une passion débridée. La brusque attaque la submergea, tout en excitant ses sens. Il la renversait sur son bras, la dévorait, ouvrait ses lèvres... Les seins de Shemaine se gonflèrent de désir, d'attente et, s'il les avait touchés, elle aurait crié de plaisir. Elle n'avait plus de force, elle n'était plus que désir – désir qui se répandait en elle comme de la lave en fusion.

Elle répondit ardemment à son baiser, noua les bras au cou de Gage, sa langue se mit à caresser la sienne. Elle mourait d'envie d'aller plus loin. Vu l'ardeur de sa réponse, il allait sûrement exiger tout ce qu'elle avait à lui donner... Et que deviendrait-elle ensuite ? Un jouet qu'il rejetterait quand il en serait lassé ? Comme un vêtement usé dont on fait des chiffons ?

Elle trouva cette perspective insupportable. Gage avait promis qu'il ne la forcerait pas. C'était donc à elle de mettre un terme à cette folie !

Elle parvint à glisser une main entre eux afin de le repousser et détourna la tête. Elle recula d'un pas, tremblante, la main sur les lèvres. Les yeux de Gage étaient embués de désir, comme les siens, sans doute, et elle avait une terrible envie de céder. Toutefois, elle trouva en elle un petit reste de logique auquel se raccrocher. Si elle s'offrait à lui, elle donnerait raison aux vilains ragots qui se répandaient en ville.

Elle fit volte-face, saisissant au passage le bougeoir qu'elle faillit éteindre dans sa hâte de grimper les marches. Si elle s'attardait une seconde de plus, ce serait elle qui l'entraînerait dans son lit !

Une fois seul, Gage renversa la tête en arrière, fixant le plafond. De tout son être, il souhaitait bondir en haut, la prendre, seul moyen de soulager la tenaille qui enserrait ses reins. Mais il ne le ferait pas. Il ne fallait pas. Il attendait de Shemaine O'Hearn davantage que le simple assouvissement que lui offrirait une nuit de passion.

Avec un soupir, il sortit sur le porche. Il avait bien besoin d'une douche froide !

Shemaine, debout près de sa couchette, entendit

Gage quitter la maison. Elle avait le cœur battant, comme après une longue course.

Elle s'obligea à respirer lentement et se déshabilla sans prendre la peine de tirer le rideau de la balustrade. Elle jeta ses vêtements au hasard, saisit sa chemise de nuit, mais elle n'avait pas envie de l'enfiler, ni d'ailleurs de se mettre au lit. La douce lumière de la chandelle baignait son corps entièrement nu, et elle se contempla longuement. Gage la trouverait-il trop menue ? Elle baissa les yeux sur ses seins, en se rappelant comment il avait regardé son décolleté. Curieuse, elle les prit dans ses mains, frotta ses paumes sur les petits bouts dressés, en essayant d'imaginer ses mains à lui. Un peu plus tôt, elle avait rêvé de les avoir sur elle, mais maintenant, la magie était rompue...

Elle passa enfin la chemise et la lissa sur son corps embrasé. Elle ne parvenait pas à trouver la paix.

Gage n'était pas encore rentré. Sans doute s'occupait-il du cheval, et il en aurait encore pour un moment. Il lui semblait qu'il était parti un siècle plus tôt ! S'il savait combien elle avait envie de lui, il abandonnerait le hongre et arriverait en courant !

Prise du besoin de se rafraîchir à la brise nocturne, elle descendit prudemment. Une seule lumière brillait, dans le corridor, mais elle connaissait par cœur tous les obstacles entre elle et la porte.

Le vent soufflait doucement quand elle alla s'appuyer à la balustrade sous le porche. Les animaux de la nuit chantaient leurs chansons, une chouette ululait dans un arbre non loin, des taches de lune jouaient sur l'herbe au gré du balancement des branches.

Un son étouffé attira son attention vers la mare, et elle scruta l'obscurité. Un bras jaillit de l'ombre, puis un autre. L'homme nageait vers le bord. Il se redressa, se savonna, se rinça. Ce ne pouvait être que Gage !

Shemaine l'avait déjà vu nu, après un bain, et elle s'était alors enfuie, affreusement embarrassée. Cette fois, elle ne trahirait pas sa présence. Elle rentrerait avant qu'il ne regagne la maison, mais en attendant, elle le regardait, comme la première fois. Seulement c'était différent. Un intense désir avait remplacé sa curiosité de jeune vierge.

La lune était sa complice, la laissant dans l'ombre et baignant Gage de sa lumière argentée. Shemaine sentit son corps rayonner de sensualité alors qu'elle le contemplait à loisir. C'était un spectacle merveilleux, qui lui donnait envie d'arracher sa chemise et d'aller le rejoindre au bord de l'eau.

Enfin il prit la serviette qu'il avait laissée sur un rocher et se frotta énergiquement, avant de la poser sur ses épaules.

Quand il ramassa ses vêtements, Shemaine se glissa sans bruit dans la maison. Elle avait regagné la loggia lorsqu'elle entendit le plancher craquer. Son cœur s'affola d'anticipation en imaginant qu'il montait la rejoindre, mais la lumière changea de place, et elle comprit qu'il était simplement allé chercher le second bougeoir.

Les jambes tremblantes, elle se laissa tomber sur le lit avec un intense sentiment de frustration.

13

La demeure était particulièrement calme, cet après-midi-là, avec Andrew qui faisait la sieste et son père qui travaillait à l'atelier. Trois jours s'étaient écoulés depuis l'expédition en ville. Après avoir terminé le raccommodage, Shemaine se rendit dans la chambre du petit garçon sur la pointe des pieds. Il dormait profondément, le lapin en chiffon qu'elle lui avait fabriqué serré contre lui. Sa respiration était profonde, régulière, et il ne semblait pas près de se réveiller.

Munie d'un panier d'osier, elle se rendit au ruisseau où, sur une pierre plate, elle entreprit de laver les pantalons d'Andrew. Les oiseaux saluaient gaiement le printemps et, avec un soupir de plaisir, elle s'assit sur les talons pour regarder la cime des arbres, à la recherche des petits volatiles. Leur babil se mêlait au murmure de l'eau, comme dirigé par un chef d'orchestre. Des passereaux voletaient de branche en branche, tandis que des canards et des oies sauvages remontaient vers le nord, et que des aigrettes arpentaient majestueusement la rive à la recherche de nourriture.

Jouissant pleinement de la sérénité de la clairière, Shemaine prit une grande bouffée d'air pur.

Bien au-dessus des pins et du chêne, des nuages blancs traversaient le ciel d'azur comme autant de voiliers sur la mer. De l'autre côté du ruisseau, un jeune cerf sortit d'un fourré puis, l'apercevant, fit demi-tour et bondit à couvert.

Au beau milieu de ce paradis, elle fut alertée par le hennissement d'un cheval, qui venait non de l'enclos mais de la forêt. Intriguée, elle l'aperçut à quelque distance, attaché à une branche basse. Un frisson lui parcourut le dos alors qu'elle cherchait le cavalier, et elle fut carrément angoissée quand elle découvrit l'homme massif, en chemise claire et pantalon noir, qui avançait vers elle. Après avoir redouté plusieurs mois cette énorme silhouette, elle ne pouvait manquer de reconnaître Jacob Potts.

Elle se redressa vivement. L'homme s'arrêta. Il tenait un fusil des deux mains, et il la visait.

Il était venu la tuer!

Shemaine était douloureusement consciente de sa vulnérabilité. Sa seule chance de survie était la fuite, mais avant qu'elle ait pu faire un pas, l'explosion retentit et, presque en même temps, la balle lui déchira le flanc. Elle hurla de douleur et porta la main au côté gauche, sentant la chaleur du sang entre ses doigts. Elle s'élança vers la maison, tout en jetant un regard terrorisé derrière elle. Potts rechargeait son arme.

Il y eut un appel en provenance de l'atelier, et elle vit Gage ainsi que ses quatre ouvriers surgir, fusils en main. Les Morgan arrivaient, de leur côté. Apparemment, ils avaient été alertés par son cri, ou par le coup de feu, ou encore par les deux.

Potts avisa la poignée d'hommes qui se précipitaient vers lui, et il préféra battre en retraite. Il courut vers sa monture, en saisit les rênes au moment où il sautait dessus. Avant de faire demi-tour, il brandit le poing en direction de Shemaine.

— J'en ai pas fini avec toi, sale Irlandaise ! J'en aurai pas fini avant que tu sois morte !

Il enfonça ses talons dans les flancs de l'animal, qui fila à travers les arbres.

Comprenant que le marin serait vite hors de portée, Gage épaula son fusil. La densité de la végétation le gênait, et il lui fallait calculer son tir en fonction de la vitesse de Potts. Il arma, fixa un point que le marin n'avait pas encore atteint, et le coup partit dans un bruit assourdissant. La balle atteignit son but à l'instant où Potts passait entre deux chênes. Il poussa un rugissement de douleur et s'affala sur la selle, une large tache rouge sur le côté de sa chemise. Le cheval, surpris, ralentit l'allure mais le marin, qui craignait la colère de Gage, l'éperonna de nouveau à grand renfort de jurons.

Ramsey s'arrêta près de son patron au moment où l'un des apprentis lui passait un Jaeger chargé. Mais cette fois, Gage ne voyait plus rien.

— Il s'en est tiré, grommela-t-il, frustré.

— Vous l'avez blessé, monsieur Thornton ! s'écria Erich Wernher. Aucun de nous n'y serait arrivé !

— Certes, cependant il aurait mieux valu l'abattre, soupira Gage.

— Je crois que Shemaine est blessée, annonça Ramsey.

Gage pivota vers la jeune femme qui se tenait toujours le côté. Il jeta son arme à l'Allemand et se précipita vers elle, regrettant plus encore d'avoir raté Potts.

— Ça va, articula-t-elle. Une simple égratignure...

Il n'en était pas si sûr. Son corsage était trempé de sang, et sa jupe commençait à se tacher aussi. Il la souleva de terre.

— Nous allons vérifier cela à la maison.

Shemaine serrait les dents afin de s'empêcher de crier, un bras passé autour du cou de Gage. Puis elle se rappela ce qu'elle était en train de faire, quand elle avait vu le marin.

— Je suis désolée, avoua-t-elle, embarrassée, j'ai laissé le linge près du ruisseau...

— Oubliez ça ! ordonna-t-il, bourru. Il peut bien filer au cours de l'eau, je m'en moque !

Il ouvrit la porte d'un coup d'épaule et la posa sur ses pieds dans le corridor. Puis il s'agenouilla pour tirer sur le tissu détrempé.

Shemaine recula, horrifiée.

— Je ne vais pas vous laisser déchirer ma robe, monsieur Thornton ! Je suis sûre qu'une fois lavée, je pourrai la raccommoder. Il ne faut pas l'abîmer !

Gage eut un soupir exaspéré.

— Il y a d'autres vêtements dans la malle de Victoria, et je vous permets de prendre tout ce dont vous avez besoin.

Il tendait de nouveau la main vers elle, mais elle s'entêta.

— Je ne veux pas abuser de votre générosité, monsieur Thornton. Vous m'avez déjà donné beaucoup de choses...

— Enlevez la robe vous-même, se fâcha-t-il, si vous avez peur que je ne la déchire, mais je tiens à voir la blessure !

— C'est entendu, monsieur, mais seulement à mes conditions. Si vous voulez bien me prêter une vieille chemise qui s'ouvre devant, ce sera plus facile.

Irrité, Gage alla chercher une chemise de coton dans sa chambre.

— Enfilez-la, pendant que je vais puiser de l'eau.

Shemaine attendit qu'il soit sorti pour faire glisser le corsage de ses épaules. Elle grimaça de douleur en détachant le tissu de la plaie, et s'assura que Gage n'était pas revenu avant de se dénuder jusqu'à la taille. Très doucement, elle enfila la chemise, la boutonna entre ses seins et en roula les manches trop longues. Puis elle prit un vieux drap dans la resserre et le déchira pour confectionner des bandages.

Un coup léger frappé à la porte précéda l'entrée de Gage. Shemaine le vit verser l'eau dans l'évier. Quand il revint à elle et souleva la chemise, elle se détourna, écarlate, croisant les bras sur sa poitrine.

Il humecta un linge afin de nettoyer la blessure, jusqu'à ce qu'il soit capable d'en déterminer la gravité. Il fut soulagé de constater qu'elle était peu profonde. Il s'agissait d'une estafilade le long d'une côte, sans grand danger – sauf si elle s'infectait.

— Ce n'est pas grave, annonça-t-il, pourtant il va falloir vous bander pour arrêter l'hémorragie.

Shemaine indiqua d'un geste du menton les lanières de tissu qu'elle avait soigneusement roulées.

— Cela suffira-t-il ?

— C'est parfait. Maintenant, relevez le bas de la chemise. Je vais devoir fixer le bandage à votre taille, et je ne peux y parvenir à l'aveuglette.

Il la laissa un instant pour aller chercher la pommade. Lorsqu'il revint, Shemaine avait noué les deux pans de la chemise sous ses seins. Il fut ravi de cette solution, car le tissu moulait sa poitrine à la perfection, soulignant ses rondeurs. Elle avait la taille incroyablement fine.

— Il vous restera une petite cicatrice en souvenir de Potts, dit-il en posant le flacon d'onguent sur un tabouret, mais cela se verra à peine.

— Faut-il vraiment mettre ce produit ? demanda Shemaine en fronçant le nez. Ça sent tellement mauvais !

— Il empêchera la blessure de s'infecter, répondit Gage, amusé.

On aurait dit une toute petite fille en train de faire la comédie à ses parents. Cependant, elle évitait soigneusement son regard.

— Je préfère ne prendre aucun risque avec quelqu'un de votre exceptionnelle valeur, poursuivit-il. Vous me convenez parfaitement, Shemaine O'Hearn, et je ne veux pas risquer de vous perdre. Jamais je ne trouverais une autre employée aussi belle et aussi douée.

— Vous dites cela parce que j'ai été blessée, répliqua-t-elle, boudeuse, avant de grimacer pour de bon quand il entreprit de nettoyer à nouveau la plaie.

La tête lui tourna soudain et elle vacilla.

Il la retint. Il fut bouleversé par la pression de ses seins contre son avant-bras, mais il n'osa pas bouger, de peur de la voir s'enfuir comme le soir où il l'avait embrassée.

— Ça va ? s'enquit-il d'une voix rauque.

Elle ne put qu'acquiescer d'un signe de tête. Elle avait l'impression d'être une poupée de chiffon, et elle dut attendre un moment avant de retrouver ses esprits.

— Je suis désolée, je ne sais pas pourquoi je me sens si faible, murmura-t-elle timidement.

Il était tellement proche qu'elle aurait pu l'embrasser sans le moindre effort. Quelle pensée saugrenue !

— Vous irez vous allonger dès que j'aurai pansé votre blessure.

— Mais la lessive ? Le repas ? Et Andrew ne tardera pas à se réveiller…

— Les hommes devront se passer de moi pour le reste de l'après-midi, déclara-t-il. Je serai à vos ordres jusqu'à demain matin.

Shemaine eut un sourire malicieux.

— Vous allez accomplir les tâches ménagères comme un humble serviteur, monsieur ? Alors que c'est moi qui devrais être à vos ordres.

Les yeux bruns brillaient de chaleur.

— Et si je vous l'ordonnais, Shemaine O'Hearn, viendriez-vous à moi ?

— Bien sûr, monsieur. Vous m'avez achetée, je dois vous obéir.

— Mais si vous étiez libre, insista-t-il, viendriez-vous ?

Son souffle caressait la joue de Shemaine, qui trouva cela particulièrement plaisant. Toutefois, elle fixa le bureau en tentant de prendre un ton détaché.

— Je ne suis pas libre, monsieur, et je ne le serai pas avant sept ans.

— Sept ans ! soupira Gage. C'est bien long, pour un homme et une femme, de vivre sous le même toit pendant sept années sans être mariés.

La tête penchée, Shemaine essayait de deviner où il voulait en venir. S'il cherchait à obtenir ses faveurs, le moment était plutôt mal choisi.

— Je vais finir par me vider de mon sang, monsieur Thornton, si vous perdez votre temps en bavardages.

Elle était infiniment émue par sa proximité, qui lui rappelait leur baiser passionné. Sa couchette était devenue un lieu de torture, depuis cette fameuse nuit, car elle passait son temps à se retourner dans tous les sens sans trouver le sommeil.

Elle eut un geste vers le flacon malodorant.

— J'espère que vous avez renoncé à vous servir de cette atroce pommade. En tout cas, je…

— Non, coupa Gage.

Il passa l'onguent sur la blessure, puis il lui banda soigneusement les côtes.

— Gardez cela cette nuit, je changerai le pansement demain matin.

Elle leva les yeux au ciel.

— Et vous remettrez de la pommade, je suppose ?

— Un peu moins, si vous la détestez tant.

Il fixa solidement le tissu à sa taille.

— Potts va plus encore souhaiter me tuer, après ça, dit-elle en tentant de s'accoutumer à l'étroitesse du bandage. Il doit être furieux d'avoir été blessé, et il nous pourchassera jusqu'à ce qu'il nous prenne par surprise. Après la bagarre avec les soldats, il doit avoir envie de tous nous exterminer.

— J'espère, la prochaine fois, avoir plus de chance et mettre un terme définitif à ses nuisances, déclara Gage. Je comprends maintenant pourquoi ce type vous faisait si peur. Nous reprendrons les leçons de tir dès que vous en serez capable.

— Le plus tôt sera le mieux.

Pour rien au monde elle ne retournerait dans la clairière, tant que Potts serait dans les parages !

Gage savait ce qu'il lui restait à faire. Le marin ne lui avait pas laissé le choix.

— Si Potts est encore à Newport News, je le trouverai et je mettrai les choses au point avec lui. Au cas où il ne prendrait pas mes menaces au sérieux, je le tuerai.

— Morrisa doit savoir où il est. Vu la façon dont il traîne autour de la taverne, rien n'a dû changer depuis qu'il faisait ses quatre volontés, sur le *London Pride*. En fait, cela ne m'étonnerait pas que ce soit Morrisa qui l'ait encouragé à venir ici. Depuis le début, elle souhaite ma mort.

— Pourquoi vous en veut-elle autant ?

Shemaine fronça les sourcils. C'était une question à laquelle elle ne pouvait répondre clairement.

— Je n'en connais pas la raison précise, monsieur Thornton. Certes, je l'ai contrariée en conseillant à Annie et aux autres détenues de lui résister, mais je ne peux pas imaginer que mon refus d'obéir à ses ordres soit un motif suffisant pour qu'elle désire me voir morte.

— Peut-être est-elle jalouse ?

— C'est vrai, elle vous voulait, reconnut la jeune fille. Elle a juré de me découper en morceaux, si je quittais le bateau avec vous !

— Elle s'estime de toute évidence fort jolie et irrésistible. Sans doute est-elle furieuse d'être supplantée par une autre femme.

— Je n'arrive pas à en avoir une idée bien nette, mais je suis persuadée qu'il y a un autre motif. Ce n'est qu'un soupçon, cependant je m'interroge depuis qu'elle est montée à bord du *London Pride*.

— Pourquoi ?

— Morrisa ne m'avait jamais vue avant qu'on l'amène dans la cale. À Newgate, elle était emprisonnée dans une autre section. Après nous avoir toutes regardées, elle a demandé laquelle était Shemaine O'Hearn. Je n'ai pas tenu à m'identifier, sur le moment, et les autres n'ont rien dit. Plus tard, nous nous sommes disputées parce qu'elle exigeait que je lui donne ma part de nourriture, alors je lui ai lancé un seau d'eau à la figure. Le bosco, venu régler la querelle, m'a appelée par mon nom. Au ricanement de Morrisa, j'ai compris qu'elle avait déjà deviné. Elle avait tout fait pour monter Gertrude Fitch et Jacob Potts contre moi.

— Qui donc avait pu lui parler de vous ?

— Je l'ignore absolument ! Nous ne nous connaissions ni les unes ni les autres. Hormis le geôlier et le bosco quand ils faisaient l'appel, il y avait une seule autre personne qui m'avait demandé mon identité, un employé de Newgate. Il est venu dans ma cellule après que j'ai accepté de partir aux colonies.

— A-t-il essayé de vous nuire ?

— Je n'en suis pas certaine. Je sais seulement qu'il m'épiait sans cesse.

— Peut-être se contentait-il d'admirer votre beauté, suggéra Gage, qui avait constaté l'effet qu'elle produisait sur la gent masculine.

Elle eut un petit rire.

— Je ne crois pas que j'étais à son goût ! Avant qu'on nous emmène sur le *London Pride*, j'ai été prise dans une rixe entre prisonnières, et j'ai failli avoir le crâne ouvert quand l'une d'elles m'a frappé la tête contre un mur. L'employé assistait à la scène, mais il n'a rien fait pour y mettre un terme. Il a fallu que le geôlier intervienne, attiré par les cris.

« Ensuite, quelques nuits plus tard, j'ai été réveillée par un bruit et, en ouvrant les yeux, j'ai vu l'employé qui rampait vers le coin où je me trouvais. Il avait une cordelette et, à sa façon de la tenir, j'ai compris qu'il voulait m'étrangler, ou l'une de mes codétenues. Pour arriver près de nous, il fallait qu'il enjambe d'autres prisonnières étendues sur le sol. Lorsqu'il a marché sur la main d'une femme, elle s'est mise à crier, et le geôlier a surgi. L'autre lui a raconté qu'il avait vu un rat, ce qui m'a paru une bien piètre excuse. D'ailleurs le geôlier n'y a pas cru une seconde et lui a ordonné de déguerpir. Le lendemain, on m'a emmenée sur le bateau, et je n'ai plus jamais revu cet individu.

— Aurait-il pu être acoquiné avec l'homme qui vous a enlevée ?

Shemaine haussa les épaules, geste qu'elle regretta aussitôt. Vrillée par la douleur, elle s'appuya au tabouret.

— Il vaudrait mieux que je vous porte à l'étage, proposa Gage. Vous seriez plus confortable en chemise de nuit.

— Il n'est pas convenable de porter une chemise de nuit pendant la journée, objecta-t-elle. Il est à peine trois heures et demie, et vos ouvriers sont encore là.

— Ils ne tarderont pas à rentrer chez eux, et si quelqu'un d'autre se présentait, j'expliquerais que vous avez été blessée et que vous avez besoin de repos.

— Les gens ne le croiraient jamais, rétorqua Shemaine. D'après Annie, ils s'attendent à me voir en chemise de nuit, mais pas à cause d'une blessure. Ils ont l'esprit beaucoup plus mal tourné. Mme Pettycomb a dû s'arranger pour ternir nos réputations, surtout depuis que vous avez eu l'audace de m'emmener à la fête et de danser avec moi en public.

— J'ai entendu quelques rumeurs, en effet, confirma-t-il. Mme McGee estime que nous devrions les faire taire.

Elle haussa les sourcils.

— A-t-elle recommandé un moyen d'y parvenir, monsieur ? s'enquit-elle, sceptique.

Il croisa son regard.

— Elle dit que la meilleure solution serait de nous marier.

Shemaine tombait des nues.

— C'est bien d'elle, puisqu'elle adore arranger des mariages ! Mais a-t-elle songé que vous n'aimeriez sans doute pas prendre une condamnée pour épouse ? Je suis stupéfaite qu'elle ose vous faire une telle suggestion ! C'est... terriblement déplacé. Vraiment, monsieur, je suis mortifiée à l'idée que vous risquiez de penser que cela ait pu venir de moi. C'est absurde, ridicule !

— À vrai dire, Mary Margaret n'est pas la seule à avoir eu cette idée.

Qui d'autre aurait pu avoir une pensée aussi saugrenue ? se demanda Shemaine.

— Ça ne peut pas être Roxane, puisqu'elle vous veut pour elle, dit-elle, réfléchissant à haute voix.

Gage eut un petit rire.

— Ce serait surprenant, en effet !

— Calley, alors ? suggéra-t-elle sans grande conviction.

— Ce n'est pas Calley non plus.

La jeune fille était complètement perdue.

— Puis-je vous demander qui a eu cet aplomb, monsieur ?

La porte de la chambre s'ouvrit, et Andrew apparut, traînant derrière lui son cheval à bascule. Gage se précipita aussitôt afin de l'empêcher d'abîmer les meubles. Il posa le petit garçon sur la selle de cuir.

Andrew ne tarda pas à pousser des cris de joie, tout en imitant les cris des cochers.

— Hue ! Hue ! Plus vite !

Shemaine et Gage éclatèrent de rire devant la fougue de l'enfant.

— Encore un exemple de votre talent, monsieur Thornton ? s'enquit-elle en montrant le jouet.

Gage acquiesça en revenant vers elle, mais il était gêné par le bruit que faisait son fils. Il indiqua à la jeune fille de le suivre dans la pièce de derrière. Puis il la fit doucement asseoir sur le tabouret, contempla son visage et, n'y lisant que de l'incompréhension, chercha à la mettre à l'aise.

— Quand vous êtes arrivée ici, Shemaine, je vous ai dit qu'un jour il faudrait que je me rende à Williamsburg. Hier, j'ai reçu un mot de mon client qui m'annonce que sa maison est terminée, et qu'il aimerait avoir ses meubles. Si vous vous sentez assez forte d'ici deux semaines, j'aimerais vous emmener, Andrew et vous, lorsque j'irai les livrer.

— Je suis sûre que je serai en forme pour veiller sur Andrew, monsieur.

— Pendant que nous serons là-bas, j'aimerais m'occuper d'une autre question, très importante... si vous voulez bien...

— Si je veux bien ? De quoi s'agit-il, monsieur Thornton ?

— Il faut que nous en discutions, et je prie le Ciel que vous me donniez une réponse rapide, car je ne connaîtrai pas le repos tant que je serai dans l'indécision.

Shemaine demeurait impassible, pourtant elle tremblait intérieurement. Gage s'était mis à arpenter le corridor, et elle se dit que le problème devait être grave. Peut-être ne voulait-il plus d'elle ? L'attaque de Potts avait prouvé qu'elle représentait un danger pour lui et son fils...

— De quel sujet souhaitez-vous me parler, monsieur Thornton ? demanda-t-elle prudemment.

Gage lui fit face.

— Je ne plaisantais pas vraiment, quand je vous ai dit une fois que j'envisageais de vous épouser. Déjà, avant de me rendre à bord du *London Pride*, j'avais songé à me remarier. J'avais besoin d'une nurse pour Andrew, mais presque autant d'une femme pour moi. Or la région manque cruellement de jeunes célibataires. Certaines ont envie de se marier, comme Roxane, mais aucune ne me plaît. En me rendant sur le bateau prison, je n'espérais même pas trouver une bonne d'enfant convenable... encore moins une épouse. Or je me trompais, Shemaine. Vous êtes tout ce que je souhaite, et plus encore.

La jeune fille écarquillait les yeux.

— Vous voulez *m'épouser* ?

Elle essayait fébrilement de comprendre son raisonnement. Il avait certainement envisagé les conséquences d'un mariage avec une personne de sa condition. Elle admettait qu'il ait envie de la prendre dans son lit parce qu'elle se trouvait là, mais le mariage lui semblait invraisemblable !

— Pourquoi, au nom du Ciel, voudriez-vous faire une chose pareille, monsieur Thornton, alors que tous les honnêtes gens se demandent quel crime j'ai pu commettre en Angleterre pour me retrouver là ? On s'interroge sur moi, et vous avez vu la réaction de Samuel Myers quand vous m'avez emmenée au bal. Je suis arrivée ici enchaînée, monsieur, et si vous m'épousez, vous serez un homme marqué. Le mari d'une condamnée. Mme Pettycomb a crié sur tous les toits que je n'étais pas une femme convenable à recevoir chez soi, et je suis persuadée qu'il ne me servirait à rien d'essayer de la convaincre que je suis innocente de ce dont on m'accuse.

— Croyez-vous vraiment que je me soucie des ragots que colporte cette femme ? rétorqua Gage, indigné. Alma Pettycomb se trouve tellement parfaite qu'elle est incapable de se rendre compte du mal qu'elle fait. Elle se nourrit des histoires de ses concitoyens et, un jour ou l'autre, cela lui retombera sur le nez. Non, Shemaine, ne vous tracassez pas pour elle, elle n'en vaut pas la peine. Et je ne veux pas qu'elle influence votre décision. Vous devrez la prendre en toute liberté. Notre éventuel mariage ne concerne que nous.

Il prit la petite main de la jeune fille dans la sienne, scruta le regard vert dans lequel il ne perçut aucune trace de refus.

— Shemaine O'Hearn, je serais infiniment honoré si vous acceptiez de devenir ma femme.

— Ça ne vous ennuierait pas d'épouser une condamnée ?

Elle avait l'impression de s'éveiller d'un long sommeil, et la portée de ses paroles lui faisait brusquement battre le cœur.

— Vous ne le regretteriez pas ensuite ? insista-t-elle.

— Je vous veux pour épouse, et c'est tout ce qui compte. Ici, aux colonies, les ragots s'étouffent rapidement d'eux-mêmes. Les épithètes «condamné», «vaurien», «voleur» sont de courte durée, sauf s'il y a répétition des méfaits. Une fois mariés, nous formerons un couple comme tous les autres.

— Vous croyez ? demanda Shemaine timidement.

Elle s'inquiétait de sa minceur extrême, qu'elle trouvait fort peu attirante.

— Nous partagerons tout, comme les autres couples ? reprit-elle.

Ce fut au tour de Gage d'être troublé.

— Que me demandez-vous, Shemaine ? Que je ne sois pas réellement votre mari ?

Elle vira à l'écarlate.

— Certainement pas, monsieur, mais je suis si maigre et... pas très agréable à regarder sans...

— ... vos vêtements ? termina-t-il à sa place.

Il n'arrivait pas à croire qu'elle puisse se trouver disgracieuse. Elle était la plus jolie femme qu'il ait vue de sa vie !

— Si vous insistez pour que notre union soit platonique, Shemaine, mieux vaut renoncer à ce mariage, car je ne supporterais pas d'être près de vous, de vous désirer sans pouvoir vous toucher. Je suis un homme, pas un moine. J'ai envie de vous, infiniment, vous le savez. Si vous vous tracassez à cause de votre minceur, croyez-moi, elle ne me dérange pas le moins du monde. Vous me plaisez telle que vous êtes !

— Vous me troublez, monsieur Thornton, souffla-t-elle.

Des images torrides lui venaient à l'esprit... Maintenant qu'elle avait vu cet homme nu, elle comprenait mieux les explications embarrassées de sa mère sur ce qui se passait entre un mari et son épouse.

Il passa un doigt sur sa joue.

— Voulez-vous être ma femme, Shemaine ?

Elle se rappela le cérémonial qui avait entouré la demande en mariage de Maurice, mais son cœur ne s'était pas emballé à ce point, ce soir-là.

Elle songea aux conséquences d'une telle union. Elle resterait à ses côtés bien après les sept ans imposés... Si elle avait envie de revoir sa famille, elle ne s'imaginait pas retournant en Angleterre pour épouser un notable. Elle préférait rester ici et vivre avec celui qui avait éveillé ses sens. Peut-être ne l'aimait-elle pas encore, mais elle le désirait follement, et elle ne pouvait continuer à vivre sous son toit sans chercher l'assouvissement. Mieux valait l'épouser que tenter de brider ses instincts pendant les sept prochaines années !

Elle acquiesça enfin.

— Oui, monsieur Thornton, je serai votre épouse... dans tous les sens du mot.

Le cœur de Gage se mit à chanter.

— Nous pourrons nous marier à Williamsburg, dit-il vivement. Votre blessure sera guérie, et nous ferons le voyage dans la journée, afin de passer notre nuit de noces ici.

Malgré ses efforts, la voix de Shemaine tremblait un peu quand elle répondit :

— Comme vous voudrez, monsieur Thornton...

Il lui releva le menton pour déposer un léger baiser sur ses lèvres. Les yeux brillants, il murmura :
— Ne pourriez-vous m'appeler Gage, désormais ? Puisque je serai bientôt votre époux...
— Gage...
Il prit de nouveau sa bouche, mais cette fois il ne put retenir sa passion. Elle se sentit vibrer de tout son être. L'ardente invasion l'embrasait, et elle eut envie que les deux semaines à venir passent comme le vent.
— Papa ! Andy pipi !
Le cri de l'enfant eut l'effet d'une douche froide. Le petit garçon arrivait en sautant d'un pied sur l'autre, et Gage le souleva dans ses bras pour l'emmener dehors, laissant derrière lui une Shemaine encore tout étourdie.
Grisée par ses baisers, elle était de plus en plus excitée à l'idée de devenir intime avec cet homme.
Était-elle encore en train de rêver ? Cela lui arrivait-il vraiment ? Partagerait-elle bientôt le lit de Gage Thornton ? Ou rentrerait-il dans une minute en lui disant qu'il s'agissait d'une plaisanterie ?

14

Gage laissa son canot près de la rivière et pénétra avec détermination dans Newport News. Il se rendit d'abord au *London Pride*, mais les marins l'informèrent que Jacob Potts était en permission et ne reviendrait à bord que la semaine suivante.

Quand il poussa les portes de la taverne, quelques instants plus tard, Morrisa était en train de se faire vertement réprimander par sa nouvelle propriétaire, une vieille femme vêtue d'une robe d'un rouge criard et affublée d'une perruque frisée qui avait une fâcheuse tendance à glisser sur son crâne.

— Ce type a payé une belle somme pour t'avoir, déclara-t-elle en frappant du poing sur la table, il t'aura ! Et je veux plus entendre que c'est une fouine ou une canaille, comme les autres filles te l'ont raconté. On m'a dit à moi aussi que Sam Myers n'avait pas grand-chose dans le pantalon, et qu'il aimait prouver sa virilité par d'autres moyens. Mais s'il est prêt à mettre le paquet, je dois envoyer mes filles chez lui obéir à ses caprices. Alors tu as intérêt à supporter ses gifles et ses vilaines manies, c'est bien compris ?

— Ouais, j'ai entendu, Freida, marmonna Morrisa qui n'en pensait pas moins.

Il existait des moyens de se débarrasser des rats comme Samuel Myers. Un coup de couteau dans le ventre, et Jacob Potts soulagerait le monde de cet infâme individu. Enfin, à condition qu'il sorte du trou où il se terrait !

Ce maudit Potts faisait tout de travers, ces derniers temps – surtout avec l'Irlandaise, pestait Morrisa. Ne l'avait-elle pas envoyé provoquer Gage, le soir de la fête ? Et qu'avait-il fait ? Il s'était laissé rosser de belle manière par des soldats. Ensuite, il était revenu de la demeure du colon avec un trou au flanc. Freddy l'avait emmené dans une autre ville, pour qu'il soit soigné par un médecin, tout en ne risquant pas que Thornton vienne lui faire la peau. Donc, pour l'instant, Morrisa ne pouvait se servir de lui.

Freida se pencha vers son esclave avec un regard mauvais.

— Je me fais de l'argent depuis que je suis installée ici, et il n'est pas question qu'un gringalet comme Myers chasse la clientèle en disant qu'on s'est moqué de lui, qu'il a été trompé sur la marchandise. Je t'ai achetée pour que tu m'aides dans mon boulot, pas pour que tu effarouches les clients. Si tu ne me rapportes pas en un an le double de ce que j'ai payé pour toi, tu verras ce qu'il t'en coûte !

Morrisa se détourna, l'air boudeur, mais son expression changea lorsqu'elle vit Gage franchir le seuil. Elle voulait savoir comment Shemaine se portait, après avoir été blessée, et c'était certainement la source d'information la plus sûre. Avec un peu de chance, l'Irlandaise avait attrapé les fièvres et ne tarderait pas à rendre le dernier soupir !

Elle offrit à Gage son sourire le plus aguicheur, en passant une main langoureuse sur ses formes épanouies.

— Alors, monsieur, on a changé d'avis ? Je savais bien que vous finiriez par vous lasser de Shemaine. Elle a dû se conduire drôlement mal, pour que vous la quittiez si vite. Je ne vous attendais pas avant une ou deux semaines. Je me demande ce qu'elle a bien pu vous faire !

Freida, de son fauteuil, observait le grand et bel homme qui venait d'entrer. Il était rare de voir un tel individu chercher les faveurs d'une prostituée. En général, ce genre de type obtenait tout ce qu'il voulait sans avoir à sortir sa bourse.

— Vous êtes un beau spécimen de mâle ! déclara-t-elle grossièrement. Trop beau, à mon avis. Va falloir que je surveille mes filles : elles seraient capables d'aller avec vous juste pour le plaisir. Je vérifierai ensuite qu'elles ont été payées comme il se doit.

Gage ignora les commentaires vulgaires de la mère maquerelle.

— Je cherche Jacob Potts, dit-il à Morrisa. L'avez-vous vu ?

Morrisa haussa les épaules en examinant ses ongles.

— Qu'est-ce que vous lui voulez ?

Gage aurait juré qu'elle savait où se trouvait le marin.

— J'ai quelques questions à lui poser.

La prostituée lui jeta un long regard calculateur.

— Me dites pas que la bouseuse s'est encore plainte de lui pour vous attendrir. Comment elle va, au fait ?

Gage la fixait droit dans les yeux.

— Très bien.

— Bien ? répéta Morrisa, déconcertée. Vous voulez dire qu'elle... elle ne... elle ne vous a pas envoyé ici pour vous en prendre à Potts ?

— À vrai dire, je suis venu de mon propre chef, afin de voir comment il se porte après la blessure que je lui ai infligée.

Comme stupéfaite, Morrisa se laissa tomber sur une chaise. Actrice accomplie, elle feignait le plus grand étonnement quand elle demanda :

— Pourquoi diable avez-vous tiré sur ce malheureux Potts ?

Il haussa les sourcils.

— Qui a dit que j'ai tiré sur lui ?

Elle fronça les sourcils. Ce n'était pas un imbécile ! Alors, pourquoi se montrait-elle si étourdie ?

— C'est vous qui l'avez dit, mentit-elle néanmoins. À l'instant !

— J'ai parlé de blessure, rectifia Gage. Pas de coup de fusil.

Elle se détourna.

— Comment un type serait-il blessé, sinon par un coup de feu ?

— Un couteau peut faire autant de dégâts, et j'ai entendu dire que Potts avait un faible pour l'arme blanche – comme vous, d'ailleurs. Vous savez sans doute déjà qu'il est venu chez moi dans l'intention de tuer Shemaine, et que je l'ai blessé alors qu'il essayait de s'enfuir. Je crois même que c'est vous qui l'avez envoyé. Vous aimeriez voir Shemaine morte, n'est-ce pas, Morrisa ?

La prostituée tenta de dissimuler sa nervosité.

— Je ne vois pas de quoi vous parlez, Gage Thornton. Et je ne sais pas non plus où est Potts. Je ne suis pas la gardienne de ce maudit marin. La dernière fois que je l'ai croisé, il avait envie de partir pour Hampton, ou quelque chose comme ça. Alors vous n'avez qu'à le chercher vous-même, *monsieur* Thornton.

Gage était sceptique.

— Au cas où il viendrait vous rendre visite, Morrisa, dites-lui que si je le trouve de nouveau sur mes terres, je le tuerai sans même prendre le temps de lui demander ce qu'il veut. Je peux compter sur vous pour transmettre le message ?

Elle lui lança un regard glacial.

— Je lui dirai, mais si vous connaissiez Potts, vous sauriez qu'il n'y a pas plus têtu que lui. Vos menaces ne feront pas de différence, pour lui. Quand il a décidé quelque chose, il change pas d'avis.

— Vous pourriez aussi refuser de lui passer le message pour des raisons personnelles, la provoqua Gage. Parce que Potts risquerait de renoncer à vous obéir... Qui sait ? Il préférerait peut-être prendre ma menace au sérieux, plutôt que de risquer sa vie. En tout cas, Morrisa, soyez sûre d'une chose : s'il arrive quoi que ce soit à Shemaine, ce n'est pas seulement à lui que je m'en prendrai, mais à vous aussi. Je suis parfaitement capable de vous éliminer tous les deux.

Sur ce, il adressa un bref signe de tête aux deux femmes et quitta l'établissement.

Freida jeta un coup d'œil torve à sa nouvelle recrue.

— Comment t'as dit qu'il s'appelle, cet homme, déjà ?

— Gage Thornton. Le type le plus tordu que j'aie rencontré de ma vie !

— Eh bien, ma chérie, si tu as un peu de bon sens, tu ferais bien de suivre son conseil. J'ai beaucoup entendu parler de ce gars depuis que je suis en ville, et pas toujours en bien. On raconte que sa femme l'a contrarié un jour, alors il l'a jetée du haut du bateau qu'il construit près de la rivière. Et la vieille fille qui habite au bout de la grand-rue pourrait bien avoir assisté au crime, mais elle a trop peur des représailles pour l'ouvrir.

Morrisa eut un sourire ravi.

— Vous m'en direz tant ! Je me demande si Shemaine est au courant...

— Il paraît qu'il n'est pas très bavard. À mon avis, il n'en a parlé à personne, mais si ce qu'on raconte est vrai, cette Shemaine n'est pas aussi bien partie qu'on le croit. Il pourrait bien lui réserver le même sort qu'à sa femme.

— Alors j'aurais ma récompense sans avoir à lever le petit doigt ! ricana Morrisa.

Freida plissa les yeux.

— De quelle récompense tu parles ?

La prostituée éluda la question d'un revers de main.

— C'est rien. Juste un truc que m'a promis un gardien, quand on a quitté Newgate pour embarquer. Mais je ne peux pas être sûre qu'il a dit vrai avant d'avoir envoyé la preuve que ça a été fait. Et je n'ai pas encore pu, pour l'instant.

— Tu veux dire qu'on t'a promis de te payer si tu tuais une autre prisonnière ?

Morrisa afficha un air surpris.

— Est-ce que j'ai une tête à tuer quelqu'un ?

Freida posa ses gros bras sur la table et se pencha vers elle.

— On m'a dit, chérie, que tu avais bien failli trancher la gorge de quelques types, avant d'être arrêtée, mais je ne veux pas de ce genre d'histoires ici. J'ai l'habitude des traînées comme toi, et je te jure que t'as trouvé ton maître, avec moi. Quoi que tu aies fait, j'ai fait pire, alors t'as pas intérêt à me contrarier. Vu ?

Morrisa leva les mains en signe d'apaisement.

— Je ferai ce que vous me direz, Freida.

— Parfait ! Si tu m'attires des ennuis, tu le regretteras. Tu ne peux même pas imaginer ce qui t'arrivera si tu ne m'obéis pas au doigt et à l'œil. On n'a jamais vu quelqu'un sortir de la tombe...

Morrisa frissonna sous le regard pénétrant de Freida. Pour la première fois de sa vie, elle était menacée de mort par une autre femme.

Gage se rendit chez le bijoutier afin d'acheter une alliance à Shemaine. Il avait pris la taille de son annulaire avec une ficelle. Le commerçant était un homme d'honneur, et il n'était pas nécessaire de lui demander le secret car il ne se mêlait jamais des affaires de ses clients.

Ensuite, il alla chez le cordonnier, où il rencontra Mary Margaret venue chercher des souliers qu'elle avait donnés à ressemeler.

— Je ne pensais pas vous croiser avant une semaine ou deux, après le charivari que vous avez provoqué en amenant Shemaine au bal, dit-elle. Vous avez mis la ville en émoi ! Ces pauvres commères n'arrivaient même plus à reprendre leur souffle !

Ses yeux brillaient de plaisir, et Gage ne put s'empêcher de rire.

— Ah, reprit-elle, je suis heureuse de constater que la vie vous sourit de nouveau, Gage Thornton. Ça fait longtemps que je ne vous avais pas vu si joyeux !

— C'est de voir votre joli visage qui me ravit, Mary Margaret, répliqua-t-il galamment.

La vieille dame eut un petit hoquet de rire.

— J'adore les Anglais comme vous, monsieur ! Vous avez la langue bien pendue, comme les Irlandais, pour proférer de si beaux mensonges... Mais dites-moi, charmant jeune homme briseur de cœurs, que faites-vous dans notre modeste bourgade ?

— Je suis venu chercher les souliers que j'ai commandés pour Shemaine. Cependant, si vous avez quelques minutes à m'accorder, madame, j'aurais bien besoin de vos services...

— Mes services ? Et que pourrait attendre un grand gaillard comme vous de la vieille dame que je suis ?

— Simplement votre avis, pour le moment.

Mary Margaret réprima un sourire.

— Je croyais que vous n'écoutiez guère mes conseils, contra-t-elle, malicieuse.

— En fait, si vous étiez libre dans précisément deux semaines, vous pourriez venir avec nous à Williamsburg, pour voir de vos propres yeux.

— J'accepte l'invitation, beau garçon, bien que je ne saisisse pas du tout de quoi il s'agit.

— Ma foi, puisque vous refusez d'utiliser votre imagination, ce sera une surprise... Ramsey Tate passera vous prendre vendredi en quinze, vers six heures du matin.

— Et quel conseil vouliez-vous me demander, je vous prie ?

— J'ai l'intention d'acheter du tissu pour Shemaine, afin qu'elle se fasse une robe neuve, mais je ne sais absolument pas de quoi elle aura besoin.

— Des souliers ? Une nouvelle robe ? Quel cadeau lui offrirez-vous ensuite, monsieur Thornton ?

Gage réfléchit.

— Peut-être un peigne et une brosse, de l'eau de toilette, un savon parfumé...

— Tout cela pour une esclave ?

Il plongea dans le regard de la vieille dame.

— Pour une épouse, Mary Margaret.

Elle poussa un cri de joie puis, se plaquant la main sur la bouche, elle se lança dans une espèce de gigue, appuyée sur sa canne, avant de retrouver un semblant de dignité.

— Je suppose que vous allez me prier de garder le secret jusqu'à ce que les vœux aient été prononcés ?

— Oui. Pour l'instant, la nouvelle est réservée aux amis proches.

Elle hocha la tête.

— C'est une sage décision, sinon Mme Pettycomb risquerait d'avoir une attaque. Elle s'attend que Shemaine commence à montrer son état de grossesse au bout de trois mois… mais sans le bénéfice d'une alliance, évidemment ! Ah, j'aimerais être une petite souris pour voir sa tête quand elle apprendra la nouvelle. Les yeux vont lui sortir de la tête !

— Vous êtes impitoyable, plaisanta Gage. Pourvu que vous ne vous trouviez jamais dans les rangs de mes ennemis ! Je serais perdu !

Elle lui fit un clin d'œil.

— Certainement !

Au début, deux semaines avaient paru à Shemaine largement suffisantes pour ce qu'elle avait à faire avant le grand jour. Elle avait demandé à Gage la permission de modifier l'une des robes de Victoria. Mais, avec un sourire de petit garçon, il lui avait alors offert un métrage de fin tissu accompagné de dentelle, et de la batiste pour confectionner une chemise de jour et une chemise de nuit. Shemaine fut enchantée, et en même temps un peu nerveuse. Ses tâches quotidiennes l'occupant pratiquement toute la journée, elle ignorait comment elle trouverait le temps de terminer sa toilette pour le jour du mariage. Gage résolut son dilemme en lui disant que Mary Margaret proposait son aide. Ramsey passerait la prendre chez elle le matin quand il venait travailler, et la ramènerait le soir...

Le fameux vendredi arriva enfin, et un grand chaland, muni d'un énorme gouvernail et de toutes sortes de voiles, piloté par un vieux marinier qui avait renoncé aux voyages en mer afin de mener une vie plus calme, vint accoster près du ponton que Gage et ses hommes avaient fabriqué pour l'occasion. On chargea d'abord les meubles, enfermés dans des caisses, mais il fut plus difficile de faire monter les chevaux à bord, car ils étaient effrayés par le bruit des roues du chariot sur les planches qui servaient de passerelle. Gage dut finalement mettre pied à terre et les guider par la bride.

Un léger brouillard matinal stagnait sur les marais, s'enroulant autour du bateau. Aigrettes, hérons et autres oiseaux s'envolaient à leur approche. Par endroits, les chênes, les pins et les cèdres masquaient la rive.

Le capitaine engagea enfin l'embarcation dans le goulet du port de Williamsburg, et ils commencèrent à décharger. Une fois le chariot à terre, on y porta l'une des plus grandes caisses. Gage partit avec trois de ses hommes livrer le buffet à une riche veuve, tandis qu'Erich Wernher restait à bord avec les femmes. Il fallut encore trois voyages pour que les meubles soient livrés dans la nouvelle maison du client. Là, les caisses furent ouvertes, le mobilier inspecté et mis en place.

Quand ce fut terminé, Gage eut la surprise de voir le propriétaire lui attribuer un généreux supplément, pour le remercier de l'excellence de son travail. Cela représentait soixante pour cent de la facture totale. Gage en garda la moitié et partagea quarante pour cent entre Ramsey et Sly Tucker, puis les dix restant entre ses apprentis.

Après avoir rechargé les caisses vides dans le chariot, ils repartirent vers le chaland. Dans les faubourgs de la ville, Gage arrêta la voiture près d'un jardin où une vieille femme binait la terre. Il descendit et s'approcha d'elle, le chapeau à la main.

— Je vous demande pardon, madame, mais je me marie aujourd'hui, et j'aimerais vous acheter un bouquet de fleurs pour mon épouse.

Elle lui jeta un coup d'œil pénétrant.

— Et qu'est-ce qui vous a retenu si longtemps, monsieur ? Vous n'êtes plus de la première jeunesse !

Il sourit, amusé.

— En effet, madame, mais je suis veuf depuis l'année dernière. J'ai un petit garçon de deux ans.

Les yeux de la femme brillaient d'humour.

— Et votre fiancée ? Est-elle veuve, elle aussi, ou l'avez-vous arrachée à sa mère ?

— C'est une jeune fille de dix-huit ans, et elle est aussi belle que vous, madame.

La vieille dame eut un geste vers la barrière du jardin.

— Entrez, monsieur, je vais vous préparer un bouquet moi-même. Pas pour vos galants propos, mais pour votre femme. Moi aussi, j'ai épousé un veuf quand j'étais toute jeune. J'ai donné le jour à cinq fils, que j'ai élevés avant que mon John disparaisse. Pas de vieillesse ni de maladie : c'est un gros arbre qui est tombé sur lui alors qu'il l'abattait. Il s'est vengé et l'a envoyé tout droit dans la tombe.

— J'en suis désolé, madame.

Elle sourit.

— Il ne faut pas. On a eu une belle vie, mon John et moi.

Après avoir composé un ravissant bouquet de fleurs fraîches, la femme donna sa bénédiction à Gage.

— Dieu fasse que vous et votre jeune épouse chevauchiez les vagues de la vie avec grâce et dignité, qu'Il vous donne de nombreux enfants pour illuminer les années à venir, que des petits-enfants soient la joie et l'orgueil de vos vieux jours. Maintenant, adieu, et puissiez-vous vous aimer davantage chaque jour qui passe.

Étrangement ému, Gage la remercia et ouvrit sa bourse afin de payer les fleurs, mais elle refusa.

— Non, monsieur. C'est mon cadeau de mariage. Offrez ce bouquet à votre épouse et regardez-la sourire. Ensuite, dites-lui de le mettre à sécher entre les pages d'un livre. Ce sera un souvenir pour toute la vie.

Gage approcha du bateau à pied, le bouquet caché derrière son dos. Shemaine devina qu'il se tramait quelque chose. Elle croisa les bras, feignant un air soupçonneux.

— On dirait un renard qui vient de voler une poule, commenta Mary Margaret, amusée.

— Exactement ! acquiesça la jeune fille.

Il s'arrêta devant elle.

— Pour mon épouse ! annonça-t-il en lui offrant les fleurs avec un élégant salut.

— Oh, Gage ! s'écria-t-elle en les serrant contre sa poitrine. Elles sont magnifiques !

— C'est le cadeau d'une vieille dame que j'ai rencontrée en chemin. Elle vous envoie tous ses vœux de bonheur.

— Ce devait être une personne adorable…

— Maintenant, ma douce, si vous voulez bien m'indiquer ce dont vous avez besoin, j'aimerais que nous nous mettions en route. J'ai loué une chambre pour une heure à l'auberge Wetherburn afin que nous puissions nous changer avant de nous rendre à l'église.

Shemaine montra un sac sur lequel reposait sa robe de mariée, couverte d'un linge.

— Tout est là.

Il prit les paquets, ainsi que ses propres affaires, et elle plaça la robe sur son bras avec soin. Puis il appela son fils qui regardait des poissons.

— Andrew, tu veux bien prendre la main de Mme McGee et l'accompagner au chariot ?

Un large sourire illumina le visage du petit garçon, qui s'empressa d'obéir. C'était une tâche d'homme qu'on lui confiait là !

Erich s'approcha de son patron.

— Je peux vous aider ?

Gage lui confia volontiers un bagage.

— Permettez-moi, ma chérie, dit-il à Shemaine en prenant la robe pour la poser sur son costume.

Ensuite, il lui offrit son bras.

— Si vous voulez bien me faire l'honneur, madame...

Radieuse, Shemaine accepta son bras et le serra bien fort contre elle. Comme les autres suivaient plus doucement, Gage put voler un baiser à sa fiancée.

— Ce soir, vous serez mienne, murmura-t-il à son oreille.

Williamsburg était un joyau, comparé à la petite ville de Newport News, décida Shemaine. Depuis la rue des Ducs-de-Gloucester, on avait une vue admirable sur un vaste palais, précédé de jardins impeccablement entretenus. Une bonne douzaine de boutiques bordaient la rue principale. Un peu plus loin se dressaient un entrepôt de briques hexagonal et un poste de garde. C'était une jeune et belle cité.

À l'auberge, Mary Margaret aida la jeune fille à s'habiller, et quand elle sortit de la chambre, Gage fut émerveillé par sa beauté. Elle portait une ravissante robe d'un vert pâle avec un châle drapé sur les épaules, et des entre-deux de dentelle au col et aux manches. Son long cou gracieux était mis en valeur par le décolleté, et son chignon flamboyant s'ornait d'une coiffe de dentelle entrelacée de rubans verts. Un mouchoir brodé nouait le bouquet qu'elle avait posé sur son bras.

Gage prit sa main pour y déposer un baiser.

— Vous êtes splendide, ma douce...

Ramsey cligna de l'œil et indiqua la pendule.

— Dépêche-toi, Gage, sinon tu vas manquer ton mariage !

Gage esquissa un sourire.

— Ne t'inquiète pas, vieux charpentier. Je ne laisserai aucun clou se mettre en travers de mon chemin.

Les hommes éclatèrent de rire. Ils avaient assisté à la dépression dans laquelle il s'était enfoncé, après la mort de Victoria, et ils étaient heureux de le voir si joyeux. Ils attendirent patiemment tandis que Gage, après avoir pris un rapide bain, enfilait une chemise blanche, des bas blancs, une redingote bleu marine, ainsi qu'un gilet et une culotte d'un bleu plus clair. C'était le costume qu'il portait à son premier mariage, quelques années auparavant.

L'église se trouvait tout près du palais et, à une heure de l'après-midi, le prêtre unit pour la vie Gage Harrison Thornton et Shemaine Patrice O'Hearn. Mary Margaret et les hommes prirent place aux côtés du couple, pendant qu'Andrew se tenait tout près de son père. Il avait mis l'alliance à son pouce qu'il brandissait, très fier, en attendant qu'on la lui demande, heureux de participer activement à ce grand événement.

La cérémonie se clôtura par un baiser qui, s'il fut chaste et tendre, promettait une nuit passionnée. Enfin, main dans la main, les deux jeunes gens se tournèrent vers leurs amis afin de recevoir leurs félicitations.

— Quel beau couple ! murmura Mary Margaret, les larmes aux yeux.

— Tu es un veinard ! déclara Ramsey avec un large sourire. Mais ça, tu l'as su dès le début, hein ?

— Oui, avoua Gage qui repensait au jour où il avait découvert Shemaine sur le bateau.

Il avait cru à une apparition.

Andrew était étonné par toute cette émotion. Son père le souleva dans ses bras pour le présenter à sa nouvelle maman, en espérant que l'enfant comprendrait ce qui se passait.

— Nous allons former une famille désormais, Andy, et tu auras une maman, comme Malcolm et Duncan.

— Shaime, ma maman ? s'enquit le petit.

— Oui. Elle est ta maman, maintenant, comme je suis ton papa.

Andrew se mit à chantonner gaiement :

— Maman et papa ! Maman et papa ! Maman et papa !

— On dirait que ça lui plaît, commenta Mary Margaret en riant.

— Faim ! annonça Andrew en revenant à des sujets plus terre à terre.

— Tu as toujours faim ! plaisanta Gage en lui donnant une pichenette sur le nez.

— Faim, gémit Shemaine contre l'épaule de son mari.

Celui-ci posa un baiser sur ses lèvres.

— Cela suffira-t-il ?

Elle entoura de ses bras l'homme et l'enfant qu'elle serra tendrement.

— Si délicieux que soient vos baisers, mon cher époux, si vous ne nous donnez pas quelque chose de plus substantiel, Andy et moi allons tomber d'inanition.

Gage fit signe à Ramsey.

— Ma famille a faim ! Voudriez-vous approcher le carrosse, mon brave ?

— À votre service, monseigneur.

À l'auberge, ils partagèrent un joyeux repas largement arrosé, puis Gage, qui avait fort envie de se retrouver chez lui, suggéra que l'on remonte en voiture pour regagner la maison avant la fin de la journée.

Sur le chemin du retour, ils s'arrêtèrent brièvement afin de déposer Andrew chez les Fields. Il serait aussi heureux de jouer avec ses petits camarades, que Gage et Shemaine de passer leur première nuit seuls.

Quand elle avait entendu parler du mariage, Hannah avait proposé de garder Andrew quelques jours, et Gage avait accepté. Comme ils se préparaient à prendre congé, Hannah leur remit un panier empli de bonnes choses, au cas où ils auraient faim dans la soirée.

— Comme ça, vous n'aurez pas besoin de sortir du lit pour vous restaurer, chuchota Ramsey à l'oreille de Gage. J'ai aussi pensé venir travailler demain matin, pour rattraper quelques tâches en retard pendant qu'il n'y aura personne à l'atelier...

Gage toisa son menuisier.

— Si jamais j'aperçois ta vilaine tête dans les parages durant les prochains jours, je me servirai de ton postérieur comme cible de tir ! Au cas où tu ne l'aurais pas compris, mon cher ami, j'ai l'intention de garder Shemaine pour moi seul, et je ne recevrai aucune visite. Suis-je assez clair ?

Ramsey dissimula un sourire sous sa grosse moustache.

— Je sais reconnaître une menace quand j'en entends une !

— Alors tu n'es peut-être pas complètement irrécupérable, vieux !

Gage embrassa bien fort son fils.

— Sois sage avec Mme Fields, Andy...

Tandis qu'il pivotait pour parler à Hannah, Shemaine serra le garçon dans ses bras.

— Tu vas me manquer, Andy.

L'enfant courut rejoindre ses petits camarades en criant, tout joyeux :

— Shaime est ma maman, papa l'a dit !

— Je crois qu'Andy est aussi content d'avoir une maman que vous d'avoir une femme, fit remarquer gentiment Hannah.

Il attira son épouse contre lui.

— Je ne sais pas si j'ai mérité un tel bonheur, Hannah, mais Shemaine est tout ce que je pouvais souhaiter.

La jeune femme caressa tendrement la joue de son mari.

— Même si j'avais le choix, je ne crois pas que je pourrais quitter ce qui m'est désormais si cher...

Gage n'aurait su donner un nom à l'émotion qui illuminait son regard vert. Mais cela ressemblait étrangement au bonheur.

15

Quand ils arrivèrent à la maison, Gage prit son épouse dans ses bras, laissant aux hommes le soin de s'occuper de Mary Margaret, et il courut à l'intérieur. Un instant, il la serra passionnément contre lui. Elle lui offrit ses lèvres avec une ardeur égale.

Puis des bruits de pas retentirent, et il y eut encore des félicitations, des cadeaux fabriqués par les ouvriers. Enfin, les invités prirent congé.

— Venez ici, femme, murmura Gage d'une voix enrouée.

Il la saisit à la taille, prenant soin d'éviter l'endroit où elle avait été blessée. Dans la chaude lumière de la lanterne, il se repaissait de son ravissant visage. Il caressa ses lèvres entrouvertes d'un long baiser sensuel, à la fois provocant et persuasif. La pudeur de Shemaine disparut bientôt, pour laisser place à une passion qui l'incita à répondre sans réserve.

— Avez-vous la moindre idée du nombre de fois où j'ai eu envie de vous embrasser ainsi, Shemaine? s'enquit-il en relevant la tête. Je vous ai désirée depuis le premier soir, quand je vous ai vue debout près de la table de la cuisine, lavée et coiffée. J'ai su alors que je serais incapable de me tenir convenablement à vos côtés pendant sept ans. J'ai attendu, afin d'avoir une chance que vous acceptiez de m'épouser.

— Voudriez-vous connaître un secret, monsieur Thornton ? Lorsque vous avez franchi le seuil, ce même soir, et que vous avez passé votre chemise par-dessus votre tête, je crois que Maurice du Mercer a commencé à glisser dans l'oubli.

Gage pencha la tête, surpris.

— Vraiment ?

— Au cas où vous ne le sauriez pas, monsieur, vous êtes fort beau à regarder, même tout habillé.

— Vous avez tout de même de l'avance sur moi, pour l'instant…

— Pardon ?

— Je ne vous ai jamais vue complètement nue, et j'en meurs d'envie, madame.

— Quand vous avez tué le serpent, je ne portais rien sous ma serviette, objecta-t-elle.

— J'ai remarqué. Je l'aurais préférée plus mouillée encore, mais elle me donnait un aperçu de ceci…

Il effleura un bout de sein, et Shemaine frissonna, le souffle court.

— Je vous désirais tellement ce soir-là, et bien d'autres ensuite !

Shemaine se rappelait la sensualité de son regard. Elle se souvenait aussi qu'après la première leçon de tir, elle tremblait de désir chaque fois qu'il la touchait.

— Heureusement que vous ne pouviez lire dans mes pensées, dit-elle.

— Pourquoi, ma douce ?

— Vous auriez été choqué !

— Heureusement que vous ne pouviez lire dans les miennes, car vous m'auriez pris pour le pire des libertins !

Shemaine rit en calant la tête contre son cou.

— Voulez-vous dîner maintenant ?
— Je n'ai faim que de vous, femme.
Il la pressa contre sa virilité palpitante.
— Je ne pourrais guère attendre davantage... insista-t-il.
Une vague de chaleur envahit la jeune fille.
— Je me suis fait une chemise pour notre nuit de noces. Voulez-vous me laisser le temps de me préparer pour vous ?
— Faites vite, alors, dit-il doucement.
— Promis.
Hissée sur la pointe des pieds, elle baisa ses lèvres, puis elle courut vers la chambre.
— Vous viendrez quand je vous appellerai ? s'enquit-elle.
Son sourire fut une réponse éloquente.
— Un tremblement de terre ne pourrait m'empêcher de venir vous rejoindre, madame.
Shemaine pénétra dans la chambre sans refermer derrière elle, et s'immobilisa. Des chandeliers trônaient de chaque côté du lit, les couvertures étaient rabattues sur des draps de lin ornés de dentelle. Sa chemise était délicatement étalée sur le couvre-pieds, et elle s'aperçut qu'elle avait été ornée au col et au bas des manches de fine broderie.
— Oh, Mary Margaret, souffla-t-elle, émue. Quel talent !
Gage entendit son murmure, et il s'approcha de la porte.
— Ça va, Shemaine ?
— Oui, mon époux. J'admirais seulement le travail que Mary Margaret a fait sur les draps qu'elle nous a offerts. Je vous en prie, attendez encore un peu. Vous verrez tout cela dans un moment.
Nerveux, il se mit à arpenter le salon. Il ôta sa redingote, son gilet, sa cravate. Puis il chercha une

bouteille de madère, la déboucha, en servit un verre qu'il goûta et trouva digne de l'occasion.

Enfin, elle l'appela de la chambre.

— Vous pouvez entrer, Gage.

— J'arrive, mon amour.

Il prit deux gobelets de cristal, y versa le vin et poussa la porte de la chambre de l'épaule. Il s'arrêta sur le seuil. Shemaine était assise dans le lit, appuyée à un oreiller bordé de dentelle, vêtue d'une chemise virginale, image même de la jeune épouse que tout homme aimerait avoir près de lui le soir de ses noces.

Il se rappela le désir intense, presque douloureux qu'il avait d'elle, surtout depuis qu'elle avait accepté de devenir sa femme. Malgré cela, il n'avait pas voulu abuser d'elle tant qu'elle était esclave, elle se serait crue obligée de céder à ses pulsions. Et il en était récompensé à présent. Elle était désormais son épouse, sa ravissante épouse, et cette nuit serait à jamais gravée dans leurs mémoires.

— Mary Margaret nous a offert cette parure en cadeau de mariage, dit-elle. Elle a fait elle-même la dentelle.

Gage vint s'asseoir près d'elle, lui offrit l'un des verres, et passa la main sur la fine dentelle. Il se souvenait que Mary Margaret l'avait chassé de sa propre chambre, le matin même, avant leur départ pour Williamsburg.

— Cette femme est une véritable fée.

— Elle a brodé aussi ma chemise, renchérit Shemaine.

Il approcha une chandelle afin de mieux observer le travail de Mary Margaret.

— C'est magnifique, souffla-t-il.

Mais son regard était irrésistiblement attiré par la poitrine de la jeune femme, sous le fin tissu.

Shemaine avait le souffle court. Les cils épais de Gage masquaient ses yeux, et elle ne pouvait savoir ce qui allait se passer. Et si cet étranger qu'elle venait d'épouser se transformait soudain en bête sauvage ?

Il prit sa main et joua doucement avec ses phalanges. Son sourire était tendre.

— Oui, ma douce, cette chemise est ravissante. Presque autant que celle qui la porte.

Il reposa le chandelier sur la table de chevet et se pencha sur la bouche de son épouse. Son baiser fut aussi enivrant que le madère, et Shemaine soupira quand les lèvres de Gage glissèrent le long de son cou, jusqu'à ses seins. Un éclair de plaisir la traversa lorsqu'il en prit un entre ses dents à travers la chemise. Allait-elle s'évanouir de plaisir ?

Il releva la tête.

— N'arrêtez pas, gémit-elle.

Elle le suppliait du regard.

— Accordez-moi un bref instant pour me dévêtir, mon amour. Et puis, il faut que j'aille lentement, afin de ne pas vous priver de votre plaisir.

— Vous ne me privez de rien, monsieur, assura-t-elle d'une voix tremblante d'émotion. Écoutez mon cœur, comme il bat...

Elle appuya sa main sur son sein gauche.

— Je n'ai jamais eu d'élève plus appliquée, murmura-t-il avant de se lever.

Instinctivement, elle baissa les yeux vers sa virilité.

— Oui, madame, dit-il, j'ai très envie de vous.

Il alla ôter son pantalon près d'un fauteuil, en se détournant légèrement pour ne pas la choquer. Elle ne pouvait cesser d'admirer les muscles de ses fesses et de son dos, tandis qu'il se tenait sur une jambe. Puis il changea de position, révélant son sexe fièrement dressé, et elle demeura pétrifiée. Les deux fois qu'elle l'avait vu nu, c'était à la lueur de la lune, et elle l'avait surtout trouvé magnifique. Il l'était, certes, mais aussi tellement impressionnant...

Il revint vers le lit et elle fixa résolument l'armoire pendant qu'il se glissait à son côté. Il se couvrit jusqu'à la taille et s'appuya, comme elle, à son oreiller. Il lui pressa la main.

— Vous avez peur ?
— Un peu, avoua-t-elle d'une toute petite voix.
— Ce sera sans doute désagréable au début, ma douce. Un sacrifice que doit faire la jeune épouse, mais qui n'est rien comparé aux plaisirs à venir ensuite. Or je vous jure, ma chère petite femme, que je vous donnerai tout le bonheur dont je serai capable.

Shemaine, devant tant de considération, sentit ses craintes diminuer.

— Ce n'était qu'un instant de panique, monsieur Thornton, murmura-t-elle avec un vaillant sourire.
— Très bien, madame Thornton, répondit Gage, rassuré par son regard confiant. Si nous portions un toast à notre mariage ?

Il prit son verre, lui sourit.

— Qu'il soit ce que nous souhaitons tous les deux, et qu'à la fin de notre vie nous puissions regarder en arrière avec paix et joie, entourés d'une nombreuse progéniture.
— Amen ! s'écria Shemaine.

Elle croisa son bras avec celui de Gage et avala une gorgée. Peu habituée à l'alcool, elle dut s'éclaircir la voix avant de poursuivre :

— Et que nous puissions nous dire, à la fin de nos jours, qu'un amour profond nous a liés pour faire de nous une seule et même personne.

— Amen !

Têtes penchées l'une contre l'autre, ils burent en riant. Puis leurs lèvres se touchèrent, et leur amusement se transforma en émotion beaucoup plus sensuelle. Gage posa les verres, serra la jeune femme contre lui pour un baiser. Enfin il ouvrit les minuscules boutons de la chemise de nuit, qu'il fit glisser sur ses épaules.

Les seins de Shemaine pointaient, impertinents. Il était éperdu d'admiration devant la perfection de sa poitrine, les petits boutons roses si doux sous ses doigts.

— Vous êtes plus belle encore que je ne l'imaginais, chuchota-t-il.

Il la caressa du bout de la langue, puis se redressa, la laissant horriblement frustrée. Mais c'était seulement pour changer de position. Il la fit descendre davantage dans le lit, et elle gémit quand il reprit un sein entre ses lèvres. Elle enfouit les mains dans ses cheveux, se cambra sous la caresse. Elle avait du mal à respirer.

Le drap fut repoussé, la chemise remontée sur ses cuisses, et Gage glissa une main entre ses jambes, lui arrachant un cri de plaisir.

Elle se rendit à peine compte qu'il lui ôtait la chemise, et elle se retrouva nue sur le lit, le corps de son merveilleux mari tout contre elle. Elle n'avait plus peur de la virilité qu'elle sentait maintenant sur sa peau.

Gage avait du mal à mater ses instincts, et lorsqu'il sentit une main timide chercher son sexe, il fut pris au dépourvu.

— Vous allumez des feux dévastateurs, mon amour, dit-il en fermant les doigts sur les siens afin de faire cesser l'exquise torture. J'aimerais vous donner du plaisir avant de prendre le mien.

Il l'embrassa de nouveau avec passion, puis il la pénétra d'un coup ferme. Elle eut un haut-le-corps, et il s'immobilisa, sans cesser de la caresser et de baiser ses lèvres, jusqu'à ce qu'elle se détende, curieuse de ce qui allait suivre.

La danse rituelle des amants emporta Shemaine, le souffle court, le cœur battant, les jambes nouées autour des reins de Gage, les ongles enfoncés dans son dos. Elle épousait son rythme avec une urgence grandissante qui les mena, dans une spirale éblouissante, vers le royaume de l'irréel, le royaume du bonheur extrême, dont ils retombèrent en flottant doucement...

La jeune femme se passa la main sur le front et ouvrit les yeux sur le visage souriant de son époux.

— Vous m'avez bouleversée, monsieur Thornton...

— Et vous, madame Thornton, vous m'avez ravi au-delà de toute attente. Et ce n'est pas à cause de ma longue abstinence, mais bien par votre ardeur à me donner du plaisir et à en prendre.

Elle s'inquiéta.

— Mon audace vous a contrarié ?

— Certes non ! répliqua-t-il en riant devant l'absurdité de la question. J'ai été enchanté, plus que je ne saurais le dire, de trouver en vous une femme passionnée, au point d'avoir fort envie d'y goûter de nouveau. Mais vous êtes fragile, et je promets de faire attention.

Elle noua les bras à son cou.

— Je ne me sens pas du tout fragile...

— Il vaut mieux attendre un peu. Pour l'instant, j'ai une surprise pour vous. Votre cadeau de mariage vous attend dans l'autre pièce.

— Mon cadeau de mariage ? Mais je n'ai rien pour vous...

— Comment pouvez-vous dire une chose pareille, alors que vous venez de m'offrir ce dont je rêve depuis le jour où je vous ai rencontrée ?

Il l'embrassa avec passion.

— Vous voyez combien je vous désire ? reprit-il. Mais j'ai hâte de vous montrer votre cadeau.

Il se leva, sous le regard émerveillé de son épouse, puis il se retourna, et elle remonta timidement la couverture sur sa nudité.

— Vous venez ? s'enquit-il.

Elle se leva vivement, enroulée dans le drap, et approcha de Gage qui regardait le lit, derrière elle. Jetant un coup d'œil par-dessus son épaule, elle vit la tache rouge qui maculait le drap de dessous, et elle s'empourpra. Mais Gage, sans un mot, la serra tendrement contre lui.

Tandis qu'il l'emmenait au salon, elle admira furtivement son torse puissant. Bien qu'il semblât parfaitement à l'aise en costume d'Adam, elle hésitait à le contempler ouvertement. Ses parents, comme bien d'autres, l'avaient tenue à l'écart des mystères du sexe.

Il sourit en constatant qu'elle le regardait.

— Aimeriez-vous prendre un bain avec moi, ma chérie ?

— Vous plaisantez ! Il faudrait un tub beaucoup plus grand que le vôtre !

— Et ne pensez-vous pas que ce serait un parfait cadeau de mariage ?

Elle leva la tête vers lui.

— Comment cela ?

Gage eut un geste de la main en direction de la resserre.

— Après vous, madame.

Perplexe, elle prit une lampe et se dirigea vers la porte qu'elle ouvrit. Elle poussa un cri ravi en découvrant, au milieu de la pièce, une baignoire assez vaste pour deux. Elle était protégée par un paravent. À mieux y regarder, Shemaine s'aperçut que l'endroit n'avait plus rien d'un cellier, mais ressemblait fort à une véritable salle de bains, avec une table de toilette, une coiffeuse, un guéridon pour se raser et, dans un coin, une chaise percée. Il y avait même un haut tabouret devant le lavabo, de toute évidence destiné à Andrew.

Gage lui prit la lanterne des mains et alluma plusieurs bougies.

— J'ai demandé aux Morgan de travailler ici pendant que nous étions en ville. Cela vous plaît ?

— Oh oui, Gage !

Elle se jeta dans ses bras avec fougue.

— Merci !

Il sourit.

— J'ai remarqué combien vous aimiez les bains, et j'ai pensé au plaisir que nous aurions à en prendre ensemble. La baignoire est trop lourde pour que vous puissiez la bouger, même vide, aussi j'ai décidé qu'il fallait la vider sur place. Flannery Morgan a donc percé un trou, et il a mis un tuyau qu'il a enterré, afin que l'eau aille se jeter dehors. Vous n'aurez qu'à ôter le bouchon, et vous verrez votre bain se vider.

Elle était émerveillée.

— Quelle ingéniosité !

— J'étais grandement motivé par mes propres désirs. Vous êtes une petite épouse fort tentante, Shemaine, et j'avais envie de partager avec vous tous les plaisirs possibles.

— Vous possédez une vive imagination, monsieur. J'en ai la preuve partout dans la maison.

— C'est mieux encore lorsque je suis inspiré par votre beauté...

— À présent, vous allez pouvoir apprécier les bains à l'intérieur, fit-elle remarquer joyeusement.

Il tira légèrement sur le drap qui masquait ses seins.

— Se baigner dans le ruisseau à deux n'est pas désagréable non plus. Demain, je vous montrerai…

Le drap glissait, et il vit les yeux verts s'assombrir de désir.

— Voulez-vous que nous remplissions la baignoire maintenant ? demanda-t-elle, le souffle court.

— Occupez-vous du savon et des serviettes. Je me charge de l'eau.

Mais, au lieu de s'éloigner, il continua à la caresser, et le drap tomba tout à fait.

Elle s'offrit bien volontiers à ses mains qui parcouraient hardiment son corps. Elle le suivit, fascinée, quand il recula jusqu'au tabouret. Il s'y assit, le regard voilé de passion, et il la prit à califourchon sur lui, la pénétra. Elle le chevaucha et ils s'unirent de nouveau dans l'extase.

Il leur fallut un long moment pour retomber sur terre. Shemaine se lovait entre les bras de son mari qui la serrait bien fort, baisait ses paupières closes, se repaissait du bonheur d'être en elle.

Lorsqu'ils se séparèrent enfin, il l'enroula dans le drap comme dans un cocon, et il l'assit sur le tabouret, tandis qu'il allait chercher de l'eau. Il était tout à fait à l'aise dans sa nudité, et elle ne put résister au plaisir de le contempler.

Enfin, il revint vers elle.

— Votre bain est prêt, madame. Et votre époux a hâte de le partager avec vous.

Elle fit mine de rajuster le drap, mais il l'en empêcha.

— Vous êtes beaucoup trop belle pour vous cacher, madame. Et je veux vous regarder. Voulez-vous me regarder aussi ?

— Oui, répondit-elle vivement. J'en ai très envie.

— Alors, ne vous gênez pas.

Il prit sa main et la posa sur son torse.

— J'aime ça, souffla-t-il.

— Moi aussi…

Le cœur battant, elle le laissa la guider.

— Vous voyez, madame ? murmura-t-il. Je ne suis que de la terre glaise entre vos mains.

— Non ! protesta-t-elle. Pas de la terre glaise, un chêne puissant.

— Alors, venez vous percher sur ma branche, petit oiseau, dit-il à son oreille.

16

Le pépiement joyeux des oiseaux qui nichaient dans le grand pin, près de la fenêtre de la chambre, éveilla les jeunes mariés. Comme son époux s'étirait dans son dos, Shemaine sourit, heureuse de le sentir derrière elle. Elle était allongée sur le côté, lovée contre lui.

— J'adorerais rester au lit et m'occuper de vous, ma douce, souffla Gage, mais il faut que je vaque à mes tâches matinales.

— Nous n'avons pas beaucoup dormi, objecta-t-elle, câline.

— En effet, nous avons passé trop de temps dans le bain. Mais que signifie le sommeil, comparé à de tels plaisirs ? Je revois votre silhouette splendide, tout humide, à la lumière des bougies...

Rien qu'à ce souvenir, le cœur de Shemaine se mit à battre plus vite. Elle aussi avait admiré l'anatomie de son nouvel époux, les muscles de ses épaules, de ses membres...

— Jamais cadeau de mariage n'a été utilisé avec autant d'amour, et je ne commettrai plus l'erreur de penser que le lit est le seul endroit où l'on puisse concevoir des enfants.

— À condition d'être seuls, madame, tous les moments sont bons, tous les endroits parfaits, que nous soyons habillés ou nus comme Dieu nous a créés. Pour deux êtres consentants, il y a toujours un moyen de faire l'amour.

— Je chercherai des occasions de le vérifier, monsieur, le taquina-t-elle, intriguée.

— Ne vous étonnez pas si elles surviennent de façon inattendue, l'avertit Gage en la serrant davantage contre lui.

Elle lui caressa le tibia du bout du pied.

— Tant que j'entendrai le bruit de vos pas, vous me trouverez toujours avide de vous plaire.

Il passa une main sur la courbe de sa hanche et sa cuisse.

— Voulez-vous m'attendre ici?

Elle lui lança un coup d'œil surpris.

— Vous ne préférez pas que je prépare le petit-déjeuner? Nous avons à peine touché au repas qu'Hannah avait concocté. Elle sera déçue.

Il rit.

— Je suis certain qu'elle comprendrait si nous le lui disions, mais je n'en vois pas la nécessité. Et vous?

Elle eut un soupir ravi.

— Elle se demanderait ce que nous avons fait...

— Compte tenu du nombre d'enfants qu'elle a mis au monde, je pense qu'elle serait capable de le deviner.

Shemaine se rappela quelques-unes de ses amies en Angleterre, qui, après leur mariage, avaient exprimé leur aversion pour «tout ce qui se passe dans un lit». Pour sa part, elle avait été comblée.

— Mieux vaut être discrets, reprit-elle. Il ne faut pas que les gens puissent imaginer que nous avons passé toute la nuit à nous aimer.

— C'est pourtant le cas, madame, répliqua-t-il, amusé.

— Je le sais, Gage, mais personne d'autre n'a besoin d'être au courant. On penserait que vous avez épousé une fille de joie.

Il fit mine de réfléchir.

— Nous n'y pouvons rien. La vérité finit toujours par éclater au grand jour.

Shemaine feignit de se mettre en colère.

— Gredin ! Anglais libertin ! Vous avez abusé de moi, vil suborneur !

Dans un éclat de rire, elle voulut se lever, mais il la rattrapa et ils luttèrent gaiement, jusqu'à ce que Gage la cloue au matelas.

— Vous ai-je dit combien j'adore avoir une fille de joie dans mon lit ? murmura-t-il en la couvrant de petits baisers.

— Si je suis une fille de joie, c'est à cause de vous, qui m'avez initiée au plaisir et m'en avez rendue dépendante.

Elle ne plaisantait qu'à demi, car il avait en effet éveillé ses sens, et elle en voulait davantage encore.

Redressé sur les coudes, il caressait son visage du regard.

— Songez à tout ce que nous allons apprendre ensemble, ma douce…

— Vous voulez dire qu'il y a des choses que vous ignorez ? s'étonna-t-elle.

— J'ai beaucoup à apprendre, ma chérie, en particulier sur vous. Si nous avons la chance de vivre toute notre vie ensemble, je suis sûr que vous finirez par lire en moi comme dans un livre que l'on connaît par cœur. J'espère seulement que vous ne vous lasserez pas…

Elle pouffa.

— Certainement pas. C'est le contraire que je redoute.

— Jamais !

— Le soleil se lève, lui rappela-t-elle gentiment.

— Oui, il faut que je vous quitte, mais à condition que vous promettiez de ne pas vous habiller. Le premier matin de votre arrivée, quand vous vous affairiez dans la cuisine, je me souviens que vous étiez charmante, dans vos vêtements de nuit. À la vérité, madame, j'étais complètement bouleversé par la façon dont le peignoir soulignait votre poitrine et vos hanches.

Shemaine gémit en se rappelant combien elle avait été mal à l'aise, ce jour-là.

— C'est la raison pour laquelle vous ne me quittiez pas des yeux ?

Les mains de Gage glissèrent le long de ses bras jusqu'à son torse.

— Vous étiez tellement tentante que j'aurais aimé vous prendre sur-le-champ. Et ce ne fut pas la seule fois !

La jeune femme passa les doigts dans sa chevelure en désordre.

— Si j'avais su à quoi m'attendre, j'aurais souhaité vous épouser tout de suite après avoir quitté le *London Pride*. Vous êtes particulièrement doué, monsieur Thornton. Quand je songe à ce que j'ai manqué, je me demande si je ne devrais pas être jalouse des autres femmes à qui vous avez fait l'amour.

— Pour qui me prenez-vous, madame ? Pour un affreux paillard ? Je vous l'ai dit, j'ai toujours été très difficile, concernant les femmes. D'ailleurs, lorsque j'ai commencé à m'y intéresser, vous n'étiez pas assez grande pour attirer mon regard. Aujourd'hui encore, vous êtes presque un bébé.

— Ai-je l'air d'un bébé ? rétorqua-t-elle avec une moue taquine.

Elle s'étirait voluptueusement.

— Non, je dois le reconnaître... Vous a-t-on déjà dit combien vous êtes belle, dévêtue ? Surtout cette délicieuse partie de votre personne, ajouta-t-il en caressant un sein, si blanc sous sa main hâlée.

Il ne put résister au plaisir de goûter l'un des petits boutons roses.

— Si vous continuez, monsieur, haleta-t-elle, je ne vous laisserai pas partir...

Gage aurait renoncé à se lever s'il n'avait entendu l'estomac de Shemaine gargouiller.

— Je suppose que vous avez faim, dit-il.

— Terriblement ! répondit-elle en riant quand il fit mine de lui dévorer un sein. Vous êtes un esclavagiste !

— Un esclavagiste ? Moi qui me croyais le plus indulgent des maîtres ! Voulez-vous que je vous montre ce que j'exigerais de vous, si vous étiez moins fragile ?

— Oh, oui !

Son enthousiasme ravit Gage. Jusqu'à présent, il n'avait pas rencontré la moindre réticence en elle.

— Je le ferai, promit-il, mais il faut d'abord que vous repreniez des forces. Maintenant, femme, debout, et allez préparer le repas de votre seigneur et maître !

Il rabattit vivement les couvertures et, dans un éclat de rire, elle traversa le matelas, s'accrocha à une colonne du lit. Mais il la poursuivait et la rattrapa sans peine.

— Vous ne m'échapperez pas, petite sorcière, souffla-t-il.

Elle se pressa contre lui, et il devint vite évident que s'ils ne cessaient pas leurs petits jeux, les tâches matinales devraient attendre.

À regret, Gage s'arracha à elle.

— Il faut que j'aille traire la vache avant qu'elle n'explose, dit-il. Pourtant, j'aimerais nettement mieux m'occuper de vous…

Il s'assit sur le lit et l'attira entre ses cuisses pour baiser ses seins. Elle fondait contre lui, véritable poupée de chiffon. Gage, incapable de résister, l'installa sur lui.

— Vous êtes toujours à califourchon, quand vous montez votre étalon ? demanda-t-il.

— Pas toujours, répondit-elle, troublée.

— Et vous aimez ça ?

Elle comprit enfin et sourit.

— Oui, si j'ai un bel étalon entre les jambes…

— Et que pensez-vous de moi, madame ?

— Que vous êtes le meilleur.

Elle posa les mains sur sa poitrine, et il l'entraîna à la renverse sur le lit.

— Chevauchez à votre gré, ma belle…

Une demi-heure plus tard, Gage quitta enfin son épouse. Shemaine resta roulée en boule sur le lit, à l'observer tandis qu'il enfilait son pantalon et ses bottes.

— Vous aviez raison, ma douce, dit-il.

Elle haussa un sourcil interrogateur.

— Vous êtes une bonne cavalière.

Elle sourit, coquette.

— J'avais la meilleure monture.

Gage accueillit le compliment d'un signe de tête.

— Aimeriez-vous prendre un bain dans la rivière, après le petit-déjeuner ?

Elle frissonna.

— Trop froid.

— Je vous tiendrai chaud, promit-il.

— Le soleil est levé. N'importe qui pourrait nous voir...

— J'ai dit à mes hommes de ne pas venir.

— Et Potts ?

— Je serais étonné qu'il ait le cran de s'aventurer par ici, tant que sa blessure n'est pas guérie... Je pourrais vous apprendre certaines choses que nous n'avons pas encore essayées, insista-t-il, diabolique.

— C'est injuste, vous tentez de me corrompre !

— Je sais.

— Vaquez à vos occupations, mon cher époux, déclara-t-elle, prise d'un brusque enthousiasme, et dépêchez-vous ! Moi, je vais immédiatement préparer le repas.

Le temps passa vite, tandis qu'ils s'affairaient chacun de leur côté, et ils ne se retrouvèrent que deux heures plus tard à la table du petit-déjeuner qu'ils prirent côte à côte, se nourrissant mutuellement, se caressant entre chaque bouchée comme s'ils ne pouvaient se rassasier l'un de l'autre.

Shemaine était vêtue d'un simple peignoir quand ils sortirent sur le porche. Au bord de l'eau, elle hésita à se mettre nue, mais après avoir vu Gage plonger elle se décida.

— C'est glacé ! se plaignit-elle en avançant avec précaution.

— Rafraîchissant et revigorant, rectifia-t-il.

— Glacé ! insista la jeune femme qui frissonna lorsque l'eau arriva à ses cuisses.

— Venez, ma chérie, je vous réchaufferai, promit-il en lui tendant les bras. Encore quelques pas, et vous serez contre moi.

Les dents serrées, elle s'obligea à le rejoindre, et elle s'étonna de le trouver si chaud.

— C'est vous qui me faites cet effet, dit-il en riant.

— J'aime la façon dont vous me regardez, murmura-t-elle entre deux baisers. Et j'aime aussi vous regarder. J'aime vous voir vous habiller. Je n'avais jamais vu un homme s'habiller, avant.

— Vous en aurez assez quand je serai vieux et gros.

— J'en doute !

— Au moins, vous n'avez plus peur de me contempler.

— Je n'ai jamais eu peur…

Elle rit en le voyant hausser les sourcils, sceptique.

— J'avais seulement peur que vous ne me surpreniez, expliqua-t-elle.

Il sourit.

— Maintenant, vous pouvez en profiter à loisir. Je suis à vous, corps et âme.

— Corps et âme, répéta-t-elle. C'est tellement agréable de savoir que je peux vous toucher où je veux, quand je veux…

Elle caressait ses fesses si fermes, et il fit de même.

— Avant d'aller ramasser les œufs, lui rappela-t-elle, vous avez promis de m'apprendre de nouvelles choses…

Il glissa une main entre eux pour la pénétrer d'un doigt. Elle eut un soupir tremblé.

— Vous aimez ? s'enquit-il.

— Oui… J'aime tout ce que vous me faites, je…

— *Répugnant !*

Le cri les sépara instantanément, et ils se retournèrent d'un bloc pour découvrir Roxane plantée sur la rive, l'air outré. Affreusement gênée, Shemaine plaqua les mains sur sa poitrine et se précipita contre Gage, qui l'enlaça.

— Par le diable, que faites-vous ici, Roxane ? tonna-t-il.

Elle ressemblait à une sorcière, avec le vent qui jouait dans ses longs cheveux défaits.

Elle secoua la tête.

— J'ai appris ce matin que vous aviez épousé votre garce, mais j'ai voulu vérifier par moi-même, car j'avais du mal à croire que vous soyez assez fou !

— Pourquoi ? Parce que je ne vous ai pas épousée ?

— Non ! Parce que vous prenez une autre femme alors qu'on a failli vous pendre pour avoir tué la première !

Le sursaut de Shemaine fit ricaner Roxane, mais Gage répliqua :

— C'est un mensonge, Roxane, vous le savez parfaitement !

La femme jeta un regard de pitié à Shemaine.

— Il vous tuera aussi, comme il a assassiné Victoria...

— Je ne tolérerai plus aucune de vos absurdes accusations ! rugit Gage. Vous savez mieux que personne que je n'ai pas tué Victoria. Vous êtes venue ici afin de terroriser Shemaine avec vos méchantes inventions.

Shemaine frissonna, soudain perdue. Mais pourquoi cette femme voudrait-elle avoir Gage, si elle le croyait capable de meurtre ?

Elle releva le menton et jeta un regard noir à Roxane.

— Je ne vous crois pas, Roxane. Mon mari n'est pas un assassin.

— Vraiment ?

Roxane s'avança jusqu'au bord de l'eau, qui était assez claire pour qu'elle devine leurs corps enlacés, et ce spectacle exacerba sa haine. C'était exactement ce qu'elle avait redouté dès qu'elle avait posé les yeux sur Shemaine. Quel homme aurait pu résister? Certainement pas Gage, qui avait toujours apprécié la beauté, Victoria en était la preuve. Mais elle se vengerait! Il ne pouvait impunément la repousser une seconde fois!

— Tout le monde connaît le sale caractère de Gage, et Victoria en a fait les frais!

Cette fois, ce fut Gage qui eut un rire dur.

— Vous imaginez qu'on va vous écouter, après vous avoir entendue crier mon innocence sur tous les toits? En outre, si vous êtes sûre que l'on vous croira, pourquoi n'êtes-vous pas allée raconter votre histoire aux autorités après notre dernière discussion? Vous essayez seulement d'effrayer Shemaine.

— Vous pensez vraiment que je vais rester tranquille, pendant que vous couchez avec votre sale petite condamnée? rétorqua Roxane. Vous espérez que je vais attendre que vous soyez lassé d'elle, comme vous l'avez été de Victoria? Jamais! Je vais raconter à tout le monde ce qui s'est réellement passé.

— Eh bien, allez-y! la défia Gage. Dites-leur le rôle que vous avez joué dans la mort de ma femme, car vous étiez là quand elle est tombée. Pas moi!

— Victoria était morte quand je suis arrivée sur les lieux, protesta Roxane.

— J'en doute de plus en plus!

— Vous voulez dire que j'aurais été capable de soulever votre femme et de la jeter du haut de la proue? Suis-je assez forte? Croyez-vous que Victoria m'aurait laissée la précipiter par-dessus bord sans se défendre bec et ongles?

— Vous avez dû la surprendre. La pousser par-derrière.

— Allons, Gage ! Soyez logique. Vous savez très bien qu'elle m'aurait vue grimper à bord. Elle serait même sans doute descendue à ma rencontre. Nous étions amies, souvenez-vous.

— J'ignore comment vous avez pu vous y prendre, Roxane, mais je sais que vous avez été malade de jalousie dès que j'ai commencé à courtiser Victoria. Et vous voilà de nouveau torturée. C'est la preuve que vous étiez la seule personne à souhaiter la mort de ma première épouse.

Roxane eut un rire cinglant.

— Quelle mauvaise rage s'est emparée de vous, ce jour-là, pour que vous assassiniez la mère de votre enfant alors qu'il était à peine sevré ?

Shemaine en avait assez de ces accusations. Elle glissa une main sur la nuque de son époux et lui donna un baiser.

— J'ai froid, et je suis lasse de ces ragots, déclara-t-elle à voix haute. Je rentre à la maison prendre un bain chaud. Si vous voulez bien me rejoindre, nous y serons tranquilles et nous pourrons terminer ce qui a été si grossièrement interrompu.

Gage en resta bouche bée. Il ne s'attendait pas à une telle loyauté face aux vicieuses allégations de Roxane. Admiratif, il regarda son épouse qui sortait de l'eau sans se soucier de sa pudeur. Elle alla chercher son peignoir, qu'elle posa sur son bras, et lui lança :

— Vous venez, mon amour ?

Le cœur en fête, il répondit d'une voix un peu voilée par l'émotion :

— Oui, mon amour. Dès que notre visiteuse sera partie. À moins que vous ne préfériez que je sorte tout de suite de l'eau ?

— Non, mon cher époux. Je ne partagerai même pas un coup d'œil de ce qui m'appartient avec une autre femme. Venez quand vous le pourrez, je vous attendrai.

Gage se tourna vers Roxane.

— Vous voulez bien me laisser, à présent ? demanda-t-il en croisant délibérément les mains sur son sexe.

Roxane montrait les dents.

— Vous n'avez pas fini d'entendre parler de moi, Gage, et vous regretterez de m'avoir repoussée au profit de cette traînée !

— Je ne le pense pas, rétorqua-t-il avec une calme assurance. En vérité, plus je vois Shemaine, plus je suis certain d'avoir trouvé la perle rare. Si je pouvais décrire les sentiments que j'éprouve pour elle, je dirais que je l'aime énormément.

Elle poussa un hurlement d'animal blessé, qui fit s'envoler les oiseaux alentour. Puis elle pivota sur elle-même et repartit comme une furie.

Gage attendit d'entendre les rames heurter la coque de sa barque, avant de sortir de l'eau. Il enfila son pantalon, prit ses bottes à la main et se dirigea pieds nus vers la maison.

Shemaine, vêtue du peignoir, se hâtait vers la nouvelle salle de bains avec un seau d'eau chaude. Elle lui adressa un sourire tremblant.

— Si… vous m'aidez… à porter l'eau, dit-elle en claquant des dents, elle sera… chaude plus… vite.

— Je m'en occupe. Restez près du feu, en attendant.

Elle le considéra, stupéfaite.

— Vous… n'avez pas… froid ?

— J'ai l'habitude, répondit-il avec un haussement d'épaules. Et puis, peut-être êtes-vous plus bouleversée que gelée, Shemaine…

— C'est vrai, Roxane m'a bouleversée, admit-elle avec colère. Quel toupet !

Pourtant, sa rage fit bientôt place au chagrin, et elle sentit les larmes lui monter aux yeux. Comme Gage venait la prendre dans ses bras, elle se mit à sangloter contre son épaule.

— J'ai honte ! Et je vous ai fait honte, Gage ! J'ai laissé cette femme me provoquer, au point de me faire perdre tout sens de la pudeur. Vu la façon dont j'ai exposé ma nudité, elle doit penser plus que jamais que je suis une fille perdue !

Il la repoussa légèrement pour la dévisager.

— Qu'est-ce qui vous ennuie le plus, Shemaine ? Les accusations de Roxane contre moi, ou le fait que vous vous soyez montrée nue ?

Les larmes redoublèrent, et elle murmura :

— Je vous ai mis très mal à l'aise, n'est-ce pas ?

— Bon sang, absolument pas ! J'ai failli crier de joie ! Imaginez-vous, Shemaine, ajouta-t-il en la berçant dans ses bras, le plaisir que j'ai éprouvé quand vous avez déclaré que vous aviez foi en moi ? C'était comme un rayon de soleil ! Jamais je n'aurais pensé que vous resteriez de marbre devant les sordides accusations de Roxane... Je suis émerveillé que vous ayez une telle confiance en moi.

La jeune femme fut étonnée de sa réaction. Mais après avoir été accusée à tort, sans personne pour écouter ses déclarations d'innocence, elle comprenait le besoin de confiance qu'il ressentait. Elle s'aperçut soudain qu'elle ne tremblait plus, et elle se frotta contre son époux en souriant.

— J'ai été épouvantable, n'est-ce pas ?

Il rit et la serra plus fort.

— Épouvantable. Complètement dépravée, mon amour...

17

Avec le retour d'Andrew, les Thornton s'installèrent dans une sorte de cocon familial.

Bien que le petit fût un peu étonné de voir Shemaine dormir avec son père, il l'acceptait bien volontiers comme mère, en remplacement de celle qu'il avait à peine connue. De vagues souvenirs d'un visage affectueux, de longs cheveux blonds avec lesquels il jouait quand elle le berçait ou lui chantait une comptine, lui revenaient parfois à l'esprit.

Et puis, il y avait le souvenir troublant de son père qui le laissait en train de pleurer dans son berceau et revenait à la maison avec une silhouette inerte dans les bras. Celui-là hantait ses rêves. Même après tout ce temps, la vision de sa maman étendue sur le grand lit, un filet de sang coulant de ses lèvres pâles, le réveillait en sanglots.

Sa nouvelle mère chantait aussi, et lorsqu'il avait fait un cauchemar, elle le serrait contre lui afin de le consoler. Quelquefois, elle le prenait même dans son lit, alors il posait la tête sur son épaule et, le bras de son papa autour d'eux, il se rendormait facilement. Un peu plus tard, il se rendait à peine compte que son père le portait dans son berceau, et le reste de la nuit se passait comme un charme.

On avait séparé la chambre d'Andrew de celle des parents, par un mur percé d'une porte, une autre porte donnant directement sur la salle de séjour. Ainsi l'enfant était moins dérangé par les conversations des adultes, et cela offrait à Gage et à Shemaine un peu d'intimité.

Toutefois, la nouvelle porte n'était pas un rempart contre les intrusions. Une nuit, Andrew se leva, pris d'un besoin pressant, et ouvrit la porte de communication à la volée. Il ne comprit pas pourquoi son père roulait vivement de l'autre côté du lit, ni pourquoi les deux grandes personnes remontaient les draps sur eux. Gage émit une sorte de grognement en retombant sur son oreiller, et le petit se demanda s'il s'était fait mal. Il fut tout aussi déconcerté de les voir rire.

À partir de ce jour, on plaça un pot de chambre près de son lit, en lui recommandant de l'utiliser la nuit, si besoin était. Gage installa également un verrou de leur côté, afin que l'enfant soit obligé de frapper pour entrer.

À Newport News, Roxane avait mis sa menace à exécution, cependant personne ne semblait lui prêter une oreille complaisante. La plupart des gens estimaient qu'après avoir été bafouée une deuxième fois par l'homme qu'elle adorait depuis dix ans, elle était poussée par le dépit. Et puis de telles allégations étaient devenues banales, quand Mme Pettycomb avait passé toute l'année à lancer des rumeurs visant à impliquer Gage dans la mort de Victoria.

Bien que plusieurs semaines se fussent écoulées, on ne parlait pas d'arrestation, et Gage soupirait de soulagement. La vie des jeunes mariés commença à se modifier. À leur grande surprise, des gens des environs vinrent leur rendre visite avec de menus présents, comme s'ils voulaient signifier qu'ils acceptaient Shemaine et souhaitaient mieux la connaître.

Ce changement d'attitude était dû principalement à Calley Tate qui, toujours alitée, recevait beaucoup de visites, à Hannah Fields et à Mary Margaret McGee. Les trois femmes chantaient sans cesse les louanges de leur nouvelle amie, et déclaraient à qui voulait l'entendre que Shemaine O'Hearn était une grande dame, condamnée à tort.

Pourtant, la vie n'était pas aussi idyllique qu'il y paraissait, car Shemaine redoutait que Jacob Potts ne fût remis de ses blessures et ne revînt dans la région. Elle ne pouvait faire un pas dehors sans avoir l'impression qu'on l'épiait depuis le couvert des arbres. Gage alla inspecter la forêt, mais il ne découvrit que des branchages fraîchement brisés et des feuilles mortes déplacées, ce qui pouvait être causé par n'importe quel animal.

Néanmoins Shemaine ne se sentait pas en sécurité, et elle ne sortait pas sans un fusil. Qu'elle se trouvât dehors pour jouer avec Andrew, laver le linge ou n'importe quelle autre tâche, elle s'attendait à affronter le pire. Si Potts était tapi dans les parages, elle voulait l'empêcher de nuire.

Après quelques leçons supplémentaires, elle fit des progrès dans le maniement des armes à feu, et elle commençait à se sentir capable de se défendre, si les circonstances l'exigeaient.

Gage était également sur ses gardes. Deux fois par jour, lui ou l'un de ses hommes ratissait les environs, mais ils n'étaient pas des pisteurs émérites, aussi ne remarquaient-ils que l'évidence, c'est-à-dire fort peu. Si Potts se terrait sous les arbres, il se montrait certainement d'une prudence extrême.

Une fois, après avoir confié à ses ouvriers le soin de protéger les siens, Gage se rendit à Newport News afin d'interroger de nouveau Morrisa. Mais celle-ci devait aller au port, ainsi que d'autres catins, pour accueillir un gros navire qui venait d'accoster. Le *London Pride*, ses cales pleines de marchandises, ne tarderait pas à reprendre la mer, et il fallait que les filles renouvellent leur clientèle parmi les arrivants, passagers ou équipage. Si elles rapportaient moins d'argent, leur avait dit Freida, leur nourriture serait réduite à la portion congrue.

Après avoir sèchement répondu qu'elle ignorait où se trouvait Potts, Morrisa refusa de se laisser retarder, sauf si Gage lui promettait une nuit d'orgie payée d'avance, car elle ne voulait pas encourir la colère de la mère maquerelle.

— Ce gringalet de Myers s'est plaint de moi à Freida, et maintenant il faut que je travaille deux fois plus que les autres pour la calmer. Oh, ce n'est pas que ça me plaise de lui obéir au doigt et à l'œil. J'aimerais mieux rester ici avec vous, juste pour vous montrer que je pourrais vous donner plus de plaisir que la sale bouseuse que vous avez épousée. Mais, si je fais des entourloupes à Freida, elle menace de me vendre à un des types de la montagne qui viennent en ville de temps en temps. Vous savez comment sont ces brutes ! Y en a un qui m'a mordue au sang ! J'en ai hurlé, je vous jure !

— Vous devriez être habituée à de tels traitements, après Potts, rétorqua Gage sans la moindre trace de sympathie.

Morrisa poussa un cri de rage et s'empara d'un lourd pichet d'étain qu'elle faillit lui lancer au visage. Toutefois, elle fut arrêtée dans son élan par le sourire narquois de Gage.

— Freida nous regarde, dit-il avec un geste en direction de l'escalier, sur lequel se tenait la grosse bonne femme.

Les bras croisés, son pied tapotant le plancher, elle exprimait clairement que Morrisa se verrait mise à la diète si elle se permettait de contrarier un client potentiel.

Morrisa reposa prudemment le pichet, tandis que Freida se dirigeait vers eux. Gage, n'ayant aucune envie d'assister à la réprimande qui ne manquerait pas de suivre, sortit de la taverne.

Sur le trottoir, il tomba nez à nez avec Mme Pettycomb.

— Mais c'est bien Gage Thornton ? s'exclama la matrone, surprise.

Elle rajusta ses bésicles sur son nez pour mieux l'examiner. Un homme qui épousait une condamnée devait s'attendre à des ennuis, s'il ne cédait pas à tous ses caprices. Cependant, à sa grande déception, Gage n'avait pas d'œil au beurre noir, ni de mâchoire fracassée. Curieuse, Alma jeta un rapide coup d'œil à l'intérieur, et elle aperçut Morrisa. Elle haussa les sourcils avec un sourire suffisant.

— Une petite visite amicale, Gage ?

Il la fusilla du regard.

— Je m'occupais seulement de mes affaires, madame Pettycomb.

— Je vois, ricana-t-elle. C'est ce que disent tous les hommes quand ils ont été vus avec des femmes de mauvaise vie.

— Ce n'est pas le cas, madame, grommela Gage, irrité. Mais pensez ce que vous voulez, je m'en moque.

Alma dut rapidement reculer, car Morrisa sortait en trombe de l'établissement pour se précipiter sur Gage.

— Si vous n'étiez pas aussi entiché de la garce que vous avez épousée, Gage Thornton, vous verriez qu'on serait bien, tous les deux. Mais non ! Vous voulez être le mari parfait de *milady*. Eh bien, j'espère que vous serez satisfait de la flopée de gosses qu'elle vous donnera, parce que c'est tout ce que vous obtiendrez d'elle. Elle sait rien faire d'autre ! Pour ma part, je vais aller voir au port si de beaux gars débarquent. Pour une fois, je pourrais en trouver un qui vaille la peine !

Elle s'éloigna à grands pas, sous l'œil médusé d'Alma.

— Vous allez aussi accueillir le bateau, Gage ? le provoqua-t-elle. Mais je parie que celui-là est trop luxueux pour transporter des condamnées.

Il lui offrit un sourire énigmatique.

— Je n'ai aucune raison de me rendre au port, chère madame. Comme Morrisa l'a souligné, j'ai tout ce qu'il me faut à la maison, et je ne vois absolument pas qui, sur ce navire, pourrait m'intéresser. Bonne journée !

Sur ce, il se dirigea vers la rivière où il avait laissé son canot, et Mme Pettycomb se retrouva aussi vexée qu'une poule que l'on vient de plumer. Hérissée d'indignation, elle le suivit d'un regard noir. Elle aurait aimé lui cracher sa fureur, mais mieux valait faire courir des bruits derrière son dos et préparer sa vengeance…

Elle se rendit elle-même au port et observa les passagers qui débarquaient. Morrisa s'était pendue au bras d'un individu relativement jeune, néanmoins Alma se désintéressa d'elle quand elle aperçut un homme de belle prestance, que le capitaine accompagnait sur la passerelle. Les vêtements qu'il portait attestaient de son aisance, mais il n'avait pas besoin de cela pour attirer l'attention. Les deux hommes restèrent un moment à discuter sur le quai, et Alma fut intriguée par le respect que témoignait le capitaine. Elle s'approcha à portée de voix.

— Si je peux vous être utile, milord, je serai heureux de faire tout mon possible afin de vous aider dans vos recherches, proposait le capitaine. J'aimerais en savoir davantage que ce que je vous ai dit, malheureusement, je n'ai pas revu le passager depuis qu'il a quitté mon bord, ce jour-là.

— J'espère que l'information que vous m'avez fournie me sera utile, malgré les années passées.

Le capitaine héla un marin qui descendait à terre, chargé d'une malle de cuir.

— Judd, occupe-toi des bagages de Sa Seigneurie. Ensuite, tu pourras partir en permission.

— Bien, cap'taine.

Le lord attendit que le marin l'ait rejoint pour se mettre en route vers la ville. Il se heurta presque à Mme Pettycomb.

— Je vous demande pardon, s'excusa-t-il en faisant mine de s'effacer.

— C'est moi qui vous demande pardon, monsieur, dit-elle vivement, avide de connaître le nom de celui qu'il cherchait. Je m'appelle Alma Pettycomb, et j'ai entendu sans le vouloir votre conversation avec le capitaine. Peut-être pourrais-je vous rendre service ? Je connais bien la région et ses habitants, or j'ai compris que vous cherchiez quelqu'un...

Il la considéra avec circonspection.

— Savez-vous si un homme du nom de Thornton habite dans la région ? s'enquit-il enfin. Il a quitté l'Angleterre il y a presque dix ans, et son navire a accosté ici, à Newport News.

Alma Pettycomb ne put s'empêcher de se demander ce qu'un pair du royaume pouvait bien avoir de commun avec un roturier, surtout aussi mal luné que le charpentier.

— Il y a un Gage Thornton qui vit en amont de la rivière, dit-elle, toute gonflée d'importance. Serait-ce celui que vous cherchez ?

Il eut un large sourire.

— En effet, c'est bien lui.

Elle fronça les sourcils.

— Pardonnez-moi de nouveau, milord, mais je voudrais bien savoir ce que Gage Thornton a fait de mal pour qu'un gentilhomme comme vous vienne le traquer jusqu'ici. Surtout après tant d'années !

Les yeux d'ambre de l'homme se firent de glace.

— Rien de mal, à ma connaissance, madame. Pourquoi cette question ?

— Il en a fait suffisamment ici pour que les gens aient peur de lui, rétorqua vivement Alma. On dit qu'il a tué sa première femme, pourtant il se comporte comme si le monde lui appartenait. Maintenant, il vient d'épouser une condamnée dont personne ne sait quel crime elle a commis en Angleterre. Je l'ai averti, le jour où il l'a achetée, qu'il faisait du tort à notre ville.

— Où habite ce M. Thornton ?

Elle lui donna les indications nécessaires, ainsi que le nom de plusieurs personnes qui l'y accompagneraient volontiers contre rémunération. Le gentilhomme la remercia poliment et fit signe au marin de le suivre, mais Alma l'arrêta.

— Puis-je savoir à qui j'ai l'honneur ?

Il eut un mince sourire, qui ressemblait étrangement à celui de Gage.

— Lord William Thornton, comte de Thornhedge.

Mme Pettycomb en resta un instant bouche bée.

— Vous êtes parent avec Gage Thornton ?

— C'est mon fils, madame.

Sur cette brève réplique, il se dirigea vers la rivière, suivi de Judd.

Le coup frappé à la porte réveilla Shemaine et Andrew de leur sieste. Le petit se leva d'un bond pour courir vers l'entrée, et Shemaine le suivit rapidement, inquiète. Potts n'aurait sans doute pas le front de venir jusque-là, mais elle ne voulait prendre aucun risque.

— N'ouvre pas avant que je voie de qui il s'agit, dit-elle à l'enfant.

Andrew s'immobilisa, docile, tandis qu'elle allait regarder par la fenêtre. Mais l'homme luxueusement habillé qui se tenait sur le porche lui était totalement inconnu. Elle était certaine de ne l'avoir jamais aperçu en ville.

Elle tira le loquet et permit à l'enfant d'ouvrir. Le regard de l'étranger fut aussitôt attiré par le petit, et Shemaine s'étonna de son air attendri. Puis le regard d'ambre se posa sur elle, et elle ne put retenir un cri de surprise. Il s'agissait sans doute du père de Gage, la ressemblance était évidente.

— M. Thornton est-il ici ? s'enquit-il froidement.

— Il devrait y être, répondit-elle, un peu déconcertée. L'un de ses ouvriers m'a dit qu'il s'était rendu à Newport News mais, si vous voulez bien entrer et attendre avec Andrew, milord, j'irai voir s'il est de retour.

William entra et il remarqua ses traits délicats, ainsi que l'alliance qu'elle portait à la main gauche. Il haussa un sourcil interrogateur.

— Vous savez qui je suis ?

Elle posa les mains sur les épaules de l'enfant.

— Je crois que vous êtes le grand-père d'Andrew… et le père de mon époux.

William pinça légèrement les lèvres en tentant de cacher son irritation. La commère avait eu raison ! Non seulement Gage s'était mis dans les ennuis avec sa première épouse, mais il avait donné son nom à une condamnée ! Toutefois, la fille était nettement mieux élevée et plus intelligente qu'il ne s'y serait attendu.

— Vous êtes contrarié que votre fils et moi soyons mariés ? demanda-t-elle.

— Vous êtes la condamnée dont m'a parlé Mme Pettycomb ?

Shemaine releva le menton.

— Aimeriez-vous savoir que j'ai été condamnée à tort ?

— S'il y avait un moyen de prouver votre innocence, oui. Mais les colonies sont bien loin de l'Angleterre, et je suppose que personne ici ne pourrait confirmer vos dires. Aucun père ne souhaiterait que son fils épouse une criminelle, et je ne fais pas exception à la règle.

— Que cela vous plaise ou non, milord, c'est ainsi. Et cela durera, sauf si vous obligez Gage à me répudier et à faire annuler le mariage. Mais, à la vérité, nous sommes allés trop loin pour cela.

— Mon fils a déjà montré son esprit d'indépendance, grommela William.

Il se rappelait leur dernière altercation. Il avait fallu plusieurs années pour que la vérité éclate, mais il avait été bouleversé par son départ.

— Cela ne servirait à rien que je donne mon avis, reprit-il, Gage pensera toujours qu'il a agi au mieux, et je suis certain qu'il ne renoncerait pas à une jeune femme aussi séduisante que vous, quelles que soient vos fautes.

Consciente de ses réticences, Shemaine eut le cœur serré. Cet homme avait décidé qu'elle était une criminelle, et seules les preuves de son innocence pourraient modifier son opinion. C'était exactement le genre de piège dans lequel elle était tombée après son arrestation. Bien qu'elle eût été innocente de tout ce dont on l'accusait, aucun magistrat n'avait été disposé à la croire.

— Voulez-vous rester avec Andrew pendant que je vais voir si Gage est là ?

Il acquiesça, et elle lui indiqua le sofa.

— Si vous voulez vous asseoir… Je n'en ai pas pour longtemps.

Andrew, angoissé à l'idée de se retrouver seul avec l'étranger, poussa un petit cri et se précipita à ses trousses. Elle le prit dans ses bras pour le consoler, mais il s'accrochait désespérément à elle.

— Je suis désolée, monsieur, Andrew n'a pas envie de rester avec vous pour l'instant. Il ne vous connaît pas assez.

— Je comprends.

Lorsque tous deux eurent quitté la maison, William s'installa confortablement et regarda autour de lui, ébloui par la qualité des meubles. Quand il avait débarqué sur la rive, il avait demandé à Gillian de l'aider à porter sa malle jusqu'au porche, et il s'était arrêté devant le bateau pour l'admirer, tout en questionnant Flannery. Les deux ouvriers avaient été trop heureux de le lui faire visiter, sans tarir de louanges sur leur patron. Il avait eu le cœur gonflé de fierté, et il avait enfin compris pourquoi Gage avait tenté de le persuader de le laisser fabriquer un navire selon ses plans, en Angleterre. Après dix ans de séparation, en regardant ce que son fils avait réalisé, il commençait à comprendre la raison qui l'avait poussé à quitter son pays, sa famille.

Trois ans après son départ, Christine avait succombé à une pneumonie – ou à un cœur brisé, avait-elle dit. Sur son lit de mort, elle avait avoué à son père qu'elle avait aimé Gage au point de vouloir le piéger en prétendant être enceinte.

Après son enterrement, son père avait supplié William de pardonner à sa famille, mais celui-ci avait compris que c'étaient son entêtement et son orgueil qui avaient causé la querelle. À l'époque, il exigeait une parfaite obéissance de la part de son fils, et il n'avait même pas envisagé la possibilité que Gage pût être un pion innocent dans le jeu de la jeune fille...

La porte de derrière s'ouvrit, et William se leva en entendant les pas de Gage dans le corridor. Ce fut lui qui vint à son fils, les larmes aux yeux. Gage, avec ses traits énergiques et son teint hâlé, était encore plus beau qu'autrefois.

— J'avais presque perdu l'espoir de te retrouver, commença William d'une voix étranglée.

Son attitude stoïque se fissurait. Il prit son fils aux épaules afin de lui montrer combien il lui avait manqué.

— Je t'ai cherché en vain durant toutes ces années, j'ai envoyé des hommes aux quatre coins de la planète... C'est par hasard que j'ai rencontré le capitaine du bateau sur lequel tu avais voyagé. Me pardonneras-tu jamais, mon cher enfant, de t'avoir incité à quitter la maison ?

Gage était stupéfait par l'émotion de son père. Il n'aurait pas cru le voir un jour si humble, si vulnérable... Sa mère était morte quand il avait douze ans, et le chagrin avait durci le comte, avait fait de lui un homme de discipline et de devoir. Or il le voyait là, devant lui, pratiquement en sanglots.

Le changement était si grand que Gage ne savait plus très bien où il en était. Il avait envie de le serrer contre lui, mais il se serait senti un peu ridicule. Son père prit les devants.

— Mon fils ! Mon fils ! pleura-t-il sur son épaule.

La porte s'ouvrit en grinçant. Andrew se précipita au salon, puis s'arrêta net en découvrant la scène.

Les deux hommes se tournèrent vers lui, et il fronça les sourcils.

— Papa pleure ? demanda-t-il, stupéfait.

Embarrassé, Gage se passa une main sur le visage, avant d'enlever son fils dans ses bras pour le présenter à William.

— Voici mon père, Andy. Mon papa... qui est aussi ton grand-père. Ton grand-papa.

— Grand-pa ?

Malcolm et Duncan avaient un grand-père qui venait souvent leur rendre visite, mais on n'avait jamais dit à Andrew qu'il en avait un aussi !

William tendit les bras à l'enfant, mais celui-ci secoua la tête contre l'épaule de son père.

— Où est maman ? s'enquit Gage, constatant que Shemaine n'était pas entrée avec lui.

Le petit garçon tendit un doigt vers l'arrière.

— Maman Shaime sur le porche.

Gage le posa à terre en déclarant avec fermeté :

— Reste ici avec ton grand-père, Andy. Je reviens tout de suite.

Il regarda dans l'allée, en direction de l'atelier, avant de s'apercevoir que la jeune femme était lovée dans un fauteuil tout au bout du porche. Elle avait les genoux remontés sous le menton, les bras noués autour de ses jambes. Comme il approchait, elle lui lança un regard timide qui trahissait son anxiété. Accroupi devant elle, il la fixa longuement et remarqua que ses cils étaient mouillés. Il captura sa main un peu tremblante et la porta à ses lèvres.

— Pourquoi n'êtes-vous pas rentrée avec Andrew ?

Elle haussa légèrement les épaules en se détournant.

— J'ai pensé que votre père et vous aviez besoin d'être seuls...

— Alors, pourquoi êtes-vous si bouleversée ?

Doucement, Shemaine dégagea sa main et croisa les doigts sur ses genoux.

— Mme Pettycomb a dit à votre père que j'étais une condamnée.

Gage marmonna un juron. Il aurait aimé tordre le cou de cette mégère ! Mais il lui fallait surtout savoir ce que son père avait dit ou fait pour blesser ainsi la jeune femme.

— A-t-il été désagréable ?

— Non, mentit Shemaine qui ne voulait pas susciter une nouvelle rupture entre le père et le fils.

Gage n'était pas convaincu.

— Il a sûrement dit quelque chose...

— Non, rien ! insista-t-elle d'une voix qui se brisait un peu.

— Vous n'êtes pas très douée pour le mensonge, Shemaine. Maintenant dites-moi, mon amour, que s'est-il passé ?

Elle ne résista pas quand il lui prit de nouveau la main. Elle se leva, essuya ses yeux et lissa ses cheveux sur les tempes.

Il sourit en l'enlaçant.

— Vous êtes ravissante, ma chérie, souffla-t-il avant de prendre ses lèvres.

Le baiser était tendre, et Shemaine comprit combien elle l'aimait. Que deviendrait-elle, si William parvenait à les séparer ?

Elle répondit à son baiser de tout son cœur, de toute son âme. Enfin Gage releva la tête, les yeux brillants.

— Nous terminerons cet interlude ce soir. Si nous tardons trop, Andy viendra nous chercher.

— Alors, rentrons. Il n'aime pas se trouver avec des étrangers.

Dès qu'ils ouvrirent la porte, le petit se précipita vers eux. Son père le souleva dans ses bras, chassant les soucis de son visage, et tous trois rejoignirent lord Thornton.

— Père, voici ma nouvelle épouse, Shemaine, déclara Gage avec une certaine raideur, en posant un bras possessif sur ses épaules. La mère d'Andrew est morte accidentellement voilà un an, me laissant veuf. Avant d'être envoyée ici, Shemaine était fiancée au marquis du Mercer, à Londres. On l'a enlevée dans la demeure de ses parents, accusée de vol, et embarquée à bord du *London Pride*.

William se rappelait avoir vu le navire prison à quai, et l'avait reconnu comme l'un des nombreux bâtiments de son ennemi, J. Horace Turnbull. Il connaissait également la famille du Mercer et, juste avant de quitter l'Angleterre, il avait entendu parler du scandale qu'avait causé la fiancée de Maurice en s'enfuyant avant la noce – ce qui avait, selon certains, positivement ravi sa grand-mère.

— Ainsi, Shemaine et toi n'êtes pas mariés depuis longtemps ?

Gage eut un sourire un peu tendu.

— Suffisamment pour apprécier la qualité de notre union.

William remarqua l'autorité dans le ton de son fils. De toute évidence, la petite chipie n'avait pas perdu de temps pour se plaindre de son attitude. Pas étonnant qu'elle semblât à présent si embarrassée !

— Elle t'a dit que je n'appréciais pas de te voir épouser une condamnée, c'est ça ?

Gage serra les dents.

— Elle n'a rien dit de tel, père, mais, comme je ne vous ai jamais vu tergiverser, il me semble que vous devriez exprimer votre opinion à ce sujet. Et dorénavant, si vous avez des remarques à émettre sur notre mariage, j'insiste pour que vous vous adressiez à moi directement. Je n'aime pas que vous bouleversiez mon épouse, et je ne le tolérerai pas. C'est bien compris ?

Effrayé, Andrew se cacha le visage, et Gage lui caressa le dos. Il fallait qu'il se calme, dans l'intérêt de l'enfant.

— Désolé, père, s'excusa-t-il avec peine. Il semblerait que nous ne soyons toujours pas en harmonie. Et je n'ai pas appris à tenir ma langue...

— Peut-être ferais-je mieux de m'en aller, déclara William d'un ton contraint.

Il tourna les talons, et serait sorti si Shemaine ne s'était hâtée d'aller poser une main sur son bras.

— Ne partez pas, milord, je vous en prie. Je ne veux pas causer une nouvelle querelle entre vous. Restez souper avec nous. Et si vous consentez à partager notre demeure quelque temps, il y a à l'étage une petite chambre où vous serez tranquille.

Elle caressa la main veinée de bleu en poursuivant doucement :

— Restez, ne serait-ce que pour Andrew. Vous êtes son grand-père...

William la regarda à travers les larmes qui lui piquaient les yeux.

— J'ai mis tant de temps à trouver mon fils que je détesterais devoir partir sans avoir lié connaissance avec les siens.

Elle en eut le cœur serré de sympathie.

— Alors restez, milord. Vous faites partie de notre famille.

Il lui tapota affectueusement la main.

— Merci, Shemaine.

Elle glissa un bras sous le sien pour le ramener vers Gage.

— Je vous en prie, pour Andrew, évitez de vous disputer, dit-elle à son mari, le regard suppliant.

Vous avez souffert, mon amour, mais sans pardon, comment pourrait-on oublier ses blessures et soulager son cœur du poids qui l'accable ?

Gage savait qu'elle avait raison, néanmoins il lui fallut un long moment avant de pouvoir lever les yeux vers son père.

— Aimeriez-vous venir visiter le bateau que je suis en train de construire ? proposa-t-il enfin.

Un immense soulagement se peignit sur le visage de William.

— Oui, et je serais heureux de voir également ton atelier. On ne trouve d'aussi beaux meubles que dans les meilleures maisons, à Londres. Tu dois être fier de ta réussite, Gage...

Andrew redressa la tête.

— Peux venir aussi, papa ?

Gage eut un vrai sourire.

— D'accord. Tu feras visiter à ton grand-père.

L'enfant plissa le nez, avec un sourire semblable à celui de son père.

— Grand-pa t'aider à construire bateau, papa ?

— Peut-être, à condition qu'il apprenne à recevoir des ordres, comme tous mes ouvriers.

William faillit s'étrangler, et Gage lui tapa dans le dos pour l'aider à reprendre sa respiration.

— Il faudra que vous commenciez comme apprenti pour faire vos preuves, poursuivit-il, amusé.

Son père hésitait entre tousser, grogner ou rire.

— Bon sang, Gage, on dirait que tu as l'intention de prendre ta revanche sur moi !

Le jeune homme se détendait enfin.

— Ça se pourrait bien !

Dans la grande chambre, ce soir-là, Shemaine passa sa chemise de nuit par-dessus sa tête et la jeta sur le lit, avant de venir se glisser entre les bras de son mari.

— Si la plupart des femmes enfilent leur chemise de nuit avant de se coucher, vous faites le contraire, commenta-t-il, ravi.

Elle pouffa.

— Mais elles n'ont pas un homme de votre qualité qui les attend au lit, mon amour.

Elle passa une main caressante sur le corps parfait de son époux.

— Sinon, elles ne perdraient pas de temps à s'attifer d'une chemise. Elles seraient déjà couchées, les bras grands ouverts.

— Alors, pourquoi était-ce moi qui vous attendais, madame ?

Elle se pressa davantage contre lui.

— Parce que j'avais des choses à terminer dans la cuisine, après mon bain. Vous n'auriez pas voulu que je me promène toute nue pendant que votre père est chez nous, n'est-ce pas ?

— En effet, madame. C'est un privilège qui m'est strictement réservé.

Il lui caressait l'intérieur de la cuisse, remontait vers ses hanches. Elle retint son souffle.

— Croyez-vous que votre père puisse nous entendre, de là-haut ?

— J'espère que non. Mais, de toute façon, il n'est pas question qu'il gâche notre plaisir, mon amour. J'ai attendu tout l'après-midi de recevoir la récompense promise sous le porche.

Elle fronça les sourcils.

— J'ai promis quelque chose ?

Il lui releva la tête pour la regarder dans les yeux.

— C'est votre baiser qui promettait, ma chérie, et je suis toujours prêt à déguster le fruit d'avances aussi provocantes.

— Vous voyez des provocations dans le moindre frémissement de ma jupe, monsieur, se moqua-t-elle, taquine. Je commence à croire que vous êtes obsédé par le sexe !

Il sourit en retour.

— Je constate que vous me connaissez par cœur à présent, madame…

18

William Thornton n'apprécia guère le concert que lui offrirent les oiseaux le lendemain à l'aube. Il fut tiré de son sommeil par une cacophonie de pépiements, de cris aigus, de sifflements, et il sut qu'il ne pourrait pas se rendormir. Il décida alors de s'aventurer à l'extérieur, afin d'explorer cette nature étrange.

Il enfila un pantalon, une chemise et une paire de bottes, puis il descendit doucement l'escalier et sortit sur le porche.

Une chouette passa devant lui, majestueuse, suivie par un tout petit oiseau, qui semblait frénétiquement chercher à la rattraper pour se venger de quelque offense.

William se dirigea vers la rivière. Le soleil se lèverait bientôt, et il se disait que le spectacle serait plus éblouissant depuis le pont du bateau.

Cependant, comme il approchait, il remarqua une barque sur la rive, et plusieurs hommes qui faisaient de furtives allées et venues entre les deux embarcations. William se cacha derrière un arbre, curieux de voir ce qu'ils manigançaient.

Un individu énorme grimpa sur le navire de Gage, chargé d'un tonneau. Il le remit à un autre, perché sur le pont. Il retourna ensuite chercher un nouveau tonneau.

Puis un homme trapu sortit de la barque pour aller vers le bateau, muni d'un grand bâton ou, plus précisément, d'une pique qu'il tenait par le manche. William avait déjà vu cette démarche claudicante et, bien que la silhouette de l'homme se fût alourdie avec les années, il fut certain qu'il s'agissait bien de la même personne. Ses soupçons se confirmèrent lorsqu'il l'entendit déclarer à un marin qui marchait à son côté :

— Six tonneaux de poudre devraient le faire voler en éclats jusqu'à la dernière planche ! Juste vengeance pour ce que m'ont volé ces satanés Thornton !

Consterné, William regagna la maison sans perdre une minute, en prenant soin de ne pas alerter les bandits. Il frappa avant de pénétrer dans la chambre. Il n'avait pas laissé à son fils le temps de répondre, et Gage se dressa d'un bond, arrachant un petit cri à Shemaine, dérangée dans son sommeil.

— Dépêche-toi, Gage ! chuchota William. Il y a des hommes qui veulent faire sauter ton bateau. C'est Horace Turnbull en personne qui dirige les opérations !

Gage marmonna un juron et se leva à la hâte pour enfiler ses vêtements.

— Combien sont-ils ?

— J'en ai vu au moins six, mais je pense qu'il y en a davantage.

Du coin de l'œil, William vit Shemaine prendre la chemise qui reposait sur le lit et la passer sous les draps.

— Trop nombreux pour que nous puissions régler le problème à nous deux, grommela Gage.

— Je vous aiderai, proposa la jeune femme en tenant les couvertures sous son menton.

— Vous ne bougerez pas d'ici, déclara fermement son mari. C'est trop dangereux. Je tiens davantage à vous qu'à mon bateau.

— Mais, Gage, vous m'avez appris à tirer, insista-t-elle. Et vous savez que je ne rate pas souvent la cible…

— Pour les empêcher de nuire, intervint William, nous aurons besoin de toutes les armes disponibles. Si Shemaine accepte de rester derrière un arbre, elle pourra nous couvrir tandis que nous monterons à bord du bateau.

Gage fronça les sourcils, tout en glissant une paire de pistolets dans sa ceinture.

— Je veux bien que vous nous aidiez, mais à condition de ne pas vous montrer.

Shemaine n'eut pas le temps de répondre, car William le pressait:

— Vite, Gage! Il n'y a pas une minute à perdre!

Les deux hommes se précipitèrent hors de la chambre, pendant que Shemaine enfilait son peignoir. Gage prit deux fusils dans une armoire, en lança un à son père, ainsi qu'un pistolet. Ils chargèrent rapidement leurs armes et sortirent.

Gage partit en avant et, un moment plus tard, la porte s'ouvrit de nouveau sur Shemaine, munie d'un fusil. Elle se tapit derrière un arbre et regarda les deux hommes progresser.

Le ciel s'éclaircissait, ce qui permit à Gage de voir ce qui se passait. Comme il approchait des cales du navire, l'un des brigands l'aperçut, sortit un pistolet et le visa, tout en criant un avertissement à ses complices. La balle manqua son but, et Gage riposta aussitôt. L'homme se retrouva au sol, un trou dans la poitrine.

Comme il n'avait pas le temps de recharger le fusil, il brandit son pistolet au moment où son père abattait une autre canaille. William bondit pour s'emparer de son arme et s'en servit contre un troisième homme qui le visait. Ce dernier fut également frappé en pleine poitrine.

Deux malfrats se jetèrent sur William. Il en envoya un au sol d'un coup de crosse, et assena à l'autre un solide coup de poing qui le laissa un moment étourdi. Quand il revint à la charge, il reçut le même traitement.

Gage escaladait déjà la cale de construction. Il croisa deux hommes et en toucha un au visage, l'autre à la gorge. Comme un colosse fondait sur lui, il saisit un bâton sur le pont pour en frapper de toutes ses forces le crâne chauve du bandit. Le géant recula, étonné, puis il s'ébroua et se jeta en avant avec un hurlement de rage. Alors que Gage s'apprêtait à frapper de nouveau, il envoya le bâton au loin d'un mouvement puissant.

Gage plongea tandis que l'homme lançait le poing. Il perdit l'équilibre, le retrouva, et Gage feinta, essayant de récupérer son arme improvisée. Mais ce fut la brute qui s'en empara. Gage battit en retraite, vite arrêté par les barils de poudre empilés. Son adversaire, profitant de l'avantage, bondit sur lui. Un éclair de douleur traversa Gage lorsque le bâton s'abattit sur sa tête et il tituba, à demi inconscient.

Avec un ricanement de triomphe, le colosse jeta le bâton et s'approcha de sa victime, menaçant, en faisant craquer ses phalanges.

William atteignit le haut de la cale juste à temps pour voir le gredin écraser son poing sur le visage de son fils, qui trébucha contre les barils avant de se relever péniblement sur un coude. Le géant était de nouveau sur lui, prêt à tuer.

Une détonation retentit. Comme au ralenti, le géant s'affaissa, un énorme trou à la tête. William se retourna pour voir d'où était parti le coup.

Shemaine se tenait en haut de la cale, le canon encore fumant à la main. Malgré la faible lumière, il vit qu'elle tremblait de tous ses membres.

Un cri de rage attira leur attention sur l'homme trapu qui remontait du carré. Arrivé sur le pont, Horace Turnbull s'arrêta pour contempler le carnage. Il tenait toujours à la main la pique qu'il avait appris à manier quand il était fantassin. Une jambe brisée lui avait valu d'être réformé, mais il gardait une prédilection pour cette arme.

Il se tourna vers celui qui avait emporté sa cargaison, des années auparavant. Son ennemi était assis sur un baril, la tête entre les mains, complètement vulnérable, inconscient du danger qui le guettait.

Turnbull leva la pique et visa.

— Regardez, lord Thornton! hurla-t-il, car il avait reconnu William également. Regardez comment je vais me venger de vous deux. Pour votre fils, la mort. Pour vous, la douleur de l'avoir perdu, et de savoir que c'est par votre faute, puisque c'est vous qui l'avez envoyé pirater ma marchandise.

— Nooon, Turnbull! cria William.

La lance sifflait déjà en l'air.

Shemaine poussa un cri, paralysée par l'horreur. Mais William n'entendait pas voir son fils dans la tombe alors qu'il venait de le retrouver. Avec l'énergie du désespoir, il bondit pour couvrir Gage de son corps.

La pique lui transperça le dos.

Pourtant, il eut la force de se retourner, de lever le pistolet avec lequel il n'avait pas encore tiré.

Turnbull fixa le canon de l'arme, horrifié, et secoua la tête.

— Non, je vous en supplie, il ne faut pas... balbutia-t-il. Je vous donnerai tout ce que je possède...

Le coup partit, assourdissant, et sembla creuser un troisième œil dans le front de Turnbull. Comme une statue sapée à la base, l'homme bascula dans l'échelle de coupée, où il resta la tête pendante, le regard sans vie.

Shemaine courut vers William, que ses forces abandonnaient. Elle le maintint et l'assit sur l'un des barils près de son fils. Le sang coulait à flots de la blessure de son dos, sa chemise prenait une atroce teinte rouge. La jeune femme tenta de retirer la pique, en vain.

Des pas rapides escaladaient la cale, et elle se retourna d'un bond, mais elle fut soulagée en apercevant Gillian. Il paraissait complètement décontenancé.

— Que s'est-il passé?

— Aidez-moi à ramener Gage et son père à la maison, Gillian. Ils sont tous les deux blessés, surtout lord Thornton.

Il courut au bastingage et se pencha vers la petite barque sur laquelle son père et lui venaient d'arriver:

— Vite, p'pa! Les Thornton sont blessés!

Flannery Morgan était fort agile pour son âge, et il ne lui fallut qu'un moment pour les rejoindre sur le pont. Il ne tenait pas à ôter la lance sans la présence d'un médecin. Mais, afin de soulager William du poids du manche, il le scia tandis que Gillian le maintenait fermement. À eux deux, ils portèrent le père dans la maison, avant de revenir chercher le fils.

Gage était tombé en léthargie entre les bras de son épouse qui, paniquée, ne parvenait pas à le réveiller.

Elle suivit les deux hommes, chargés de Gage, jusqu'à la chambre et leur demanda d'ôter ses bottes et sa chemise, rougie du sang de sa blessure au crâne. Elle se hâta de nettoyer la plaie, avant de grimper à l'étage aider son beau-père. La peur lui faisait monter les larmes aux yeux pendant qu'elle découpait sa chemise. William, malgré la douleur, s'efforçait de lui simplifier la tâche.

— Essayez de vous reposer, milord, dit-elle en s'essuyant les yeux d'un revers de manche.

— Comment va Gage ? demanda-t-il d'une voix éraillée.

— Je ne sais pas. Il est inconscient.

— Il doit vivre !

Shemaine était sur le point de fondre en larmes, mais elle prit une profonde inspiration pour se redonner du courage.

— Vous devez vivre tous les deux.

Quelques instants auparavant, quand Erich Wernher était arrivé, elle l'avait envoyé sur Plus-tôt chercher le Dr Ferris. C'était le meilleur cavalier, et il avait pour mission de ramener le médecin aussi rapidement que possible.

Colby Ferris apparut une heure plus tard sur sa propre monture. Il monta directement à la loggia, où il examina William. Il envoya Gillian chercher de l'alcool. L'aîné des Thornton n'avait pas pour l'instant perdu connaissance, mais Colby estimait que cela vaudrait mieux lorsqu'il lui retirerait la pointe de la lance. Gillian ne tarda pas à revenir.

— Veillez sur lui pendant que je vais prendre des nouvelles de son fils au rez-de-chaussée, lui ordonna le médecin. Essayez de le faire boire le plus possible... même s'il faut pour cela que vous trinquiez avec lui. Assurez-vous seulement qu'il reste assez d'alcool pour en asperger la plaie, tout à l'heure.

William tourna la tête avec une grimace et tendit la main vers le flacon. Avec l'aide de Colby et de Gillian, il s'appuya sur un coude, tandis que les deux autres glissaient des oreillers sous lui pour le soutenir. Satisfait, le médecin laissa à l'Irlandais la tâche exceptionnelle de saouler un Anglais!

Ensuite, il descendit voir comment se portait Gage. La plaie ne saignait plus, mais il y avait une vilaine enflure, et il était incapable d'évaluer avec précision la gravité de la blessure.

— Votre mari s'en sortira peut-être indemne, dit-il à Shemaine, mais rien n'est sûr. Gardez une compresse humide sur sa tête, et surveillez-le attentivement. Je lui ferai des points de suture dès que j'en aurai terminé avec son père. Votre époux a subi un traumatisme, il risque de tomber dans l'inconscience par intermittence. Tout dépend de la pression que subit le cerveau.

Shemaine eut l'impression que ses jambes se dérobaient sous elle. Mais elle serra les dents, refusant de céder à l'angoisse. C'était son époux, il avait besoin d'elle: elle ne pouvait s'offrir le luxe de s'évanouir.

Andrew avait été réveillé par le bruit, et elle s'accorda le temps de le nourrir et de l'habiller. Ensuite, elle transporta un fauteuil à bascule dans la grande chambre, et elle prit l'enfant contre elle pour le bercer en lui chantant une chanson. Ils attendirent ensemble, priant pour qu'il se remette au mieux. Au bout d'un moment, Andrew glissa des genoux de Shemaine et alla se lover contre son papa. Elle ne tarda pas à venir les rejoindre. La main sur la poitrine de Gage, elle tira quelque réconfort du battement régulier de son cœur...

À l'étage, Colby Ferris trouva William l'esprit parfaitement clair. En revanche, Gillian avait déjà l'élocution pâteuse, car il n'était pas habitué à boire de l'alcool. Le médecin l'envoya chercher Ramsey Tate et Sly Tucker, qui aidaient Flannery à charger les cadavres dans un chariot.

William demeura douloureusement conscient, tout le temps où on lui ôtait la pique du dos. Aucun organe vital n'avait été touché, mais la blessure était profonde. La séance de désinfection par le whisky aurait eu raison de beaucoup, mais William, allongé sur le ventre, se contenta de mordre son oreiller. Les frémissements qui parcouraient ses muscles tendus montraient assez l'effort qu'il faisait pour ne pas hurler. Ce fut seulement quand le médecin sutura la plaie qu'il se laissa sombrer dans l'inconscience.

Colby était impressionné par la force et la volonté de cet homme.

En bas, il trouva Andrew et Shemaine endormis près de Gage, mais celui-ci était réveillé et les couvait du regard comme de précieux trésors.

— Comment vous sentez-vous ? s'enquit Colby après avoir recousu la plaie.

— J'ai l'impression d'avoir été frappé sur la tête avec une masse.

— Vous avez de la chance d'être en vie.

Gage fronça les sourcils, ce qu'il regretta aussitôt.

— C'est si grave ?

— Je ne sais pas précisément... D'après votre père, votre épouse a abattu l'homme qui voulait vous tuer.

Il vit une lueur d'admiration passer dans les yeux de Gage.

— Et selon Shemaine, reprit le médecin, votre père s'est délibérément jeté sur vous afin de vous protéger de la lance qui vous était destinée.

Redoutant le pire, Gage mit un certain temps à poser la question qui le tourmentait.

— Il est mort ?

— Non. Lord Thornton devrait se remettre assez vite, à moins que la blessure ne s'infecte, mais le whisky de Flannery devrait l'en empêcher. Je n'ai jamais rien goûté d'aussi fort. Pourtant cela n'a guère eu d'effet sur votre père. Franchement, je suis admiratif devant sa résistance à la douleur. Il n'a pas poussé un cri, malgré la souffrance que je lui infligeais. Votre père et votre épouse vous aiment énormément, monsieur Thornton...

Submergé par l'émotion, ce fut machinalement que Gage répondit, comme chaque fois qu'on prononçait son nom de famille :

— Appelez-moi Gage.

— Reposez-vous autant que vous pourrez, ordonna le médecin. Vous vous remettrez plus vite si vous suivez ce conseil.

Gage se rappela sa dernière rencontre avec le docteur.

— Au fait, comment va Calley ? Ramsey me répète qu'elle se porte mieux, mais je m'inquiète quand même. La date de l'accouchement approche, n'est-ce pas ?

— Calley est en pleine forme, et le bébé doit naître d'un jour à l'autre, en effet. Annie veille sur elle, aussi inquiète que la maman.

— Ramsey aimerait garder Annie avec eux, mais Calley estime qu'ils n'en ont pas les moyens. Elle voudrait qu'au moins l'un de leurs cinq fils aille au collège, et elle économise chaque sou dans cet espoir. S'il ne tenait qu'à elle, ils iraient tous.

Le Dr Ferris grattait le sol du bout de sa botte.

— À vrai dire, j'ai envisagé la possibilité de vous racheter Annie...

Gage leva les yeux, surpris.

— Mais vous aviez dit…

— Peu importe ce que j'ai dit. Annie serait une excellente assistante et, récemment, j'ai pensé que j'aimerais bien me remarier. Je suis encore assez jeune pour avoir des enfants. Mon épouse, étant stérile, n'a pu m'en donner. Annie souhaite en avoir. Peut-être ne m'aime-t-elle pas, pour l'instant, mais à l'avenir…

— Vous êtes-vous déclaré ?

— Non, je ne le pouvais pas, puisqu'elle vous appartient. Myers s'est plaint à moi. Vous aviez promis de lui rendre Annie, et il ne l'a jamais revue. Il a l'impression d'avoir été floué. Il estime que vous devriez lui redonner de l'argent.

— Il n'a déjà été que trop payé !

— Je m'en doutais, mais je préférais vous le dire. C'est un homme qui adore faire des histoires. Roxane et lui se sont fâchés lorsque Mme Pettycomb a rapporté à Roxane des réflexions désagréables de Myers à son sujet. Il avait dit qu'elle était bien prétentieuse, si elle imaginait qu'un homme aurait envie d'épouser une vieille fille au visage chevalin. Roxane est venue le trouver jusque chez lui, l'a traité de lâche crapaud qui n'avait pas le courage de lui parler en face. Alors il a répété l'insulte, et elle s'apprêtait à lui arracher les yeux quand il s'est mis à la frapper. Je me suis précipité pour les séparer, mais autant s'attaquer à des chats sauvages ! Roxane s'en est sortie avec des bleus, et Myers griffé sur le visage et le cou. Je n'ai pas proposé de les soigner, car je trouvais qu'ils avaient tous les deux mérité ce qui leur arrivait.

— Myers ferait bien de se montrer un peu plus prudent, sinon il ne fera pas de vieux os ! fit remarquer Gage.

— La diplomatie n'a jamais été son fort. Mais je ne pense pas qu'il pourrait nous escroquer, alors que nous avons le bon droit de notre côté. Grâce à vous, Annie est à l'abri de sa brutalité, elle est devenue l'amie de Calley. Sa vie s'est améliorée, et, si elle le souhaite, nous fonderons une famille. Un jour peut-être, elle oubliera l'enfant qui lui a été volé. Je suis prêt à vous rembourser ce que vous avez dépensé pour elle.

— J'en serai ravi, dit Gage. Vous nous inviterez au mariage ?

— Si Annie veut bien de moi.

— Cela ne fait aucun doute.

Le médecin déposa une bourse pleine sur la table de chevet, avant de s'éclipser.

Dans le silence qui suivit, Gage sentit la petite main qui reposait sur son torse bouger doucement, et il vit que son épouse lui souriait.

— Vous ai-je déjà dit, monsieur Thornton, que vous m'étiez très, très, très précieux ?

Le cœur de Gage se gonfla de joie.

— Cela signifie-t-il que vous m'aimez, Shemaine ?

— Oui, Gage. Je vous aime très, très, très fort.

Il porta la main de son épouse à ses lèvres.

— Et je vous aime aussi, madame. Très, très, très fort.

19

William et Gage Thornton ne se ressemblaient pas seulement par le physique, décida Shemaine qui tentait en vain de les garder au lit.

Quoique Gage souffrît toujours de la tête, le lendemain du drame, il tint à assumer ses tâches matinales, après quoi il partit travailler à l'atelier.

L'après-midi, alors que la jeune femme lavait du linge à la rivière, William essaya d'aller aux toilettes, bien que l'on eût placé un vase de nuit près de son lit. Mais il eut un étourdissement et dégringola les dernières marches de l'escalier. Quelques points de suture cédèrent, la plaie se remit à saigner abondamment. Andrew, qui avait assisté à la scène, courut alerter Shemaine.

Lorsqu'elle apparut, William avait retrouvé un semblant de dignité, rabattu la chemise sur sa nudité, et s'était assis au bas de l'escalier, appuyé au mur. Une grimace trahissait sa douleur, et il étouffa un gémissement quand elle voulut le remettre sur ses pieds. Il était bien trop lourd pour elle, malgré les efforts d'Andrew pour l'assister...

— Va chercher ton père à l'atelier, Andrew ! Vite !

Gage arriva sans tarder, ainsi que Sly Tucker. À eux deux, ils remirent William au lit. Celui-ci, afin de préserver sa pudeur, remonta le drap jusqu'à sa taille avant de permettre à son fils d'ôter la chemise tachée de sang. Shemaine lui nettoya doucement le dos, tandis que Gage pressait une serviette sur la plaie pour stopper l'hémorragie.

— Grand-pa bobo ? s'enquit Andrew qui, effrayé par tout ce sang, n'osait aller plus loin que le haut des marches.

— Ce n'est rien, Andy, assura Shemaine avec un sourire. Ton grand-père a beaucoup trop mauvais caractère pour se laisser troubler par ce petit incident.

William rougit sous le regard réprobateur de la jeune femme.

Colby terminait sa tournée, et il arriva peu après. Il se mit en colère quand il apprit que lord Thornton avait essayé de se lever seul.

— Si vous quittez encore une fois ce lit en faisant sauter mes points de suture, je n'aurai plus qu'à appliquer un fer rouge sur la plaie. Vous avez bien compris ? Je ne vous ai pas réparé pour que vous cherchiez la mort en allant aux toilettes ! Ce pot de chambre ne demande qu'à être rempli, alors épargnez-moi quelques visites supplémentaires et servez-vous-en !

Andrew, qui s'était enhardi au point de s'approcher de la couchette, se cacha derrière le lit. Il n'aimait guère la façon dont le docteur grondait son grand-père, et il espérait, si un jour il tombait malade, que l'on n'irait pas chercher cet homme pour le soigner.

Colby Ferris ne limita pas ses réprimandes au vieux monsieur. Il se tourna vers Gage.

— Et vous, que faites-vous debout ? Ne vous ai-je pas ordonné de rester couché quelque temps ?

— C'est ce que j'ai fait... quelque temps, se défendit Gage en souriant. Mais j'avais du travail.

— Vous êtes bien de la même race ! grommela Ferris, qui chercha de l'aide auprès de Shemaine. Pourriez-vous faire quelque chose pour que ces deux-là suivent mes instructions ?

La jeune femme sortait des draps propres et des linges pour le médecin. Elle se rappela l'une des expressions favorites de James Harper, et rétorqua :

— Avez-vous déjà vu le soleil se coucher à l'est, docteur Ferris ?

Colby, ennuyé, regardait alternativement le père et le fils qui ne manifestaient aucun remords. De toute évidence, ils n'étaient pas prêts à se conformer à ses prescriptions.

— Je vois ce que vous voulez dire, marmonna-t-il.

— Toutefois, ils donneraient un meilleur exemple au petit s'ils vous obéissaient, ajouta Shemaine. Je suis certaine, le cas échéant, qu'ils voudraient qu'Andrew suive vos conseils...

Prenant soudain conscience du mauvais exemple qu'ils offraient au garçon, Gage et William se tournèrent vers lui, un peu penauds. William prit la main de son petit-fils.

— Tu te rends compte que j'ai causé des ennuis parce que je n'ai pas écouté le docteur ?

L'enfant le fixait, les yeux écarquillés.

— J'aurais dû penser au mal que je donnerais à ta mère, poursuivait sérieusement William, en salissant les draps et l'escalier. Je sais aussi que je t'ai fait peur, et j'en suis désolé. J'aurais dû rester ici, au lieu d'essayer de descendre. Je n'aurais alors pas eu besoin qu'on me refasse des points de suture. Tu comprends ?

Andrew hocha la tête, et William lui ébouriffa les cheveux.

— D'accord, mon amour, céda Gage de son côté. Je vais dire à mes hommes de se passer de moi pour le reste de la journée. Cela vous convient ?

— J'en serai rassurée, répondit-elle tendrement.

Gertrude Turnbull Fitch avait fait tant de bruit à Newport News, après la mort de son père, que les autorités avaient commencé à enquêter sur son éventuelle complicité dans la tentative d'attentat contre le navire de Gage Thornton. Afin de ne rien perdre de la fortune des Turnbull, le capitaine Fitch avait fait remonter son épouse de force sur le *London Pride* et avait mis les voiles avant que l'on décide de l'arrêter pour de bon. Elle avait traité son époux de tous les noms, mais Everette s'était contenté de sourire, car ses menaces ne comptaient plus guère, maintenant que son père n'était plus.

Au début, Shemaine et Gage avaient eu l'espoir que Potts fût monté à bord pour la traversée de retour, mais ils apprirent qu'il n'en était rien. Il se trouvait toujours dans la région. On racontait même qu'il était de nouveau avec Morrisa. Connaissant Freida, il devait être obligé de payer rubis sur l'ongle toutes les faveurs de la prostituée. Les gages d'un simple marin ne dureraient pas longtemps, à ce rythme.

Shemaine et Gage s'inquiétaient de ses menaces et se doutaient qu'il ne tarderait pas à chercher vengeance. Il ne se passait pas une heure sans qu'ils se demandent s'il ne se cachait pas dans les bois, guettant l'occasion de tuer.

Peu après le départ du *London Pride*, Calley donna naissance à une petite fille, pour sa plus grande joie. Annie resta encore une semaine auprès d'elle, le temps qu'elle soit en état de reprendre ses tâches quotidiennes. Ensuite, un mariage fut organisé entre Annie et le Dr Colby Ferris à l'église. Seuls les proches amis assisteraient à la cérémonie, mais tout le monde était convié à un grand repas à la taverne. Pour la circonstance, l'aubergiste avait promis d'exiger que Freida et ses filles aillent exercer leur profession ailleurs, ce qui ne plaisait guère à la mère maquerelle.

Mary Margaret offrit gentiment de venir s'occuper d'Andrew et William, pendant que Shemaine et Gage assisteraient aux festivités. Comme ils ne rentreraient que fort tard, ils proposèrent à Mme McGee de dormir chez eux, ce qu'elle accepta volontiers. Mais ce n'était pas du goût de William, dont les poils se hérissaient à l'idée d'être soigné par une étrangère. Toutefois, étant cantonné au lit, il ne voyait pas comment y échapper.

D'ailleurs, Gage ne témoigna aucune sympathie lorsqu'il l'entendit se plaindre.

— J'ai connu des sangliers plus aimables que vous, dit-il. Vous trouvez votre lit inconfortable, le plafond trop bas, vous détestez vous soulager dans un pot de chambre... Bref, tout vous déplaît ! Mme McGee est une charmante dame qui...

— Charmante, tu parles ! maugréa William en bourrant son oreiller de coups de poing. Une vieille sorcière, oui ! Que va-t-elle faire ? Courir chercher le vase de toilette quand j'en aurai besoin ? Sapristi, je préférerais rôtir en enfer !

Il était incapable de s'imaginer aux soins d'une harpie qui le prendrait pour un invalide. Il était cloué au lit depuis trop longtemps, et la dernière chose qu'il désirât était bien l'assistance d'une vieille taupe !

— Bon sang, Gage, je n'ai pas besoin qu'une mégère s'occupe de moi !

Gage avait du mal à ne pas pouffer de rire. Il comprenait l'impatience de son père, mais sa blessure était sérieuse, et il fallait lui laisser le temps de guérir.

— Mme McGee sera là surtout pour Andrew, expliqua-t-il patiemment. Et si, tout en s'occupant de lui, elle consent à vous servir un repas ou vous rendre quelque menu service, je vous supplie de ne pas lui résister. Elle n'est pas si vieille qu'elle ne puisse vous infliger une bonne réprimande.

— Quel âge a-t-elle, au juste ? aboya William. Elle est gâteuse et mal fagotée, j'en suis sûr !

— Mary Margaret est tout à fait plaisante, rétorqua Gage, amusé. Nous aurions sans doute pu vous trouver une infirmière plus jeune, mais elle aurait été moins agréable.

William, soupçonneux, plissa les yeux.

— Quel âge a-t-elle, m'as-tu dit ?

— Je n'ai rien dit du tout, car je n'en ai pas la moindre idée. Je ne le lui ai jamais demandé, cependant elle ne doit pas être beaucoup plus âgée que vous, si elle n'est pas plus jeune… Vous avez, combien ? soixante-cinq ? Elle aussi, approximativement.

Andrew grimpait l'escalier, chargé d'une pile de livres qu'il alla déverser sur la couchette de son grand-père.

— Maman Shaime dit vous pouvez me lire histoires, grand-pa. Elle s'habille, a pas le temps.

Il posa les coudes sur le bord du lit et fit les yeux doux au vieux monsieur.

— Vous voulez, grand-pa ?

William était incapable de résister au charme de son petit-fils. Il s'éclaircit la gorge et tenta de prendre un air plus avenant. Puis il rougit en esquissant un geste en direction de sa malle.

— Gage, il y a une paire de lunettes là-dedans. Tu veux me l'apporter ?

— Moi, grand-pa ! s'écria Andrew.

Gage ouvrit le couvercle et lui remit les lunettes, en lui recommandant d'en prendre grand soin. Le petit les porta à son grand-père et l'observa avec curiosité tandis qu'il les chaussait. Il se pencha, intrigué par son reflet dans les verres.

— Tu vois un petit écureuil ? lui demanda William, attendri.

— Vois Andy !

— Moi, je crois que c'est un petit écureuil ! le taquina William.

— Non, grand-pa ! protesta l'enfant en pointant un doigt sur sa poitrine. C'est moi ! Maman Shaime m'a montré dans l'eau. C'est Andy !

— Je vois un petit écureuil, quand je regarde de ce côté des lunettes.

— Peux voir ?

Andrew le laissa poser les lunettes sur son nez, mais bien vite il se mit à loucher et secoua la tête.

— Vois rien, grand-pa !

Gage avait fort envie de rire. Son fils ressemblait à une mouche, avec les lunettes trop grosses pour lui ! Il se dirigea vers l'escalier et s'arrêta sur le seuil, alors que son père s'emparait du dessin d'un écureuil qu'il avait fait le matin et le tenait devant l'enfant.

— Maintenant, enlève les lunettes.

Andrew obéit, et il s'épanouit en découvrant l'animal.

— Oh, grand-pa ! Grand-pa dessine des écureuils, p'pa dessine des bateaux !

Gage descendit l'escalier. Il avait le cœur en fête de voir William aussi affectueux, car jamais il ne l'aurait cru capable de s'intéresser à un enfant.

Dès qu'il pénétra dans leur chambre, Shemaine lui tourna le dos afin de lui montrer le laçage de sa robe.

— Je grossis ! Ou alors Victoria était particulièrement mince, quand elle portait cette toilette. J'ai dû dénouer les rubans afin de pouvoir respirer, et regardez ce que j'ai fait en essayant de les ajuster !

Gage, derrière elle, soupesa ses seins, pensif.

— Ils ont grossi, en effet...

Il se pencha par-dessus son épaule et tira sur son décolleté pour admirer les doux renflements.

— Deux melons bien mûrs qui ne demandent qu'à être dégustés... J'aurai du mal à attendre notre retour, ce soir !

Joueuse, elle lui envoya un petit coup de coude dans les côtes.

— Tenez-vous bien, monsieur !

— Avec n'importe qui sauf avec vous, mon amour, répondit-il d'une voix rauque en déposant des baisers le long de son cou. Vous êtes mon unique source de plaisir charnel.

— J'en suis heureuse, soupira Shemaine en laissant sa tête reposer sur son épaule. Je ne supporterais pas de vous partager avec une autre. Sur ce point, je ressemble à Roxane.

— Peut-être, madame, mais vous en avez tous les droits, car c'est à vous que j'appartiens.

Un coup frappé à la porte d'entrée leur annonça l'arrivée de leur invitée. Gage se souvint qu'Andrew ne dormirait pas seul, cette nuit, or les murs n'étaient pas assez épais pour étouffer les grincements du sommier.

— Nous étrennerons la peau d'ours, ce soir, dit-il à mi-voix en caressant sa femme, sinon Mary Margaret nous prendra pour des débauchés.

— J'ai aéré le tapis hier, l'informa Shemaine, les yeux brillants. Connaissant vos insatiables appétits, j'ai réfléchi aux possibilités qui nous restaient, avec Mme McGee dans la pièce voisine...

— Bravo pour votre esprit d'initiative, mon amour !

Sur un dernier baiser, une dernière caresse, il recula en poussant un soupir, mais ses efforts pour calmer ses instincts furent réduits à néant quand son épouse posa fugitivement la main sur son sexe. Elle lui lança un sourire radieux.

— Oui, avoua-t-il, je ne peux demeurer indifférent à votre présence... Si Mary Margaret n'attendait pas dehors, je prendrais le temps de vous le prouver.

— L'invitation reste ouverte, mon chéri.

— J'en profiterai plus tard, soyez-en sûre, conclut Gage avec un clin d'œil en se dirigeant vers la porte.

Il avait repris contenance lorsqu'il ouvrit à Mary Margaret. Celle-ci adressa un signe d'adieu à Gillian qui l'avait amenée sur le bateau de son père.

— À demain ! lui dit-elle.

Ensuite, elle examina Gage de la tête aux pieds avec un petit geste approbateur devant son apparence. Il était vêtu de soie bleue, redingote, gilet, culotte et bas, le tout rehaussé par une chemise à jabot et une cravate d'un blanc éblouissant.

Gage l'invita à entrer.

— Bienvenue chez nous, madame.

Elle sourit.

— Ma foi, beau garçon, vous n'avez rien perdu de vos attraits, depuis la dernière fois que je vous ai vu. Vous êtes même mieux habillé.

— Un cadeau de mon père, précisa-t-il en caressant la coûteuse redingote.

Il avait oublié le plaisir que procurait le contact de la soie.

— Il prétend qu'il ne peut plus rentrer dedans, mais cela m'étonnerait, car je jurerais qu'il n'a pas engraissé d'un kilo !

— Alors, prenez-le comme le cadeau d'un père aimant, conseilla gentiment Mary Margaret.

— Je n'ai jamais pensé à lui comme à un père aimant, mais je suppose qu'il me faut changer d'avis, depuis qu'il a reçu la lance qui m'était destinée.

Les yeux bleus de la vieille dame pétillaient quand elle pencha la tête de côté pour demander :

— Est-ce que je vous ai manqué ?

— Énormément ! répliqua gaiement Gage qui prit sa petite valise pour la porter à l'intérieur.

Appuyée sur sa canne, Mary Margaret regardait autour d'elle.

— Où se cache votre ravissante épouse ? Et Andrew ?

— Andy est là-haut, avec son grand-père. Vous pouvez y aller, si vous le souhaitez. Quant à Shemaine, elle n'est pas encore prête, et elle a besoin de moi pour la rendre présentable. Je vais poser vos affaires dans la chambre. J'ai ressorti le berceau, et vous prendrez le plus grand lit.

Mary Margaret leva la tête en entendant un murmure en provenance de la loggia. Une voix agréable, en vérité. Mais elle revint vite à Gage, un peu inquiète.

— Vous ne craignez pas que je dérange Andrew, en dormant avec lui ?

— Il sera ravi, assura Gage. Il se sent un peu seul, depuis que nous avons monté la cloison.

— Notre petit coquin aura bientôt un frère ou une sœur, dit-elle. Il se sentira moins seul, alors.

Gage haussa un sourcil amusé.

— Il faut tout de même nous accorder un peu de temps, Mary Margaret.

— Vous en avez eu bien assez, farceur ! Combien vous en faut-il encore ?

— Un mois, deux… ou davantage.

— Vous avez lambiné, sinon vous sauriez déjà si votre épouse est enceinte ou non.

La vieille dame le regarda plus attentivement.

— Mais vous n'avez jamais été très bavard, Gage Thornton. Et, à mon avis, vous attendrez que nous nous en rendions compte par nous-mêmes !

— Comment pourrais-je vous cacher un secret si important ? rétorqua-t-il affectueusement.

— Je vous en crois parfaitement capable, espèce de chenapan !

Gage se dirigeait vers la chambre, quand elle le rappela. Elle n'avait pas envie de jouer les oiseaux de mauvaise augure, après le drame de Turnbull, mais elle se sentait le devoir d'avertir ses amis.

— Je suppose que vous n'êtes pas au courant, mais Samuel Myers a disparu depuis deux jours…

— Vous voulez dire qu'il a quitté Newport News ? demanda Gage, perplexe.

— En esprit seulement.

Il fronça les sourcils.

— Que voulez-vous dire ?

— On l'a trouvé ce matin au fond de son puits, le cou brisé. On ne l'aurait peut-être jamais découvert, s'il ne s'était pris le pied dans la corde du seau en tombant.

Gage réfléchit.

— Il ne s'est sans doute pas brisé le cou dans la chute…

— On l'a vraisemblablement poussé. Alma Pettycomb dit qu'elle est passée chez lui, l'autre jour. Il était en train de se disputer avec son voisin, le

Dr Ferris. Au sujet d'Annie, apparemment. Myers prétendait que vous l'aviez roulé, et le médecin le traitait de sale escroc.

Gage fit la grimace.

— Donc, Mme Pettycomb désigne Colby comme l'assassin ?

Mary Margaret acquiesça.

— Elle a été très impressionnée que votre père soit un aristocrate et, pour le moment, elle ne s'attaquera pas à vous. Sinon, elle vous en rendrait également responsable.

— Fort aimable à elle ! ironisa-t-il.

— Pas vraiment.

Gage l'observait, devinant que ce n'était pas tout. Elle poursuivit :

— Alma raconte partout que Shemaine n'est pas digne d'être votre femme.

— Dommage que ce ne soit pas elle que l'on a jetée au fond d'un puits ! pesta-t-il.

— Quelqu'un sera peut-être tenté de le faire un jour ou l'autre, mais je préférerais que ce ne soit pas l'un de mes amis, rétorqua Mme McGee d'un ton entendu.

Il éclata de rire.

— Ne vous inquiétez pas, Mary Margaret, je ne gâcherai pas ma vie pour cette vieille bique. Elle ne me dérange pas à ce point !

— Tant mieux !

Elle pointa sa canne vers l'escalier.

— Votre père est-il visible ?

— Pas vraiment, plaisanta Gage. Pour l'instant, il pourrait prendre des leçons de bonnes manières auprès de Potts. Vous voilà prévenue.

Elle ne se laissa pas démonter.

— Je suis assez grande pour me défendre, assura-t-elle.

— Je n'en ai jamais douté, madame.

La vieille dame le renvoya d'un geste et se dirigea vers l'escalier. Arrivée à la dernière marche, elle frappa le sol de sa canne pour annoncer sa présence.

— Je suis Mary Margaret McGee, dit-elle à voix haute.

— Miss McGee! cria Andrew qui se leva d'un bond et vint la prendre par la main, afin de la mener près du lit.

William ôta vivement ses lunettes, qu'il fourra dans la poche de sa chemise de nuit, et remonta le drap sous son menton. Il s'était senti d'humeur maussade à l'idée d'être veillé par une vieille taupe, mais quand il vit la ravissante petite personne qui entrait, il changea d'avis. Il voulut se redresser dans le lit, cependant une violente douleur le fit retomber sur l'oreiller.

— Je vous demande pardon, madame, dit-il, un peu gêné. Je n'ai pas la force de vous accueillir avec la courtoisie requise.

— Aucune importance, milord, répondit Mary Margaret en lui offrant son plus charmant sourire. Je ne vous en veux pas le moins du monde.

Elle l'observait discrètement et, pour une fois, elle fut d'accord avec Mme Pettycomb. Il s'agissait vraiment d'un homme superbe, bien qu'il fût lord et anglais.

— Je faisais la lecture à mon petit-fils, expliqua William en rassemblant les livres qu'Andrew avait éparpillés sur le lit.

— Continuez, je vous en prie, déclara Mary Margaret, une main sur l'épaule du petit garçon. Pendant ce temps, je vais faire du thé. Connaissant Shemaine, elle nous a sûrement préparé des biscuits…

Elle repartit en direction de l'escalier.

— Madame McGee ?

William fut étonné lui-même de son ton pressant, et s'en voulut d'être aussi maladroit.

Il était veuf depuis trop longtemps, et il s'était tellement investi dans son métier d'armateur qu'il en avait oublié les attentions galantes qu'appréciait généralement le beau sexe. Après le décès de son épouse, il était devenu dur, brutal, irascible. Il ne savait plus parler aux dames.

Elle se retourna.

— Vous désirez quelque chose, milord ?

Il leva les yeux et croisa un regard plus bleu qu'un ciel d'été.

— Je me demandais si vous jouiez aux cartes...

Elle le défia, le menton levé.

— Suffisamment pour vous battre, milord !

Il eut le même sourire charmant que son petit-fils.

— Je m'ennuie, tout seul ici ! Quand Andrew sera couché, si vous vouliez bien m'accorder une ou deux parties...

Mary Margaret inclina légèrement la tête, ses yeux pétillant de plaisir.

— Peut-être même trois...

Shemaine et Gage sortaient de leur chambre lorsqu'elle redescendit, et elle fut frappée par la beauté de la jeune femme qui portait une robe de soie d'un turquoise profond. Elle se la rappelait sur Victoria, mais Shemaine la mettait beaucoup mieux en valeur. Elle avait orné son cou d'un ruban turquoise, et ses oreilles de boucles que Gage lui avait offertes récemment. Sa chevelure flamboyante était relevée en chignon haut sous une coiffe de dentelle. De petites boucles encadraient son fin visage, et un châle de dentelle couvrait ses épaules.

— Vous formez un couple magnifique ! s'écria Mary Margaret avec enthousiasme. Le plus beau qu'il m'ait été donné d'admirer !

La jeune femme fit une profonde révérence.

— Vous êtes trop aimable, comme toujours, madame McGee.

— Ne croyez pas que je vous raconte des bobards, petite. Je dis toujours ce que je pense, ne l'oubliez pas.

Shemaine fit une nouvelle révérence.

— Je ne l'oublierai pas, promit-elle en riant.

Elle monta voir si William ne manquait de rien, et le vieux monsieur la contempla d'un air approbateur.

— Je me demande si Maurice du Mercer est conscient de ce qu'il a raté, dit-il alors qu'elle se penchait pour retaper ses oreillers.

— Je suis certaine qu'il est surchargé d'invitations, venant de parents avides de marier leurs filles. Sans doute est-il même de nouveau fiancé.

— J'ai du mal à croire qu'il ait pu déjà vous oublier, ma chère, mais son malheur a fait le bonheur de mon fils.

Shemaine n'avait guère envie de parler de son ancien fiancé alors que son époux l'attendait.

— Cela ne vous ennuie pas que nous vous laissions avec Mme McGee ? C'est une personne délicieuse.

— Ne vous inquiétez pas. Cela se passera très bien pour Andrew et moi.

Impulsivement, Shemaine déposa un baiser sur le front du vieux monsieur, qui haussa les sourcils, stupéfait.

— Nous rentrerons dès que possible, dit-elle avant d'embrasser le petit garçon.

Sur le palier, elle se retourna.

— Soyez sages, tous les deux. Sinon, Mme McGee me le répétera…

Andrew éclata de rire en entendant la recommandation faite à son grand-père.

Celui-ci lui adressa un clin d'œil complice, avant de remettre ses lunettes sur son nez en prenant un autre livre. Il attira le petit près de lui et commença sa lecture.

20

Le mariage d'Annie Carver et du Dr Colby Ferris fut un joyeux événement. Jamais Shemaine n'avait vu son amie si jolie. La robe bleu pâle que Colby avait fait faire pour la mariée rehaussait son teint mat et ses yeux gris. On avait tressé ses cheveux de fleurs avant de les relever en chignon haut, et Miles Becker, ami proche du médecin, lui avait fabriqué des souliers fins qu'il avait offerts en cadeau de mariage anticipé.

Colby Ferris s'était également transformé. Il avait rasé ses favoris, ses cheveux étaient coiffés en catogan, et les vêtements gris foncé donnaient davantage d'allure à sa silhouette dégingandée.

Ils prononcèrent leurs vœux à voix basse, échangèrent les alliances, puis scellèrent leur union d'un timide baiser. Le prêtre les déclara unis par les liens du mariage, et ils se tournèrent vers leurs amis qui applaudirent chaleureusement.

Des larmes de joie plein les yeux, Annie serra Shemaine contre son cœur.

— Auriez-vous pu imaginer que nous serions aussi heureuses dans ce pays, milady?

— Non, Annie, murmura Shemaine. Jamais je n'aurais cru qu'une telle félicité découlerait de mon arrestation. Je vous souhaite, à Colby et à vous, tout le bonheur du monde… et beaucoup de beaux enfants.

Annie rougit.

— Cela vous paraîtra bizarre, milady, puisque j'ai eu un enfant, mais je n'ai été avec un homme qu'une fois dans ma vie. Pour sûr, je suis aussi nerveuse qu'une vierge…

Shemaine sourit.

— Je suis certaine que Colby saura se montrer tendre, Annie… comme il s'est comporté quand il a mis le bébé de Calley au monde. Vous avez vu combien il était délicat. Pouvez-vous imaginer qu'il soit brutal avec vous ?

— Non, milady.

— Alors, ne vous inquiétez pas.

Shemaine s'éloigna pour prendre le bras de son mari. Elle lui lança un regard tendre.

— Annie m'a fait comprendre combien j'avais de la chance…

— Plus de regrets d'avoir quitté l'Angleterre, ma chérie ?

Elle ravala un brusque sanglot.

— Seulement pour mes parents. Ils me manquent terriblement.

— Nous irons leur rendre visite, quand j'aurai vendu le bateau. Cela vous ferait plaisir ?

La jeune femme approuva vigoureusement, puis elle s'éventa avec son mouchoir, prise d'un soudain étourdissement.

— Il fait horriblement chaud ici, vous ne trouvez pas ?

— Vous avez les joues toutes rouges, acquiesça-t-il.

— C'est vous qui me faites cet effet.

— Aimeriez-vous aller prendre l'air ?

— Avec joie.

Un peu plus tard, après les félicitations, Annie vint rejoindre son amie sur le parvis de l'église. Jusque-là, elle avait évité d'évoquer les circonstances de son arrestation, car c'était trop douloureux, mais elle semblait à présent plus détendue.

— Ce pays m'a offert un nouveau départ, milady. Me voilà mariée, pleine d'espoir pour l'avenir...

Elle baissa les yeux sur sa jolie robe.

— Je n'ai jamais eu de toilette aussi belle, en Angleterre. On n'avait plus un sou vaillant, quand ma mère est tombée malade. J'ai supplié un homme qui travaillait chez l'apothicaire de me donner les médicaments dont elle avait besoin. Il a dit qu'il voulait bien, à condition que je le laisse prendre des libertés avec moi. Il a été si brutal que j'ai fondu en larmes. Alors il s'est mis en colère et m'a giflée pour que je me taise. Après ça, il m'a traitée de catin parce que j'avais échangé ma virginité contre une poignée d'herbes. Il m'a jetée dehors sans rien, en disant que je ne méritais pas de récompense puisque je l'avais embêté pendant qu'il s'amusait. J'ai frappé à la porte en le suppliant de me donner les remèdes, mais il n'a pas voulu me répondre.

« Je me suis retrouvée enceinte. Comme l'accouchement approchait, je suis allée le voir parce que l'état de ma mère s'était aggravé. Il a ricané et m'a dit que le bébé, c'était mon affaire, pas la sienne. Je l'ai frappé sur la tête avec un gros flacon et j'ai volé les herbes. Quand je suis revenue près de maman, elle était morte. Mon fils est né cette nuit-là. Je me suis cachée un moment, car je ne savais pas où aller, mais le père du bébé m'a vue mendier dans la rue et m'a fait arrêter.

Shemaine, bouleversée, prit son amie dans ses bras.

— Avez-vous raconté tout cela à Colby ?

Annie acquiesça en reniflant.

— Il le fallait, milady. Je ne pouvais pas l'épouser sans tout lui avouer. Il a dit qu'il m'aimait quand même et qu'on allait recommencer tous les deux. Qu'on allait fonder une famille et vieillir ensemble.

Shemaine sourit.

— Il semblerait que vous ayez trouvé un mari aimant et attentionné, Annie…

Colby les rejoignit et passa un bras sur les épaules de sa femme.

— Nos invités se dirigent vers la taverne. Nous ferions mieux de partir afin de les y accueillir.

Ils s'éloignèrent, et Shemaine regarda autour d'elle. Gage n'était pas loin.

— C'est moi que vous cherchez, madame ? murmura-t-il à son oreille.

— Seulement si vous êtes l'homme de mes rêves.

— Et à quoi ressemble-t-il, l'homme de vos rêves ?

— Il est grand, brun, les yeux couleur d'ambre… irrésistible.

— Souhaiteriez-vous lui résister ?

— Non, jamais. J'ai une folle envie de ses caresses.

Il effleura doucement sa joue.

— Cela suffira-t-il, madame ?

— Seulement jusqu'à ce que nous allions au lit, quand je pourrai me serrer contre l'homme de mes rêves.

— Nous pouvons partir sur-le-champ, mon amour…

— Si nous rentrons tout de suite, votre père et Mme McGee se demanderont pourquoi nous sommes de retour si tôt. En outre, Annie serait déçue que nous ne partagions pas son bonheur.

Gage céda à la raison.

— Comme il vous plaira, madame. Voulez-vous marcher jusqu'à la taverne, ou préférez-vous que j'amène le cabriolet ?

— Marchons. Je n'ai pas souvent l'occasion de me promener au bras d'un homme que convoitent toutes les femmes !

— C'est parce que je veux vous cacher. Les hommes vous regardent, et cela me rend fou !

— C'est bien inutile, monsieur, car je n'ai d'yeux que pour vous.

Gage lui offrit son bras et ils se mirent en route, absorbés l'un par l'autre, au point qu'ils ne remarquèrent Mme Pettycomb que lorsqu'elle fut tout près d'eux, en compagnie de son époux. Pour une fois, la commère ne semblait pas s'occuper des affaires de ses congénères. Elle s'énervait face à son mari qui, stoïque, ignorait ses récriminations.

— Je vous le répète, Sydney, je veux aller voir le navire qui vient d'accoster…

Comme il ne répondait pas, elle le tira par la manche.

— Vous m'entendez, Sydney ?

— Tout le monde vous entend, Alma, répliqua-t-il sèchement.

— Alors ?

— Je veux dîner, femme, un point c'est tout. J'en ai assez de vous voir fourrer votre grand nez partout, et j'ai décidé que vous alliez changer d'attitude, sinon vous aurez affaire à moi. Colby Ferris est mon ami, et j'ai honte que vous ayez déformé la petite discussion qu'il a eue avec cet horrible Myers. À cause de vous, je n'ai pu me résoudre à assister à son mariage avant d'avoir mis de l'ordre chez moi. Je suis un bon paroissien, mais je vous assure que je passerai à l'action si vous ne vous taisez pas, dorénavant. Et si vous en doutez, je fouetterai votre derrière afin de vous montrer que je ne plaisante pas !

Alma eut un haut-le-corps outragé.

— Vous n'oseriez pas !

Sydney Pettycomb la regarda enfin.

— Je suis un homme de parole, madame. Si j'entends répéter une seule de vos calomnies, vous en subirez les conséquences.

Comme ils croisaient le jeune couple, il leva poliment son chapeau. Shemaine et Gage étaient sidérés par ce qu'ils venaient d'entendre.

— Transmettez mon bon souvenir à Colby, s'il vous plaît, Gage, dit Sydney. J'ai envoyé un cadeau de mariage, mais le meilleur est en cours de réalisation...

Gage, réprimant un sourire, acquiesça.

Colby avait engagé des musiciens pour la fête, et de nombreux patients, amis et connaissances se retrouvèrent pour le repas de noces. Gage fut surpris par le grand nombre de fidèles que comptait le médecin. Les Tate arrivaient avec leur dernière-née dans un couffin, et Colby les pria de venir à leur table, ainsi que les Thornton, afin qu'Annie soit entourée de ses amis.

Les mets étaient aussi délicieux qu'abondants, mais Shemaine sentit son appétit diminuer tandis que l'atmosphère se chargeait d'odeurs lourdes : la transpiration des hommes, la nourriture généreusement disposée sur les tables, le parfum capiteux dont une femme s'était aspergée. La fumée qui montait de la cheminée où rôtissait un porc rendait sa respiration difficile. Prise de nausée, elle porta à son nez un mouchoir. La fragile barrière lui suffit un instant, jusqu'à ce qu'on bouscule sa chaise, faisant tomber le mouchoir sur ses genoux. L'homme se pencha pour s'excuser, or il exhalait tous les relents qui la rendaient malade.

— Excusez-moi, je vais prendre l'air, dit-elle d'une voix étranglée en se levant.

Gage fut aussitôt sur ses pieds, mais elle posa une main sur son bras.

— Restez, je n'en ai pas pour longtemps.

— Je ne voudrais pas que les gens qui débarquent du navire vous prennent pour une des prostituées qui fréquentent cet endroit, objecta-t-il.

C'était une sage remarque, et Shemaine lui permit de l'accompagner sur le trottoir, où elle respira profondément l'air frais de cette fin d'après-midi. Elle en fut soulagée, et ils se promenèrent tranquillement en regardant les vitrines.

Les passagers récemment débarqués affluaient vers le centre-ville. Un grand homme brun à la démarche décidée allait en avant des autres, muni d'une canne à pommeau d'argent qui devait lui servir plus à se frayer un passage qu'à se déplacer. Il marchait à longues enjambées, la tête penchée comme s'il cherchait quelque chose, ou quelqu'un. Quand il aperçut les Thornton, il s'arrêta et contempla intensément Shemaine. Visiblement perturbé, il se remit en marche.

Au bout du trottoir de bois, Gage fit demi-tour.

— Vous vous sentez mieux, ma chérie ?
— Oui.
— Vous voulez vous promener encore un peu ?
— Si cela ne vous ennuie pas.
— Rien ne m'ennuie, avec vous.

Gage entendit un bruit de course derrière eux et se retourna. L'homme bien vêtu ne quittait pas Shemaine des yeux.

— Que se passe-t-il ? Un nouveau venu qui est déjà tombé amoureux de vous ? marmonna-t-il.

— Shemaine ! Shemaine ! s'exclama l'étranger. Pour l'amour du Ciel, c'est bien vous ?

— Maurice ?

Reconnaissant la voix de son ancien fiancé, elle se retourna. Maurice se précipita pour la prendre dans ses bras. Il la souleva de terre et la fit tournoyer un instant.

— Nous avons cru que nous ne vous retrouverions jamais, Shemaine ! s'écria-t-il sans la poser sur ses pieds. Heureusement, votre mère a reconnu par hasard vos bottes sur une fille, qu'elle a payée pour apprendre où elle les avait trouvées !

— Vous permettez ? aboya Gage.

— Lâchez-moi, Maurice ! Tout de suite !

Shemaine, son mouchoir sur la bouche, sentait l'univers basculer autour d'elle.

Médusé, il obéit. La jeune femme trébucha en respirant à petits coups, tandis qu'elle essayait de reprendre ses esprits. Elle tendit une main en arrière, amenant vivement Gage à son côté.

Maurice, impuissant et contrarié, vit l'homme passer un bras autour de la taille qu'il avait lui-même enlacée, poser une main sur ce front qu'il avait amoureusement baisé. La colère s'empara de lui et il faillit s'avancer pour protester, mais il comprit que sa fiancée était malade lorsqu'elle tenta de maîtriser une nausée derrière son mouchoir.

Il courut alors vers l'abreuvoir des chevaux, y trempa son propre mouchoir et revint le lui tendre. Elle eut un petit signe de remerciement et s'en bassina le visage, toujours appuyée contre Gage.

— Bon sang, que se passe-t-il ici ? tonna une voix non loin.

— Papa ?

Shemaine releva la tête. Son regard s'illumina quand elle avisa le petit homme aux vêtements soignés qui se tenait, jambes écartées et bras croisés, au beau milieu de la chaussée.

— Papa! Oh, papa!

Elle courut vers lui. En quelques enjambées, Shemus O'Hearn fut près d'elle et la serra contre lui.

Gage se tint à distance respectueuse, afin de leur laisser cet instant d'intimité.

— Nom d'un chien, qui êtes-vous? demanda Maurice du Mercer en s'approchant de lui.

Sans lui laisser le temps de répondre, il poursuivit:

— Quand nous avons commencé à enquêter à Newgate, après avoir retrouvé les bottes de Shemaine, on nous a dit qu'elle avait embarqué sur le *London Pride*. Vers la fin de la traversée, nous avons eu la chance d'apercevoir les voiles de ce bateau prison, et nous avons demandé à notre capitaine de l'intercepter. Une fois à bord, nous avons appris du capitaine Fitch que Shemaine avait été vendue à un colon du nom de Gage Thornton à Newport News. Êtes-vous cet homme?

— En effet, c'est bien moi.

Maurice se crispa.

— Le bosco du *Pride* nous a dit qu'un bruit courait, selon lequel vous auriez tué votre première femme.

— Ce bruit a couru, en effet, acquiesça sèchement Gage. Mais rien n'a pu être prouvé, car je n'ai pas tué ma femme.

— Comment se fait-il que je ne vous croie pas? grinça Maurice, hautain.

— Peut-être parce que vous ne le voulez pas, rétorqua Gage.

— C'est vrai, je n'en ai pas envie... J'ai surtout envie de vous casser la figure !

— Je me tiens à votre disposition...

— Shemaine !

Une voix aiguë attira leur attention sur une petite personne aux cheveux d'un bond pâle, qui traversait la rue en direction de Shemus et de sa fille. Elle était escortée de deux servantes qui tentaient de la suivre, une femme dodue aux cheveux gris et une autre plus jeune.

— Maman !

Shemaine évita une charrette, puis elle courut se jeter dans les bras de sa mère, et elles restèrent enlacées en plein milieu de la rue, sans se soucier de la circulation. Enfin elles reculèrent pour se regarder, se toucher, comme si elles avaient du mal à y croire.

La vieille servante attendait patiemment son tour et, lorsqu'elle se moucha bruyamment, Shemaine se tourna vers elle.

— Bess ! Quelle merveille de vous voir ! Tous !

Avec un rire joyeux, elle embrassa également la jeune femme.

— Nola ! Pour l'amour du Ciel, que fais-tu là ?

— J'ai profité des services de Nola en ton absence, expliqua sa mère, parce que ma brave Sophie commence à se faire vieille. Mais Nola sera de nouveau à toi dès que nous rentrerons en Angleterre.

Shemaine fit signe à Gage de venir les rejoindre. Maurice et Shemus lui emboîtèrent le pas.

— Maman, papa, Maurice...

Elle les regarda brièvement tout à tour, avant de glisser un bras sous celui de Gage.

— Voici mon époux, Gage Thornton.

— Votre mari ? tonna Maurice. Mais vous êtes ma fiancée !

Shemus prit Gage à l'épaule pour le tourner brusquement vers lui.

— Qui vous croyez-vous, pour avoir épousé ma fille sans mon consentement!

Shemaine porta une main tremblante à sa gorge.

— Papa, non!

— Je n'en avais pas besoin, répondit Gage sèchement. Shemaine m'appartenait déjà.

Maurice s'approcha des deux hommes qui s'affrontaient, les regards aussi acérés que des poignards, et il expliqua à Shemus:

— C'est lui, le colon dont le capitaine Fitch nous a parlé. Un meurtrier, d'après le bosco. De toute évidence, il a obligé Shemaine à l'épouser!

— Non!

Shemaine se cacha le visage dans les mains. L'univers, qui un instant auparavant semblait un paradis, se refermait cruellement sur elle.

Elle pivota vers sa mère.

— Ce n'est pas un assassin, maman. Il m'a demandé de l'épouser, et j'ai accepté de mon plein gré!

Camille était aussi stupéfaite que son mari, mais elle vint poser une main douce sur l'épaule de Shemus.

— Le milieu d'une rue n'est pas l'endroit rêvé pour discuter de ces problèmes, mon ami. Cherchons plutôt un endroit discret. Une chambre à l'auberge, par exemple.

— Excusez-moi, madame, intervint Gage, il y a eu de nombreuses arrivées, récemment, et je doute que vous trouviez de la place à la seule auberge de la ville.

— Mais... où irons-nous?

Shemaine s'approcha de son mari pour lui demander à mi-voix:

— Croyez-vous que Mme McGee accepterait de les héberger ?

Quant à lui, Gage les aurait volontiers laissés dormir sur le trottoir !

— Demain peut-être, mais ce soir... répondit-il néanmoins. Il sera tard quand nous rentrerons. Nous ne pouvons pas réveiller notre invitée et la renvoyer chez elle, afin qu'elle ouvre sa maison à des étrangers. Ce serait trop dur pour une dame de son âge.

— Alors, ne pourraient-ils rester chez nous ce soir ? insista-t-elle, câline. Nous dormirions sur le plancher...

— Il n'est pas question que nous vous chassions de votre lit, intervint Camille.

— J'exige que ce gredin sorte du lit de ma fille ! gronda Shemus.

— Je suggère une annulation, décréta Maurice. Ce rustre l'a sûrement forcée, quoi qu'elle en dise. Elle l'a épousé sous la contrainte.

Shemus était nettement moins civilisé.

— Je voudrais le voir châtré !

Shemaine, la main sur la bouche, gémit :

— Je crois que je vais être malade...

— Mon Dieu, ma chérie ! s'écria Camille. Ne me dis pas que... que tu es...

— Qu'elle est quoi ? s'inquiéta Shemus.

Camille agita faiblement la main.

— Enceinte.

La jeune femme ferma les yeux tandis que son père hurlait :

— Qu'on me donne un couteau ! Je vais arracher les testicules de ce monstre !

Shemaine, paniquée, se pencha pour restituer son repas. Gage la soutenait d'un bras, tandis que Nola allait mouiller un linge à la fontaine et que Bess se précipitait avec des sels.

— Là, mon ange, respirez un bon coup, lui conseilla la cuisinière.

Gage entendit une voix familière saluer les nouveaux venus avec quelque méfiance, et il vit Ramsey approcher.

— Calley voulait que je vienne prendre des nouvelles avant que nous partions, dit-il. Dès que je suis sorti de la taverne, j'ai eu l'impression que tu te disputais avec ces gens... Tu as besoin d'aide ?

— Non, merci, sauf si tu peux héberger ces gens pour la nuit, répondit Gage à contrecœur.

Ramsey fut pris de court.

— Tu veux dire qu'il faudrait qu'on soit gentils avec eux ? Mais... ils voulaient ta peau !

— Oui, et je la veux toujours ! menaça Shemus, le poing brandi. Alors inutile de vous donner la peine de nous accorder une faveur.

Gage souleva Shemaine de terre et déclara :

— Si vous venez chez moi, monsieur, vous dormirez soit par terre, soit sur le sofa du salon, parce que votre fille n'est pas en état de donner son lit.

— Sa fille ?

Ramsey commençait à comprendre.

— La mère de Shemaine pourra prendre l'autre moitié du lit à roulettes, continuait Gage, si cela n'ennuie pas Mme McGee de partager la chambre de mon fils. Celui-ci dormira avec nous.

Il fixa le marquis d'un regard glacial.

— Si M. Tate, ici présent, accepte de vous fournir un lit dans sa maison, vous y serez confortable. Sinon, il y a une couchette et un matelas dans le bateau que je suis en train de construire. Il sert à mon plus vieil employé pour ses siestes d'après le déjeuner. Vous pouvez en disposer.

— Où se trouve ce bateau ? demanda Maurice, toujours aussi raide.

— Au bord de la rivière, à une centaine de pas de ma maison.

— Et y a-t-il de l'eau, à part la rivière ? de quoi se laver ?

— La mare près de chez moi, répliqua Gage, s'attendant à un refus.

Le marquis devait être habitué à un luxe qu'il ne trouverait jamais dans la région.

— Y a-t-il des serpents ou autres bestioles ?

Gage retourna le fer dans la plaie en précisant :

— Shemaine et moi nous y baignons parfois.

Maurice soutint son regard.

— Alors peut-être elle et moi nous y baignerons-nous un jour ensemble, après qu'on vous aura pendu pour le meurtre de votre femme.

Ramsey sursauta.

— Puisque tu es occupé avec Shemaine, dit-il à Gage, tu veux que je lui donne un bon coup de poing de ta part ?

Maurice avait les yeux brillants, comme s'il se réjouissait à l'avance de cet affrontement. Pourtant il ne quittait pas Gage du regard.

— Votre ami est-il en train de suggérer que vous pourriez souhaiter un duel ?

— Pas de duel ! protesta faiblement Shemaine, bouleversée.

Elle ne connaissait que trop bien l'habileté de Maurice avec les armes à feu. En fait, Maurice était doué pour bien des choses, en particulier les querelles verbales. Il excellait dans l'ironie contre les prétentieux de la Cour.

— J'aimerais vous accorder ce plaisir, rétorqua Gage, mais je ne vois aucune raison de nous battre pour Shemaine. Elle est ma femme, et je n'ai pas l'intention de vous laisser me tuer afin de la déclarer vôtre.

— Vous êtes un lâche et un rustre pleurnichard, grinça Maurice, méprisant.

Comprenant que l'autre essayait de le pousser à bout, Gage se contenta de hausser les épaules.

— Pensez ce que vous voulez, mais j'ai une épouse, un fils, et un autre enfant en route...

Avec un grognement, Maurice s'apprêtait à se jeter sur lui, mais à cet instant la jeune femme tourna doucement le visage de son mari vers elle. Maurice se sentit atrocement abandonné, trahi par celle dont la disparition lui avait brisé le cœur.

Shemaine scrutait l'expression de son mari, et son sourire lui confirma que ce qu'elle avait voulu garder quelque temps secret ne l'était pas pour lui. Il n'avait pas eu besoin de Camille pour deviner la situation.

Comment ? formula-t-elle avec ses lèvres.

Il se pencha à son oreille.

— Pas d'interruptions dans nos plaisirs nocturnes depuis que nous sommes mariés, ma chérie. En tant que veuf, je n'ignore rien des cycles féminins. Puis j'ai remarqué le gonflement de vos seins et je ne pouvais m'y tromper, mais j'attendais que vous soyez disposée à me l'annoncer.

Avec un petit soupir heureux, Shemaine enfouit la tête contre son cou, et Gage revint aux autres.

— Vos domestiques, dit-il à Camille, seront les bienvenus s'ils veulent dormir dans un coin de notre maison. Shemaine a commencé à nous fabriquer de nouveaux matelas. Ils ne sont pas tout à fait terminés, mais ils peuvent servir.

— Vous allez être tassés comme des sardines, fit remarquer Ramsey avec humour. Et tu sais quoi ? Tu ne pourras plus éternuer sans que quelqu'un tienne ton mouchoir.

Il suggérait ainsi que Gage ne pourrait pratiquement plus faire l'amour à Shemaine, avec tous ces visiteurs autour d'eux.

Shemus repoussa les pans de sa redingote et planta les poings sur ses hanches.

— Si vous avez si peu de chambres, voulez-vous, je vous prie, me dire où ma fille dormait quand elle n'était pas votre femme ?

— Je vous en prie, papa, supplia Shemaine. Ne pouvons-nous attendre d'être à la maison pour parler de cela, au lieu de discuter ici, en pleine ville ?

En effet, de petits groupes s'étaient rassemblés le long du trottoir pour les regarder.

— Nous sommes devenus une attraction plus importante que les jeunes mariés ! reprit-elle.

— Répondez-moi ! insista Shemus, furieux.

— Votre fille dormait sur la loggia jusqu'au jour de notre mariage, monsieur O'Hearn. Mais mon père l'occupe en ce moment, car il se remet d'une grave blessure. Nous avons également une autre invitée, avec qui votre épouse partagera la chambre de mon fils.

— Pourquoi ne dormirait-elle pas avec notre fille ?

Gage lui répondit comme s'il s'adressait à un simple d'esprit :

— Parce que *je* dors avec votre fille, et que *je* ne tiens pas à dormir avec votre femme.

Sur un hennissement de joie, Ramsey tapa dans le dos de son ami, ce qui lui valut un regard furibond de la part de Shemus. Il se mit à tousser pour reprendre contenance.

— La famille de Shemaine aurait-elle besoin de ma demeure, puisque tu ne peux pas loger tout le monde ?

Gage se tourna vers Shemus.

— Mon ami a quelques chambres disponibles, pendant que ses fils travaillent à Williamsburg. Si vous tenez à passer la nuit dans des conditions plus confortables que celles que j'ai à vous offrir, je vous suggère d'accepter sa proposition. Je suis certain que votre bourse vous permettra de le dédommager pour le dérangement causé. M. Tate arrive à l'atelier au lever du soleil, si vous avez envie de venir parler du mariage de votre fille.

— Cela vaudrait sans doute mieux, Shemus, dit Camille en prenant le bras de son mari. Nous sommes tous bouleversés, et si nous dormons sous le même toit, dans l'état d'énervement où nous sommes, nous allons nous crier dessus comme des chiens enragés.

Shemus, à contrecœur, se rendit à la raison.

— Comme vous voudrez, ma chère, mais il faut que je tire tout cela au clair sans traîner.

— Très bien, chéri, fit-elle gentiment. Nous en parlerons demain.

Elle adressa un gracieux sourire à Ramsey.

— Si vous voulez bien nous accueillir dans votre demeure, monsieur, nous vous en serons infiniment reconnaissants.

Ramsey lui offrit un échantillon de ses bonnes manières en saluant avec un geste du bras, ce qui lui valut un haussement de sourcils amusé de la part de Gage.

— Ce sera un grand plaisir de vous accueillir à la maison, madame.

— Est-ce valable pour nous tous ? s'enquit Shemus.

Ramsey acquiesça.

— Tant que vous ne salirez pas le nom de M. Thornton sous mon toit ou en ma présence, je vous recevrai volontiers. Sinon, vous pourrez vous chercher un autre abri pour la nuit.

— Allez au diable, espèce de chipie!

Gage et Shemaine furent accueillis par ce cri dès qu'ils pénétrèrent chez eux, et ils se regardèrent, consternés. Que se passait-il?

Gage se précipita vers l'escalier, dans l'espoir de calmer son père avant qu'il n'ait poursuivi sur ce ton. Quant à Shemaine, elle se disait que la pauvre Mary Margaret aurait bien besoin de réconfort, après de telles grossièretés.

— Vous avez délibérément sacrifié votre valet pour prendre mon roi! continuait William dans un petit rire. Vous faites le dernier pli et vous remportez la cagnotte!

Le rire joyeux de Mary Margaret arrêta net les deux jeunes gens en bas de l'escalier. Soulagés, ils tombèrent dans les bras l'un de l'autre, tandis que la conversation se poursuivait en haut.

— Aimeriez-vous faire une autre partie, milord? demandait Mary Margaret avec une feinte douceur.

— Pour perdre encore? Il ne restera plus grand-chose de mon orgueil de mâle, après une telle débâcle!

— Je ne vois pas ce qui peut vous faire dire cela, milord. Vous avez de quoi être fier. Je n'ai jamais vu un Anglais qui ait aussi belle allure que vous, monsieur... hormis votre fils, bien sûr, mais c'est tout votre portrait. Et naturellement, notre petit Andrew, le plus séduisant des trois...

— Oui, c'est un beau petit bonhomme, n'est-ce pas? acquiesça William avec chaleur. Il me rappelle Gage au même âge.

Il y eut un bref silence, puis Mary Margaret s'enquit de son ton le plus aimable :
— Et où est votre épouse en ce moment, milord ?
— Elizabeth est morte quand Gage avait douze ans. Je n'étais pas préparé à sa disparition, et cela m'a rendu furieux. Je me suis trouvé incapable d'élever mon fils avec la même patience qu'elle. Je crains d'avoir été terriblement revêche et exigeant avec lui...
— Vous ne vous êtes jamais remarié ?
— Je n'en ai jamais eu envie. J'étais trop occupé à construire toujours de plus beaux et plus rapides navires. Et puis, je ne me sentais pas à l'aise avec les femmes... comme avec mon fils, je suppose. Celles que j'ai croisées ont dû me prendre pour un vieux grognon.
— J'ai du mal à le croire, milord, murmura Mary Margaret, car vous êtes d'un commerce agréable. À dire vrai, vous me rappelez mon cher mari disparu.
— Sur quel plan, madame McGee ?
— Je m'appelle Mary Margaret, milord, et je serais très honorée que vous vous serviez de mon prénom.
— Merci, Mary Margaret. Moi, c'est William.
— Oui, protecteur déterminé...
— Pardon ?
— William... cela signifie « protecteur déterminé ». Et ce nom vous va bien. Vous avez résolument protégé votre fils, non ?
— Sans doute. Franchement, je ne pouvais supporter de le perdre après l'avoir si longtemps recherché.
— Vous devez l'aimer énormément.
— En effet, mais j'ai toujours eu du mal à le lui avouer.

— Eh bien, ne vous inquiétez plus, William. Vous le lui avez prouvé bien mieux qu'avec des mots.

En bas des marches, Gage prit la main de son épouse et l'entraîna vers leur chambre. Ils allèrent jeter un coup d'œil à Andrew qui dormait, son visage d'ange émouvant dans sa candeur. Incapable de résister, Shemaine s'agenouilla pour lui caresser le front en lui chantant doucement une berceuse. Les petites lèvres roses laissèrent échapper un soupir d'aise, puis l'enfant roula sur le côté, serrant son lapin de chiffon contre lui.

Gage offrit sa main à Shemaine pour la relever, et il l'emmena dans la chambre voisine, dont ils tirèrent le verrou sans bruit.

— Il faudrait que nous ayons un garçon, pour qu'Andrew puisse jouer avec lui, suggéra-t-elle.

Gage l'attira à lui, posa le menton sur ses cheveux et caressa tendrement son ventre qui ne tarderait pas à s'arrondir.

— Fille ou garçon, cela n'a pas d'importance, mon amour. Je prie simplement pour que tout se passe bien. Je mourrais, si vous m'étiez enlevée.

Elle rit.

— Ne craignez rien. Ma grand-mère paternelle a mis six enfants au monde le plus facilement qui soit, et elle était plus menue que moi. C'était une femme de caractère.

— Votre père doit tenir d'elle, alors. Mais attention aux étincelles, quand William Thornton et Shemus O'Hearn se retrouveront face à face. Je suis certain qu'ils pourraient donner des leçons aux pires harpies de la région.

— Nous redoutions que votre père et Mme McGee ne s'arrachent les cheveux, et voyez ce qui s'est passé...

Gage rit en repensant à la conversation qu'ils avaient surprise.

— D'après l'enquête subtile de Mary Margaret, je serais prêt à parier qu'elle envisage une nouvelle union !

— Qui la concernerait, cette fois !

Avec un sourire, Gage débarrassa son épouse de la coiffe de dentelle et entreprit de défaire les tresses.

— Ils ont en effet l'air de s'entendre parfaitement. Qui sait ? Peut-être sont-ils faits l'un pour l'autre.

Shemaine soupira en se rappelant l'attitude de son père.

— J'aimerais que mes parents soient aussi compréhensifs à notre égard.

— Avec le temps, peut-être cesseront-ils de me prendre pour un monstre.

— Mon père a un caractère épouvantable, Gage, alors je vous en supplie, ne le prenez pas à rebrousse-poil, demain.

Il posa un petit baiser sur son front.

— J'essaierai d'imaginer ce que je ressentirais, si un sale individu abusait de l'une de nos filles. Je serais sûrement tout aussi furieux.

— Méfiez-vous de Maurice également. Ne le laissez pas vous provoquer dans quelque bagarre imbécile.

— J'ai l'impression que le marquis veut vous récupérer, quel que soit le prix à payer...

Il ne pouvait pas vraiment le lui reprocher : dans les mêmes conditions, il aurait réagi pareillement.

— Mais je serai prudent, ma douce, promit-il.

— Maurice semble mondain, pourtant ne vous y trompez pas. Il est aussi habile à l'épée qu'au pistolet. Jusqu'à présent, il s'est contenté de blesser ceux qui le provoquaient en duel, mais il pourrait se montrer plus radical avec vous.

— Sans doute. S'il me tuait, il aurait le champ libre avec vous, et...

— C'est ce qu'il risque de penser, coupa Shemaine. Mais s'il vous tuait, il ne gagnerait que ma haine indéfectible.

Gage se débarrassa de sa redingote, de sa chemise et de sa cravate, avant de venir dénouer les rubans de sa robe.

— Mary Margaret va sûrement rester encore un moment à bavarder avec mon père. Peut-être pourrions-nous en profiter pour nous coucher... et voir ce qui se passe ensuite ?

— Douteriez-vous de l'issue, monsieur Thornton ? demanda Shemaine tandis qu'il lui passait la robe par-dessus la tête.

— Certes non, si je suis avec vous, mon amour.

Comme il admirait sa fine silhouette vêtue d'une simple chemise de dentelle, elle passa les mains dans ses cheveux qu'elle releva gracieusement. Puis elle se mit à onduler autour de lui, le regard brillant, le sourire aguicheur.

— Si j'étais une sorcière, monsieur Thornton, je vous garderais prisonnier dans mon antre, où vous devriez assouvir mes désirs de jour comme de nuit. Mes exigences vous épuiseraient, vous n'auriez plus la force de vous lever de notre couche. Alors, d'un coup de baguette magique, je ranimerais votre désir une fois encore.

Il eut un sourire de biais, tout en la couvant du regard possessif qui la faisait vibrer.

— C'est ce que je vais faire tout de suite, madame.

Il s'assit sur le lit et l'attira d'un geste vif entre ses cuisses. Il ouvrit doucement sa chemise jusqu'à ce qu'apparaissent ses seins voluptueux, si blancs à la lumière de la chandelle. Il ne put résister au plaisir de les goûter, pour la plus grande joie de Shemaine.

— C'est seulement quand le beau prince de mes rêves devient réalité entre mes bras, que cette sorcière renonce à ses incantations et à sa magie pour le suivre avec soumission là où il décide de l'emmener. Alors, rien ne pourrait la séparer de lui.

Gage leva les yeux.

— Rien, ma chérie ?

— Absolument rien, mon amour.

21

Le lendemain matin, Gage sortit vivement sur le porche en entendant la voiture louée par les O'Hearn s'arrêter devant la maison. Ils arrivaient plus tôt que prévu, car Ramsey lui avait dit que le marquis et les O'Hearn étaient à peine réveillés, quand il était parti au travail.

Gage les pria de patienter un moment, le temps que Shemaine et lui terminent les tâches qu'ils avaient commencées. Pour l'instant, il aidait son père à prendre un bain, tandis que la jeune femme changeait ses draps. Ils n'en auraient pas pour longtemps, promit-il à ses visiteurs, et Ramsey s'occuperait d'eux pendant ce temps.

En l'absence de son patron, Ramsey prit sur lui de leur montrer l'atelier où œuvraient Sly Tucker et les deux apprentis. Plein de fierté, il expliqua combien il était difficile de fournir des meubles de qualité, et commença son discours en présentant les croquis de Gage, preuve indiscutable de son talent. Puis il leur montra les différentes essences qu'ils utilisaient – cyprès, cerisier, érable, chêne –, toutes donnant des résultats différents. Il conclut en désignant le bahut récemment terminé, que polissait Sly Tucker. Il les obligea pratiquement à y passer la main afin d'en apprécier la finesse.

Camille sembla la plus enthousiasmée, car c'était elle qui avait choisi les meubles pour leur demeure, Shemus lui laissant bien volontiers prendre toutes les décisions à ce sujet. Au fil des années, elle avait appris à reconnaître la qualité, et, bien que le buffet fût de forme simple, elle était émerveillée par le travail du bois qui en faisait une pièce rare.

Tout en aidant Sly un instant, Ramsey eut l'occasion d'observer subrepticement Maurice. Le marquis, ignorant l'enthousiasme de Camille, regardait distraitement autour de lui. Sa dignité paraissait inaltérable. En continuant la visite, Ramsey prit un malin plaisir à retourner le fer dans la plaie.

— Sans aucun doute, M. Thornton est le meilleur ébéniste de la région. Non seulement il crée des meubles nés de son imagination, mais en plus, il fait vivre plusieurs familles. Il nous paie généreusement, et aucun de nous n'aurait l'idée d'aller travailler ailleurs.

Il les attira à la fenêtre, qu'il débarrassa de la sciure, pour qu'ils puissent admirer le brigantin sur ses cales, près de la rivière.

— Vous voyez ça ?

Il se retourna et constata que le marquis ne bronchait toujours pas.

— M. Thornton en a dessiné les plans lui-même, poursuivit-il. Sans sa passion pour la construction de bateaux, il serait l'homme le plus riche de la région, pour sûr, rien qu'en vendant ses meubles. Mais d'ici un an ou deux, peut-être trois, il prouvera sa valeur en tant qu'armateur, tout le monde sera bien forcé d'en convenir.

Maurice s'autorisa un soupir pensif en se détournant de la fenêtre. Il en avait assez des louanges qui pleuvaient sur cette canaille. S'il ne tenait qu'à lui, il provoquerait Thornton en duel sur-le-champ et débarrasserait le monde de cet individu !

Ramsey jeta un coup d'œil au jeune homme si bien vêtu, dont l'hostilité commençait à devenir perceptible. Il proposa une visite du brigantin, histoire d'enfoncer le clou et de bien faire savoir au marquis que son rival n'était pas un homme ordinaire.

Ils se rendirent donc à la rivière, où il leur présenta Flannery Morgan. Il laissa au constructeur bourru l'honneur de vanter les mérites des plans de Gage, car personne ne pouvait y mettre autant de chaleur que lui.

— Quand il sera terminé, nous aurons là un magnifique deux-mâts. La coque est basse, la ligne effilée. Si vous vous y connaissez un peu, madame et messieurs, vous constaterez que le bau est près de l'étrave, ce qui lui donnera une bonne stabilité. Mais je parierais que sa plus grande qualité sera la vitesse. Il va fendre les mers comme une sirène qui cherche à s'accoupler.

Camille rougit légèrement, mais le vieux loup de mer ne le remarqua pas, et il les encouragea à descendre l'échelle afin de leur faire visiter le niveau inférieur, sans cesser de vanter l'extraordinaire talent de son patron. Enfin, ils remontèrent sur le pont.

Shemus O'Hearn se rendit à la proue en se remémorant tout ce qu'il venait d'entendre. Il avait prêté une oreille attentive aux commentaires, pour se faire une idée sur Gage Thornton. Et il avait été surtout étonné par la qualité de ses employés. Lui-même avait engagé bien des hommes, dans sa vie, mais ils n'étaient sans doute pas tous aussi dévoués et amoureux de leur travail que ceux de Gage. Il se mettait à douter qu'une canaille pût provoquer un tel enthousiasme.

Shemus était parti de rien et s'était hissé seul au sommet, donc il n'était pas étonnant qu'il sentît monter en lui un respect grandissant pour le colon qui avait épousé sa fille. Il se rappelait ses propres débuts, et la réticence des parents de Camille à donner leur fille à cet Irlandais qui avait le toupet de se croire digne de la courtiser. Au fil des années, il avait trouvé sa place dans la famille de Camille, et ils étaient désormais les premiers à vanter ses mérites.

Un jour viendrait-il où lui aussi reconnaîtrait les qualités de son gendre ?

Restait le problème de la mort de la première Mme Thornton. Tant que Shemus ne serait pas convaincu de son innocence, il ne pourrait être satisfait du mariage de Shemaine, aussi courageux et talentueux que fût son époux. Or, avec les rumeurs qui continuaient à courir après plus d'un an, il doutait fort d'y parvenir. Même s'il lui fallait la traîner sur un bateau en partance pour l'Angleterre, Shemus ne laisserait pas sa fille entre les mains d'un homme soupçonné de meurtre...

Durant la visite du navire, Maurice du Mercer avait gardé un silence flegmatique. Il éprouvait une vive animosité envers celui qui lui avait volé sa fiancée, et pour rien au monde il n'aurait manifesté la moindre admiration. Malgré tout, il devait s'avouer qu'il était impressionné. Gage Thornton avait le goût de la qualité et de la beauté – Shemaine en était la preuve vivante. Mais Maurice aurait préféré qu'il fût aveugle, au lieu de poser les yeux sur celle à qui lui-même avait offert son cœur !

Shemaine vint les rejoindre sur le bateau, et le marquis s'illumina. Elle portait une ravissante robe bleu pâle, une coiffe de dentelle, et un tablier blanc était noué à sa taille fine. Elle avait tout d'une femme de colon. Délicieuse ! songea-t-il tandis qu'elle embrassait ses parents. Il aurait donné sa fortune pour être à la place de l'homme qui la possédait.

— Je suis désolée que Gage et moi n'ayons pu vous accueillir comme il se doit, s'excusa-t-elle gracieusement. Lord Thornton n'a pas retrouvé toutes ses forces, pourtant il tenait à prendre un bain. Il lui fallait l'aide de Gage, alors j'en ai profité pour faire le ménage de sa chambre.

— Lord Thornton ? répéta Maurice, curieux.

— Le père de Gage est lord William Thornton, comte de Thornhedge.

Maurice en fut surpris. Lord Thornton s'était fait, devant le Parlement, l'avocat de causes que lui-même défendait sur les droits de l'individu, en particulier au sujet d'une loi visant à interdire que l'on envoyât des condamnés aux colonies.

— Le connaissez-vous, milord ? demanda Shemaine.

Il pencha la tête, ses yeux noirs brillant de tendresse, un sourire troublant aux lèvres.

— Comment m'appelez-vous, Shemaine ? Je croyais que nos relations étaient plus avancées...

La jeune femme songea que la facilité avec laquelle il la déconcertait était due à ses remords de conscience. Dans son désir d'épouser Gage, elle n'avait pas pensé que Maurice pourrait être blessé par sa décision. Elle était persuadée qu'avec toutes les ravissantes jeunes filles qui lui tournaient autour, son ancien soupirant l'aurait oubliée rapidement.

— Nous ne sommes plus fiancés, milord, lui rappela-t-elle, gênée. Et je pense qu'il ne serait plus convenable, désormais, que je vous appelle par votre prénom.

— Je vous y autorise quand même, Shemaine, dit-il à voix basse en se rapprochant encore. Vous aurez toujours une place dans mon cœur, que je parvienne à regagner vos faveurs ou non.

Naguère à l'aise avec le marquis, elle était à présent sur des charbons ardents. Quand son mari les rejoindrait, il risquait d'y avoir un nouvel affrontement... Cherchait-il à provoquer délibérément Gage, ou espérait-il jouer avec les émotions de Shemaine, lui faire regretter son choix ? En tout cas, elle aurait préféré qu'il se tienne à distance respectable. Gage n'allait pas tarder à arriver et elle avait remarqué, depuis la veille, qu'il se montrait davantage possessif, comme s'il avait peur de la perdre.

Durant le silence embarrassé qui suivit, Camille vint embrasser sa fille.

— Tu es ravissante, ma chérie. Mais dis-moi, tu n'as pas de servante pour faire la lessive ? s'enquit-elle, revenant aux excuses de Shemaine.

Celle-ci se mit à rire, soulagée de l'interruption.

— Non, maman. C'est moi qui m'occupe de la cuisine et du ménage.

— La cuisine ? répéta Bess, sidérée. Tous les repas ?

Shemaine acquiesça.

— Vous seriez étonnée de voir tout ce que j'ai retenu de vos leçons, Bess ! Gage prétend que je suis la meilleure cuisinière de la région.

Bess n'en revenait pas.

— Mon Dieu, ma chérie, et moi qui pensais avoir échoué dans ma mission !

Camille avait insisté pour que Shemaine apprenne à tenir une maison mais, comme beaucoup de mères, elle préférait gâter sa fille tant qu'elle l'avait sous son toit. Si elle avait tenu à ce que les deux servantes l'accompagnent, c'était pour se simplifier la vie, mais elle voyait désormais un nouvel avantage à leur présence.

— Pendant notre séjour, peut-être accepteras-tu que Bess et Nola te déchargent de ces tâches, afin que nous puissions mieux profiter de toi. Cela ne t'ennuierait pas trop ?

Shemaine serra sa mère dans ses bras.

— Bien sûr que non, maman. Les bons mets de Bess m'ont manqué, et j'ai l'eau à la bouche en y songeant.

— Et Gage ? Ne nous en voudra-t-il pas de prendre sa maisonnée en main ?

Justement, ce dernier escaladait la cale, et Shemaine se hâta à sa rencontre. Comme il jetait un regard noir au marquis, elle lui prit le bras en murmurant :

— Je vous aime.

Il lui caressa la main.

— Vous faites chanter mon cœur même quand je suis en colère, mon amour...

Sous son tendre sourire, elle sentit elle aussi son cœur se gonfler de joie. Elle l'attira vers sa mère.

— Maman voudrait savoir si vous seriez d'accord pour que Bess et Nola s'occupent de la maison pendant leur séjour.

En contemplant Camille Thornton, Gage comprit d'où venaient la finesse et la beauté de son épouse.

— Si c'est Bess qui a éduqué Shemaine sur ce plan, je suis sûr, madame, que c'est une cuisinière exceptionnelle. Mon épouse sera ravie de se détendre en votre compagnie.

— Vous voyez, maman, déclara la jeune femme, Gage n'est pas un ogre !

Camille rougit.

— Ma fille exagère, monsieur. Je ne vous ai jamais pris pour un ogre...

— Vous m'en voyez ravi, madame, répondit-il avec désinvolture.

Cependant, elle était sans doute persuadée qu'il était un meurtrier !

Gage pivota vers Maurice, qu'il fusilla du regard. Il avait vu le beau marquis penché vers son épouse et en avait ressenti un violent pincement de jalousie. L'homme était d'une remarquable élégance, avec sa redingote marine sur un pantalon, des bas et des souliers crème. La blancheur de sa chemise et de sa cravate était éblouissante, ses cheveux attachés en impeccable catogan, et sa peau avait pris en mer une chaude couleur dorée. Les femmes devaient se pâmer devant lui.

— Vous semblez reposé, monsieur, dit-il un peu froidement. Dois-je en déduire que vous avez bien dormi ?

Maurice eut un sourire pincé.

— L'hospitalité des Tate était fort chaleureuse, monsieur, mais vous imaginez bien que j'avais trop de soucis pour en jouir pleinement.

— Shemaine.

— Oui, Shemaine, murmura doucement Maurice, comme si le simple fait de prononcer son nom l'apaisait. C'est un rayon de soleil après la pluie...

— Certes, approuva Gage, mais elle est mienne.

Maurice haussa les épaules.

— Pour l'instant.

Flannery approchait.

— Je peux vous parler, cap'taine ?

— Bien sûr, Flannery.

Gage était un peu agacé par l'interruption, néanmoins il s'excusa auprès de ses invités et suivit son ouvrier vers le bastingage.

Flannery rayonnait.

— Je sais que vous êtes occupé, cap'taine, mais vous allez aimer ce que j'ai à vous dire. Y a des gens qui voudraient visiter votre bateau aujourd'hui. M'est avis qu'ils ont envie de l'acheter, cap'taine...

Quelques minutes plus tard, Gage revint vers Shemaine avec un large sourire.

— Flannery vient de m'annoncer une grande nouvelle, ma chérie, et j'aimerais la partager avec vous afin que vous me donniez votre avis. Il y a dans la région un capitaine au long cours, dont la famille est dans les bateaux. Il a descendu la rivière depuis Richmond hier, et ensuite il a cherché Flannery à Newport News. Il repart pour New York en fin d'après-midi, mais il souhaiterait visiter le brigantin. Flannery a navigué avec lui, et il m'assure qu'il a l'argent pour l'acheter, s'il lui convient.

— Gage, c'est merveilleux ! s'écria Shemaine.

Les O'Hearn seraient moins disposés à se disputer avec Gage en présence d'un étranger, or elle voulait à tout prix éviter une altercation.

— Vos parents ne vont-ils pas se formaliser, si je consacre mon attention à cet autre visiteur ? Je ne peux pas espérer qu'ils m'acceptent pour gendre tant qu'ils me croient un meurtrier, mais s'ils imaginent que j'évite la confrontation, ils risquent d'essayer de vous emmener sans m'avoir entendu.

— Il n'en est pas question ! Et je suis sûre que mon père comprendra que vous teniez à régler une affaire qui se présente. Je ne voudrais pour rien au monde que vous ratiez une si belle opportunité. En outre, cela leur donnera le temps de s'habituer à l'idée de notre mariage. Ils ont dû recevoir un choc, quand ils sont arrivés ici avec l'espoir de sauver leur fille de l'esclavage, pour s'apercevoir non seulement que je m'étais mariée, mais que je portais un bébé !

— Ils vous considèrent sûrement encore comme leur petite fille…

Shemaine éclata de rire, avant de lui murmurer à l'oreille :

— S'ils savaient combien je suis devenue dévergondée, mon amour, ils croiraient que j'ai été envoûtée !

— Que m'offrirez-vous pour que je ne dévoile pas votre secret, ma douce ?

Shemaine, le regard brillant, afficha l'air d'une faible victime.

— Tout ce que vous voudrez, mon doux seigneur. Je ne suis pas en position de résister, car si je ne vous obéis pas, vous salirez mon nom…

— Tout ?

— Je suis à votre merci, monsieur. Tout ce qui vous plaira.

Elle baissa modestement les yeux en réprimant un sourire.

— Je vous prie seulement de ne pas me traiter trop durement, ajouta-t-elle.

— Jamais durement, promit-il. Sinon, j'abîmerais les trésors que je chéris tant.

— Quels sont ces trésors, milord ?

— Votre amour… et votre réponse à mes plus légères caresses.

— Cela se remarque donc à ce point ?

Gage plongea dans son regard limpide.

— Oui, et je ne voudrais surtout pas que cela change, ma douce.

— Moi non plus, souffla-t-elle. Comme vous l'avez deviné, je tremble de désir au moindre contact. Vous avez vraiment fait de moi votre esclave.

— Pas une esclave, une épouse passionnée. J'aime les moments que nous passons ensemble, quand vous êtes mienne corps et âme.

Shemaine avait envie de se presser contre lui, mais Maurice les observait, et elle chercha un sujet de conversation plus anodin.

— Dites-moi, à quelle heure ce capitaine doit-il venir ?

Gage se retourna pour voir ce qui l'avait fait changer ainsi, et il croisa le regard froid du marquis. Un instant, ils se défièrent, puis Gage revint à son épouse.

— Avant midi, d'après Flannery, répondit-il.

— Alors, je vais demander à Bess de préparer un bon repas pour tout le monde ! déclara-t-elle joyeusement.

— En si peu de temps ?

— Bien sûr, mon chéri. Bess est capable de réaliser des miracles en moins d'une heure.

Gage n'était pas convaincu.

— Vous feriez mieux de lui en parler avant, Shemaine.

— Elle adore montrer ses talents. Toutefois, si vous préférez, je vais la laisser décider.

— Je préfère, mon ange.

Shemaine lui sourit.

— Ceux qui vous traitent d'ours mal léché ne vous connaissent pas, Gage Thornton. Quand vous vous inquiétez à l'idée de surcharger une servante, vous montrez au contraire beaucoup de considération. C'est l'une des raisons pour lesquelles je vous aime tant.

— Vos propos me vont droit au cœur, ma chérie. Ils me rassurent.

— En avez-vous besoin ? Ne vous ai-je pas donné le meilleur de ce que j'avais à offrir ? Mon cœur, mon corps, ma féminité sont pour vous seul. À moins que la présence de mon ex-fiancé n'ait atteint votre confiance ?

— Le marquis est bel homme, madame, avoua Gage en évitant de répondre directement.

— Vous aussi, mon chéri. Et c'est vous que j'aime.

Il eut un sourire un peu canaille.

— J'ai besoin de toutes les certitudes possibles, madame. Ce soir, dans notre chambre, il m'en faudra davantage encore. Et je m'attarderai au sujet que nous abordions un peu plus tôt : « tout » laisse la porte grande ouverte à l'imagination !

Shemaine se mordilla sensuellement la lèvre.

— J'ai hâte d'y être, monsieur.

— Pas plus que moi.

Elle jeta un rapide coup d'œil derrière Gage, et s'aperçut que Maurice fronçait les sourcils en la voyant ainsi badiner avec son époux. Elle préféra changer d'attitude. Mieux valait ne pas attiser la colère du marquis.

— Si ce capitaine apprécie votre bateau, Gage, serait-il disposé à l'acheter avant même qu'il soit terminé ?

— C'est tout à fait possible. Ainsi, il sera certain que je ne risquerai pas de le vendre à quelqu'un d'autre.

— Mais s'il souhaite effectuer des changements ? Est-ce que ce sera envisageable, une fois la somme fixée ?

— Si ces modifications ne concernent pas la conception générale, c'est tout à fait acceptable. Il me faudra seulement dresser un devis des travaux supplémentaires, pour que nous nous mettions d'accord sur le prix. Je demanderai un acompte. Dès que le bateau sera terminé, il pourra payer le reste et devenir propriétaire du brigantin.

— Il n'aura aucun moyen de vous flouer, comme Horace Turnbull a tenté de le faire, n'est-ce pas ?

Gage la rassura.

— Flannery dit que ce capitaine n'a qu'une parole. Si ce que je lui livre répond à ses attentes, il sera parfaitement honnête. Il cherche un bateau aussi rapide que ceux que fabriquent en ce moment les Français. Sans me vanter, celui-ci leur en remontrerait.

Shemaine eut un soupir ravi.

— J'aimerais bien naviguer sur ce voilier avant qu'il nous soit enlevé…

— Cela peut s'arranger, ma douce. L'homme voudra l'essayer avant de l'acheter définitivement. Je lui demanderai s'il accepte de prendre des passagers pour un petit voyage le long des côtes.

— J'adorerais ça !

Camille vint poser une main sur le bras de sa fille, afin d'attirer son attention sur le chemin menant à la maison, où Erich Wernher et Tom Whittaker étaient chargés de deux lourdes malles.

— Nous avons apporté quelques-unes de tes affaires, ma chérie. Où veux-tu qu'on les pose ?

— Mes vêtements ! s'exclama Shemaine, folle de joie. Oh, Gage, je peux aller voir ?

— Filez vite, ma chérie ! Et n'oubliez pas de parler à Bess de nos invités supplémentaires. Ils seront cinq, trois femmes et deux hommes. Si elle est capable de recevoir tout ce monde, Erich et Tom dresseront une table à tréteaux sur le porche.

Shemaine fit signe à son père d'accompagner Camille à la maison, puis elle se retourna vers Gage :

— Votre père se joindra-t-il à nous ?

— Sans doute fera-t-il cet effort, puisque Mary Margaret est là.

— Je mettrai son couvert, dit Shemaine en reculant de quelques pas. Prévenez-moi dès que nos invités seront là. En attendant, je vais essayer mes robes pour voir lesquelles me vont encore.

— Vous n'avez pas grossi ! assura Gage en la couvant des yeux.

Elle passa une main sur son corsage.

— Cela dépend où...

Le rire de Gage la suivit tandis qu'elle s'éloignait. En pivotant, il avisa Maurice, le regard sombre.

— Vous êtes encore là, milord ? s'enquit-il, irrité de se sentir épié. Je pensais que vous auriez compris, à présent, que Shemaine est heureuse d'être mon épouse, et que vous auriez disparu. À moins que vous n'espériez quelque chose en traînant derrière elle comme un chien fidèle ?

Maurice était fou de jalousie. Sans le destin cruel qui l'avait frappée, ce serait pour lui qu'elle déploierait tout son charme.

Les mains dans le dos, il s'approcha de Gage, satisfait de se trouver seul avec son rival. Il avait quelques vérités à assener à cette fripouille, or pour cela, il ne voulait pas de témoins. Il se montra on ne peut plus clair et direct.

— Je ne quitterai pas les colonies sans la femme que j'aime, monsieur Thornton.

— Vous devrez me tuer d'abord, milord, rétorqua Gage, glacial.

— Je m'en doute, admit Maurice avec un haussement d'épaules indifférent.

— Peut-être devriez-vous vous habituer à l'idée qu'elle me préfère à vous.

Maurice le toisa, de son visage hâlé à ses souliers à bout carré, en passant par le torse puissant vêtu d'une chemise blanche et les hanches étroites dans le pantalon de peau.

— J'accepte que Shemaine ait pu s'enticher d'un bel homme comme vous, monsieur, mais je suis sûr qu'avec le temps, elle vous oubliera.

— Comme elle vous a oublié ? répliqua Gage du tac au tac.

Maurice bouillait de rage contenue.

— Je suis persuadé que seules les fâcheuses circonstances dans lesquelles elle se trouvait l'ont poussée à vous épouser. Si elle avait su que nous étions en route pour la sauver, elle aurait rejeté votre proposition.

— C'est possible, concéda Gage, mais uniquement par obligation envers vous. Cependant dites-moi, ajouta-t-il, pensif, si vous avez l'intention de me tuer, comment pouvez-vous ignorer l'enfant qu'elle porte ?

Maurice tressaillit.

— J'offrirai à ce bébé les mêmes avantages que s'il était mien.

— Tous les avantages ? insista Gage.

— Pas mon titre, naturellement, mais je veillerai à ce qu'il, ou elle, ne manque de rien.

— Sauf de son vrai père.

— Malheureusement, c'est fatal. Voyez-vous, je ne peux laisser Shemaine ici avec vous, en songeant que vous risquerez un jour de la tuer comme vous avez tué votre première femme. Je ne me le pardonnerais pas, s'il lui arrivait malheur sans que j'aie rien fait pour l'empêcher.

— Vous me déclarez coupable afin d'apaiser votre conscience quand vous essaierez de me tuer.

Le marquis eut un rire sarcastique.

— Essayer ? Mon cher, si je décide de vous supprimer, soyez assuré que j'y parviendrai. Ce ne sera pas une simple tentative !

Un peu incrédule, Gage demanda :

— Vous en êtes sûr ?

— C'est indiscutable.

Gage prit un instant pour considérer cette affirmation, qui n'était pas prononcée par arrogance mais par certitude.

— Shemaine m'a parlé de votre habileté au pistolet comme à l'épée, mais elle m'a dit également que, jusqu'à présent, vous vous étiez contenté de blesser vos adversaires.

— Dans votre cas, je m'arrangerai pour que ce soit une sentence de mort, monsieur.

Gage pencha la tête, songeur.

— Si vous êtes tellement aguerri aux duels, milord, tirer sur quelqu'un qui ne s'est jamais battu ne reviendrait-il pas à commettre un meurtre de sang-froid ?

Maurice eut un mauvais rictus.

— Ce serait surtout rendre service à la justice, et sauver Shemaine d'une mort prématurée.

— Rien ne pourrait vous détourner de la voie que vous avez choisie ?

Maurice réfléchit un instant.

— Si vous étiez complètement innocenté de la mort de votre première femme, je reconnaîtrais peut-être que vous êtes un mari acceptable pour Shemaine, et je n'aurais plus peur de la laisser entre vos mains.

Gage soutint le regard du marquis. En fait, il comprenait parfaitement sa réaction. Il se serait comporté avec la même intransigeance.

— Alors, dans l'intérêt des miens, milord, j'espère qu'un tel miracle retiendra votre main.

— Vous n'êtes pas un lâche, monsieur Thornton, apprécia Maurice.

— Vous non plus, milord.

William Thornton fit un vaillant effort pour se lever, quand Camille et Shemus O'Hearn entrèrent au salon, mais Shemaine posa la main sur son épaule.

— Ne bougez pas, milord, dit-elle doucement. Ma mère sait que vous relevez d'une grave blessure et que vous ne pouvez lui montrer vos belles manières.

— C'est ce que j'ai dit à Sa Seigneurie, intervint Mary Margaret en posant les cartes qu'elle tenait à la main, mais il a refusé de m'écouter.

Andrew quitta ses genoux pour courir vers la jeune femme. Lorsque Nola et Bess avaient pris possession de la cuisine, il s'était réfugié auprès de Mme McGee, mais à présent que Shemaine était de retour, il se sentait complètement rassuré. Elle fit les présentations, en terminant par le petit garçon.

— Voici mon fils, Andrew, déclara-t-elle, toute fière, en le serrant contre elle. Il a deux ans, il sait compter jusqu'à dix et il est même capable d'épeler son prénom.

— Quel grand garçon ! s'écria Camille. Et tellement intelligent !

— Maman Shaime m'a appris, dit-il avec un adorable sourire timide.

— Andrew, voici mon papa et ma maman...

Il leva les yeux, surpris.

— Maman, papa ?

Elle eut un sourire lumineux.

— Oui, ils sont venus d'Angleterre pour nous voir.

— Voir papa aussi ?

— Ils ne le connaissent que depuis hier, mais aujourd'hui, ils sont venus le voir.

— C'est mon grand-pa ! annonça Andy en montrant William.

Le comte de Thornhedge sourit aux O'Hearn.

— Il faut être quatre pour jouer au whist, dit-il. Cela vous intéresserait-il ?

— Mon père est affreusement mauvais joueur, plaisanta Shemaine.

— Ta mère a peut-être l'air d'un ange, rétorqua Shemus, mais elle m'a battu je ne sais combien de fois !

Camille lui tapota affectueusement le bras.

— C'est parce que vous me laissiez gagner, très cher.

— Sornettes ! À la vérité, milord, c'est elle qui me laisse parfois gagner.

William éclata de rire, puis il serra les dents à cause de la douleur qui se réveillait.

— Cela signifie-t-il que nous allons pouvoir jouer à quatre ?

— J'aimerais me retirer un instant avec ma fille dans sa chambre, répondit Camille. Ensuite, je serai enchantée de me joindre à vous et votre charmante compagne pour une partie.

Bess sortait de la cuisine, munie d'une assiette sur laquelle elle avait coupé des galettes au beurre en petites bouchées. Elle la tendit à sa maîtresse.

— Goûtez d'abord ceci, madame.

Camille ne comprenait pas bien.

— Pourquoi, Bess ? Je connais vos galettes. Celles-ci sont-elles différentes ?

— Oui, madame. Elles ont été faites par votre petite chérie.

— Oh...

Après des années d'expériences désastreuses en cuisine, Camille était habituée aux catastrophes que produisait sa fille. Elle hésita.

— Allez-y, madame, l'encouragea Bess.

Camille céda et mordit avec précaution dans une

petite bouchée, puis son expression se transforma et elle eut un sourire radieux.

— Mais c'est délicieux !

Bess hocha vigoureusement la tête.

— On y est arrivées, madame. On a fait de votre petite fille un vrai cordon-bleu !

William, par peur des conséquences, s'empêchait de rire. N'y tenant plus, il serra un coussin contre sa poitrine afin d'endiguer la douleur, et dit à Shemaine :

— Il me semble, ma chère enfant, que l'on a entretenu un certain temps des doutes sur vos talents culinaires !

— Croyez-moi, milord, je les méritais largement ! répliqua la jeune femme, amusée.

— Mais ce n'est plus le cas, intervint Mary Margaret. Sa Seigneurie et moi nous demandions si votre Bess pourrait cuisiner aussi bien que vous, ma belle.

Bess haussa les épaules avec bonne humeur.

— Peut-être bien que non. Et dans ce cas, ce sera parce que je me suis épuisée à lui enseigner tout ce que je sais !

— Nous vous en sommes tous reconnaissants, insista William, jovial. Car vos efforts ont ensoleillé notre vie.

— Mille mercis, milord ! lança Bess avant de repartir vers la cuisine, le sourire aux lèvres.

Shemaine l'y suivit afin de lui expliquer qu'ils auraient d'autres convives. Bess lui assura qu'elle n'aurait aucune difficulté à préparer un repas de qualité. Ce ne serait pas du plus grand raffinement, mais tout le monde y trouverait son plaisir. Shemaine posa un gros baiser sur la joue de la cuisinière.

— J'en étais sûre, Bess, mais mon époux ne voulait pas que je vous accable de travail.

— Dites à votre monsieur que j'apprécie sa bonté, ma chérie. C'est quelqu'un de bien, si vous voulez mon avis.

— Oui, vraiment...

Shemaine indiqua à Erich et à Tom où ils devaient dresser la table et, quand elle revint au salon, sa mère la prit par la main pour l'emmener dans la chambre.

— Veux-tu que nous regardions ce que Nola a mis dans tes malles ?

— J'ai hâte de le voir !

Peu après, Shemaine secouait une robe de soie fleurie au décolleté carré. Nola lui donna un rapide coup de fer, et la jeune femme l'enfila : la robe tombait sur elle aussi bien que naguère. Camille laça le corsage dans le dos, noua un ruban orné d'un bijou au cou de sa fille, puis elle appela Nola pour qu'elle la coiffe. La camériste pleurait presque de joie, à l'idée de s'occuper de nouveau de la somptueuse chevelure de sa jeune maîtresse. Elle avait eu si peur que Shemaine ne fût morte et que leur voyage ne se terminât par une atroce découverte ! Pour elle, remonter ses boucles ou dégager quelques mèches autour du visage fut une véritable fête.

Elle lui tendit un miroir à main.

— Oh, Nola, j'ai l'impression de me retrouver ! s'écria Shemaine. Merci !

— Vous êtes plus belle que jamais, madame, affirma la camériste, émue, avant de laisser seules la mère et la fille.

Camille avait les yeux emplis de larmes.

— Tu es toujours aussi ravissante, ma chérie. Attends de voir la réaction de Maurice !

Shemaine se raidit et scruta le visage presque suppliant de sa mère.

— Je ne suis pas mariée à Maurice, mère. C'est

Gage, mon époux. J'aimerais que vous vous le rappeliez...

Camille ne cachait pas son inquiétude.

— Sera-t-il capable de t'offrir la vie que tu aurais avec Maurice ?

Shemaine adorait sa mère, pourtant personne ne pourrait l'arracher à Gage en lui faisant miroiter une existence luxueuse.

— J'aime mon mari, maman, et je n'en veux pas d'autre !

— Mais certains prétendent qu'il a tué sa première femme...

— En effet, et j'ai rencontré ces gens-là. Si vous les connaissiez, maman, vous verriez clair dans leurs manigances. Ils répandent des rumeurs dans leur propre intérêt. Roxane Corbin est une vieille fille qui a voulu Gage depuis qu'il a mis les pieds en Virginie, voilà plus de neuf ans. Mais il a épousé Victoria, et elle n'a pas pu le supporter. Qui sait ? C'est peut-être elle qui a poussé Victoria. En tout cas, c'est elle qui l'a trouvée morte.

« Après notre mariage, elle a juré de raconter sur tous les toits qu'il était l'assassin de Victoria. C'est une femme rancunière, vindicative, qui veut arriver à ses fins. Et si elle n'y parvient pas, au moins tentera-t-elle de détruire Gage. Est-ce quelqu'un dont vous écouteriez les calomnies ? Écouteriez-vous un individu qui viendrait vous dire que papa est un criminel ?

— Certes non, mais...

— Il n'y a pas de mais ! s'écria Shemaine en levant les mains. Je ne veux plus entendre dire du mal de mon époux. Et si vous avez apporté ces malles dans l'espoir de me persuader de quitter Gage, reprenez-les, je m'en passerai. Sachez bien ceci, maman, je n'aurai pas d'autre époux que

Gage, jusqu'à ce que l'un de nous soit couché dans la tombe!

Camille se posa une main sur le front, tentant de ne pas céder à l'angoisse.

— Comment pourrais-je te laisser ici avec lui, sachant qu'il y a une chance pour que tu ne sois pas en sécurité?

— Maman, je vous en supplie, ne vous inquiétez pas au sujet de Gage.

— Je ne peux pas m'en empêcher. Tu es notre seule enfant, notre petite fille adorée. Nous ne supporterions pas de te perdre après t'avoir retrouvée. Et tu es si jeune, si inexpérimentée... Gage est plus âgé...

— Il a seulement deux ans de plus que Maurice, objecta Shemaine avec désespoir. Ces deux années sont tellement importantes, à vos yeux?

Camille cherchait une explication à son préjugé.

— Il paraît plus vieux, dit-elle enfin.

— Peut-être parce qu'on ne lui a pas servi l'univers sur un plateau d'argent. Il a dû travailler dur pour arriver où il est, comme papa autrefois.

— Ton père était beaucoup plus jeune, lorsque nous nous sommes mariés.

— Arrêtons là! décréta Shemaine.

Sa mère fit mine de vouloir poursuivre, mais elle secoua la tête.

— Je vais montrer ma robe à Gage. Quand je rentrerai, j'espère que vous vous serez enfin mis dans la tête que je suis mariée à lui, et que pour rien au monde je n'accepterais une annulation. Vous avez un petit-fils ou une petite-fille en route, maman, et j'aimerais être sûre que vous attendez sa naissance avec autant de joie que moi. Je vous en prie, ne perdez pas votre temps à me dire combien vous détestez mon époux. Le seul résultat serait de m'éloigner de vous.

Camille se moucha discrètement.

— Je ne déteste pas Gage, Shemaine. Franchement, si je pouvais être sûre que ces accusations ne sont que pures inventions, je serais heureuse de te voir si amoureuse.

— Alors je vais prier pour que quelque chose vienne apaiser vos angoisses, dit tendrement Shemaine.

Sur un baiser, elle sortit et ferma la porte derrière elle.

William fut le premier à remarquer sa métamorphose, et il ne tarit pas de compliments sur sa toilette et sa coiffure.

— J'aurais juré, à la lumière qui a illuminé la pièce, que le soleil s'était levé une seconde fois aujourd'hui ! dit-il dans le langage fleuri en usage à la Cour.

— J'apprécie votre galanterie, milord, répliqua Shemaine avec une gracieuse révérence.

Elle s'adressa à l'enfant, perché sur les genoux de son grand-père :

— Je sors voir ton papa, Andy. Tu veux m'accompagner ?

— Voir papa ! cria-t-il en gigotant pour descendre à terre.

Shemaine, en prenant la main de l'enfant, croisa le regard inquiet de son père, et elle le rassura d'un demi-sourire.

Son arrivée sur le bateau laissa Maurice et Gage muets d'admiration. Mais tandis que son mari lui prenait la taille pour l'embrasser, Maurice eut le cœur déchiré de jalousie. Il devenait vital pour lui de s'éloigner du couple. Les poings serrés, le dos raide, il quitta le bateau sans se retourner.

Sa fille partie, Shemus se dirigea vers la chambre, où il trouva sa femme en train de pleurer silencieusement.

— Avez-vous eu l'occasion de lui parler ? s'enquit-il, anxieux.

— Oui, mais cela n'a servi à rien. Elle est déterminée à rester avec Gage. Elle prétend qu'elle l'aime et ne veut personne d'autre.

— Ce satané entêtement irlandais !

— Shemus, je vous en prie ! C'est notre fille.

— Oui, mais c'est mon propre entêtement que je vois en elle.

— Peut-être a-t-elle raison, murmura Camille. De quel droit condamnons-nous cet homme ? Shemaine jure que les rumeurs à son sujet sont causées par l'envie. Une célibataire qui voulait épouser Gage...

— Nous verrons ce que peut faire Maurice, marmonna Shemus qui l'écoutait à peine. Il est possible qu'il la persuade de rentrer avec nous. Elle disait qu'elle était amoureuse de lui, naguère, et je sais qu'il est fou d'elle.

— Je ne crois pas qu'elle reviendra en Angleterre, Shemus. Pas sans son époux. Et si nous l'y obligeons, elle ne nous le pardonnera jamais.

Il la dévisagea.

— L'avons-nous donc perdue ?

— Oui, je le crains. Notre petite fille chérie est devenue une femme, et elle sait ce qu'elle veut.

22

— Ils arrivent ! cria Flannery, peu après que Gillian eut emmené Andrew voir des petits animaux dans la forêt.

Gage et Shemaine le rejoignirent au bastingage, tandis qu'il désignait un vaste canot qui appontait. Un grand homme coiffé d'un tricorne en sauta afin de l'amarrer, pendant que son compagnon rentrait les rames.

Ils aidèrent trois jeunes femmes à monter à bord du brigantin. Dès qu'ils virent Shemaine, ils se découvrirent avec courtoisie. Ils étaient aussi grands que Gage, mais l'aîné portait son abondante chevelure auburn attachée sur la nuque. Il avait un visage carré, des yeux bruns et pétillants, et de petites rides aux coins de sa bouche exprimaient la bonne humeur et le goût du rire.

Flannery fit les présentations.

— Cap'taine Thornton, voici le capitaine Beauchamp.

— Nathaniel Beauchamp, dit l'étranger en tendant une main cordiale à Gage. Nathan, si vous préférez.

La réponse habituelle vint aussitôt.

— Tout le monde m'appelle Gage.

Nathaniel présenta alors les deux femmes qui l'accompagnaient.

— Mes sœurs jumelles, Gabrielle et Garland. Et mon épouse, Charlotte.

Les jumelles avaient les cheveux aussi noirs que le plus jeune des deux hommes, et c'était à lui, plus qu'à sa sœur, que ressemblait étonnamment Garland. Tous deux avaient des yeux dorés et lumineux.

— Mon frère Ruark, annonça Nathaniel.

— Votre serviteur, dit Ruark avec un éblouissant sourire en s'inclinant galamment. Votre beauté fait honneur aux vertes collines de votre île natale, madame.

— Quant à vous, monsieur, répondit Shemaine gaiement, vous avez dû fréquenter des Irlandais, pour avoir le compliment si facile.

Ruark éclata de rire.

— Il est vrai que j'ai un faible pour les Irlandais!

— J'en conclus que vous avez un goût très sûr, monsieur.

Gabrielle s'approcha, espiègle.

— Je ferais mieux de vous avertir, madame Thornton. Mon frère tient absolument à sa liberté, bien qu'il ne soit plus très jeune, pourtant il traite toute femme séduisante comme si elle était la seule à pouvoir s'emparer de son cœur. En réalité, c'est lui qui s'emparera du vôtre, s'il le peut.

— Honte à toi, vilain petit oiseau! la réprimanda gentiment Ruark. Tu te moques de moi, mais puis-je te rappeler qu'à ton âge, tu n'as pas encore trouvé l'âme sœur?

— Ne vous inquiétez pas, miss Beauchamp, intervint Shemaine en se pressant contre son mari. Mon cœur est déjà pris.

— Parfait, vous êtes sauvée!

Gabrielle eut un sourire triomphant en direction de son frère, qui brandit vers elle un doigt sévère, comme pour la menacer de représailles. Elle releva la tête avec défi puis, comme il faisait mine de marcher sur elle, elle se mit à danser sur place en criant:

— Je le dirai à maman, si tu me tapes encore!

Garland s'approcha de Shemaine en secouant la tête.

— Comme vous pouvez le constater, madame, je suis la seule personne sensée de cette famille. Appelez-moi Garland, s'il vous plaît, et je vous permets de vous adresser à ma sœur par son prénom, puisqu'elle n'a pas eu la politesse de vous en prier elle-même.

— Je serais honorée que vous m'appeliez Shemaine.

Gabrielle haussa les épaules.

— Garland s'imagine qu'elle est nettement mieux élevée et plus intelligente que le reste de la famille. Certes, elle écoutait plus attentivement que moi les leçons de nos précepteurs. Mais je connais d'autres noms qui lui conviendraient mieux : Ennuyeuse, Prétentieuse, Pédante...

Garland poussa une sorte de gémissement et, à l'instar de son frère, se précipita vers sa sœur, comme pour chercher vengeance. L'autre éclata de rire en se sauvant.

— Tenez-vous bien, les filles, les supplia Charlotte. Que va-t-on penser de nous? Rien de bon, j'en suis sûre.

Gage eut un petit rire de sympathie.

— Au contraire, madame. Ils me font regretter d'avoir été fils unique!

— Nous sommes plutôt indisciplinés, reconnut Nathaniel. Nous avons encore un frère, qui approche de vingt ans. L'un de ses amis lui rend visite aujourd'hui, et il a préféré rester à la maison pour faire ce que font les garçons de leur âge. La dernière fois que je les ai vus, ils flirtaient avec les filles du voisinage.

Nathaniel parcourait le pont d'un regard appréciateur.

— J'ai hâte d'admirer ce bateau dans toute sa splendeur, monsieur.

Shemaine se tourna vers les trois femmes.

— Voulez-vous venir à la maison, mesdames ? Mon mari et moi avons d'autres invités, que j'aimerais vous présenter...

Maurice du Mercer regardait les deux couples jouer au whist, et il se leva vivement à l'entrée des jeunes femmes. Il était enchanté de la diversion.

On le présenta d'abord à Charlotte, puis à Gabrielle qui se mit à l'assommer de questions, au point qu'il avait du mal à lui répondre et à regarder sa sœur en même temps. Garland admirait le mobilier, mais quand Shemaine l'amena vers lui, Maurice se trouva confronté aux magnifiques yeux dorés.

— Garland, voici un ami de la famille, le marquis du Mercer, dit Shemaine. Miss Garland Beauchamp...

— Maurice suffira, précisa-t-il avec un élégant salut.

La jeune femme fit la révérence.

— Ce sera Garland, alors, dit-elle avec un sourire. Miss fait un peu... laissée-pour-compte !

— Une très jeune et très belle laissée-pour-compte, commenta Maurice.

Gabrielle soupira intérieurement. Elle se rendait bien compte qu'il était inutile d'essayer de retenir l'attention du beau marquis, car il était de toute évidence fasciné par sa jumelle. Elle avait déjà remarqué que lorsque deux êtres se reconnaissaient, il aurait fallu une hache pour les séparer, or c'était le cas, bien que Garland observât une gracieuse réserve qui frisait l'indifférence. Gabrielle se promit de prendre note de la leçon que lui donnait actuellement sa sœur, car elle n'avait jamais pu s'attacher un soupirant, avec son pétulant tempérament.

Bonne perdante, elle posa tout de même une question, dans l'intérêt de sa jumelle.

— Existe-t-il une marquise, milord ?

— Seulement une grand-mère. Je n'ai ni épouse, ni frère ou sœur, ni enfant, répondit Maurice avec un regard à Shemaine, qui eut la bonne grâce de s'empourprer.

— Je me demande comment je vivrais, si j'étais fille unique, reprit Gabrielle, pensive. Nous sommes cinq, chez les Beauchamp...

— Nous allons manquer de chaises, chérie, dit Camille à sa fille. En as-tu en réserve ?

— Bien sûr, maman !

Shemaine aurait envoyé Nola en chercher à l'étage, si elle n'avait vu Bess qui cherchait à attirer son attention depuis le seuil de la cuisine. Elle s'excusa et alla discuter avec la cuisinière de la sauce dont il convenait d'accompagner le gibier.

— Je m'en occupe, offrit galamment le marquis qui avait remarqué plusieurs sièges sur le porche.

Les dames ôtèrent leurs chapeaux tandis que l'on apportait les chaises. Comme il en plaçait une derrière Garland, Maurice s'aperçut qu'il était incapable de détacher son regard de la nuque de la jeune femme, si douce et pâle sous la masse du chignon brun.

Elle s'y asseyait quand le dossier céda, et elle bascula en arrière. Maurice tendit les bras et la reçut contre lui, aussitôt récompensé par le délicat parfum qu'elle exhalait. Le lilas et le savon le grisèrent immédiatement. Comme le crâne de Garland lui heurtait la poitrine, il aperçut les seins ronds gainés de soie mauve.

— Bonté divine ! s'écria-t-elle, étonnée.

Maurice la remit d'aplomb et se pencha sur son épaule avec sollicitude.

— Vous vous sentez bien ?

Elle pivota pour croiser son regard noir, si brillant, et une sorte d'éclair la traversa. Elle avait toujours trouvé son frère trop beau pour qu'un autre homme pût rivaliser avec lui sur ce terrain, mais elle était en train de réviser cette opinion.

— Certainement, milord, assura-t-elle nerveusement. J'ai été surprise, c'est tout...

— Maurice, lui rappela-t-il dans un murmure.

Les deux jeunes gens se rendirent compte soudain qu'ils étaient au centre de l'attention générale, et Garland devint écarlate. Maurice s'arrangea pour passer à un autre sujet.

— En tant qu'ébéniste, Shemaine, votre époux laisse à désirer.

Il voulait clairement montrer à son ancienne fiancée que l'homme qu'elle avait choisi n'était pas parfait.

Elle vola sur-le-champ à la défense de Gage.

— C'est ma faute, milord, rétorqua-t-elle sèchement. J'aurais dû remarquer que les chaises que vous apportiez étaient destinées à être réparées. En outre, ce n'est pas Gage qui les a fabriquées.

Elle eut un geste circulaire.

— Voilà le genre de meubles qu'il crée, dit-elle fièrement.

Soudain, un cri d'enfant retentit et, inquiète, elle se précipita dehors. Andrew courait vers la maison. La jeune femme descendit vivement les marches, traversa la cour en direction du garçon qui se jeta dans ses bras comme s'il avait le diable aux trousses. Il enfouit la tête dans son cou, refusant de regarder autour de lui. Gillian apparut enfin, à bout de souffle.

— Que s'est-il passé ? demanda Shemaine. De quoi a-t-il peur ?

— Caïn, expliqua Gillian. Le bossu était accroupi derrière un tronc d'arbre, et je ne l'avais pas vu, mais Andrew, si.

Shemaine se rappelait la malheureuse créature avec qui elle s'était montrée amicale. Avait-elle eu tort de le croire inoffensif ?

— Lui a-t-il fait du mal ?

— Non ! Andy a seulement été terrorisé.

Gage arrivait en courant, attiré par les cris de son fils, et elle le rassura :

— Ce n'est rien. Andy a été effrayé.

Gillian confirma l'événement à son patron, mais celui-ci voulut en savoir davantage.

— As-tu demandé à Caïn ce qu'il faisait dans les bois ?

— C'est ça qui m'a retardé. Il est difficile à comprendre, cap'taine, mais il m'a dit qu'il veillait sur la dame.

— Sur Shemaine ? s'étonna Gage en échangeant un coup d'œil avec son épouse. A-t-il dit pourquoi ?

— Il a marmonné quelque chose sur Potts et d'autres... qui lui voudraient du mal.

— D'autres ? Sais-tu de quels autres il pourrait s'agir ?

— Je lui ai demandé, cap'taine, mais il n'a pas voulu répondre. Il est sorti de sa cachette, il a récupéré sa mule, et il est parti.

Gillian secoua la tête.

— Vous devriez voir ce qu'il a construit, cap'taine. Il a fabriqué un enclos pour la mule, et il a tapissé la barrière de buissons pour qu'on ne la voie pas.

C'est tellement bien fait que je n'aurais jamais imaginé qu'il était derrière.

Gage n'y comprenait plus rien.

— Mais comment pensait-il arrêter Potts, au cas où ce gredin se serait montré ?

— J'étais à une vingtaine de mètres quand Andy s'est mis à crier, et j'ai couru voir ce qui se passait. C'est alors que j'ai aperçu Caïn accroupi dans le creux d'un arbre, caché par des branchages. Il ne bougeait pas plus qu'une souris, jusqu'à ce qu'il me voie. Quand il a repoussé les branches, j'ai remarqué qu'il avait un pistolet rouillé sur les genoux. J'ai sursauté, parce que je ne savais pas s'il avait l'intention de s'en servir contre nous. Franchement, cap'taine, l'arme est si vieille que je me suis dit qu'elle risquait de lui exploser à la figure, s'il tirait. M'est avis que c'était plutôt pour Potts.

Gage prit son petit garçon encore tremblant des bras de Shemaine. Il s'accrocha bien fort à son cou.

— Fripouille ! dit-elle en lui ébouriffant les cheveux. J'ai cru mourir de peur !

— Je l'amène avec moi au bateau, annonça Gage.

— Gil'an ! appela l'enfant.

Le jeune homme se plaça dans son champ de vision.

— Je suis là, Andy.

— Bateau. Tu viens ?

— Ça vaut mieux. Mon papa à moi doit se demander ce que je suis devenu !

Shemaine les regarda escalader la cale du navire, puis elle retourna vers le porche.

— Que s'est-il passé, Shemaine ? s'enquit William, inquiet.

— Rien de grave, milord. Andrew a eu peur, c'est tout. Il y a un infirme qui vit quelque part en forêt, et Andy l'a vu par hasard. Vous savez combien il

redoute les inconnus. Caïn le terrifie positivement.
— Caïn ? répéta sa mère. Quel drôle de nom !
— Je suis de votre avis, maman, mais si vous jetiez un coup d'œil sur ce pauvre garçon, vous verriez qu'il lui correspond bien !
— Est-il méchant ? questionna Maurice.
— Non, pas du tout, répondit Shemaine, qui remarqua que son ancien fiancé s'était installé à un bout du porche avec Garland.

Ils formaient un joli couple…
— En fait, reprit-elle, si Gillian a bien compris, il veille sur moi.

Camille, angoissée, porta une main à sa gorge.
— Mais pourquoi, mon Dieu ? Craint-il que quelqu'un ne te veuille du mal ?

Shemaine comprit à qui pensait sa mère, et elle la rassura d'un haussement d'épaules.
— Il y avait un marin à bord du *London Pride*, un certain Potts, qui menaçait de me tuer…
— Est-il toujours dans la région ? coupa Shemus.
— Oui, papa. Il semblerait qu'il ait envie de tenir sa promesse.
— Mais pourquoi ce Caïn souhaiterait-il te protéger ?

Shemaine n'avait pas envie de raconter toute l'histoire, de crainte d'inquiéter encore plus sa mère.
— Je l'ai aidé, un jour…
— De quelle façon ? insista son père.
— Potts le frappait, et je me suis interposée.

Shemus, de plus en plus angoissé, la dévisagea.
— Comment ? Qu'as-tu fait exactement ?
— J'ai tapé sur Potts, avoua enfin la jeune femme.
— Tu… *quoi* ? aboya-t-il.

Camille était au bord de l'évanouissement.
— Je ne veux pas en savoir davantage !

Mais son mari ne l'entendait pas ainsi.

— Raconte-nous tout ! ordonna-t-il.

Shemaine soupira. Elle ne s'en tirerait pas comme ça... Son père exigerait la vérité pleine et entière.

— C'est simple, en réalité. Potts rossait Caïn, alors j'ai attrapé le bâton de cette brute et je l'ai frappé une ou deux fois sur la tête. Voilà tout.

— Oh, non ! gémit Camille. Dites-moi que ce n'est pas vrai !

— Mais si, elle l'a fait ! intervint Mary Margaret joyeusement. Je l'ai vu de mes propres yeux !

Maurice faillit s'étrangler en étouffant un rire intempestif. N'y parvenant pas, il se mit à pouffer, pour le plus grand amusement des jumelles et l'indignation de Camille. Quand il parvint à reprendre son sérieux, il adressa un clin d'œil à Shemaine.

— Bravo !

— Quel courage vous avez ! s'écria Gabrielle. J'aimerais être aussi brave que vous !

— Tu hurles dès que tu vois une souris, se moqua sa jumelle.

Gabrielle secoua la tête.

— Eh bien, cela vaut mieux que de nourrir tous les petits animaux que tu croises !

— J'imagine, dit Shemus qui n'avait pas l'intention de se laisser détourner du sujet, que ce Potts est plus petit que la moyenne ?

Shemaine eut un mince sourire, assez peu convaincant.

— Dieu du ciel ! rugit Shemus. Ma fille a perdu l'esprit !

— À quoi ressemble-t-il exactement ? insista Camille d'un ton mal assuré.

Shemaine se mordillait la lèvre.

— Plutôt costaud, je crois...

Cela ne suffisait pas à Shemus.

— Costaud comment, ma fille ?

— Vous avez rencontré Sly Tucker ? demanda la jeune femme en espérant que ce n'était pas le cas.

— Oh, non ! s'écria Camille, effondrée.

Shemus émit un grognement de rage.

— Te rends-tu compte, ma fille, que cet individu aurait pu te tuer ?

Mary Margaret, qui passait un merveilleux moment, répondit à sa place.

— Il a bien essayé, ce gros porc, mais notre beau M. Thornton est venu au secours de Shemaine. Il l'a envoyé rouler dans la boue en pleine rue !

— Je rentre, déclara Camille d'une voix à peine audible. Je n'en peux plus…

Shemaine comprit que le plus dur était passé.

— C'est un pays de sauvages, grommela Shemus en suivant son épouse à l'intérieur. Elle devrait revenir avec nous en Angleterre par le premier bateau !

Bientôt, il ne resta plus sur le porche que le marquis, les jumelles, et Shemaine en bas des marches.

Maurice se tourna vers elle.

— J'ai toujours pensé que vous étiez capable de remettre un homme à sa place, Shemaine. Je suis heureux de ne pas m'être trompé.

— C'est merveilleux ! s'exclama Gabrielle.

Cependant, elle était terriblement curieuse des relations qui existaient entre le marquis et l'épouse du colon. Elle les soupçonnait d'avoir été proches, à une époque. Elle ne put résister davantage.

— Vous vous connaissez depuis longtemps, tous les deux ?

Maurice couvait son ancienne fiancée d'un regard admiratif.

— Shemaine et moi étions fiancés, avant que M. Thornton me la vole.

Gabrielle sursauta.

— Oh ! Je... je croyais que les fiançailles étaient presque aussi importantes qu'un mariage...

Shemaine rougit violemment, mais elle n'avait pas envie de tout expliquer.

— Maurice et moi étions séparés, et je n'avais pas de raison d'espérer que nous nous retrouverions un jour.

— Comme c'est triste, murmura Garland avec sympathie.

— Pas vraiment. Voyez-vous, j'aime infiniment mon mari.

— Pourtant, vous aimiez aussi Sa Seigneurie, intervint Gabrielle.

— Oui, mais peut-être moins profondément que je ne le croyais à l'époque, avoua Shemaine en affrontant le beau regard sombre qui ne la quittait pas. Maurice et moi étions grisés par le plaisir d'être ensemble. Il est tellement séduisant...

Elle se tut un instant. Elle souhaitait être tout à fait sincère, sans toutefois le blesser.

— J'étais troublée et... flattée par l'attention qu'il me portait.

Gabrielle comprenait parfaitement. Quel magnifique couple ils auraient fait ! Mais M. Thornton était bel homme, lui aussi. À dire vrai, elle aurait été incapable de se prononcer entre les deux, si on lui avait demandé lequel était le plus beau. Comme sa sœur n'oserait jamais interroger le marquis sur sa situation actuelle, elle le fit à sa place.

— Avez-vous jeté votre dévolu sur une autre jeune fille, en Angleterre ?

Sidérée par l'effronterie de sa jumelle, Garland précisa :

— Vous n'êtes absolument pas obligé de répondre, monsieur. Ma sœur a une fâcheuse tendance à oublier la bonne éducation que nous a inculquée notre mère !

Maurice ne s'offusquait pas. Il avait pendant longtemps refréné le désir qu'il éprouvait pour Shemaine et, à présent qu'il l'avait perdue, il savait que seule une jeune femme admirable pourrait le soulager de la peine qui lui pesait sur le cœur. Garland était une charmante personne, et son attitude vive et réservée à la fois lui plaisait. Néanmoins, il ignorait ce qui sortirait de cette rencontre, et il ne voulait pas lui laisser d'illusions pour l'instant, alors qu'il espérait encore récupérer Shemaine.

— Je suppose, Gabrielle, répliqua-t-il enfin, que maintenant que Shemaine est mariée à Thornton, il va falloir que je cherche une autre fiancée dans un avenir proche...

Le sourire calculateur de la jeune femme l'alerta.

— Peut-être aimeriez-vous nous rendre visite dans notre maison du bord de mer, quand nous serons de retour à New York ? suggéra-t-elle. Je cherche à marier ma sœur, afin d'avoir la chambre pour moi seule...

— Gabrielle ! Comment oses-tu suggérer que le marquis pourrait s'intéresser à moi ? Nous nous connaissons à peine !

Gabrielle ignora l'interruption.

— Elle est tellement maniaque ! Elle ne cesse de me reprocher mon désordre, alors que j'aime simplement le confort.

Maurice se dit que, s'il avait sérieusement l'intention de courtiser Garland, il trouverait une alliée en la personne de sa sœur.

— Vous me direz quand vous pensez partir, et je serai ravi de vous revoir, vous et votre charmante famille.

— Seigneur! soupira Garland en regrettant de ne pas avoir d'éventail pour rafraîchir ses joues brûlantes.

Le marquis était l'incarnation de ce dont elle rêvait, mais elle était horrifiée par la hardiesse de sa sœur... Un peu reconnaissante, aussi.

Bess apparut.

— Vous avez assez d'assiettes pour tout le monde, ma chérie?

— Oui. Je vais vous montrer où elles se trouvent, répondit Shemaine.

Elle monta les marches, s'arrêta devant Maurice et lui posa une main amicale sur le bras.

— Je suis heureuse de constater que vous tirerez sans doute quelque profit de ce long voyage, Maurice. J'espère qu'un jour, vous serez capable de me pardonner d'avoir brisé mon engagement en épousant Gage.

— Je n'ai pas encore surmonté ma peine, Shemaine, répliqua-t-il dans un murmure. Que vous m'ayez aimé ou non, moi je vous aimais, je voulais faire de vous ma femme. Et il y a un problème que je souhaite régler, avant d'envisager de vous laisser entre les mains de votre époux. Je suis inquiet pour votre sécurité... et, bien sûr, votre bonheur.

— Je suis heureuse, Maurice, je vous supplie de me croire.

— Pour l'instant. Mais je songe à l'avenir, et je ne connaîtrai pas le repos avant d'avoir des certitudes. Si Gage se révèle ne pas être l'homme qu'il vous faut, je serai là.

23

Edith du Mercer s'était hâtée de quitter les rivages d'Angleterre, dès qu'elle avait entendu dire que son petit-fils était parti pour les colonies avec les O'Hearn, à la recherche de Shemaine.

Bien qu'elle eût payé une fortune pour avoir une cabine privée sur le *Moonraker*, elle avait appris, après être montée à bord, qu'elle serait obligée de cohabiter avec une femme de même condition qu'elle. La traversée avait été un véritable cauchemar! Les nuits, perturbées par de sonores ronflements, avaient mis ses nerfs à rude épreuve. Edith n'avait jamais connu que richesse, confort et pouvoir. Son tempérament autoritaire avait été encouragé par un grand-père qui lui avait rappelé le rang élevé qu'ils occupaient parmi la noblesse.

Si elle avait pu régler le problème sans éveiller de soupçons, elle aurait payé quelqu'un pour jeter la dame par-dessus bord. Mais elle s'était efforcée de se concentrer sur son but ultime: voir son petit-fils épouser une femme haut placée, qui pourrait l'aider à obtenir un siège proche du trône. Maurice avait du caractère, du charme, de la dignité et de l'intégrité, c'était indéniable, cependant il lui manquait l'ambition de devenir le confident privilégié du roi George II.

Dans son désir de prendre cette petite Irlandaise pour épouse, il ne se rendait pas compte qu'il renonçait à son statut. S'il s'était contenté de l'avoir comme maîtresse, tout aurait été parfait. Mais son bonheur l'occupait davantage que la position éminente que pouvait lui valoir son état de marquis.

Il aurait engendré une kyrielle de gamins au sang teinté d'irlandais, qui n'auraient fait que souiller le nom respectable des du Mercer. Au cours de leurs discussions, elle avait compris que rien ne pourrait le détourner de son choix. C'était donc à Edith de faire échouer ce mariage, par tous les moyens. Dans un premier temps, elle y avait réussi, à l'insu de son petit-fils. Il ignorait jusqu'où sa grand-mère pourrait aller pour s'assurer que son héritier atteindrait les plus hautes sphères.

Et voilà qu'elle se retrouvait dans cette immonde petite ville de Newport News, en train de chercher une chambre. Elle avait été folle de rage quand l'unique aubergiste de la ville lui avait dit ne pas avoir un seul lit disponible. Elle avait proposé de payer le double, mais il avait déclaré que les gens dormaient déjà à trois par chambre.

— Vous devriez essayer la taverne, lui avait-il conseillé. Ils ont des chambres à louer, à condition qu'elles ne soient pas occupées par les filles de Freida et leurs clients. Autrement, il faudrait trouver une famille qui accepte de vous loger, mais vous feriez mieux d'aller voir à la taverne.

— Je vous remercie, avait répondu sèchement Edith, avant de se diriger dignement, appuyée sur sa canne, vers le sordide établissement.

Finalement, elle était contente de cette alternative, car elle avait une sainte horreur de la poussière, or l'auberge lui avait semblé fort mal tenue.

Elle s'arrêta pour se tamponner le visage de son mouchoir de dentelle. Sa robe de soie noire semblait absorber les rayons du soleil, et, sous son coûteux bonnet, elle transpirait abondamment. Si elle avait eu son petit-fils à portée de voix, elle lui aurait infligé la semonce de sa vie pour l'avoir mise dans une telle situation !

La promesse d'une grosse récompense à celui qui fournirait une preuve de la mort de la petite garce, ne lui avait apporté que frustration. Innombrables rendez-vous avec son avocat, excursions clandestines à Newgate, rencontres nocturnes avec un employé à l'haleine répugnante... tout cela n'avait servi à rien. Même après le départ du bateau prison, elle avait gardé l'espoir, car l'homme avait engagé une détenue pour mener à bien la mission dans laquelle il avait échoué, la nuit où il avait tenté d'étrangler l'Irlandaise. Puis Edith avait appris que Maurice s'était embarqué pour la Virginie, et elle avait compris qu'elle devait le suivre. Elle ne pouvait prendre le risque que son petit-fils retrouve sa fiancée et la ramène en Angleterre. Tous ces efforts en vain !...

Heureusement, des vents favorables avaient poussé le *Moonraker* au port, le lendemain de l'arrivée de Maurice.

Une dame rencontrée sur les quais lui avait révélé que Shemaine O'Hearn était non seulement vivante mais en bonne santé, et qu'elle habitait avec le colon qui l'avait achetée à sa descente du *London Pride*. Mais la femme qui lui avait fourni ces renseignements sautait curieusement d'un déluge d'informations à des instants de réticence, comme si elle craignait qu'on ne l'entende. Mme Pettycomb était sans conteste la plus étrange commère qu'ait connue Edith !

Oh, pourquoi cette chipie d'Irlandaise n'était-elle pas morte ? Une vraie dame n'aurait pas résisté à l'emprisonnement, suivi de l'horrible traversée sur le bateau prison. C'était à cause de l'opiniâtreté de sa race ! Ces gens étaient presque des animaux !

Elle ricana intérieurement. Maurice ne se doutait pas de la souffrance qu'il avait causée à sa seule parente, en amenant cette créature dans le château ancestral pour annoncer qu'ils allaient se marier. Son opulente chevelure rousse aurait dû lui montrer, avant qu'ils ne se connaissent vraiment, qu'elle n'était pas une aristocrate. Mais non ! Il voulait prouver sa grandeur d'âme. Rien de bon n'en était sorti, et il avait obligé sa grand-mère à se salir les mains.

— J'y arriverai ! se promit Edith, les dents serrées. Il suffit que je trouve cette fille de rien et que je lance les chiens à ses trousses...

Sur le trottoir, elle leva un regard dégoûté vers la façade de la taverne et frémit en entendant un gros rire qui venait de l'intérieur. Une remarque égrillarde lancée par une voix féminine la glaça. À quoi son petit-fils l'avait-il réduite ? D'abord à soudoyer un avocat pour qu'il fasse arrêter Shemaine, ensuite à une série d'autres crimes auxquels une fragile lady n'aurait jamais seulement songé. Et à présent, cette dernière atteinte à son orgueil ! Loger dans l'antre d'ivrognes et de prostituées, comme la dernière des roturières !

Sur un gros soupir, elle poussa la porte de la taverne et y pénétra. Le tapage assourdissant faillit la faire reculer, mais il se calma de lui-même tandis que toutes les têtes se tournaient vers elle.

Morrisa Hatcher, les coudes sur une table, le menton dans la main, regardait la nouvelle venue. Elle n'avait jamais vu une toilette de cette qualité.

— Et portée par une vieille bique, marmonna-t-elle avant de se lever en adressant un clin d'œil à la catin assise près d'elle. Peut-être que la dame est venue chercher fortune auprès de nos garçons ?

L'autre pouffa.

— Pourquoi tu vas pas lui demander quel lit elle veut ?

Morrisa attira l'attention de sa patronne :

— Où est-ce que vous avez ramassé la nouvelle, Freida ?

La mère maquerelle eut un sourire amusé.

— Au palais de Buckingham. J'en ai toute une cargaison qui débarque.

Morrisa se dirigea vers Edith et tourna autour d'elle en la détaillant de la tête aux pieds.

— Vous êtes perdue, m'dame ?

— Je crains que non, justement, rétorqua Edith en portant un mouchoir à son nez.

La prostituée avait dû macérer dans un bain de parfum, car elle dégageait une odeur capiteuse à donner la nausée.

— Je suppose que je suis bien à la taverne, où l'on m'a suggéré de m'adresser pour obtenir une chambre ?

— Oh, oh ! Madame prend ses grands airs !

Edith dévisagea ironiquement la prostituée.

— Vous n'avez jamais entendu une dame parler ?

— Si, j'en ai vu, quelquefois. Mais elles entrent pas ici sans un homme pour les accompagner. Sinon, on risquerait de les mettre au turbin.

— Au lit, vous voulez dire, la provoqua Edith.

Si cette fille la prenait pour une demeurée, elle se trompait ! En soixante-quatorze années d'existence, elle avait appris certaines choses.

— Je suis beaucoup trop âgée pour intéresser vos amis, aussi me sentirai-je en sécurité ici. Il me faut seulement une chambre, un bain chaud et un repas acceptable. Est-ce trop demander ?

Morrisa fut impressionnée par le cran de la vieille dame.

— Non, si vous avez de quoi payer.

— Ne vous inquiétez pas pour ça, répliqua froidement Edith. En fait, si vous vous arrangez pour que l'on aille chercher mes bagages sur le *Moonraker*, c'est vous qui serez dédommagée du temps passé. À moins que vous ne préfériez distraire des messieurs ?

Morrisa eut un petit rire.

— Je veux bien m'occuper de vous, mais je veux d'abord savoir si vous me donnerez assez.

— Tout à fait suffisamment, à condition que vous vous dépêchiez. Je n'ai pas passé une seule bonne nuit, depuis mon départ d'Angleterre, et j'exige d'être satisfaite sur-le-champ. C'est bien compris ?

Morrisa ne voyait pas de honte à servir de bonne, une fois dans sa vie. Et puis, elle était curieuse. Qu'est-ce qui avait bien pu pousser une personne de son âge à supporter ce long voyage, sans les services d'une camériste ou la compagnie d'un homme ?

Une bourse bien garnie en main, elle alla s'entretenir avec le tavernier et revint aussitôt.

— Vous pouvez prendre la dernière chambre, à droite, à l'étage. On va vous préparer un bain pendant que j'envoie un type chercher vos bagages. Le cap'taine vous a sûrement pas oubliée, mais vaut mieux que vous me donniez votre nom, pour qu'il croie pas qu'on vous vole.

— Lady Edith du Mercer.

Morrisa pencha la tête.

— Je me disais bien que vous deviez être de la haute.

— Très honorée que vous l'ayez remarqué.

Morrisa ouvrit la bouche pour lancer une pique, mais elle y renonça. La vieille n'était pas du genre à se laisser intimider.

— Votre nom ? s'enquit Edith.

— Morrisa. Morrisa Hatcher.

— Bien, Morrisa Hatcher. Et ce repas ?

— Je vous l'apporterai moi-même après votre bain. Aurez-vous besoin d'aide pour défaire vos bagages, ou vous déshabiller ?

La vieille dame réfléchit, tout en l'observant attentivement.

— Tous les services que vous me rendrez seront largement récompensés, Morrisa, mais seulement si je ne pars pas d'ici dépossédée.

Morrisa soutint son regard.

— Je ne vous volerai rien, si c'est à ça que vous pensez.

— Vous êtes astucieuse, ma chère. Nous nous comprenons parfaitement.

— Je suis pas une voleuse.

— Vraiment ?

Morrisa s'agita, mal à l'aise.

— Il faut bien survivre, d'une façon ou d'une autre...

— Certes. Tant que vous serez honnête avec moi, vous gagnerez davantage qu'en offrant vos charmes aux hommes. Mais rappelez-vous : je ne vous donnerai pas plus que je ne l'aurai décidé. Entendu ?

— Entendu.

— Alors vous pouvez monter avec moi.

Morrisa accompagna la vieille dame à sa chambre, dirigea la préparation du bain, sortit une chemise de nuit et un peignoir dont elle ne pouvait même pas imaginer le prix. Impressionnée, elle passa la main sur les tissus luxueux en se demandant comment ils lui iraient, mais elle renonça bien vite à l'idée de fouiller dans ses affaires.

— J'ai jamais vu d'aussi beaux habits, dit-elle.

Edith la surveillait, et elle fut satisfaite de constater que la prostituée n'avait pas essayé de lui subtiliser quelque babiole pour les fourrer sous sa jupe.

— Si vous me servez bien, Morrisa, je vous en laisserai peut-être quelques-uns avant de repartir pour l'Angleterre.

— Ça serait gentil, milady.

— Venez me déshabiller, et nous bavarderons pendant que je serai dans le bain.

Peu après, deux draps accrochés aux poutres donnaient une certaine intimité à Edith, qui se mit à discuter avec Morrisa, de l'autre côté de la fragile paroi.

— Avez-vous entendu parler d'une jeune femme nommée Shemaine O'Hearn, qui vivrait dans la région ?

La prostituée eut un reniflement dégoûté. Tous ceux qui débarquaient cherchaient la bouseuse, décidément !

— Bien sûr. Nous sommes arrivées ensemble sur le *London Pride*.

— Êtes-vous devenues amies ?

— Ennemies, plutôt ! ricana Morrisa.

— Pourquoi ?

Morrisa se montra sincère. On n'allait tout de même pas la pendre, sous prétexte qu'elle détestait quelqu'un !

— Shemaine fourrait son nez partout. J'avais de l'autorité sur les autres prisonnières, jusqu'à ce qu'elle s'en mêle. Sans Shemaine, elles auraient toutes rampé devant moi.

— Alors vous lui en voulez !

— Ouais, on peut dire ça.

— Je suis sûre qu'il vous est même arrivé de souhaiter sa mort...

— Pas seulement souhaiter, j'avais des raisons de le vouloir vraiment... Je dis pas que je l'aurais fait, remarquez, se reprit prudemment Morrisa. Y avait des gens qui voulaient qu'elle meure, et ils étaient prêts à payer pour ça. Un type de Newgate disait qu'à Londres, quelqu'un voulait qu'elle disparaisse. Il a même dit qu'il y aurait une belle récompense pour moi, si je lui envoyais la preuve qu'elle était morte. Mais avec lui en Angleterre et moi ici, j'avais pas beaucoup de chances de voir la couleur de mon argent.

Edith se rendait compte qu'il y avait eu des erreurs dans sa tactique pour éliminer Shemaine, mais elle n'avait pu agir autrement. Son avocat avait refusé de s'investir personnellement dans un assassinat, et il lui avait arrangé un rendez-vous clandestin avec un malfrat. Celui-ci lui avait dit qu'il connaissait un employé de Newgate qui avait déjà joué les tueurs à gages. Cependant, il avait échoué.

Elle sortit du bain, enfila une chemise, son peignoir, et alla rejoindre Morrisa de l'autre côté du drap afin de reprendre la conversation tandis que la prostituée brossait ses longs cheveux gris.

— Je me demandais, Morrisa, si quelqu'un avait déjà essayé de se débarrasser de Shemaine...

— Oui, mais le type n'est arrivé à rien.

— Vous le connaissez ?

— C'est un marin du *London Pride*. Il aime pas Shemaine, il la trouve hautaine. Et puis, M. Thornton est venu en ville me dire qu'il nous punirait, Potts et moi, si on faisait du mal à Shemaine. C'était injuste de me menacer, mais il m'a fait peur, alors j'ai dit à Potts de se cacher quelque temps.

— Si vous pouviez aller quelque part où ce M. Thornton ne vous trouverait pas, vous laisseriez Potts se venger d'elle ?

— Ça me ferait pas de chagrin de la savoir en train de manger les pissenlits par la racine, mais jamais je la tuerais moi-même. Alors si vous essayez de me faire pendre, c'est raté.

— Ne vous inquiétez pas, Morrisa. J'ai souhaité autant que vous la mort de Shemaine. Hélas, cela n'a jamais pu se faire.

Morrisa n'imaginait pas une dame convenable souhaitant la mort d'autrui. Mais, à vrai dire, elle n'avait jamais fréquenté d'aristocrates assez longtemps pour les comprendre.

— Pourquoi vous voulez la mort de Shemaine ? Qu'est-ce qu'elle vous a fait ?

— Elle a volé le cœur de mon petit-fils, et je la hais à cause de cela.

— M. Thornton la réclame comme sienne.

— En effet, j'ai entendu dire qu'un colon l'avait achetée...

— Pas seulement achetée, mise dans son lit aussi !

— Vous voulez dire qu'elle est déshonorée ?

Edith commença par jubiler à cette idée, mais ensuite, considérant l'obstination de son petit-fils à retrouver Shemaine, elle songea qu'il ne lui en voudrait sûrement pas d'avoir été violée. Elle imaginait Maurice réitérant avec grandeur d'âme son offre de mariage, malgré le risque que la fille fût enceinte d'un autre.

— Je crains que la perte de sa virginité ne change rien, dit-elle. Mon petit-fils est complètement envoûté. La garce a planté ses griffes dans son cœur, et elle ne le lâchera pas.

— Ouais, mais faudra bien qu'elle choisisse entre les deux. Thornton laissera pas partir son épouse comme ça ! On dit qu'il a tué sa première femme. S'il voit Shemaine fricoter avec votre petit-fils, il la tuera peut-être aussi.

Edith ouvrit de grands yeux.

— Ainsi, Shemaine est mariée... Maurice va devoir renoncer à elle...

— Hum ! Si votre petit-fils est celui qui a rencontré Shemaine et M. Thornton devant la taverne hier soir, il n'avait pas l'air de vouloir abandonner.

— Il y a tellement longtemps que j'aimerais la voir morte ! soupira Edith avec lassitude. Je donnerais une fortune pour y parvenir.

Songeuse, Morrisa se mordilla le pouce un instant, se demandant si elle pouvait faire confiance à cette femme. Au cas où ce serait un piège, elle serait follement imprudente d'avouer qu'elle pouvait arranger le meurtre. Néanmoins, pourquoi l'Anglaise aurait-elle traversé l'océan ? Dès le premier regard, Morrisa avait compris que cette grande dame était têtue, et qu'elle avait un but précis.

— En ce moment, je peux vous dire que Potts a sacrément envie de lui trancher la gorge...

— Si vous le persuadez d'aller jusqu'au bout, il y aura une belle récompense pour vous, Morrisa. Qui vous a achetée, à votre arrivée ici ?

— Freida, ma patronne.

— Avec ce que je suis disposée à vous offrir, vous pourriez racheter votre liberté et monter votre propre équipe de filles où bon vous semblerait. Évidemment, au cas où vous seriez pincée, vous ne devrez pas dire un mot de mon rôle dans l'affaire. Je doute que l'on vous croie, de toute façon, mais si vous m'incriminez, j'enverrai quelqu'un vous faire subir le même sort. Si vous vous taisez, comme vous ne serez pas directement impliquée, je pense que je vous obtiendrai l'impunité.

— Je sais quand je dois la fermer, madame. Vous inquiétez pas pour ça.

— J'ai tout de suite su que nous pourrions nous entendre.

— J'aurai pas de mal à convaincre Potts de tuer Shemaine. Il fait tout ce que je dis. Il faudra aussi qu'il tue Thornton, pour nous protéger, lui et moi. Après, il aura besoin d'un peu d'argent pour se cacher, le temps que ça se tasse. Il n'a plus un sou vaillant.

— Je suis prête à le payer. Une avance pour l'encourager, et le reste après, s'il a réussi.

— S'il n'y arrivait pas, j'en connais une autre qui le ferait juste pour le plaisir. Elle sait pas ce que j'ai vu ou deviné sur elle et sur un gringalet qui est mort à cause d'elle. Elle est trop fière pour me regarder, mais si vous voulez, m'dame, elle vous parlerait peut-être. M'est avis qu'elle a envie de filer d'ici et qu'il lui faudrait pour ça une bourse bien garnie.

— Croyez-vous que nous ayons besoin des efforts réunis de Potts et de cette femme pour venir à bout de Shemaine ?

— Potts a raté plusieurs fois, et il n'a rien gagné qu'un trou au côté. M. Thornton hésitera pas à lui tirer dessus, s'il le voit dans les parages. C'est lui qui me fait peur, parce qu'il me trouverait à l'autre bout du monde pour se venger d'avoir perdu sa chérie. Mais Roxane Corbin pourra s'approcher de Shemaine, et elle sera drôlement contente d'empocher l'argent.

— Cette Roxane Corbin est la femme à qui vous souhaitez que je parle ?

— Ouais. Elle en veut à Shemaine car elle lui a piqué l'homme qu'elle voulait épouser. D'après ce que j'ai entendu un jour où elle se disputait avec le gringalet, Roxane est amoureuse de M. Thornton depuis dix ans. Y en a qui disent qu'elle couchait avec lui, mais le vieux Sam disait non, parce qu'elle est trop laide, et M. Thornton aime les jolies femmes. Quand il a épousé sa première femme, Roxane est devenue folle. Et puis Victoria est morte, alors elle s'est mise à tenir sa maison en espérant qu'il se marierait avec elle.

« Ensuite, Shemaine a débarqué, et Thornton l'a épousée. On aurait cru que Roxane allait exploser de rage. Maintenant, elle raconte à tout le monde que Thornton a assassiné sa première femme, mais je sais qu'elle le veut toujours. Je le vois dans ses yeux quand il se balade dans la rue. Évidemment, elle sait pas que je la regarde. Elle a tellement envie de l'avoir dans son lit qu'il suffirait qu'il claque des doigts pour qu'elle accoure. Seulement voilà, Thornton est si entiché de Shemaine qu'il n'a rien à faire de cette face de cheval, ni de personne d'autre. Je lui ai proposé de monter avec moi, mais il n'a pas voulu. Roxane sait forcément qu'elle a pas une chance, tant que Shemaine sera là… Alors c'est certain qu'elle aimerait qu'elle disparaisse.

— Vous semblez bien connaître les habitants de cette ville, Morrisa…

— Quelques-uns de mes clients sont bavards.

— Vous disiez que vous avez assisté à ce que cette Roxane a fait à celui que vous appelez le gringalet ?

— Ouais, j'étais dans la maison le soir où il a été tué. C'est à cause d'elle, pour sûr. Elle l'a pas touché, mais c'est quand même sa faute.

— Donc, si elle refuse de tuer Shemaine, je pourrais peut-être la convaincre qu'elle aurait intérêt à accepter, à moins qu'elle ne préfère être jugée pour meurtre…

— Je vous l'ai dit, m'dame, elle l'a pas vraiment fait, insista Morrisa.

— Si elle lui a tendu un piège, elle est tout aussi coupable, non ?

La prostituée grimaça.

— Elle aura ma peau si vous prononcez mon nom, m'dame. S'ils m'attrapent, je suis morte !

— C'est pour cela que vous souhaitez que je lui parle ? Vous avez peur d'elle ?

— J'ai pas peur de grand monde, m'dame, mais ce que j'ai vu ce soir-là m'a franchement terrorisée.

Edith hocha la tête.

— Très bien, Morrisa. J'essaierai d'obtenir ce que je veux de Roxane sans avoir recours aux menaces. Vous lui porterez un message de ma part cet après-midi. Si possible, j'aimerais que tout soit terminé avant demain soir, car je préférerais que mon petit-fils ignore mon arrivée comme mon départ. Plus tôt Shemaine mourra, plus tôt je pourrai disparaître sans que personne ait eu vent de ma présence ici.

— Vous croyez pas que ça se saura, m'dame ? Les gens parlent, en ville.

— Je suis disposée à prendre le risque. D'ailleurs, si je suis partie quand les gens commenceront à bavarder, je dirai que je cherchais Maurice et que l'on m'avait indiqué qu'il était parti vers le nord, ou une fable de ce genre…

Morrisa eut un sourire en coin.

— On dirait que je ne suis pas la seule menteuse dans cette chambre !

Edith se contenta de hausser un sourcil.

24

Un contrat avait été rédigé entre Gage Thornton et Nathaniel Beauchamp, désignant celui-ci comme futur propriétaire du brigantin dès qu'il serait terminé.

Le marché était juste et équitable, cependant Gage se trouvait devant l'obligation de quitter l'atelier afin de se consacrer à plein temps à la construction de son bateau. Mais Ramsey Tate, Sly Tucker et les deux apprentis dépendaient de ses croquis, de son choix du bois, pour subsister. Seuls, ils seraient moins efficaces, malgré leur talent et leur ardeur au travail. Ce n'étaient pas des créateurs, et ils avaient besoin de leur patron.

Gage ne leur avait jamais caché son ambition et, après le départ des Beauchamp, il s'était rendu tout droit à l'atelier pour annoncer la nouvelle à ses ouvriers. Il comprit qu'ils avaient toujours redouté cette issue. Leurs félicitations étaient tièdes, leurs sourires crispés. En revanche, ils s'épanouirent lorsque Gage leur indiqua qu'après réflexion, il avait décidé que ce serait une folie de cesser complètement son activité d'ébéniste.

Shemaine aussi était enchantée, car elle ne pouvait imaginer son mari abandonnant une activité pour laquelle il était si doué.

Tous deux étaient parvenus à se ménager un instant d'intimité dans leur chambre, tandis que les aînés jouaient aux cartes dans le salon et qu'Andrew dormait dans son berceau. Maurice s'était fait conduire à Newport News par les Beauchamp, mais il avait promis de revenir le lendemain : jamais il ne laisserait Shemaine avec Gage, tant que le problème n'aurait pas été réglé d'une façon ou d'une autre.

Bess et Nola s'occupant du souper, les deux jeunes gens eurent le plaisir de se retrouver seuls pour la première fois de la journée.

— De toute façon, dit Shemaine, vous ne pouvez arrêter votre production de meubles en ce moment, avec la famille qui va s'agrandir. Après la visite des Beauchamp, je me rends compte de ce que nous avons manqué l'un et l'autre en étant enfants uniques, et j'aimerais que nous ayons une grande famille. Imaginez, Gage, le plaisir que nous aurions à élever de nombreux enfants et, plus tard, de voir leur progéniture sauter sur nos genoux ! Ce serait un délicieux élixir de jeunesse. Regardez votre père, il revit depuis qu'il est près d'Andrew.

Son enthousiasme fit sourire Gage.

— Ce sera beaucoup de travail de les éduquer correctement, de les nourrir. Mais je songe surtout aux bons moments que nous passerons à les concevoir !

Il caressait son ventre, et elle se tourna d'un côté, de l'autre, sans qu'il voie le moindre changement dans sa silhouette.

— Vu le temps que celui-ci prend pour grandir, il ne mettra pas le nez dehors avant l'année prochaine ! commenta-t-il.

— Vous vous moquez de moi, dit Shemaine en riant. Vous savez parfaitement pour quand il est attendu.

— Certes. Mais avec la pléiade de bambins que vous désirez, madame, vous en aurez en permanence un dans le ventre et un autre au sein !

Elle fronça les sourcils.

— Peut-être vaudrait-il mieux ne pas trop nous bousculer. Après tout, il faudra leur laisser à chacun le temps de profiter de leur petite enfance, avant de les pousser hors de leur berceau.

— Et nous aurons davantage de temps nous-mêmes pour profiter d'eux. Il est important d'élever un enfant dans une atmosphère d'amour, de l'éduquer doucement, afin qu'il se sente choyé, en sécurité. Il ne serait pas sage, madame, de fabriquer une kyrielle de fripouilles que personne ne supporterait.

Shemaine passa un doigt sur sa joue.

— Vous avez déjà montré votre sagesse avec Andrew, mon chéri, et je suivrai vos conseils quand notre bébé sera né. Cependant, je sais que je serai tentée de le dorloter outrageusement.

— Il ne faudra pas qu'il devienne l'être le plus important de la famille. Moi aussi, mon amour, j'aime être tout contre votre sein !

— Jamais je ne me priverai de ce bonheur, croyez-moi !

Il couvrit sa poitrine de ses mains, et elle eut un soupir de plaisir.

— Vous ai-je dit combien vous êtes belle, dans vos vêtements ? Vous étiez déjà ravissante dans les robes de Victoria, mais les vôtres vous vont mieux.

— Au moins, je peux respirer.

— Malgré tout, c'est encore nue que je vous préfère, souffla Gage.

— Pareil pour moi, monsieur Thornton, répondit-elle en nouant les mains autour de ses reins. Vous avez les plus belles fesses du monde.

— Ce sont sans doute les seules que vous ayez eu l'occasion de voir, rétorqua-t-il, amusé.

— Certes, mais je sais apprécier une jolie courbure.

— Maurice est fort bel homme... Est-ce que je supporte la comparaison ?

Elle feignit la perplexité.

— Je ne sais pas. Maurice est un remarquable spécimen...

— Bah !

Elle eut un rire ravi.

— Seriez-vous jaloux, monsieur ?

— Je me portais mieux quand j'ignorais que votre fiancé était séduisant, grommela-t-il en croisant les bras, les yeux au ciel.

Il garda la pose un instant, jusqu'à ce que son rire l'incite à se tourner vers elle.

— C'est tout ce que vous aimez en moi, madame ? Mon postérieur ?

— Certainement pas, ronronna-t-elle en se frottant contre lui. Il y a d'autres endroits que je trouve tout aussi émoustillants, mais vous me jugeriez lubrique si je disais lesquels.

Rassuré, Gage la serra dans ses bras.

— Ne vous ai-je pas toujours encouragée à vous montrer hardie, madame ? Nous pourrions laisser libre cours à vos fantasmes...

Elle prit une petite inspiration.

— Ne me tentez pas, monsieur. Il vaut mieux attendre ce soir. Les murs ne sont pas assez épais pour étouffer mes cris d'extase.

— Comment ? Vous craignez de donner à votre mère une mauvaise image de sa fille chérie ? la taquina Gage.

— Oui, dit-elle en glissant une main entre eux. Je ne veux pas qu'elle sache que je suis devenue une fille de joie, toujours prête pour l'amour. Elle s'évanouirait, si elle pouvait deviner mes obsessions !

Il sourit.

— Vous croyez qu'elle n'a jamais caressé votre père comme vous êtes en train de me caresser ?

— Il m'est difficile d'imaginer ma mère si... entreprenante.

— Vos parents s'aiment, Shemaine. Ne pensez-vous pas que votre mère prenne plaisir à séduire votre père ? Serions-nous le seul couple sur terre à apprécier faire l'amour ?

— J'ai du mal à voir mes parents se comportant comme nous, avoua-t-elle.

— Ils sont peut-être moins imaginatifs, ma douce, mais accordez-leur quand même un minimum d'inventivité.

Shemaine soupira, soudain plus timide.

— Je vais sans cesse les imaginer au lit, à présent...

Il rit devant la franchise de son épouse.

— Désolé de vous avoir troublée, ma chérie.

Elle afficha une moue taquine.

— Vous avez raison de l'être, mais je comprends également que vous soyez jaloux de Maurice et que vous ayez voulu vous venger.

— Encore lui ! grogna Gage. J'aimerais n'avoir jamais vu son beau visage !

— Ne vous inquiétez pas, mon amour. Vous serez toujours infiniment plus beau à mes yeux que tous les autres hommes.

— Tant qu'il en sera ainsi, madame, mon bonheur sera entier... Bien ! Il faut que j'aille au bateau parler avec Flannery.

— Et moi, je dois réveiller Andrew, sinon il ne dormira plus cette nuit.

— Donnez-moi un baiser qui me permettra d'attendre ce soir.

Elle accéda à sa requête avec délectation.

Quelque chose dans la vente du brigantin poussait Gage à regarder son navire d'un œil nouveau. Il était comme plus réel.

Ses ouvriers étaient partis, ainsi que les O'Hearn, Nola, et Mary Margaret qu'ils déposeraient chez elle avant de rentrer chez Ramsey. Il ne restait plus à la maison que Bess. William s'était retiré dans sa chambre. La cuisinière préparait les repas du lendemain, et Shemaine donnait le bain à Andrew.

Gage eut envie d'aller se promener sur le pont, dans la lumière glorieuse du crépuscule. Il se sentait à la fois empli de joie, et étrangement tourmenté.

Bientôt, il verrait son œuvre prendre le large, et c'était un peu comme perdre un vieil ami. Recommencer à zéro représenterait un défi, mais ce succès amènerait d'autres succès. L'argent rentrerait plus facilement, les gens ne se moqueraient plus de lui en le traitant de fou. Son père lui demanderait même peut-être son avis, ou le seconderait dans ses efforts.

William avait récemment parlé de vendre tout ce qu'il possédait en Angleterre et de s'installer aux colonies. Après tout, avait-il dit en riant, Andrew avait besoin de voir son grand-père et, avec un autre bébé en gestation, la famille prenait la priorité sur le reste. Et puis il y avait sa nouvelle amie, Mary Margaret McGee, qui aimait autant les cartes que lui...

Gage avait également envisagé la possibilité que les O'Hearn s'attardent dans la région, une fois rassurés sur le caractère de leur gendre. Il n'avait guère d'espoir à ce sujet. Depuis un an, rien ne s'était présenté en faveur de son innocence. Peut-être la mort de Victoria était-elle un accident, peut-être n'y avait-il pas à chercher de meurtrier. Cesserait-il un jour d'être soupçonné par ses concitoyens ?

Il en doutait. Il y aurait toujours des nouveaux arrivants, comme Maurice, à qui l'on raconterait des histoires sur son « violent tempérament » et qui le condamneraient sans l'avoir entendu. Il était même possible que Maurice revienne le lendemain le provoquer en duel, s'il était poussé par quelque nouveau mensonge de Mme Pettycomb. Le marquis avait dit qu'il ne connaîtrait pas de repos tant qu'il n'aurait pas la preuve de la culpabilité de Gage ou de son innocence, or celui-ci avait conscience de ses limites dans le maniement du pistolet. Il était seulement bon tireur au fusil.

Les mains dans le dos, il se dirigea vers la proue. Les gens n'avaient jamais accepté le fait qu'il aimât sincèrement Victoria. Il avait travaillé dur pour lui offrir tout ce qu'une femme pouvait désirer dans son foyer, et elle avait toujours été tellement reconnaissante, tellement heureuse de ses cadeaux qu'il s'était acharné afin d'aller au-devant de ses moindres désirs. Mme Pettycomb et les autres avaient faussement interprété ses habitudes de travail comme une course égoïste au succès. Ils se trompaient.

La mort de Victoria l'avait hanté impitoyablement durant des mois. Il faisait d'atroces cauchemars, où il essayait en vain de la retenir alors qu'elle tombait de la proue. Il se reprochait inlassablement de l'avoir laissée seule, comme si c'était un abandon de sa part. Pourtant, cette journée n'était pas différente des autres, car ils se promenaient souvent sur le pont, en imaginant leur vie quand le brigantin serait vendu. Ni l'un ni l'autre n'avait envisagé qu'elle ne serait plus là, le jour venu. Ils étaient trop occupés à jouir de la vie et de leur amour réciproque.

Dans l'échelle de l'amour, Gage devait bien s'avouer que ses sentiments pour Shemaine dépassaient ceux qu'il avait éprouvés pour Victoria. Cela semblait impossible, et pourtant... Marié à Victoria, il était persuadé qu'aucune femme ne pourrait la remplacer dans son cœur. Il l'avait aimée sincèrement, profondément. Néanmoins, il se retrouvait complètement fou de sa jeune épouse. Parfois, la joie de l'avoir à ses côtés lui montait à la gorge comme des bulles de vin pétillant, le grisant à moitié. La nuit, dans ses bras, il s'émerveillait de la tendresse et de l'adoration qui l'habitaient.

Shemaine savait-elle à quel point il l'aimait ? Comprenait-elle que son cœur ne battait que pour elle ?

Si Maurice le tuait, pourrait-elle, d'ici quelques semaines, mois ou années, finir par penser qu'il l'aurait peut-être assassinée dans un accès de colère, comme l'avait prédit Roxane ?

Un léger craquement en haut de la cale le fit se retourner. Shemaine lui avait dit que, dès qu'elle aurait monté Andrew auprès de son grand-père, elle viendrait le rejoindre. Mais la silhouette trapue qui apparut n'était pas celle de sa ravissante épouse...

Jacob Potts pointait sur lui le canon d'un pistolet.

— Je te tiens ! se vanta le marin. Morrisa a dit qu'il fallait que je te tue en premier, pour que tu nous tombes pas dessus quand j'en aurai fini avec Shemaine. Dommage que j'y ai pas pensé avant que tu me fasses un trou dans la peau !

Gage n'avait pas d'arme, et il n'était pas assez proche de Potts pour se jeter sur lui. Il ne pouvait que gagner du temps, en espérant un hypothétique retournement de situation.

— Vous savez que mes hommes et moi avons fouillé les bois à votre recherche. S'il nous arrive quelque chose, ils sauront qui soupçonner.

— Je le savais pas, grinça Potts. Je suis pas venu dans le coin depuis le jour où tu m'as tiré dessus. Morrisa m'a dit de rester caché, parce que tu étais passé la voir pour la menacer. J'avais pas peur de toi, bien sûr, mais elle si. Peut-être parce que Freida lui a dit que t'avais tué ta première femme.

Gage lui jeta un regard méprisant.

— Je constate que vous êtes tout à fait remis.

— Ouais, mais ça a pris du temps, nom de Dieu ! Dommage que la petite bouseuse soit si robuste, sinon, je l'aurais tuée ce jour-là, et sa mort m'aurait un peu consolé de ma blessure.

— Shemaine ne vous a rien fait. Pourquoi lui en voulez-vous autant ?

— Le jour où elle est partie du *London Pride,* j'ai juré de me venger, et je tiens toujours mes promesses. Maintenant, y a une belle récompense à la clé.

— Qui offre cette récompense ? demanda Gage, qui n'imaginait pas que Roxane eût assez d'argent.

Même avec ce qu'elle donnait à Freida, la prostituée gagnait sans doute en une semaine ce que Roxane pouvait économiser en un an.

— Je sais pas. Morrisa ne veut pas me le dire.

— Peut-être qu'elle ment, dans l'espoir que vous serez tué. J'ai dit que je vous abattrais, la prochaine fois que je vous trouverais dans les parages, et visiblement elle s'en moque. Alors pourquoi devriez-vous la croire ?

Potts extirpa de sa poche une bourse du cuir le plus fin, et il la secoua afin d'en faire tinter le contenu.

— Morrisa m'a donné ça. Si elle pensait pas que je reviendrais, elle me l'aurait pas donné, elle m'aurait seulement dit que j'aurais la récompense après.

Gage fit mine de considérer la logique du bandit, mais en réalité, il cherchait un moyen de s'en sortir.

Il regarda derrière le marin et fronça vivement les sourcils, comme s'il faisait signe à quelqu'un de se cacher. Mais Morrisa avait recommandé à Potts de ne pas se laisser prendre aux ruses de Gage, et il se douta qu'il s'agissait d'une manigance. Il pivota lentement, sans cesser de viser Gage, et s'aperçut en effet qu'il n'y avait personne sur le pont.

— T'essaies de m'avoir ! tonna-t-il en plissant ses yeux porcins.

— Désolé, il fallait bien que je fasse quelque chose...

Gage haussa les épaules comme si c'était une tentative normale et fit quelques pas vers le marin, qui trébucha en arrière avec un grognement.

— Reste où tu es, sinon je t'étends pour de bon !

Gage leva les mains.

— Je ne suis pas armé, Potts. Qu'avez-vous à craindre de moi ?

— T'as plein de sales tours dans ton sac, voilà ! Comme le jour où tu m'as botté les fesses.

Gage sourit au souvenir de l'humiliation du gros bonhomme.

— Reconnaissez, Potts, que vous en auriez fait autant à ma place... à condition d'en avoir l'idée, bien sûr.

Il insinuait que le marin était simple d'esprit – n'importe qui l'aurait compris, mais pas cette brute. Alors il enfonça le clou.

— Dommage que vous soyez incapable de réfléchir plus loin que le bout de votre nez.

— Cette fois, gronda Potts, je me laisserai pas prendre à tes entourloupes !

Gage décida de tenter autre chose. Il se mit à regarder autour de lui comme s'il avait perdu quelque chose. En réalité, il visait une masse de fonte appuyée à un seau de sable, assez proche de ses pieds. S'il parvenait à la lancer à la tête de Potts, cela l'assommerait.

— Qu'est-ce que tu fabriques ? aboya Potts. T'essaies de te faire tuer avant que je l'aie décidé ?

— J'en ai par-dessus la tête de vos menaces stériles, Potts. Vous n'êtes qu'un minable mangeur de crottin…

Avec un rugissement furieux, Potts leva l'arme au niveau de la tête de Gage, mais celui-ci plongea et saisit la masse. C'était sa seule chance de sauver la vie de Shemaine, dût-il pour cela payer de la sienne.

Il entendit le bruit du pistolet que l'on armait, fit tourner la masse au-dessus de sa tête. Comme il la lançait en direction du marin, une explosion déchira le silence. Gage s'attendait à être frappé en pleine poitrine, ou à la tête, et fut surpris de voir l'énorme corps de Potts basculer en avant dans un sursaut convulsif. La masse le manqua tandis qu'il s'effondrait. Un flot de sang jaillit de sa bouche. Son regard exprimait toute l'incompréhension du monde.

Gage était aussi stupéfait que lui. Potts souleva péniblement un bras pour regarder la tache rouge qui s'élargissait sur sa chemise blanche. Puis il leva les yeux vers la mince silhouette, en haut de la cale.

Shemaine baissa le canon encore fumant de son pistolet qu'elle laissa glisser à terre, et elle regarda Potts à travers ses larmes.

— Vous n'auriez pas dû… essayer de tuer… mon mari.

Les dents serrées, elle tentait de maîtriser le tremblement qui s'était emparé de son corps. C'était la deuxième fois qu'elle était obligée de tuer pour sauver son époux !

Potts tourna maladroitement son arme vers elle, mais Gage se précipita et le désarma d'un revers de main. Il envoya son poing dans la figure du marin qui glissa sur le pont, teintant les planches de rouge. Potts tenta de se relever, mais l'effort fit redoubler l'hémorragie. Il demeura alors allongé, les yeux fixés sur le ciel rosé du couchant, puis il ferma très lentement les paupières et rendit l'âme.

Un cri attira l'attention de Gage, qui courut à la poupe pour voir, sur le seuil de la maison, William, Bess et Andrew. Il leur adressa un grand signe du bras afin de leur indiquer que tout allait bien, puis il se hâta vers son épouse qu'il enlaça.

— Comment avez-vous eu l'idée de venir avec un pistolet, ma chérie ?

— J'ai vu Potts depuis la maison, murmura-t-elle d'une toute petite voix.

Elle était sur le point d'aller le rejoindre, lorsqu'elle avait discerné la silhouette qui se glissait vers le bateau.

— Mais vous, reprit-elle, comment m'avez-vous aperçue ? J'ai cru que j'étais bien cachée, quand j'ai grimpé sur la cale.

Gage était sidéré.

— Je ne vous ai pas vue !

— Pourtant vous regardiez dans ma direction, et vous avez froncé les sourcils. J'ai cru que Potts allait me surprendre !

Gage se rappela sa tentative de diversion, et se félicita que Potts n'y ait pas cru et ne se soit pas retourné d'un bloc !

— Je ne vous ai ni vue ni entendue. Je tentais seulement de détourner l'attention de Potts pour lui sauter dessus. Je n'ai pas imaginé un instant que vous étiez là.

Shemaine renifla et contempla le cadavre.

— À mon avis... il n'a... jamais pensé que je pourrais causer... sa mort.

Gage se mit à lui frotter énergiquement les bras. La jeune femme était choquée.

— Je vais le porter à l'atelier et lui fabriquer un cercueil, dit-il.

— Je... nettoierai le... pont, pendant ce temps, balbutia-t-elle. Il ne faut pas que le sang pénètre le bois...

Gage chargea le marin sur ses épaules.

— Je reviendrai vous aider dès que je l'aurai mis entre quatre planches.

Shemaine se redressa et, à force de volonté, finit par reprendre ses esprits. Une fois calmée, elle fit un saut à la maison, où elle expliqua brièvement la situation à William. Il lui promit de coucher Andrew, et elle lui pressa la main affectueusement. Il la surprit en portant ses doigts à ses lèvres. Pas un mot ne fut échangé. C'était inutile. William s'attachait chaque jour davantage à la jeune femme. Après tout, c'était la seconde fois qu'elle sauvait son fils !

Shemaine retourna au navire avec un seau d'eau savonneuse, des chiffons, un lave-pont. Elle avait enfilé une vieille robe, un tablier, et elle frémit à l'idée de la tâche qui l'attendait. La nuit tombait, et elle mourait d'envie de retourner dans la maison avec les siens. Elle avait la pénible impression d'être observée, mais elle la mit sur le compte du choc.

Finalement, elle ne put ignorer cette sensation plus longtemps, et elle s'assit sur ses talons pour se tourner vers le bastingage. Son cœur fit un bond lorsqu'elle découvrit Roxane Corbin, un pistolet à la main, un vilain rictus aux lèvres.

— Vous avez mis du temps à sentir ma présence! ricana-t-elle.

Elle avait dû se glisser à bord pendant que Shemaine était à la maison, et depuis, elle s'amusait à la regarder récurer le pont.

— Je vois que vous avez déjà reçu une visite, dit-elle. Potts, c'est bien son nom? Pauvre diable! Il n'était pas très habile, n'est-ce pas? Il avait déjà essayé de vous tuer, il paraît, et cet idiot y a gagné une balle dans le corps. J'aurais pu lui dire que Gage était bon tireur, mais évidemment, il n'avait aucune raison de me demander conseil. Je vous assure cependant que je ne serai pas aussi maladroite.

Shemaine se leva prudemment.

— Qu'avez-vous l'intention de faire?

— Vous n'êtes pas si naïve, petite garce! Quand quelqu'un braque une arme sur vous, à quoi pouvez-vous bien vous attendre? Une conversation amicale? Ce n'est pas mon genre. Je n'aime guère les autres femmes. J'allais voir Victoria en lui faisant croire que j'avais besoin de son amitié pour être près de Gage. En réalité, je la détestais. Dès le début, j'ai souhaité sa mort. Je haïssais sa douceur, ses gentilles attentions à mon égard. Elle m'avait volé Gage, et je ne le lui pardonnais pas.

«La nuit où elle a mis Andrew au monde, j'espérais qu'elle mourrait en couches avec le bébé. Je voulais Gage pour moi toute seule, je n'acceptais de le partager avec personne, pas même Andrew. Mais le gamin me donnait une bonne raison pour venir, et je profitais de chaque instant que je passais avec Gage, en espérant qu'il finirait par m'épouser.

Elle eut une grimace de dégoût.

— Puis vous êtes arrivée et j'ai su que tout était fini. Il vous a épousée, vous aussi...

Elle secoua la tête.

— Je n'ai pas l'intention d'attendre Gage pour vous tuer. Il essaierait de m'en empêcher. Il était déjà tellement protecteur avec Victoria, cet idiot ! Il vous trouvera morte, et on l'accusera de meurtre. Seulement cette fois, je ne le sauverai pas, je les laisserai le pendre haut et court. Il m'a trop souvent rejetée. Après votre mort, les gens croiront plus volontiers qu'il a tué Victoria. En fait, ils le jugeront pour un double crime.

Shemaine tenta de la raisonner.

— Il y a d'autres personnes dans la maison, Roxane. Cela ne marchera pas, cette fois...

Elle eut un reniflement de dérision.

— Gage était chez lui, quand Victoria est tombée sur les rochers. Je savais qu'ils venaient souvent ensemble sur le bateau, le jour de congé de ses ouvriers. J'ai caché la barque de mon père dans les buissons et j'ai attendu de voir Gage partir pour la maison avec Andrew. Il est revenu en courant lorsqu'il l'a entendue crier, mais c'était trop tard. Elle était déjà morte au moment où il est sorti de la maison. D'ailleurs elle l'était avant de heurter les rochers. Le cou brisé, comme Samuel Myers avant d'être jeté dans le puits.

Shemaine se demandait comment elle avait pu briser le cou de quelqu'un.

— Comment avez-vous fait ?

Roxane sourit, amusée.

— À dire vrai, ce n'est pas moi qui les ai tués. Il m'a suffi de convaincre mon ami que Victoria voulait se débarrasser de moi, malgré ses airs angéliques. Je l'ai persuadé que j'avais besoin qu'il veille sur moi, pendant que je lui parlerais et lui demanderais pourquoi elle souhaitait ma mort. Afin de le tromper, j'ai fait semblant de lutter contre elle. Mon ami ne supportait pas de me voir bousculée, et il a surgi par-derrière. Elle était si fragile qu'il lui a brisé le cou, alors je lui ai dit de la jeter par-dessus bord pour faire croire à un accident ou à un suicide. Il a tué Samuel Myers de la même façon, parce que ce salopard m'avait frappée, mais là, il a fait exprès de lui briser les vertèbres. J'avais des bleus qui prouvaient qu'il m'avait molestée.

Elle soupira, comme attristée par un problème.

— D'habitude, je n'ai aucun mal à faire céder mon ami à mes désirs, il me suffit de dire qu'on m'a blessée, et il vole à mon secours. Mais il s'est pris d'affection pour vous, Shemaine, et il refuse de vous toucher. Il imagine que vous êtes son amie.

— Son amie ? répéta Shemaine, déconcertée.

— Franchement, je n'ai pas le temps de vous expliquer. Il faudrait des heures pour vous raconter comme j'ai tout bien organisé, et vous êtes tellement naïve ! Vous ne devinez pas de qui il s'agit, n'est-ce pas ? J'étais terriblement frustrée quand il a refusé de vous tuer. Puis une proposition s'est présentée, cet après-midi, et j'ai décidé d'agir moi-même.

Du bout de l'arme, elle fit signe à Shemaine d'avancer vers la proue.

— Je veux que tout soit terminé avant le retour de Gage. Ensuite, j'irai chercher ma récompense, et je quitterai Newport News pour toujours.

— Quelle récompense ?

— On m'a payée pour vous tuer, espèce de sotte. Compte tenu du refus de mon ami, j'aurais fini par m'en charger moi-même, de toute façon. Mais la forte somme qu'on m'a proposée m'a incitée à précipiter les choses. J'aurai les moyens de m'offrir tout ce dont j'ai envie. Peut-être même que j'irai en Angleterre, ou ailleurs.

Elle agita de nouveau le pistolet.

— Allons, dépêchez-vous !

Shemaine secoua la tête.

— Si vous croyez que je vais monter là-haut et vous laisser me pousser afin que tout le monde pense que mon mari m'a tuée, c'est vous qui êtes naïve, Roxane !

— Montez, j'ai dit ! N'imaginez pas que j'hésiterai à me servir de mon arme.

— Oh, je vous crois capable de tout. De tout pour obtenir ce que vous voulez !

— Oui, il a bien fallu, avec la vie que j'ai eue auprès de mon père. Depuis que ma mère l'a quitté, j'ai seulement entendu parler d'elle comme d'une affreuse garce. Eh bien, il mérite qu'on le quitte, et c'est exactement ce que je vais faire après vous avoir tuée…

— Vous êtes fière de vous, n'est-ce pas ? coupa Shemaine. Vous vous vantez d'avoir assassiné Victoria, d'avoir tout calculé, pourtant vous n'êtes pas aussi intelligente que vous le supposez. La vérité éclatera un jour ou l'autre.

Roxane fit la grimace.

— À part Gage, personne ne m'a jamais soupçonnée. C'est étonnant, mais c'est ainsi. J'ai eu peur, le jour où j'ai cru que mon ami vous avait fait du mal, j'étais sûre que l'on commencerait à avoir des doutes. Après tout, les gens savent que c'est mon ami, il aurait suffi que quelqu'un fasse le rapprochement… Mais je m'étais effrayée pour rien. C'était seulement ce stupide mangeur de crottin qui avait tenté de vous tuer devant tout le monde.

À bout de patience, elle leva le canon de l'arme.

— Allez, Shemaine, sinon je vous abats sur-le-champ...

Un cri inhumain monta du haut de la cale, et Roxane se retourna.

Shemaine réprima un gémissement de désespoir en comprenant qui était l'ami de la jeune femme. Caïn, le bossu. Il courut maladroitement vers Roxane en agitant les bras.

— Pas Shamane! Pas Shamane! Pas Shamane! suppliait-il.

Il tendait la main vers l'arme, mais Roxane la mit hors de portée.

— Si! Elle a essayé de me tuer, tu te rends compte? Mais tu t'en fiches, hein? Tu ne t'occupes que de ta précieuse petite Shemaine!

— Pas Shamane, pas Shamane... sanglotait l'infirme.

— Tais-toi, affreux ver de terre, gronda Roxane. Tu vas alerter M. Thornton! Vous, la garce, montez là-haut ou je vous tire dessus.

— C'est ce qu'il faudra faire, Roxane. Et si vous me tuez comme ça, il y a peu de chances qu'on impute le crime à Gage. Des témoins arriveront de la maison et ils le verront quitter l'atelier. Son père viendra certainement. Oui, mieux vaut que vous me tuiez avec le pistolet.

— Porte-la à la proue, Caïn, ordonna Roxane. Sinon, je fais un trou dans la tête de ta petite protégée!

— Pas Shamane! insista le bossu, son hideux visage encore plus déformé par l'angoisse. S'il te plaît, pas Shamaaane...

— S'il te plaît, s'il te plaît, singea Roxane. Moi, je t'ai bien supplié de m'aider, et toi, tu as fait la sourde oreille. Eh bien, je vais tuer Shemaine, Caïn, et rien ne pourra m'arrêter. Une balle dans le crâne ou une chute du bateau, elle mourra.

Elle tendit le bras, visant sa rivale entre les deux yeux. Shemaine sentit son sang se glacer, mais elle ne bougea pas en direction de l'avant du navire. Accepter sa mort était le seul moyen d'empêcher son mari d'être pendu.

Avec un hurlement de rage, Caïn se précipita sur Roxane et le coup partit en l'air, dans une détonation assourdissante.

À l'atelier, Gage terminait tout juste de clouer le cercueil de Potts quand le fracas le fit sursauter. Il courut dehors.

William quittait la chambre de son petit-fils endormi lorsque retentit le coup de feu. Il se hâta de prendre une paire de pistolets dont il vérifia qu'ils étaient bien chargés puis, ignorant la douleur, il sortit sur le porche.

Les deux hommes se précipitèrent vers le bateau, mais Gage escaladait déjà la cale de construction en hurlant le nom de sa femme, alors que son père clopinait encore dans l'allée. Atteignant le sommet, il vit Caïn saisir Roxane à la taille et l'entraîner vers la proue.

— Qu'est-ce que tu fais, imbécile ! Lâche-moi ! Lâche-moi, je te dis !

Le bossu avait plus de force qu'on n'aurait pu l'en croire capable, et il gravit la pente malgré son fardeau qui se débattait furieusement. Roxane sous le bras, il grimpa sur le rebord, en se retournant pour regarder Gage. Celui-ci s'immobilisa. Il avait l'impression que, s'il avançait d'un pas, l'infirme se jetterait avec Roxane vers la mort.

— Posez Roxane, Caïn, dit-il d'une voix pressante.

— Non ! Non !

Caïn, la tête curieusement penchée, contempla Shemaine, son visage distordu ruisselant de larmes.

— Shamane amie, dit-il en touchant brièvement son cœur. Caïn aime Shamane.

— Je vous aime aussi, Caïn, répondit Shemaine. Vous avez été un bon ami, en veillant sur moi.

Elle s'essuya les yeux avant de poursuivre :

— Je vous en prie, ne faites pas de mal à Roxane. Je vous en supplie ! Descendez, tous les deux...

— Caïn doit mourir. Caïn tué Victoria. Caïn doit mourir.

Stupéfait, Gage releva vivement la tête.

— Non, Caïn, protesta Shemaine. Vous ne devez pas mourir. Roxane vous a fait croire que Victoria voulait la tuer, mais vous n'aviez pas l'intention de lui briser le cou quand vous l'avez attrapée. C'était un accident. Ensuite, Roxane vous a dit de la jeter par-dessus bord. Elle avait tout manigancé depuis le début.

Gage l'écoutait intensément. Elle savait qu'il avait besoin de tout connaître sur la mort de Victoria, mais il fallait d'abord qu'elle empêche Caïn de sauter sur les rochers.

— Vous avez cru que vous la protégiez contre Victoria, mais elle vous mentait, poursuivit-elle. Jamais Victoria ne lui aurait fait de mal, elle la prenait pour son amie !

— Caïn doit mourir. Roxane doit mourir.

Roxane se débattait de plus belle, griffant le visage du bossu.

— Lâche-moi, monstre ! Lâche-moi, tu entends ! Je ne veux pas mourir ! Je veux vivre !

— Adieu, Shamane, marmonna Caïn.

Roxane dans ses bras, il se jeta du haut de la proue. Le hurlement de la jeune femme ne dura qu'une seconde, puis ce fut le silence.

Shemaine et Gage coururent à l'avant, au moment où William arrivait au bas de la cale. Il se dirigea vers les deux corps et se pencha afin de les examiner. Roxane avait la nuque brisée. Caïn était encore vivant, empalé sur un roc plus pointu que les autres. Vaillant, il tenta de grimacer un sourire quand William posa une main sur son bras, mais il se mit à tousser, crachant du sang. Il avait l'impression qu'on lui enfonçait un couteau dans la poitrine. Enfin il aperçut Shemaine en haut, le visage strié de larmes.

— Aime Shamane... mon amie... murmura-t-il avant de fermer les yeux pour toujours.

— Pauvre diable, souffla William.

Gage prit la main de son épouse et ils allèrent rejoindre son père.

— Il est trop tard pour emporter les cadavres à Newport News, dit-il. Je vais les laisser à l'atelier jusqu'à demain matin. Ramsey et les autres m'aideront à charger les cercueils dans le chariot.

— Je les construirai avec toi, proposa William.

— Je préférerais que vous rentriez vous occuper d'Andrew, père. Il aura peur s'il se réveille et se retrouve seul avec Bess.

— J'y vais.

— Merci, père.

Gage songea que le comte avait dû beaucoup souffrir pour venir de la maison, et il s'approcha de lui.

— Appuyez-vous sur moi, dit-il.

William l'arrêta d'un geste.

— J'aimerais mieux que tu t'occupes de ta femme, mon fils. Elle porte un bébé, et après ce qu'elle vient de subir, il faut qu'elle se repose si elle ne veut pas le perdre. Accompagne-moi jusqu'à la maison, je veillerai sur elle pendant que tu fabriques les cercueils.

Shemaine eut un sourire tremblant.

— Je vais bien, milord.

— Ne pourriez-vous m'appeler « William », ou « père », Shemaine ? « Papa » est plus gentil encore, mais avec vos parents dans la région, cela prêterait à confusion.

Sur la pointe des pieds, elle déposa un baiser sur sa joue.

— Merci, papa William.
— Merci à vous, fille.

Gage passa un bras autour des épaules de Shemaine.

— Papa a raison, murmura-t-il, reprenant l'appellation à son compte, ce qui amena des larmes de joie dans les yeux de son père. Il faut vous reposer. Vous devez en avoir assez de tous ces gens qui jaillissent de la forêt pour nous tuer !

— J'avais presque fini de nettoyer le pont, dit-elle d'une voix mal assurée. Pourtant, je préférerais ne pas retourner là-haut toute seule. Pas tout de suite.

— Rentrez à la maison avec papa, et je vous rejoindrai dès que possible.

— Roxane a dit que quelqu'un l'avait payée pour qu'elle me fasse disparaître, Gage...

William fronça les sourcils, inquiet.

— Potts a dit la même chose, acquiesça Gage. Quelqu'un vous en veut terriblement, ma chérie.

— Mais qui, à part Morrisa ? demanda Shemaine, désorientée. Morrisa ne gâcherait pas son argent pour obliger Potts à me tuer, car il l'aurait fait de grand cœur et gratuitement !

— J'ignore de qui il s'agit, mon amour, et j'ai bien l'intention de le découvrir. Potts a prétendu que Morrisa le sait. Je lui rendrai une petite visite demain, quand je porterai les cercueils en ville.

Shemaine cherchait dans son esprit, mais elle ne trouvait aucun visage à attribuer à son ennemi – en tout cas, personne qui fût présent aux colonies.

— Cela va mieux, déclara-t-elle. Je vais vous aider.

— Très bien. Alors, terminons ce que nous avons à faire, puis nous irons nous reposer tous les deux.

William retourna avec eux jusqu'à la maison où il pénétra, tandis que les deux jeunes gens se dirigeaient vers l'atelier. Gage y porta les cadavres. Cédant à l'insistance de Shemaine, il alla chercher un seau d'eau et, inquiet, la regarda laver le visage de Caïn. Comme elle tremblait de tous ses membres, il lui prit le linge des mains pour s'en charger lui-même.

— Que disiez-vous, au sujet de la mort de Victoria ? s'enquit-il.

Shemaine lui rapporta les propos de Roxane.

— Il semble qu'elle manipulait Caïn, conclut Gage.

— Je ne pense pas qu'il ait eu l'intention de blesser Victoria. Il n'était tout simplement pas conscient de sa force, et cela a servi Roxane. Je crois qu'il a compris combien elle était mauvaise, à la fin. C'est pour cela qu'il estimait qu'elle devait mourir.

— Et il devait mourir lui aussi, pour avoir tué Victoria. Il s'est jugé et condamné à mort.

— Roxane prétendait que la mort de Myers était plus délibérée de la part de Caïn, avant qu'il le jette dans le puits.

— Je comprends mieux l'assassinat de Myers que celui de Victoria, soupira Gage. Elle était si bonne ! Je ne pouvais imaginer que quelqu'un souhaite sa disparition, mais je ne pouvais admettre qu'elle ait mis fin à ses jours. La seule que j'aie suspectée était Roxane, cependant je ne voyais pas comment elle aurait eu la force de porter Victoria jusqu'à la proue et de la jeter par-dessus bord...

Gage et Shemaine s'interrogèrent encore longuement sur les motifs de Roxane et de Potts, avant de retourner à la maison.

Pour la première fois depuis leur mariage, ils ne terminèrent pas la journée en faisant l'amour. La jeune femme était encore bouleversée, et il lui fallut du temps pour s'endormir entre les bras de Gage. Ce dernier était tellement inquiet pour son épouse qu'il ne parvenait pas à fermer l'œil.

Une fois la demeure plongée dans le calme, il la parcourut en tous sens, scruta la nuit par les fenêtres, vérifia les verrous, plaça des fusils à portée de main près de la porte. Puis, craignant de déranger Bess qui avait mis un matelas dans la cuisine, il retourna dans la chambre. Il vérifia ses pistolets avant de se glisser au lit.

Le lendemain, après un solide petit-déjeuner préparé par Bess, Gage se rendit à l'atelier. Ramsey et les autres employés considéraient les cercueils avec appréhension. Gage s'était-il brusquement spécialisé dans leur fabrication ?

— Dis-le simplement, si tu as renoncé aux meubles, plaisanta Ramsey. On partira sans rien te reprocher. Vaut mieux qu'on s'en aille debout plutôt que dans une de ces boîtes !

Gage ne put retenir un petit rire devant l'inaltérable humour de son ami.

— Ces boîtes me paraissent trop petites pour Sly et toi.

Ramsey feignit d'être vexé.

— Tu veux dire que j'ai pris un peu d'embonpoint, ces derniers temps ?

— Un peu ? le taquina Gage que la bonne humeur de son camarade revigorait toujours. À te voir grossir ainsi, j'ai même envisagé de faire agrandir les portes !

Sly se mêla à la conversation.

— Ouais, je me demandais si je ne devais pas lui prêter un de mes pantalons. Les siens sont tellement tendus sur son postérieur !

Gage éclata de rire, tandis que son contremaître lançait un regard noir à son équipier.

Gillian apparut à cet instant, à la recherche de son patron, et il s'arrêta net, un pied encore en l'air, en voyant les trois cercueils.

— Bonne mère !

Il lui fallut un moment pour reprendre ses esprits et, après avoir dégluti, il demanda :

— Vous avez mis qui là-dedans, cap'taine ?

— Roxane, Caïn et Potts, répondit calmement Gage.

Les trois hommes le contemplèrent, bouche bée.

— Bon sang ! Je croyais qu'ils étaient vides... murmura Sly.

Les deux apprentis vinrent, curieux, écouter le fin mot de l'histoire.

— Ils avaient dû te contrarier un poil, dit Ramsey. Tu les as éliminés tous les trois ?

— Même pas un. Ma femme a tiré sur Potts, qui essayait de me tuer. Caïn s'est jeté avec Roxane de la proue du bateau.

— Pourquoi Caïn a-t-il fait cela ?

— Roxane tentait de se débarrasser de Shemaine, et il n'était pas d'accord. C'est assez compliqué. Je vais tout vous raconter pendant que vous m'aiderez à charger les cercueils dans le chariot... Tu me cherchais, Gillian ?

— Oui. Sa Seigneurie m'a demandé où vous étiez, cap'taine.

— Mon père ?

— Non, l'autre, le jeune avec les cheveux noirs.

Gage aurait dû se douter que le marquis tiendrait parole.

— Dis-lui où je suis.
— Bien, cap'taine.

Maurice pénétra dans l'atelier quelques minutes plus tard, et sa réaction à la vue des cercueils ressembla à celle de Gillian.

— Dieu du ciel ! Que s'est-il passé ?... Où est Shemaine ?

— Ne vous inquiétez pas, répliqua Gage avec un sourire contraint. Mon épouse ne se trouve dans aucun de ces cercueils. Elle est à la maison, plutôt bouleversée d'avoir tué un homme hier soir.

— Shemaine ? Ma Shemaine ?

Gage se hérissa.

— Non, milord. *Ma* Shemaine.

— Qu'est-il arrivé ? insista Maurice. Qui était cet homme, et pourquoi l'a-t-elle tué ?

— Afin de me sauver la vie. Quelqu'un avait payé Potts pour assassiner Shemaine, mais le marin a décidé de se débarrasser de moi d'abord. Shemaine est devenue très habile avec une arme. Encore quelques leçons, et elle pourrait rivaliser avec vous.

— Mais qui d'autre... ?

— Vous ne les connaissez pas. Un infirme qui a accidentellement causé la mort de mon épouse, et la femme qui l'avait incité à commettre ce crime. Quelqu'un l'avait payée, elle aussi, pour qu'elle tue Shemaine.

— La mort de votre épouse... répéta Maurice, sceptique. Ça vous arrange bien !

Gage croisa son regard.

— Cela m'arrange mieux que vous, je suppose. Maintenant, vous n'aurez plus aucune excuse pour me provoquer en duel, sous prétexte de sauver Shemaine d'un criminel potentiel. Si vous doutez de ma parole, vous êtes libre de l'interroger. C'est ce que lui a dit Roxane.

Maurice sortit de sa poche la bourse de cuir fin que Potts avait agitée sous le nez de Gage.

— Puis-je savoir d'où vient ceci ? Je l'ai trouvée sur le pont de votre bateau quand je suis monté demander aux Morgan où vous étiez.

Gage examina rapidement le petit sac de pièces.

— Potts me l'a montrée en se vantant d'avoir été payé pour faire disparaître Shemaine. Cette bourse me semble trop raffinée pour lui. Sans doute appartient-elle à la personne qui a loué ses services comme tueur à gages.

Maurice avait blêmi.

— Sauriez-vous d'où elle vient ? s'enquit Gage.

— Peut-être, murmura le marquis.

Il se dirigea à grands pas vers la porte, l'ouvrit, puis se retourna vers Gage, un douloureux sourire aux lèvres.

— Si vous dites vrai, monsieur Thornton, vous avez bel et bien gagné ma fiancée. Je vous souhaite beaucoup de bonheur à tous les deux.

— Vous partez ? s'étonna Gage.

Il n'avait pas cru que le marquis renoncerait si facilement.

— Oui. Je ne reviendrai que si Shemaine se retrouve veuve, et pas par les moyens auxquels je pensais.

— Vous pourrez attendre longtemps. J'ai l'intention de vivre très vieux !

— Qu'il en soit ainsi.

— Shemaine et les O'Hearn vont se demander où vous êtes passé. Que dois-je leur dire ?

Maurice eut un triste sourire.

— Dites-leur que je suis allé chasser une tigresse.

Sur ce, il sortit et ferma doucement la porte derrière lui.

— Une tigresse ? répéta Ramsey, perplexe. Qu'est-ce que ça signifie ?

Gage, à la fenêtre, regardait son rival qui se hâtait vers la rivière.

— Je pense que le marquis a deux mots à dire à la personne qui a engagé Potts pour tuer Shemaine...

— Comment saurait-il de qui il s'agit ?

— La bourse. Il l'a reconnue...

25

À peine Maurice du Mercer eut-il pénétré dans la taverne qu'un grand silence se fit. Les quelques prostituées levées à une heure aussi matinale le contemplaient, bouche bée. Comparé à la clientèle habituelle de l'établissement, le beau marquis était un dieu incarné. Le premier choc passé, elles se ruèrent sur lui comme des poules caquetantes, se bousculant pour se l'approprier. Fidèle à elle-même, Morrisa parvint à se mettre en avant.

— Je peux vous aider, milord ? roucoula-t-elle en faisant glisser la manche de son épaule.

— Oui, répondit-il, indifférent. Je crois que ma grand-mère séjourne ici. Pourriez-vous m'indiquer sa chambre ?

— Je ne sais pas, milord...

Morrisa recula. C'était le petit-fils de lady du Mercer, celui qui était amoureux de Shemaine ! Comme ni Potts ni Roxane n'étaient venus chercher leur récompense, elle ignorait ce qui s'était passé chez Gage, et ce que cet homme cherchait. En tout cas, il était redoutable, avec son regard noir qui semblait la transpercer. Mais la vieille dame souhaitait que sa présence demeurât secrète.

— De toute façon, je la trouverai, déclara-t-il. Je risque de déranger quelques-unes de vos camarades en ouvrant les portes au hasard, mais je ne serai pas choqué par le spectacle. En revanche, certains de leurs compagnons risquent d'être ennuyés par mon intrusion...

Morrisa imagina la colère de Freida, si un client se plaignait d'avoir été dérangé. Elle ne savait pas comment la vieille dame réagirait à la visite de son petit-fils, mais elle était certaine qu'elle s'en sortirait beaucoup mieux qu'une fille face à la redoutable Freida.

— Dernière chambre à droite, en haut de l'escalier. Je viens de lui monter son thé, alors je sais qu'elle est réveillée.

Maurice grimpa les marches quatre à quatre et, après un coup rapide frappé à la porte, il pénétra dans la pièce, faisant sursauter sa grand-mère. Elle était assise, en train de prendre son petit-déjeuner, et elle se leva d'un bond. Reconnaissant Maurice, elle se laissa lentement retomber dans son siège, la main sur le cœur.

— Tu m'as fait peur! le réprimanda-t-elle.
— Tant mieux.

Elle grimaça un sourire.

— Tu te mets à jouer des tours, à ton âge?
— Si c'est le cas, ils sont beaucoup moins cruels que ceux que vous m'avez joués.

Edith, les doigts un peu tremblants, s'essuya le coin des lèvres avec son mouchoir de dentelle.

— Je ne suis pas sûre de comprendre, Maurice...
— Vous savez pourtant mieux que moi ce que vous avez fait, grand-mère. J'aimais Shemaine, et je l'ai perdue...
— Serait-elle morte?

Edith avait attendu fiévreusement cette nouvelle, mais elle n'aurait jamais imaginé que ce serait de la bouche de son petit-fils !

Les yeux de Maurice brûlaient de rage contenue.

— Shemaine est vivante, mariée à un colon, enceinte... et je donnerais tout ce que je possède pour me trouver aujourd'hui à la place de cet homme.

Edith crut que son cœur s'arrêtait de battre, mais elle était bonne actrice.

— Tout ce que tu possèdes ?

Elle parvint à émettre un petit rire, avec un geste gracieux de la main.

— Franchement, Maurice, aucun homme de bon sens ne renoncerait à une fortune comme la tienne pour une fille qui...

— Elle s'appelle Shemaine, grand-mère, déclara-t-il sèchement. Shemaine Thornton, à présent. Sans vous, elle aurait été Shemaine du Mercer.

— Allons, Maurice, tu es surmené, tu ne sais plus ce que tu dis.

— Je le sais exactement !

Maurice glissa une main dans la poche de sa redingote et en tira la bourse, qu'il jeta sur la table. Elle atterrit dans un cliquètement de pièces.

— Vous reconnaissez ceci, grand-mère ? Vous avez toujours été fière de vos goûts sobres et élégants. Je n'ai pas besoin de vérifier que vos initiales sont gravées à l'intérieur pour savoir que cette bourse vous appartient. Vous m'en avez donné plusieurs quand j'étais enfant. Vous m'appreniez la valeur des pièces, vous vous rappelez ?

Edith parvenait à masquer, sous une expression imperturbable, le tourment qui s'emparait d'elle. L'intonation de son petit-fils en révélait davantage que ses paroles. Elle avait ordonné à Morrisa de donner quelques pièces à Potts en lui promettant le reste à son retour. Comment aurait-elle pu imaginer que ce serait sa perte ?

— Où as-tu trouvé cette bourse ? demanda-t-elle prudemment. Je l'avais égarée...

— Vous ne l'avez pas égarée. Vous l'avez donnée à Potts quand vous l'avez envoyé tuer Shemaine. Mais il a manqué son coup, grand-mère, et il l'a payé de sa vie. Cette « fille » que vous ne pouvez supporter a tiré sur lui tandis qu'il menaçait son époux. Vous avez sans doute promis une belle récompense à Roxane Corbin, mais elle non plus ne reviendra pas... ou alors dans le cercueil que Gage Thornton a fabriqué pour elle. Ce que j'aimerais savoir, c'est comment vous avez pu vous montrer aussi impitoyable envers moi... et ma fiancée.

Edith du Mercer, digne, le regard fixe, garda le silence. Sa main noueuse était crispée sur le pommeau d'argent de sa canne.

— Répondez-moi ! hurla Maurice en donnant un coup de poing sur la table.

Sa grand-mère eut un haut-le-corps.

— Soyez damnée pour votre cœur de glace ! grinça-t-il. Je sais maintenant que vous avez soudoyé des magistrats pour que Shemaine soit arrêtée et déportée, en songeant sans doute que vous me rendiez un fier service. Quand je pense à tout ce qu'elle a enduré à cause de vous ! Lorsque les O'Hearn ont appris ce qui lui était arrivé, je me suis interdit de penser que vous auriez pu participer à cette horreur. Pourtant, sa disparition tombait à pic, juste un mois après nos fiançailles. Et vous étiez si calme en m'assurant qu'on la retrouverait ! J'avais vu plus de détresse dans votre regard, le jour où je vous ai annoncé mon intention de l'épouser.

Il eut un sourire amer.

— Je suis sûr que vous auriez les moyens d'acheter votre évasion si je vous envoyais en prison, grand-mère, alors j'ai trouvé une autre punition. C'est la dernière fois que vous me voyez. Si je rentre en Angleterre, ce sera pour vendre ce que je possède. Je reviendrai aussitôt ici, afin d'y mener une vie de colon, et vous ne serez pas la bienvenue dans la demeure que je ferai construire pour moi et ma famille. Quel que soit le nombre de mes futurs enfants, vous ne les verrez jamais, vous n'aurez jamais de leurs nouvelles... et vous ne pourrez jamais vous mêler de leur vie comme vous vous êtes mêlée de la mienne. Ceci est un adieu définitif, grand-mère. Je vous souhaite une longue et malheureuse existence.

Il tourna les talons et sortit en claquant violemment la porte.

Edith du Mercer sursauta, puis elle se figea, le regard vide, engourdie. Peut-être était-elle déjà morte. Tout ce pour quoi elle s'était battue, tout ce qu'elle avait désiré venait de s'écrouler dans un claquement de porte. Elle n'eut pas le moindre mouvement de curiosité quand on frappa de nouveau, quelques minutes plus tard. C'était Morrisa, venue aux nouvelles.

— Potts et Roxane sont morts, l'informa-t-elle d'une voix neutre. Vous feriez mieux de partir le plus vite possible. Il y a une bourse avec de l'argent près de mon lit. Prenez-la. Il devrait y avoir assez pour un voyage à New York.

— Et Freida ? s'enquit Morrisa, prise de panique. Si je ne lui rachète pas mes papiers, elle enverra quelqu'un pour me retrouver. Me tuer, peut-être.

Edith prit la bourse que Maurice avait laissée sur la table.

— Il y a sans doute assez là-dedans pour racheter votre liberté. De toute façon, il faut que vous partiez. M. Thornton viendra sûrement ce matin. Je prendrai moi-même la première diligence vers le nord, puis je m'embarquerai pour l'Angleterre.

Pensive, Morrisa soupesa la bourse. Elle contenait davantage qu'il n'en fallait pour payer ses papiers, mais que ferait-elle ensuite ? Monnayer ses charmes, de nouveau ? Quitter Freida sans la rembourser était un pari extrêmement risqué, mais elle n'avait pas le choix, si elle voulait qu'il lui reste un peu d'argent lorsqu'elle serait arrivée à destination, où que ce soit.

Gage Thornton ne tarderait pas à se montrer. Il n'y avait pas une minute à perdre. Il fallait qu'elle disparaisse !

Hugh Corbin sortit en claudiquant sur le porche, quand il vit le chariot de Gage s'immobiliser devant chez lui. Il savait que sa fille n'était pas rentrée de la nuit et, avant même de voir les cercueils, il redoutait le pire.

Gage ôta son chapeau en s'approchant. Hugh l'examinait, les yeux plissés. C'était la première fois que le vieil homme ne l'accueillait pas avec une bordée d'injures.

— Je suis désolé d'avoir à vous annoncer cette triste nouvelle, monsieur Corbin, mais Roxane n'est plus, dit-il avec un geste vers les cercueils. Son corps est dans une de ces boîtes. J'ai gravé son nom dessus, afin que…

— Pourquoi l'avez-vous tuée, espèce de salaud ! gémit Hugh. Ce n'était pas assez qu'elle se ridiculise en vous courant après, depuis le jour où vous êtes arrivé ici ? Non, ça ne vous suffisait pas, hein ? Vous vouliez sa mort, comme celle de Victoria !

— Je ne l'ai pas tuée, monsieur Corbin. C'est Caïn.

Hugh le considéra comme s'il avait perdu l'esprit.

— Jamais Caïn ne lui aurait fait du mal !

— Je regrette, monsieur, ma femme et moi avons assisté au drame.

— Pourquoi ? Pourquoi Caïn aurait-il tué Roxane ?

Gage haussa les épaules.

— Roxane voulait éliminer ma femme, et il s'y refusait. Elle l'avait déjà obligé à tuer Victoria. Quand elle a menacé Shemaine, Caïn l'a prise dans ses bras et il a sauté de la proue de mon navire. Elle est morte, le cou brisé sur les rochers.

Hugh Corbin, la bouche ouverte, semblait ne pas comprendre. Après un long silence, il essuya ses mains tremblantes sur son pantalon et marmonna :

— Va me falloir du temps pour creuser deux tombes...

Gage était déconcerté, à son tour.

— Je voulais trouver la cabane de la vieille femme qui a élevé Caïn et l'enterrer là-bas. Si vous savez où elle se situe...

— Je l'enterrerai près de Roxane.

— Vous êtes sûr, monsieur Corbin ? Après tout, Caïn l'a tuée et...

— Caïn est né ici, c'est ici qu'il reposera.

Le choc de la mort de sa fille avait-il dérangé l'esprit du forgeron ?

— Si je me souviens bien, cette vieille femme, dans les bois, n'a jamais révélé d'où venait Caïn. Vous voulez dire qu'il est né à Newport News ? Près d'ici ?

— C'était mon fils, répondit Hugh d'une voix étranglée. Mon aîné. Il est né avec quinze jours d'avance et, quand j'ai vu qu'il était anormal, j'ai dit à Leona de se rembourrer le ventre pour qu'on la croie encore enceinte. Puis j'ai emporté le bébé dans les bois et je l'ai déposé à la porte de la vieille. Je ne voulais pas tuer mon propre enfant. Plus tard, j'ai construit un petit cercueil, j'y ai mis un sac de grain et j'ai prétendu que le bébé était mort-né. Je ne voulais pas reconnaître ce monstre... mais Caïn est le seul fils que j'aie jamais eu.

— Roxane savait-elle que Caïn était son frère ?

— Je ne l'ai jamais dit à personne, jusqu'à maintenant.

Gage laissa l'homme à son chagrin. Il se contenta de l'aider à décharger les deux cercueils.

Il alla remettre celui de Potts aux autorités britanniques comme preuve de sa mort, puis il se rendit à la taverne, où il trouva Freida dans une rage noire.

— Je voudrais parler à Morrisa, lui dit-il. Savez-vous où elle est ?

— J'aimerais bien ! aboya Freida. Elle est partie sans un mot, et il paraît qu'on l'a vue filer vers le nord avec le premier type qui passait, un montagnard. Apparemment, elle n'a pas l'intention de revenir de sitôt.

— Je suppose qu'elle n'a pas racheté sa liberté ?

Freida eut un grognement furieux en guise d'acquiescement.

— Je vous jure que, si je l'attrape, elle le regrettera !

— À mon avis, elle avait plus peur de moi que de vous.

La mère maquerelle plissa les yeux.

— Potts est revenu ?

— Cette fois, il a essayé de me tuer, et il a dit que c'était sur ordre de Morrisa. Il envisageait de se débarrasser de ma femme de la même manière.

Elle l'examina de la tête aux pieds.

— Mais vous êtes là, et pas lui.

— Son cercueil est un peu plus bas dans la rue.

Elle pinça les lèvres, se renversant dans son fauteuil.

— Oh. Alors vous êtes venu chercher Morrisa comme vous lui aviez promis. Mais il faudra que vous attendiez votre tour, parce que je la retrouverai avant vous, et elle regrettera de ne pas être déjà dans la tombe !

— Grand bien vous fasse. Tant qu'elle n'est pas dans les environs, j'oublierai qu'elle a représenté un danger pour Shemaine.

— Vous inquiétez pas, je la ramènerai. J'ai des gens qui m'informent de tout. Et en attendant, je réfléchirai à la punition qu'elle mérite pour m'avoir lâchée comme ça. Elle ne me serait pas utile si je la fouettais au sang, car les clients n'auraient plus envie d'elle. Mais je trouverai un autre moyen de punir cette garce.

Gage ignorait ce qui serait pire pour Morrisa : être vendue à un brutal montagnard, ou se retrouver à la merci de la vicieuse Freida. De toute façon, son sort ne serait guère enviable !

Gage apprit le départ précipité d'Edith du Mercer avant de quitter la taverne, aussi rentra-t-il chez lui, certain que Maurice avait réglé la question.

Plus tard, Shemus et Camille arrivèrent et leur annoncèrent que le marquis était venu les voir pour expliquer ses intentions. Il envisageait à terme de s'installer près de Richmond afin de courtiser Garland Beauchamp, et de voir ce qui pourrait sortir de leur relation. Toutefois, il était encore amoureux de Shemaine et considérait, pour sa tranquillité d'esprit, qu'il valait mieux mettre un océan entre eux. Il allait rentrer en Angleterre après une brève visite aux Beauchamp, et il reviendrait aux colonies d'ici un an environ.

Si à ce moment-là, Shemaine était veuve, ou si elle avait changé d'avis, il lui suffirait de laisser un message pour lui à l'auberge de Newport News. Comme elle semblait fort éprise de son époux, il n'insisterait pas, mais au cas où elle le regretterait, il serait disposé à la reprendre.

Gage fut irrité par cette déclaration, pourtant il ne pouvait en vouloir au marquis. En fait, s'il lui arrivait malheur, il devait reconnaître que Shemaine ne pourrait trouver mieux pour le remplacer. Néanmoins, il avait bien l'intention de décevoir les espérances du jeune homme.

À l'insistance de son épouse, Shemus se racla la gorge en se tournant vers son gendre. Il était d'autant plus gêné que William se trouvait dans la pièce.

— Maintenant que vous êtes officiellement innocenté du meurtre de votre première femme, je suppose que je vous dois des excuses pour tout ce que j'ai dit...

— Seulement si vous êtes sincère, répliqua aimablement Gage.

Shemaine prit son époux par la taille et sourit à son père pour l'encourager à continuer.

— Vous ne souhaitez plus l'émasculer, papa ? Tant mieux, car cela signifierait plus d'autre bébé après celui à naître.

Shemus eut la bonne grâce de rougir.

— Ta mère et moi serions ravis d'avoir de nombreux petits-enfants...

— Alors dites-le, papa ! le pressa Shemaine.

Il commença péniblement :

— Je suis désolé... pour ce que j'ai dit, Gage... mais je pensais que vous aviez abusé de ma fille. Pouvez-vous me pardonner ?

— Je comprends que vous ayez été inquiet pour elle. À vrai dire, s'il s'était agi de ma fille, j'aurais eu la même attitude, admit Gage en tendant une main que l'Irlandais s'empressa de saisir. Nous avons un but commun, monsieur : le bien-être de Shemaine. Je vous jure que je ferai tout pour la rendre heureuse.

Shemus serra chaleureusement la main de Gage entre les siennes.

— Je suis content que ce soit vous qui l'ayez achetée, monsieur. On ne sait pas ce qui aurait pu se passer, autrement.

La jeune femme hocha la tête.

— Avant mon arrestation, papa, je ne voyais pas plus loin que le bout de mon nez. Contre ma volonté, j'ai été jetée dans un univers différent de celui auquel j'aspirais. Pourtant, en regardant en arrière, je pense qu'une bonne étoile m'a guidée à travers les déboires, car mon cœur déborde de joie, d'amour pour mon mari, mon fils, l'enfant à naître... et pour notre famille.

— Bravo ! s'exclama Gage.

— Bravo, bravo ! crièrent les deux pères à l'unisson.

Les vagues frangées d'écume s'ouvraient devant l'étrave du *Blue Falcon*, tandis que le navire fendait l'eau en direction de la haute mer. Ses voiles blanches claquaient sous le vent, éblouissantes contre le ciel d'un bleu profond. Les passagers, sur le pont, étaient émerveillés, y compris le capitaine.

— Il est splendide ! s'écria Nathaniel Beauchamp. Vous avez créé une pure merveille, monsieur !

Le cœur de Gage battait aussi fort que le jour où Shemaine avait accepté de l'épouser, et il était muet d'émotion.

William Thornton plaqua une main sur l'épaule de son fils, les larmes aux yeux. Il avait peur d'être trop bouleversé pour pouvoir exprimer son admiration par des mots.

— Papa, regarde, gros poissons ! cria Andy en désignant un banc de marsouins qui nageaient à tribord.

Shemaine sourit à son époux, qui vint poser une main sous le châle qui dissimulait la rondeur de son ventre.

— Je crois que Nathaniel aime bien le *Blue Falcon*, ma douce.

Elle lui offrit un regard empli d'amour.

— Je crois que le capitaine Beauchamp est extrêmement impressionné par le *Blue Falcon*, monsieur Thornton, rectifia-t-elle. Il ne cesse de sourire.

— J'ai remarqué.

— Vous aussi, d'ailleurs, mon chéri. Et Flannery également.

Le vieux constructeur se tenait planté au milieu du pont. Son visage buriné était illuminé de l'intérieur, et son sourire édenté faisait plaisir à voir. Il était l'expression même de ce que ressentaient les autres.

— Nathaniel a bien choisi son nom, dit Gage. Le brigantin jaillit de la mer comme un oiseau de proie prend son envol.

Shemaine eut un curieux petit sourire.

— Il est heureux que vous ne soyez pas capitaine au long cours. Je serais jalouse.

— Jamais, mon amour, murmura-t-il en posant le menton sur ses cheveux. Je ne pourrais pas plus me séparer de vous que de mon propre cœur.

— Je ressens la même chose, soupira-t-elle doucement. Jamais je ne pourrais m'éloigner de vous. La première fois que nous avons fait l'amour, ce n'était pas seulement la fusion de nos corps, mais aussi celle de nos âmes. Nous sommes réellement devenus un.

— Et notre enfant en sera le témoignage...

— Oui, monsieur Thornton. C'est certain.

Épilogue

La passerelle du navire qui venait d'accoster fut baissée, et Gage, qui tenait son bébé d'un an dans les bras, lui désigna le couple qui se tenait au bastingage. Shemaine suivit la direction indiquée par son mari, aperçut ses parents et se mit à danser sur le quai afin d'attirer leur attention.

— Maman! Papa!

Camille agita la main.

— Nous arrivons, chérie!

Un instant plus tard, Camille et Shemus, suivis d'une armée de domestiques, se jetaient dans les bras de leur fille. William et Gage attendaient à quelques pas, avec les enfants. Andrew, agrippé à la main de son grand-père, n'avait aucune envie d'être embrassé par ces étrangers qu'il avait oubliés.

Shemaine montra à ses parents leur petit-fils.

— Voici Christopher Thornton, déclara-t-elle, toute fière.

Le petit repoussa la main de sa grand-mère qui voulait lui caresser la joue, et se réfugia contre l'épaule de son père. Celui-ci le pressa davantage contre lui.

— Christopher est aussi sauvage que son frère, dit-il, mais dès qu'il sera habitué à vous, il vous marchera sur les pieds dans sa hâte de grimper sur vos genoux. Il adore qu'on lui lise des histoires.

— Si jeune ? s'émerveilla Camille. Quel enfant éveillé !

— Il ressemble à son père, commenta Shemus, vaguement déçu.

— Certes, mais ses yeux verts sont ceux de Shemaine, mon ami, objecta Camille.

La jeune femme trépignait presque d'impatience.

— C'est bien vrai, papa, vous avez tout vendu et vous avez l'intention de vous installer à Williamsburg ?

Shemus, les pouces dans l'entournure de son gilet, sourit.

— Maurice prétend qu'il y a de grandes possibilités pour les hommes entreprenants. Il vit là-bas avec sa femme, Garland, et il pense que je devrais songer à monter une affaire en ville.

— Oh, papa, c'est merveilleux ! Nous pourrons nous voir régulièrement.

Shemus se tourna vers Gage.

— Vous construisez toujours des bateaux ?

— Oui, en compagnie de mon père. Nous avons engagé de nouveaux ouvriers, et tout va beaucoup plus vite, désormais.

— J'espère que vous n'avez pas abandonné l'ébénisterie, intervint Camille. Nous avons vendu tous nos meubles avant de quitter l'Angleterre, et nous devrons nous équiper, une fois que nous aurons trouvé une maison.

— L'atelier a pris de l'importance, déclara joyeusement Shemaine. Gage forme de nouveaux apprentis afin de répondre à la demande qui augmente sans cesse. En fait, nous avons également agrandi la maison, et nous avons une servante qui m'aide dans les travaux ménagers. Papa et vous pourrez vous installer dans la chambre d'amis, quand vous viendrez passer quelque temps avec nous. William dort toujours sur la loggia, lorsqu'il nous rend visite.

— Et Mary Margaret? s'enquit Camille sur le ton de la confidence. J'avais l'impression qu'ils étaient attirés l'un par l'autre...

— Ils partagent une belle amitié, pourtant je ne pense pas qu'ils envisagent de se marier. Malgré son instinct d'entremetteuse, Mary Margaret ne semble guère disposée à renoncer à son indépendance. Ils jouent souvent aux cartes ensemble, mais ils fréquentent aussi d'autres personnes. Toutes les femmes d'un certain âge louchent sur William.

— À juste titre, murmura Camille. Si ton époux vieillit aussi bien que son père, ma chérie, tu n'as pas fini de redouter les rivales!

La jeune femme éclata de rire.

— Gage m'assure sans cesse que je suis le seul amour de sa vie.

Andrew tirait la jambe du pantalon de son père.

— Grand-pa va nous emmener sur le bateau, Chris et moi. On peut?

— Prends bien soin de ton frère, dit Gage en posant le petit par terre.

Aussitôt, Christopher mit sa main minuscule dans celle d'Andrew, puis de son grand-père William, et il eut un lumineux sourire qui n'était pas sans rappeler celui de son aîné au même âge.

— Dada...

— C'est ça, à tout à l'heure, Chris, répondit Gage en riant.

Shemus suivit le trio sur la passerelle, et il ne mit pas longtemps à faire la conquête du bébé, en lui montrant les mouettes qui volaient au-dessus d'eux. Quand ils redescendirent du navire, il portait Christopher dans ses bras. Camille vint le rejoindre, et tous deux s'extasièrent devant les mimiques adorables de leur petit-fils.

Gage pressa la main de son épouse.

— Pouviez-vous imaginer, Shemaine, voir un jour vos parents si heureux ? On dirait que vous les avez comblés en mettant Christopher au monde.

— Il me semble que vous avez votre part de responsabilité, monsieur.

— Oui. Nous avons bien réussi notre fils, n'est-ce pas, ma chérie ?

— En effet, mon amour. Merveilleusement.

Il eut un petit sourire de biais.

— Et ce n'est pas terminé, madame !

Shemaine se serra contre son époux.

— Je n'en doute pas un instant, monsieur Thornton.

Achevé d'imprimer
en Juin 2005
par Printer Industria Gráfica
pour le compte de France Loisirs, Paris

Numéro d'éditeur : 43057
Dépôt légal : Juillet 2005
Imprimé en Espagne